孤证

中国法学会法制文学研究会 选编

群众出版社·北京

图书在版编目（CIP）数据

孤证／中国法学会法制文学研究会编.—北京：群众出版社，2016.9
（2015年度法治文学精选·小说卷）
ISBN 978-7-5014-5564-5

I.①孤⋯ Ⅱ.①中⋯ Ⅲ.①中篇小说—小说集—中国—当代②短篇小说—小说集—中国—当代 Ⅳ.①I247.7

中国版本图书馆CIP数据核字（2016）第199139号

孤　证

中国法学会法制文学研究会　编

出版发行：群众出版社
地　　址：北京市丰台区方庄芳星园三区15号楼
邮政编码：100078
经　　销：新华书店
印　　刷：北京通天印刷有限责任公司
版　　次：2016年9月第1版
印　　次：2016年9月第1次
印　　张：9.5
开　　本：880毫米×1230毫米　1/32
字　　数：265千字
书　　号：ISBN 978-7-5014-5564-5
定　　价：33.00元

网　　址：www.qzcbs.com
电子邮箱：qzcbs@sohu.com

营销中心电话：010-83903254
读者服务部电话（门市）：010-83903257
警官读者俱乐部电话（网购、邮购）：010-83903253
文艺分社电话：010-83903973

本社图书出现印装质量问题，由本社负责退换
版权所有　侵权必究

出版说明

为了深入贯彻党的十八届四中全会精神和习近平总书记在 2014 年 10 月文艺工作座谈会上的重要讲话精神，切实担当起法治文化建设的重任，以文学艺术形式为建设法治中国服务；根据中国法学会研究会工作座谈会会议和中国法学会领导有关指示精神，中国法学会法制文学研究会研究决定，自 2014 年 11 月 25 日起，正式开展"2014 年度法治文学精选"征集编选活动。通过征集评选、编辑出版，推出代表 2014 年度法治文学创作最高水准的作品。"2014 年度法治文学精选"丛书共计二卷，即小说卷《我不认识你》、纪实文学卷《打造再生之门的人》。此活动以后每年度举办一次。

"2015年度法治文学精选"征集编选活动于2015年年底如期展开。经各地政法部门、新闻出版单位和全国著名文学评论家、作家、编辑、专家学者积极推荐，编委会认真审阅评选，现结果已揭晓，入选作品全部收入"2015年度法治文学精选"丛书，由群众出版社正式出版。

这是中国法治文坛第二次主办全国年度法治文学作品精选的征集编选活动。其宗旨是用文学艺术的生动形象，在全社会普及法治思维、法治方法，树立法治信仰，推出更多法治题材的优秀文学作品，发现和培养法治文学创作人才，推动法治文化的大发展大繁荣，为法治中国建设作出贡献。

"年度法治文学精选"编委会办公室

2016年6月8日

目 录

奔逃的月光 / 侯国龙 ·············· 1

天堂就在故乡 / 张国华 ·············· 42

发展大道 / 韩永明 ·············· 87

万木春 / 宋志军 ·············· 136

煤球李子 / 刘心武 ·············· 206

孤　证 / 胡性能 ·············· 220

梅花三弄 / 刘庆邦 ·············· 236

扇背镇传奇 / 陈再见 ·············· 260

奔逃的月光

侯国龙

一

还是刚入梅的时候,拆迁的传言就已经野草般在分金街蔓延开了。

分金街人人都像得了恐慌症。他们逢人就说入梅早了,是要出事的。我主动和他们打招呼或者说个事儿,他们爱答不理的,总给我说管管老天爷吧,叫它不要下雨了。我说没那能耐。他们就指着我的鼻子说,那最好啥也别管。说得我脸上一抽一扯的,像吹了阴风。

后来我算是明白了,他们谈起雨天就会特别地起劲。无非他们会先相视一笑,笑到别人刚察觉就敛住了，然后就会像耐不住性子的钓客互抛着鱼线，都指望别人会是那条冒失的可怜虫呢。但这个世界上谁都不是傻子，谁会把关系全家切身利益的秘密和盘托出呢？要是被拆迁工作队的"奸细"告了密，那房子还不是别人想咋拆就咋拆，吃了这回亏就等于吃一辈子亏呢。谁不防着点儿谁啊？

我和老艾就是他们处处提防的"奸细"。想想也是，也难怪他们会这样认为。街道办合并了，居委会搬走了，方圆几公里，唯独我们警务室还不知趣地立在那里。

再说我吧，才从九峰山派出所调来这里。很多人说我走了狗屎运。他们就是这么想的。别的不说吧，九峰山是什么地方？是九座连在一起的山，山里面还有片公墓，活人送死人的地方，鸟从那里飞过都不带声的。

老艾与我不同，他在分金街干了十来年了。他才不管别人背地里怎么骂我们呢，上面没说撤就守着。没事的时候，他就挺着个大肚子，像不倒翁那样在警务室里晃来晃去，有一搭没一搭地和我聊天。

一开始，我们聊天仅限于他问我答。

他先从我的毕业院校、学历问起。

我说武大毕业。他惊讶得接连"哦"了好几声。在他眼里，武大毕业起码也要去当个街道主任吧。我说，还主任，有同学到现在都没找到一份像样的工作呢。他立即又像从某个困顿中明白过来了，哦，倒也是，找工作不容易啊。他又问，那你毕业了，咋办？我说，能咋办？去考公务员呗。他嘿嘿一笑，问，然后呢？

然后，我就一五一十地告诉他，从租房子专心备考讲起。房子租在女朋友家附近，原因可能很多年轻人都猜得出来。没住上一个月，房东说不能住了。我问为啥？房东说要拆迁。我说总得让我把半年住完吧。房东说只是先通知一声。我关上门，继续做了两个月的试卷。女朋友偶尔来探望我一下，看着墙角越码越高的备考资料，她撇着嘴说，怕墙倒了？她那绝对不是幽默，知道吗？她有种心理优势，唉，能怎么办呢，多做一份试卷就多一分胜算啊。好在没等试卷把房子堆满，我的录取通知书就来了。我至今都还记得当时说过的每一句话：

从今天起，我，刘某人，不再是谁的房客了！我是一名公务员了。

我一字不落地复述给老艾，样子肯定很好笑。他笑得眼泪都出来了。

我说，老哥，我喜极而泣呀！在屋里大叫着，抓起试卷撕个粉碎，扔得满屋都是，像扔钱一样那么畅快。去他妈的房东，去他妈的拆迁队！

在向老艾描述的时候，我又额外加了句英语：Shit！

时间长了，我就发现老艾是一个很好的倾听者。他从不打岔，你说他就听着，你不说了他就又提问。说实在的，他要是不问，这些事儿说不定哪天就从我脑袋里跑掉了。

他还问过我一些学校的事情。

我想都没想地向他说起了樱花。

哎呀，每年三月刚过，晃动的黑脑袋和飘飞的樱花，这一黑一白的搭配浑浑然就成了武大标志性风景了。偏偏有些人不甘心只看后脑勺，就忍不住朝着树干踢或是抱着树摇，花瓣便羞答答地飞旋起来，那闹哄哄的场面可想而知了。有人端着相机咔嚓咔嚓地狂拍。也有人趁着兴奋劲儿在伴侣身上抚摸着，像那娇嫩的樱花开在对方胸部、臀部，那么爱不释手地把玩着。

他们大声尖叫着，下雪啦下雪啦。

那都是外地人。老艾打断了我的描述。

我竟然忘了老艾是本地人了，他怎么会不知道武大的樱园呢。

说完，他看了我一眼，可能觉得有些不妥，又改口说，你现在是武汉人了，正儿八经的警察身份。

我冲他笑笑，心想，那也不全是外地人吧。管他是不是外地人，反正我是不会发神经去摇树的。干吗非要分出个武汉人和外地人来呢，莫非武汉人长得不一样？这个想法可真逗。就算武汉人脱光了衣服让我仔细研究，我也分不出个所以然来。我女朋友，也就是我现在的老婆，她就是武汉人。同床共枕这么多年，不是我主动研究她，就是她主动研究我，只要她不用武汉话哼唧，我丝毫不觉有何异样。

通常，我们就那样聊着。

整个春天，我、老艾和分金街都泡在雨里。人们都躲在家里，关着门窗商量着天晴了以后的事。活泛着的恐怕只有那几只不识实务的流浪狗了，也只有它们在无忧无虑地享受着春天。

二

雨突然有一天就停了，一丁点儿征兆也没有。

拆迁工作队说成立就成立了。我们警务室要抽人协助别的部门做工作。

老艾说，我去吧，情况我熟。

我贫他说，我去吧，武装带往老哥身上一扎，你就成两节莲藕了，楼上楼下地跑，身体吃不消的。

我多少是带有一点儿私心的。说白了，想图点儿表现呗，总不能老窝在警务室里哼天吧。

也或许我表现得太过强烈了，老艾笑笑之后不再坚持。没干几天，我才明白老艾的笑其实是另有含义的。

分金街上的人恨不得都长出第三只耳朵来。张家说，李家搭的棚子都算了面积，我家的凭啥不算？赵家说，院子里的树是他爷爷种下的，砍了也不能白砍，谁砍我就砍了谁的手。

他们把积攒了一个雨季的话全抛了出来，和自家情况类似的，想法差不多的，都盯得死死的呢。

第一天，我带着一帮子人，举着喇叭喊"今天的搬迁是为了明天重建美好家园"。刚起了个头，一盆潲水就从天而降了。我和喇叭都被淋哑了声。还得喊，换别的喊。然后，砖就下来了，落地的时候头皮都是凉飕飕的。

遇上我敲不开门的，老艾就会不声不响地迎上去，帮我把事情处理得妥妥当当的。我们夸他宝刀不老，他会笑着说，我连菜刀都不是咧。

要我说吧，老艾既不是宝刀也不是菜刀。他和刀压根儿就没可比性，他心软呀。

有一回，工作队困在老李家。人家不让走，全家老少都上了阵。老李还放了狠话：不把阳台面积全算上，今天谁都别出这个门！

不谈不行。小李像堵墙一样封死了他家的大门。真谈吧，谁出面谁被骂。最后，大家把目光转到我这个年轻人身上来了。有人扯我衣服，朝我努嘴，见我还不动，干脆就推我了。

我像棵待伐的杨木，直挺挺地站在老李面前。我说啥呢，我只是一个小警察，我的任务里就没有这一项。

李叔。我像含着桃核一样吐了句。

老李反应挺快的。谁是你叔了？少扯。

我说，李叔，您看，不是好事多磨嘛。

老李"啪"的一声把水杯摔个粉碎。他的话也变得像玻璃碴那样，谁都不敢接。

小李也像得到什么暗号似的，伸手拽住了一个嘟囔了一句什么的人。此时，门口让出了一道缝，我都没反应过来，其余的人像风一样都蹿了出去。

不走不行啊。老李家还有李二、李三，已经抄起家伙冲过来了。

我不屑于跑，快步走到门口的时候，后背就被抓住了。就在这时，老艾出现了。他一个翻腕甩掉了那只手，扯着我就往楼下跑。

楼下那家的门是开着的，有人接应我们。李二李三赶到门口时，门刚好关上了。

老艾喘着气，骂我，苕呀，别人都跑了，你还充什么蒜。

我发着愣。

有人挪了椅子让我们坐下，是吴妈。她来警务室找过一次老艾，我还给她倒过一杯水，从那次起我就叫她吴妈了。

吴妈说，老李家人多，想换个大房子，可还差两平方米才够条件。

老艾叹着气，像是在拆他家的房子。

吴妈又罗列了一大堆老李家的困难。

我不好说什么，插不上嘴。后来，吴妈要留我们吃饭。老艾夸吴妈烧得一手好菜。吴妈说，小刘，别听他瞎吹，都是家常菜，你们凑合吃点儿，往后，要请你们吃顿饭就难咯。老艾眉毛一扬，说，干脆别搬了吧，你的房子拆了，我的没拆，不嫌弃先住我家，做个过渡。话一出口，连他自个儿都愣住了，眼睛不自在地眨巴着。

吴妈支吾起来了。你们，先坐会儿，我去做饭。

那顿饭我没吃成，我被工作队叫走了。过了几天，我听老艾说吴妈答应不搬走了。想必老艾那天是留在吴妈那里吃了午饭的。他还说吴妈愿意把自己楼下的一个小储物间让给老李家。这样一来，老李家就凑够那两平方米了，老李家也愿意给吴妈一些补偿，也算是落个两全其美吧。

老李家心满意足了，见人就说老艾的好。但事情就坏在这里。老李家的事被老王家知道了，非要找老艾当面对质。这种事哪能对质呢，老艾只好装不知道，不吭声。

后来老王就骂老艾是个二尿货。这还不算，他还专门凑上来揭老艾的底。

我表示很忙。他嘴角泛着冷笑，这事儿分金街谁不知道？

他也不管我听不听，围着我开始说道。我知道他要说啥，我倒也听说过一些。

那还是好多年前了。警务室来了一个女人，手里拎着两瓶酒，说找姓艾的警察。老艾说，我就是姓艾的，有什么事？女人的眼睛笑成了半弯的月亮，问，真姓艾？老艾打趣地说，真姓艾，不姓焦。女人的脸红了，把两瓶酒往凳子上一放，说，请你帮个忙，我弟弟参军，给开个政审材料，行不？老艾说，政审材料不能随便开。女人急了，说，我弟这人老实得很，好事坏事都没干过。老艾说，干没干过，你我说了都不算。他退了那女人的酒，去居委会问了问，在档案里查了查，才给开了证明。女人的弟弟顺利参了军，她又拎着两瓶酒，外加两条烟直接送到老艾家里去了。老艾开始坚决不收，女人坚决要送。老艾说这是纪律，我只是按规矩办事。女人说啥纪律？纪律没说警察不准和群众搞好关系。老艾说这是要求，这是我的工作职责。女人说啥要求？要求没说男人不抽烟不喝酒。老艾辞穷了，就把那女人往外推。这一推，那女人就找到了空，猫一般地跳进了老艾的怀里，七拱八扭地没两下就把他的裤腰带下了。

火舌四蹿啊，老艾那堆干柴"轰"的一声就嘶嘶地呻吟起来了。

办事那会儿，女人掐住老艾的玩意儿，说，我看你是姓艾还是姓焦。老艾猴急地连连说，我姓焦我姓焦。

我皱着眉头，听见围拢的人群中有人喉头咕咚一响。

打死我也不会信。人家两口子说的私房话，你们怎么知道得那么清楚呢？

老王捂着嘴笑了。我问他，笑什么？他说，你不觉得好笑吗？我说，你们这是妒忌人家的福气。

福气？他女人跟了别人睡，跑了。老王笑得嘴巴都能吞下一个拳头。跑之前生了个女伢，还不知道是不是他的种呢。

原本是个俊姑娘，发高烧烧成傻子了。人傻了，美有什么用呢？有人诚心把话往坏处说。

我懒得再听他们胡诌了，这明明是往老艾身上泼脏水嘛。

他家的事你知道几多？老王合上折扇，活像收场的说书人，甚是得意地走了。

我无言以对，搞不清楚他们为什么一会儿对老艾说三道四，一会儿又冲我吹胡子瞪眼的。不管我怎么耐心加细心地解释，他们还是会说我们也是共产党的老百姓，我们不是那么容易欺负的。

呛得人要闭过气去。

谁不是老百姓了？我，老艾，吴妈……都是！

三

他们恨不得把警务室拆了才好。

谁家的锅碗瓢盆被人顺走了，谁家的花草猫狗丢了，都要找来讨个说法。这个世界就是这么对立着的。顺手牵羊的人偏偏认为那些破东西不值钱，还狡辩东西是在楼道里捡的。丢了东西的人自然会满腔愤怒地说，不值钱你还偷？然后再大讲一番东西的来历，越讲东西就越值钱。如果吵着不过瘾就开骂呗，骂着不过瘾就要动手了。我和老艾当然不会让他们动手，挡在他们打架的姿态中间，劝完这个，又说说那个。大多数时候，顺手牵羊的人会找个机会撤退，然后出门时骂上一句，婊子养的。丢了东西的人就追出来，在后面骂，死不要脸的东西，出门要被车撞死。

我有时还真想看他们打上一架，打他个头破血流。要真这么做，那就又有人告我们不作为了。如果再有人说我走了狗屎运，我就得骂人了。

当然，也有来办正经事儿的，比如开个证明、办个证什么的。要是来个不吵架不办事儿的，反倒成了稀奇。

像吴妈那样一声不响地坐在角落里，等你某只眼的余光瞥见那还坐着一人，准会被吓一跳的。

我还以为她要办什么事。她说过来看看。我照例给她倒了水。她问老艾去哪儿了。我说他去西头劝架去了。吴妈"哦"了一声，起身要走。我也没多想，就说老艾回来了，我让他去找您。吴妈手摆得像风中的树叶子，连忙说，不用找的，要不，你就告诉他一声，我要去成都了。

我随口说，好的，一定转告他。

老艾回来的时候，一脸阴云。我告诉他吴妈来过，说她要去成都了。他说知道了，就不吭声了。他的脸一直黑到下班。

他叫我一起吃饭。看他心情不好，我就答应了。

我们去的那家餐馆离辖区不远，但不在我们辖区。老艾说那样避嫌。餐馆有老艾喜欢吃的几样小菜。跟老板也熟,老艾有时还跑进厨房亲自操刀,乒乒乓乓一通,乐呵呵地端出两盘小菜来。他最拿手的要数凉拌黄瓜了。刀拍或是切成滚刀块,撒上一撮大蒜泥、葱花、食盐,淋上几滴花椒油,再来点儿醋,味道酸酸甜甜,带点儿小辣。

那天,我们就着一瓶廉价白酒,喝着。

老艾知道我酒量不行。他给自己倒一满杯,给我倒小半杯。一杯酒喝得底朝天了,他又给自己倒上半杯,给我滴上两滴,那也算是加上了。

喝到小醉的时候,他的手就挥来挥去的,像赶苍蝇,嘴上也不利索起来了,像复读机那样重复嚷着"拆,拆个精光,拆他个乌龟,乌龟王八蛋"。

再后来,他就提到吴妈了。他说,她是个可怜的女人,知道吗?

我没说话,给老艾倒了小半杯酒。他嫌少,又按着酒瓶倒满了。

人家说吴妈克夫,克死了自己的丈夫。她丈夫是个小包工头,专门给别人种房子。我很佩服那些发明词语的人,顾名思义,"种"的意思就是说像种菜种树那样把房子栽在土里。单砖抹黄泥,只要做成房子的样子,就可能哄点儿拆迁款。好多人靠这改变了一家人的命运呢。当然了,也有人为此搭上了性命。吴妈的丈夫就惨死在他种的房子里,房子还没盖好,墙就倒了。

我说,哎哟,我的天。

这人呢,你不了解就不知道人家的痛苦。老艾脖子一仰,杯子又见了底。

老艾接着讲。你说家里的顶梁柱没了,那还不是天都塌下来了。女人哪能没个男人呢。她能把家里收拾得干干净净,可赚不来钱啊。自己省吃俭用,也不够拉扯儿子成人啊……

吴妈最困难的时候,连物业费都缴不起。物业上门收费,她拿着扫把赶人家走。物业停她家的水,她就带着菜到公共卫生间洗菜、接水。

她是个武汉娘们儿，够泼辣。老艾嘴角挤出一丝微笑。物业找到我，要我解决问题。

这事可管可不管，管吧，也不好管。不管吧，好像又应该管。老艾衡量一番，最终答应先了解了解。

老艾去了吴妈家，他没提物业说的事儿，谎称做户口登记。吴妈也很配合，还给他倒了一杯水。这杯水是她盗取楼道消防栓里的水烧的。老艾只喝了一口就喝不下去了。这水一递到老艾手上，吴妈就开始哭诉了。老艾没办法，扯了个理由，选择走为上策。

老艾没走多远就不走了。问题的关键是吴妈没有钱，没钱好人也能变坏人。到头来，社区治安工作照样出娄子。老艾又转身上了楼，敲开了吴妈家的门。

老艾问，会扫地吗？

我？哦，扫地，会，会。吴妈被老艾问得半天才反应过来，她手上正拿着扫把呢。

老艾说，那就好。这居委会差一个保洁员，你要是愿意的话，我给居委会说一声。

对于吴妈来说，只要能拿工资，把劳动换成钞票，这何止是雪中送炭哦。

事情就这么办成了。吴妈去居委会当保洁员，一个月五百块钱，早晚打扫一次。后来，老艾又把吴妈推荐到物业，让她管一片停车场，三天打扫一次，除了抵扣物业管理费以外，吴妈每月还可以从物业拿两百块钱。这扫地可是吴妈的拿手活，连附近环卫站的领导都看中了她，吴妈很快被聘用了，基本工资一个月一千。虽然工作量加大了，可吴妈宁愿自己累一点儿，多拿点儿钱才好受啊。

吴妈就凭着手中的扫把供儿子自强念完了高中。自强大学没考上，自己也不愿读下去了，吴妈找到领导，想给他找个事做。领导皱着眉头打发了吴妈。吴妈后来想想也是，不能让儿子干这么卑贱的活儿。好在自强从她那里遗传了不少吃苦基因，他找到了一份稍微比环卫工体面一点儿的工作，在成都一家小快递公司当派送员。有人问起自强在哪里工作时，吴妈省去了"快递"两个字，只说在外地一家公司上班。别人又问，那忙不忙啊。吴妈会骄傲地说，哎呀，每天忙得不得了啊。不知情的同事连连夸奖自强这孩子有出息。这时，吴妈的脸上就会闪过一丝笑容。

老艾一喝就讲开了，还要接着喝。我没依他，只给他滴了一点儿，剩余的小半瓶被我拽在手里，他这才作罢。

他点燃一支"火之舞"，门口的保安也抽的那种烟。

烟雾被昏黄的灯光一照，泛出晨曦一般的色彩，老艾的脸上也闪着一丝特别的光亮。

他晃着脑袋，说，酒啊，其实是个好东西。喝了想法就不那么多了，睡一觉就又是一天。

那是，那是，但，今天咱不喝了。我心意已决般地紧握着那少半瓶酒。

老艾有些感动。好多年了，都没人劝他酒了。

趁着酒兴，我真想劝劝他，老哥，这酒啊，可以慢慢喝。

我不光想劝他少喝点儿酒，多喝两口少喝两口真不算个事儿。我倒是想劝劝他再找个女人，哪怕条件差一点儿，总得有个伴儿啊。

吴妈就挺合适。两人岁数差不多，脾气也合得来，在一起过个日子没问题呀。话在嘴边上转了几圈又被我抿回肚里去了。

再过几个月，这里就不再是这里了。老艾呼出老长一溜烟雾，比他"唉"一声都还长。

我问，吴妈真要离开吗？

烟雾消失了，老艾的脸色也暗了下来。他说，她儿子在成都，要娶媳妇。

我此时才明白吴妈为什么要到警务室找老艾，而恰巧老艾又不在警务室了。他们八成谈过是去是留这件事了。

老艾踩灭了烟头，端起杯子一饮而尽。他大手一挥，撤！

他喊撤了那就撤呗，我们一向如此。

四

睡了一晚，那句被我抿回肚里的话又反刍回来了。我想趁吴妈还没离开找她谈谈，说不定，我能做好这个媒呢。

刚好陈爹爹打电话说厨房的一块桃木砧板不见了。他一再强调这砧板在超市里根本就买不到。不用想，砧板肯定是找不回来了。但我还是答应一定尽力帮他找回来，但愿他知道"尽力"的含义吧。能怎么办？要是我偷的我一定还给他。

再往上一层就是吴妈家了。我借着手机的亮光，摸了上去。

她家的门是开着的，屋里空荡荡的，连门口的风水玄关都拆掉了。她斜靠在一把破旧的藤椅上，腿上搭着一件军大衣，仰着头想着什么。

我稳了稳神，前脚迟迟疑疑地迈了进去。脚掌触地的声音还是惊扰了她。她转过身看着我，目光和她的脸一样消瘦。

唉……我听见她轻叹了一口气，双脚就迈不动了。

她掸了掸身旁木条靠椅上的灰，说，哦，小刘啊，快进来坐会儿吧。

我应了一声，走近了问她，您东西都收拾好了啊。

风轻易地从外面蹿了进来，她咳嗽了好几声才停歇下来，说，是啊，早点儿收拾收拾，有些东西还能卖点儿钱，旧家具店的人都在趁火打劫啊。

我附和着说，对，那些人都钻钱眼儿里去了。

她摆摆手说，算了算了，房子都要拆了，留这些物件也没多大意思了。

我听出吴妈话里暗含的意思了。她真要离开这里了，变卖了所有家具，那自然是要离开此地了。

吴妈说，只能这么办了，房子拆了，也不图个啥了。拆迁款刚好够自强在成都付个首期。到时过去帮忙做做饭，洗洗衣服，等自强结了婚就不用再操心了。

她把日子已经规划到婆媳时代了。

我看了一眼吴妈。她的眼圈是红的。

风顺着她眼角的皱纹一扫而过，她眼底的湿气就不见了。我印象中她的眼睛常是这样湿润，却从没见她流过一滴眼泪。

吴妈突然问我，小刘啊，你说成都好还是武汉好啊？

我答不出来，真答不出来。谁都答不出来。

这问题压根儿就没答案。是比较两个城市的繁华吗？成都有地铁，武汉也有地铁。成都有宽窄巷子，武汉有楚河汉街啊。

都好，都不好。但我没有这么说。

我装着很向往的样子说，都不错啊，而且听说成都人很懂生活呢。

吴妈说，我去过成都，还是觉得武汉好。

我呵呵一笑，您这是住惯武汉了。

吴妈摇了摇头说，唉，这是命啊。

我的心突然被她"唉"得沉重起来了。"命"就是不能抗拒并且必须接受、面对的一种归宿。在分金街，又有多少人能够抗拒和坦然面对自己的命运呢？

显然，吴妈已经决心接受"命"的安排了。她要去成都和儿子住在一起。或许，她的选择是对的，是幸福的。我这么想的时候，那些话也就讲不出口了。

吴妈从军大衣下翻出一本册子。我看清了，是本小影集。

我问，吴妈，这是影集吧。我简直就是没话找话说。

吴妈应了一声，是咧，家里搬空了，也没啥事儿，看看老照片有个念想。

我好奇地凑近了一点儿。大多是自强的照片，小学时的登记照，初中毕业照，也有现在的工作照。其中一张照片，不，确切地说，是从报纸上剪下来的一张图片。

我问，咦，这是什么时候照的？

吴妈说，这呀，是老艾……艾警官那时候帮我介绍工作，后来居委会请了记者，专门给我们拍了照，还上了晚报呢。居委会把这张报纸放在宣传栏里。后来,不知道怎么的,宣传栏的玻璃碎了,我扫地时就把报纸捡了回来。

吴妈细心地抚弄着照片上的折印。但折印总归还是折印,像皱纹怎么也抹不平。

我问,吴妈,您这一走,啥时候再回来啊?

吴妈似乎早已准备好说辞了,人这一辈子就停不下来啊,停下来就没用了。

我一时真没听懂她话里的意思。我下定决心说得直白一点儿,吴妈,您这一走,老艾肯定舍不得。

唉,舍得舍不得,都舍得,都舍不得。人老了,没那么多讲究了。吴妈又叹了一口气。她保准猜到我要说什么了。

我瞬间对她这句富有哲理的话屈服了。是啊,舍得舍不得,又能如何?

吴妈说,小刘啊,有件事我想拜托你一下。

我说,您只管吩咐。

吴妈欲言又止,说,你要有空的话,注意下艾警官家里后面的窗户。

我不解地问,窗户?有人偷东西吗?

吴妈嘴角抖了抖,说,也不是,你有空注意下或者告诉他一声也行。

我不知道吴妈说的是什么意思,反正注意一下,也不费多大的事儿。我就答应了。回头我告诉老艾不就得了。

我离开吴妈家里没几天,她就走了,去了成都。

过得怎么样我和老艾都不知道。她是没有手机的,除非她打电话来主动告诉我们。

五

吴妈走了,挖掘机大军就到了。

那些巨大的铁钎子在墙面上"嗒嗒"地钻了半个多月。粉白的墙体在轰鸣声中一个个倒去，摔成了水泥块子。一些拾荒的人卖力地抡着四方锤，在飞扬的尘土中寻找着手指粗细的钢筋，把该扒的都扒了，筋也抽了。地上满是房子的尸体，房子彻底死了，死得灰飞烟灭。

一伙人又用一人高的围栏把工地挡得严严实实的。没多久，埋头路过的人多了起来。围栏里面仿佛什么都没有发生。

一切归于平静。阳光被风吹了过来，倾洒在老街的地砖上。

我和老艾就着金灿灿的阳光，把警务室的窗台、门廊抹了一遍又一遍。室内的文书资料也全部盘点一番，分门别类地贴上了标签，码放得整整齐齐。

老艾细心地给他那盆吊兰浇水、松土。等他抬头，这才发现教导员正虚眯着眼望着他。

过两天有领导来检查指导工作，要开座谈会。教导员是来打前站的。

教导员用指尖摸了摸窗台，玻璃，门廊。

还是有灰。他说完，捻了捻指头，又补了一句，打扫要彻底一点儿，不行就请专门的人来搞。老艾递上一支烟，但没给他点火。凭什么给他点火，老艾比教导员的年纪要大上一轮呢。

火机"嘭吱"一声，两人的烟都点着了。老艾扬了扬手上的烟说，工地才消停，要不然的话，我们早就打扫了。教导员嘿嘿一笑，我们老艾同志的觉悟还是蛮高的，但是，灰越大，我们越是要注意卫生。

我防火防盗，防得住灰吗？我轻哼了一声。

教导员的眼珠滑向那盆吊兰，像沙漠里见到了绿洲，放着幽光。他指着叶子说，看看，就要像这叶子一样干净。

看了一会儿，教导员似乎又看出了什么名堂。他说，老艾，你这草养得不对，叶子尖怎么是黄的？

老艾没好气地说，都给这灰害的，就那样，长不好。

教导员从鼻腔里喷出长长两管子烟雾，又轻易地把话题转回清洁卫生上来了，唠唠叨叨地继续强调着重要性。

我嘀咕着：教导员同志，要不要用手指抠抠我们的鼻孔，里面的灰多着呢。

老艾的表情告诉我，他也是不屑的。

教导员继续着他的预演，开口就起了高调子。单看他的表情和手势，还以为大会已经开始了呢。可惜，我五音不全，老艾更是如此。教导员的调子高得我们没法接。他说，这既是季度总结会，也是下步工作的展望会，领导专门到警务室来检查指导，是对你们辛苦工作的极大肯定。

我只听进去了"辛苦"两个字。

老艾的发言稿中有一堆数据证明我们的辛苦。发言稿是经过办公室和政治处两大部门把了关的。

开会那天，老艾的发言被安排在第一个。还没开始发言，他就猛喝水。轮到他发言的时候，他去了厕所。主持人没办法，只好多说了两句拖延时间。

正说着，老艾急急忙忙地进来了。

老艾坐在我对面，发言的时候除了看稿眼睛就盯着我，别的人像不认识一样。他用普通话念了一段，可能看见我抿嘴笑了一下，也可能听见有人在小声议论什么。他干咳了一声后，又改成了武汉话。这一改，立即就有人笑出声来了。

老艾连连解释说，普通话讲不好，请大家见谅。

我和别人笑得可不一样。别人笑得人仰马翻，眼泪横飞。我的眼睛瞪成了机关枪眼那么大小，扫视着每一个那样笑的人。

老艾的脸在笑声中红成了一团。他不自觉地伸手去抓水杯，手还在发抖，便放弃了。他清了清嗓子，放下发言稿。

我的手心冒出了汗，喉咙也开始发干，为他着急。

老艾的脸上像落了一层水泥灰，但声音洪亮了起来：不管怎么样，做该做的事，做对的事，那就是我们该做的事。谢谢大家，发言完毕。

他省去了很大两段话。我是知道的，办公室和政治处的同志也知道。

后来有人说，老艾照着稿子念都不会。也有人说，老艾讲得经典啊。当然了，他"此处省略一万字"的潇洒样受到了教导员的严厉批评。

教导员是打电话来说的：叫你发个言这么艰难？做了那么多事，抓获了那么多盗窃、吸毒的，我们的上门调解、服务，真是急死个人。

教导员越讲越激动。他要是知道老艾把电话开着免提，他会跳脚的。老艾夹着烟，慢慢吸慢慢吐，时不时"嗯"一声应付了事。

电话终于知趣地停止了工作。我笑得直拍桌子，老艾，真有你的。

老艾鼻子里哼了一声，说，没大没小的，以为当个"教导玩"就不得了了，他参警的时候还是我教他玩呢。

我说，他要说就让他说呗，左耳进右耳出不就完了。

老艾说，发什么言，我只有前列腺发炎。

我说，我连前列腺都不发炎。

老艾骂了一句，你个鬼伢才几大年纪，前列腺出了问题那是你纵欲过度。

我没应他，只是乐呵着。我们又闲聊了几句，老艾一看表，说，都六点了，管他么事哦，走，喝酒去。我请客。

我知道老艾心里是憋了一肚子火的。也许只有喝上那么两口酒，他才能忘掉一切不快与不幸。

那次，我们的菜上得慢了一些，先前的老板因为拆迁不做了。我们闲着无聊讨论起了喝酒。

开始还以为你喝酒是装的。

后来呢，咋看出我不会喝酒了？

酒品如人品，你喝酒肯定不会装。

老艾的理论是有酒的杯子才算是酒杯，杯子离开了酒就是另外一种杯子了，或是水杯，空杯。他手里的杯子才是真正的酒杯。

他边嚼着花生米边说，你太书生气，要喝点儿酒练练胆。他端起酒杯和我碰，我只喝了一小口。好辣，我嘴巴上火，起了泡。我解释说。老艾说，那不是说鬼话，酒不辣那还是酒？他一仰脖子，半杯酒乖乖地进了肚子。

他叉了一根凉拌黄瓜，把蒜汁吸得吱吱响。吸溜的间隙从牙缝里挤出一句，你们这代人，吃的苦不够。

酒喝完了，见他走路有些摇晃，我要送他回去。他不让我送，推我先走，我只好顺了他的意思。

我走了一小段，不放心，转身往回走找他。

我在停车场发现了老艾那台破富康。我拍了拍车窗，老艾开了门。

老艾打了一个哈欠，说，怎么回来了？我说，不放心，你喝了酒还要开车，要不得。老艾说，我有点儿困，车上躺一下而已。

收音机里正播着卖壮阳大补丸的两性节目。老艾搓了搓脸，脖子左一下右一下，咯噔一声，清醒了些。他有些不好意思起来，说，听听这节目，尽瞎掰，亚洲男人的平均长度十五公分，问问她老公有没有十五公分。我笑而不答。

我们下了车。没走两步，我踩到一只塑料碗，汤汁冲进了我的棉袜，有些凉。

哦，这片停车场的卫生以前是吴妈负责的。她要是在，或许我就不会踩到那只碗了。她过得好吗？

对了，老哥，上次吴妈给我说，要你注意你家的后窗户。

哦？哦。老艾用了同一个语气词，声调不一样。

他让我先走。

走了几米远，我回头一看，一个笔直的黑影还愣在停车场里。

唉，说不定老艾也想起吴妈来了。

六

一大早，陈嫂和凉风一起溜进了警务室。我抬头看她的时候，她已经立在老艾的面前了。

她大口喘着气说，啊呀，这小偷，这小偷，真是不得了。

老艾忙问，发生么事了，么样个不得了了？

陈嫂又"啊呀"一声说，艾警官，小偷把我家窗户撬了，伸进来一个钓鱼竿，真的是钓鱼竿啊。

她继续喘着粗气，比画着她看见的那根钓鱼竿。

老艾招呼她坐下慢慢说。

陈嫂捂着起伏的胸口，长呼一口气，说，啊呀，吓死我了。我还在想，怎么家里会有个钓鱼竿呢，结果搭在椅子上的衣服就被钓走了。

老艾问，还有没有其他东西被偷了？

昨天晚上，我，刚洗完澡，只穿着睡衣呢，别的东西，就是换下来的内衣也被钓走了。

陈嫂的脸上红光一现，露出一丝娇羞来。

我一言不发地认真做着登记。老艾起身给陈嫂倒上一杯水。她接过润了一下嗓子，神神秘秘地说，你们说这小偷是不是变态啊，我听说有变态男人专门偷女人的衣服呢，好变态是不是，我给碰上了。

说完又"啊呀"起来了。老艾故作严肃地说，以后啊，你得老老实实地待在家里了，你出来这么一走，小偷不来，变态色魔倒吸引过来了，那可不得了。

陈嫂笑得胸口又起伏起来了，仿佛她来这里就是为了得到老艾这么一说，然后扭着水桶腰走了。

我合上登记本，给自己倒上一杯水。老艾把脸埋在烟雾里，不吭声。我回过头问他，咦，这陈嫂一走，咋跟丢了魂儿似的。老艾的表情告诉我，我不该开这个玩笑。他说，瞎扯！给我倒杯水来。我们两人这样闹惯了，他不这样和我说话，我还担心他是不是记心上去了呢。水给他倒好了。他说，这是典型的钓鱼盗窃。老艾这么一说，我才回过神儿来。以前我也接触过类似的案子。老艾翻了翻登记本，说，你看啊，上个月，李来胜家不见了外套、手机、钱包。这很可能也是被钓走了。

老艾像在翻看一本故事书，越翻越有精神，像年轻了好几岁。

最后，他合上登记本，扔给我一支烟。他自己先点上了，又把火机扔给我。他知道我很少抽烟，属于没烟没火机的三等烟民。

老艾说，辛苦几晚上吧，把联防队的都搞来，守几晚上。

事情就这么定了。我和老艾各带三名联防队员。我从东头往西巡，他从西头往东巡。

正如老艾预言的那样，我们很辛苦了几晚上。联防队员的牢骚话也多了起来。老艾为了稳定军心，许诺他们，加班一晚上补贴五十元，抓住一个奖励五百，抓获一伙奖励一千。

说来也巧，就在老艾宣布重赏的当天晚上，他带的那队人马抓住了三个"钓鱼"的人。人赃俱获，盗窃男士夹克一件，价值人民币二百元。衣服的主人是张仁志，街坊邻居都喊他张傻子。这回他一点儿都不傻。他在自家窗户下面设了一道机关呢。

张仁志得意地拎着一串空啤酒罐子，上下抖，左右甩，罐子欢快地发出哐当哐当的响声。他说，看看，我发明的，就这玩意儿帮你们抓到了贼。老艾说，你这算聪明了一回啊，有几个空罐子我就私人给你买几罐啤酒。张仁志毫不客气地细数了起来。老艾见状，大手一挥，说，不用数了，搞一整件，够意思。张仁志拎着他的发明高兴地回家等奖励去了，空罐子也跟在他身后哐当哐当地炫耀起来。

张仁志的啤酒兑现了，联防队员的奖励也兑现了。老艾的脸色却很难看。我知道他脸色为什么这么难看。教导员非要亲自到我们这个小小的警务室给联防队员搞一个奖励仪式。我严重怀疑他有讲话瘾。他拿着装有案件奖励费的信封在手上呼扇着。联防队员们都知道那信封马上就属于他们了。教导员似乎看出了他们的心思，我就不发，要是只发发钱，叫分管刑侦的副所长来不就行了吗，还需要分管政治思想工作的我站在你们这群散兵游勇面前讲话吗？

这也只是我瞎猜。

他继续呼扇着，不发。发了钱这帮人谁还规规矩矩地站着听他啰唆。

我和老艾象征性地听了一会儿就出去了。警务室对面现在已经是另外一番景象了。水泥柱子如雨后春笋般从那片空地上冒了出来，各种机器没有一个不在卖力地咆哮。

机器毕竟是机器，没有魂魄，也有累倒的时候吧。我这样想着的时候，教导员也出来了。他说了句什么我没听清楚。我说，声音太吵。老艾听见我说的话了，也跟着说，声音太吵。教导员摇了摇头，指了指我和老艾，然后走了。

我和老艾相视一笑，进了屋。

屋里充斥着各种噪声，比起对付教导员的讲话要难多了。

我想尽了一切办法对抗工地上乘虚而入的轰鸣声。关上门窗，不行，拉上窗帘，好歹多一层阻隔吧，没用。我戴上耳机，把耳朵塞到疼，那些声音还在。罢了，机器也有机器的难处啊，被人逼着劳作，它能不怒吼吗？

我就此得出一条结论：在没有水泥和钢铁之前，就没有城市。

老艾笑得要抽起来了。

我告诉你，只要有人就会有城市。

我老家就不是城市。

人多了就是城市，这是标志和区别。

听老艾这么一说，我好像明白过来了。是啊，有人就会有各种各样的需求和想法，就会发明水泥和钢铁。城是人的城，是满足人的各种需求和想法的城。

老艾不理会我的这些唠叨。他忙着拿小喷壶给他那盆吊兰浇水。细细的水珠从茎叶慢慢滑到了根部，再浸入泥土。老艾突然兴奋地说，快来看，吊兰要开花了。我凑过去一看，确有一枝花骨朵。老艾举起花盆，说，来，看看还有没有。我打了一个哈欠，瞅了两眼，摇摇头说，真没有了。

老艾有些失望，把花盆移到窗台。这下可以照见阳光了。他又转身叮嘱我说，开窗户一定要小心点儿，别摔了花盆。

我说，放心吧，这么吵，叫开窗户我也不会的。

他嘿嘿一笑，甩着膀子出去了。他一走，我的脑袋又空了起来。

这人啊，脑子就不能空着，一空各种噪声就来了，那些机器就像在大脑里施工，从你的大脑往下挖，挖到你的心，你的肺。

正胡思乱想着，老艾的手机响了，他忘带了。手机闪着白光，把桌面震得呜呜响。我没打算管它。就这么响了一阵子，手机又响了。依我的判断这应该不属于骚扰电话。我走过去，关了铃声，手机在手里发抖。

等到手机老老实实地不动了，我才把它放回原处。刚放下，我的手机响了，是同一个电话号码打过来的。

我接了。

哎呀，是吴妈您啊，真是太惊喜了。怎么样啊，在成都？

好啊，好，不错呢。我打电话来，是给你和艾警官报个喜，自强他结婚啦，媳妇也长得漂亮咧。

嘿哟，看把您给乐的，那可是大喜事啊，您就等着抱孙子吧。

那还早呢，他们这年轻人啊，不急，恐怕还得一两年呢。

哦，那也是啊，年轻人想法多。那你抽空回武汉看看呗。

我现在每天帮他们做做家务，习惯了，哪天不做身上就没劲儿。对了，艾警官还好吧？

吴妈是专门问候老艾的。

老艾过得好不好，这个问题真不好回答。就像电视台找个路人问你幸不幸福是一样，幸福吗，不幸福，好像又有点儿幸福，好像又不幸福。

我只好说，他呀，还是忙，老样子呢。

吴妈说，他家的姑娘怎么样啊？最近有没有犯病啊？哎哟，他这咋办哦。

是啊，老艾咋办哦。我真不知道，也回答不上来。

吴妈在电话那头咳嗽了起来。

我忙问，要不您先回家歇着吧。

吴妈没有理会，她有好多话要和我聊。她打个电话也不容易。我也不再劝她了。她继续和我聊老艾的女儿。

那些年，老艾带着娃娃跑遍了大小医院，也没看出个啥结果来。娃娃是个好娃娃，收拾干净了，也是个俊姑娘。哎，老天爷真是没长眼啊。

吴妈，这些年，真是多亏您帮忙照顾了。

我又没别的本事，做做家务，这都是顺手的事。

吴妈，不瞒您说，老艾家里的事情，他不愿意说，我也不好问呀。

他呀，说实话吧，别的什么都好，就是有点儿好面子。

老艾确实有点儿好面子，是不是本地人，是不是有正当职业，对于他来说，这可是个正经事呢。话也说回来，这不是城里人的通病吗？条件好的就不愿找条件差的，条件差的就想着找条件好的。我要是没个正当职业，我老婆说天也不会嫁给我的。就她的话说，现在这个社会，还叫女人嫁鸡随鸡嫁狗随狗，那简直是做梦。

做梦，我一直在做梦。城市的房子都是高高的，连路也架得高高，人人都高高在上，能不做梦吗？

我真庆幸当初没把话挑明，要不然，吴妈多尴尬。说不定，她连这通电话都不会打了。

那天吴妈给我聊了很多，关于老艾和他女儿，她和他女儿，还有她和老艾的事。

我做过一番假设。如果当初老艾只是付钱请吴妈照顾他女儿，而吴妈也能心安理得地接过劳务费，这何尝不是一件好事。可时间长了，吴妈不好意思接老艾的钱了，她说把钱省着给娃儿看病。老艾能说什么呢，心里感激、感动啊，如今还有谁这么扒心扒肝地对你好啊。问题就出在这了，吴妈长期免费帮忙，风言风语也多了起来，老艾又觉得难为情了，说白了，也就一张脸面的问题。

毕竟，吴妈有吴妈的生活，老艾有老艾的生活。而我，也有我的生活。

七

我这个人有个臭毛病，喜欢一个假设接着一个假设，生出无数个"如果"来，把自己逼到死角，又假设回来。

你的病又犯了。老艾终于忍不住这样说了我一句。

我有好长一段时间不知道如何跟老艾讲话了。我生怕哪句话刺激到他，生怕工作上的事让他多操了心。老艾天天绷着脸，像尊石雕。

起初，我只是望着他忙碌的身影哀叹两句。他是在借忙消愁，可他一忙，谁照顾他可怜的女儿啊。

他可能意识到我的一些变化了，也时常愣愣地望我一眼。

除了不敢给他那盆吊兰浇水以外，其余的事我都默不作声地抢着干了。

也不知道怎么回事，老艾的那盆吊兰就像天气一样，时好时坏，好的时候叶子葱葱绿绿的，不好的时候就黄不拉几地耷拉着。

老艾时常会皱着眉头，喃喃自语，哎，你倒是好起来啊。

我假装没听见。听着我心里难受呀。我真想告诉他，老哥，你的事我都知道了。你别不好意思，你对我这么好，有啥事我也帮你扛一扛，别一个人撑着啊。

我想到了请他喝酒，酒桌上啥都能说，大事当小事说，小事也可以当大事说。他有些犹豫，说可能晚上有点儿事。我又真怕他有事。他能没有事吗，他姑娘谁照顾？就凭这一条，我也只好说那就改天吧。

他没坚持，我也不再坚持。

等等吧，再等等，有机会我一定好好和他聊聊。

夏天刚过完，我们的关系就降到了冰点。我们开始像陌生人那样寒暄，客客气气的，正襟危坐着。

一天，我要去东头老肖家送户口本。老艾说，刚好，我也要去那边。

我琢磨着兴许这是个好机会，路上可以聊聊喝酒的事，然后发发牢骚，说说教导员的坏话，如此多好。

我们两人在路上走着，却怎么也走不到一个步调上去。

我说，老哥，你最近看起来有些憔悴啊。

他鼻子里"嗯"一声，然后停了几秒才张嘴说，是啊。

弄得我完全没法往下接话呀。

我们前面有一群追逐打闹的孩子。我找话说，看，现在的孩子真够调皮的。老艾点了点头，说，可不是，像我那个年代吃不饱，哪有气力撒野。

我想借机问问他姑娘，兴许还有机会劝他找个女人，哪怕为孩子也应该找一个。可我们的对话就到此为止了。

事情突然之间就发生了转变。一个大一点儿的孩子在花坛里抠摸半天，冷不丁地朝一个姑娘身上扔了一块土，姑娘吓得"哇"一声捂住了脸。其他孩子一看，劲头上来了，一双双小手忙着伸进花坛，摸出些大大小小的土块，有的扔出去就粉成了灰，觉得不过瘾，又转身在花坛里摸，一边扔一边喊：打猪哦，打猪哦。

住手！都给我住手！

老艾的身影几乎和他的声音同时追上了孩子。孩子们都止住了吵闹，只剩那个被扔泥块的姑娘呜呜地抽泣着。

老艾走过去心疼地擦掉姑娘身上的泥土，问，不碍事儿吧？好了，别哭了，别怕，别怕。

其余的孩子继续围着，兴致丝毫未减，他们要看看这个呵斥他们的人到底要干什么。

老艾挥着手，赶他们走，嗓子都走了调地吼着，小崽子，都给我滚蛋，没有教养的东西，都快给我滚蛋。

声音却像兴奋剂一样鼓动了那群孩子，他们开始起哄，翻着白眼，怪叫着。

那一刻，他们压根儿就不是孩子。

我气愤地说，你们是哪个学校的，找你们老师去！

老头老头真蠢蛋，女人跟了别人坏，生个姑娘是蠢蛋……

这群孩子扔下几句顺口溜，跑了，连个影子都没留下。

我大致听明白了顺口溜的意思，老头肯定是指老艾了，姑娘肯定是眼前的这位姑娘了。

我束手无策地站在老艾背后。

老艾什么话也没说，牵着姑娘的手往回走去。我想喊他，喉咙却不听使唤,心扑通扑通地跳得厉害。

我没有拦他,让他去吧。让他赶紧回到家,关上门,哪怕哭,哪怕放声大骂,怎么样都行。

我继续往前走去,像被谁抽了魂似的,眼睛被风吹得润润的。

沿街有人向我打招呼,我只是含糊地"嗯"一声。直到有人说王家的那姑娘又跑出来了,我这才停下步子,赶紧问,你说什么,刚才那姑娘是王家的?那人说,是啊,王家的傻姑娘。我说,怎么能说别人傻呢。那人说,是傻,生下来就成傻子了。现在大了每天被拴在屋里呢,今儿咋跑出来了。

我长舒一口气,庆幸那位姑娘不姓艾,心里竟然有了一丝宽慰。转念一想,老艾的女儿会不会也被一条铁链拴着,要不拴着,跑出来或者发生什么意外?

我像吸尽了整个天空的雾霾,胸口堵得喘不过气来。

办完正事,我接身去了附近的一个临湖公园,吐气。

不远处,老者在钓鱼,碰巧鱼儿上钩了。老者快速转动着轴线,一条鱼极不情愿地被扯出了水面,在空中一抖一闪地扭摆着。老者伸手抓住了它,又随手把它丢在一只没有水的塑料袋里。鱼儿在袋子里进行着最后的舞蹈,把袋子摇晃得呼啦啦响。老者看也没看一眼又唰的一声将鱼线抛向湖中。

公园的石凳子上有一群人在那里吹牛胡侃。

他们都在争先恐后地证明着自己,比别人穿得好吃得好,比别人拥有得多占得多,比别人有钱,比别人活得潇洒、风光,连搞过的女人也要比出个多少来。

呵,没人愿意把自己当成一把野草。也是,野草多么卑劣,会被羊吃被牛吃被猪吃。我已经习惯轻轻地"呵"上一声了,止痛呢。

我像世上仅存的智者,静静地坐着,听那帮子人胡言乱语。有一个明显被别人侃得落了下风的人,突然站起身,"嘿嘿"两声,脸色跟着诡异起来,眼睛都放着光。有人说,你嘿个球啊。他骂起来,你晓得个么事,闹眼子吹牛行,我给你们说个事,保证你们鼻子淌血,嘴里流涎。

一些人不以为然。他不理会,又提高了音量,是武汉话:老男人给姑娘伢洗澡,你们看到过没有?

这句话像一阵凉风灌进了他们的嘴巴,猛然一下都住了嘴。随后才又哈哈大笑起来,笑得湖水也一浪高似一浪。

去你妈的,你个下流的坏子,尽扯些不着边的事。

不信去尿。你问小驴子,老子们一起看到的。白花花的嫩奶子,下面像片柳树叶子,小驴子的那玩意儿把裤子都顶穿了。不信,你们问他。

有人掏出手机真想打电话求证。

我的脑袋嗡嗡作响,身子在风中发抖。湖水卷着浪扑向岸边,散成了一张网。

滚!滚!一团东西从我胸腔里怒不可遏地滚了出来。

声音滚出很远,钓鱼的人都听见了。他的鱼肯定也跑了。他又唰的一声把鱼钩抛向湖中。

就算我是警察,凭什么让别人滚?滚的只有我自己。身后那堆人,没有再谈论他们看见的那对奶子,他们改口一起骂我神经病,还有苕卵子。

八

我忍不住给我老婆说了。

她穿着新买的牛仔裤,非要扭给我看。我扫了一眼,说,还行。她没好气地说,叫你看看,就敷衍了事,看你操心别人的事还蛮上心嘛。我说,哪里敷衍了?你能认真听我把话讲完吗?我连续发出了两个反问,她愣了一下,说,那你说。我说,那是我亲耳听到的,听到心里难受。老婆说,哎呀,你难受个什么,老艾能怎么办呢,他不给他女儿洗澡,谁帮忙洗?真是咸吃萝卜淡操心。我说,他是在尽父亲的责任,可是,你不觉得这是多么地悲哀吗?老婆有些不耐烦地说,悲哀,悲哀,这个世界哪个不悲哀。男人不悲哀，女人不悲哀，你们警察不悲哀……

我气得不说话了，把水龙头拧到最大，水"唰"地一下溅出来了。

老婆说，喂，叫你洗个菜不耐烦了是吧？

我没理她，把水关小了，接着洗。也不是妥协，确实水开大了会溅湿衣服。

她开始自言自语起来，我们同事去过好几次九寨沟了，那个地方美得让人无法呼吸。我顶了她一句，让人无法呼吸那是谋杀。她立即拔高音调，说了你也不懂，真是跟你过得没有品位。她嗓门里像装着喇叭，只要旋动按钮，音量想多大就有多大。我甩干蒜苗上的水，理顺按在砧板上切成了小段。

她还在念叨。

我把菜刀耍得梆梆响，姜葱也切好了。

你的脚又没长在我腿上，我不走未必你就走不了。我只敢在心里这么嘀咕着。

锅里的油已经冒着小泡了。我把葱姜蒜椒一起倒进了锅里，"啪嘶"一声，香气腾了起来。

我兜里的手机响了。

老婆的手滑溜一下就伸了进去。是老艾的电话，她问我，接不接。

接，肯定接。顺便问他吃饭了没有。我把鱼倒进油锅。

老婆喂了一声就不喂了。她一脸疑惑，还有些惶恐。你接，不晓得那边在搞么事，他说叫你快去。

我把锅铲交给老婆。手在围腰上揩了一下，接过电话，喂，老哥，喂？

老子搞死你……搞死你个龟儿子的……

我听出是老艾的声音。声音发着颤。

有本事，过来啊。另一个凶狠的声音扑向了老艾。

可能发生大事了。我说。

他说叫你赶紧去他那里。别的没说。她说话的时候已经开始拿鱼出气了。

顾不上制止她,我说,我去一下。

晚饭都没做,又跑出去!她又铲了一下,鱼头断了。

如果有时间,我非得认认真真地和她大吵一架。一个女人家,你那么凶巴巴的干什么?你是武汉人就了不起,就可以不用做饭,就可以把鱼给我铲个稀巴烂?

我猜得出,在门发出哐当一声之后,那条鱼肯定会落得更惨的下场。我没空理会这些。我不能再当时间的马后炮了。老艾出事了,肯定出事了,难不成他发现了窗户后面的眼睛?那得多大的愤怒才能挽回一个父亲的颜面。他得操起棍子狠狠地揍向他们,将他们制服,绳之以法……也说不准,老艾挥舞着菜刀,砍死那些下三烂……警察怎么能拿刀砍人呢,就算别人偷看你女儿洗澡,你也不能砍人啊。千万别砍人啊,你是警察啊,就算教导员不说,那法律上也有明文规定的呀。

事实上,老艾早些天前就怀疑卫生间的窗户为什么关不严实了。有人在窗户上做了手脚,窗户的卡槽里被人打了胶,无论怎么关都会留下一条缝……

原先老艾手上是有武器的。他操起拖把出门就追,一下都没打着人,还被别人抢了去。别人咔嚓一声,拖把的下半截就没有了,立即变成了称手的棍子,挥舞起来呼呼响。

那天的月亮闪着宝剑一样的寒光。我看见三个人把老艾逼到墙角了,也不能说是逼吧。那三个人要想撤出战斗也不是那么容易的。老艾就算赤手空拳,咬也咬他们一口。

我大喊一声,搞邪了,把棍子放下。

老艾一听是我的声音,立刻展开了新一轮的冲锋。他一头撞在一个人的肚子上,那人连退了好几步,没有倒。

像杨家将中那位撞碑殉国的老父亲,老艾一个趔趄趴在地上。

他们有一个人说,走,快跑。老艾伸手兜住最近的一只腿,那人也应声倒地。拿棍子的那人就猛打老艾的胳膊。老艾死活不松手。

我撸起衣袖才发现自己也是两手空空。我脱下外套，拧成一股，像一个剑士冲向他们。另一个人撒腿就跑。我哪能轻易地让他跑呢。我是警察啊，我要抓住他，为老艾报仇。衣服丢了出去，连毛都没挨着他。我的脚随后踢着他的屁股了。他摔了一个狗吃屎。我熟练地做了一套规范的动作，不许动，警察！说实话，我说这句话干吗啊！我又不是在抓杀人犯，我手上又不是有枪。我以为就此要收场了，以我们正义方胜利而告终了。我的后背结结实实地挨了好几棍子，最主要的是头上也挨了棍子。我"啊呀"都来不及，啥都是明晃晃的。

老艾爬起来了，可能手里摸到了一块地砖，他像一头咆哮的狮子扑了上去，嘴里喊着老子跟你拼了。他是砸中了人。那个人哎哟哎哟地逃走了。三个人都逃走了。舞台谢幕了，只剩下我和老艾两个人。他扶起我，我疼得嗷嗷叫，起不来。他说，兄弟，你咋啦，伤着哪儿啦？我不知道我说的啥，只喊疼，疼得要死了。

老艾急了，眼泪吧嗒一声掉我脸上了，热乎乎地滑溜一下又变凉了。

老艾抱着我往车上走去。后来的事，我记不太清楚了。

九

月亮还在云层里翻腾的时候，窗帘就被查房的护士"呼啦"一下拉上了。

我自然没有搭理她。她也不需要我搭理，报完体温就走了。住院第一天我就对这群极度负责的护士不满。我说的可不是反话，她们真的很负责。每天一大早窗帘就被"呼啦"一下给拉开了，白花花的光照得我眼睛都睁不开。到了晚上又"呼啦"一下全给拉上了。仿佛白天黑夜由着她们掌控似的。我也试图阻止过，她们不听，还非常委屈地向我解释说，护士长看见了要扣分的。

算了，无所谓了，我也懒得提了。反正月亮也不争气，我还指望它把乌云照得亮堂堂的游丝般逃窜呢。但它好像根本就不知道自己应该在哪儿一样，忘记了自己的职责，只是作为一种存在而存在罢了。

病了嘛，自己跟自己唠叨，总不能这么直挺挺地躺个把月吧？像我现在也只能这样了，腰椎骨折，严重着呢，好在瘫痪不了。我啥都给医生说了。骨折的原因也说了，医生没信。不奇怪，我没说实话。当然，这都是后话。

那天老艾送我到医院的时候，我哎哟了一路，到后来哎哟也不起效了。老艾边开车边喊，老弟坚持下，是老哥害了你，你一定要没事啊。能有什么事儿？我刚刚闪过这个念头，脑袋就嗡的一下，一切变得模模糊糊了。老艾见我没搭话，他大喊着，兄弟，你哼唧哼唧啊。我还是没哼唧，只看见车窗外明晃晃的月亮在奔跑。

那光一直跟进了医院，后来我躺下了还在头顶上明晃晃地亮着呢。看着看着，浑身就感觉不到疼了，竟然无所顾忌地睡着了，还做了梦，梦见我生病了躺在病床上。我还乐呵着，生病了就可以休息了，终于可以休息了。

再等我感觉到疼的时候，又疼得让人受不了。脑袋轻飘飘的，像塞满了棉花。

他醒了。有人像宣布命令一样，我立即就醒了。

声音是从一面蓝色口罩后面发出来的。再晚一些的时候，我被送到了针灸病房。那有一堆熟人等着我。老艾最先说了一句，老弟呀，你可是醒了。接着，我老婆迎了上来，她的眼睛被泪水装饰得比任何时候都好看，嘴里还想说句什么，嘴唇抖了半天就是没声音，反倒把眼泪抖了下来。老艾说，哎呀，醒了就好，醒了就好，把人吓死了。有人一说话，我老婆的眼泪就收了回去，眼睛里慢慢冒出火来了。怪我呗，怪我把自己搞成这样子。我不得不把目光转向其他人，有人正巧摘下了口罩，我认出是柳青青，惊得张大了嘴巴。

怎么会是你呢？我差点儿说出口，但啥都没说。她可能是故意摘掉口罩的。我们仅仅对视了一眼，她就跳开了目光。

好了，让病人在病房好好休息。她像指挥官一样发号施令。

我老公怎么样？严重吗？老婆追着问。

一两句话说不清楚，回头会详细告知你们的。她把话一撂就走了，还有比我更严重的病人在等着她。

那天真是糟糕透了，真的。我醒来越想越屈辱，那真是一场彻彻底底的败仗啊。

我绝不能告诉任何人，这是我和老艾之间的秘密。我自愿保守这个秘密。老艾对我好，是我该对他好一回的时候了。

我不小心摔的，真的，从二楼，不，是从三楼摔下来的。我对所有人都撒了谎。为了能描述得更危险一点儿，我把我们二层楼高的警务室说成了三楼。

这话根本就蒙不住我老婆。她知道我是接了老艾的电话冲出门的，然后手机打不通，一晚上没回家，第二天见到我的时候，我就直挺挺地躺到医院了。她能信吗？她的眼睛瞪得床单都要着火了。

哎，这么大的人了，怎么会摔成这样呢！她是说给别人听的。

我没作声，老艾看了我一眼也没说话。她便把目光盯在老艾结了血痂的脸上。她的意思很明显，你不说总得有人要说吧。她显然是指望老艾主动交代昨晚发生的事。

我说，是摔的，人倒霉了马蹄窝的水都能淹死人。

哼，好大的马蹄窝！家里一堆事情，你把自己搞成这个样子，我还要照顾你，家里的娃娃怎么办？老人怎么办？她根本就不关注我的解释。她地道的武汉话又拔高了一个音调。

我真想用蹩脚的武汉话回她几句：办个锤子！办个呵欠！

老艾快速扫了我一眼，嘴巴动了动。我赶紧对老艾使眼色。他的脸"唰"的一下红了，像喝了斤把酒。老艾肯定认为我们夫妻是在吵架。其实不是，这是她的常态。在我们家，她主内又主外，当总统还要兼总理。刚结婚那几年，我妈逢人就夸，还对我说，呀，你就知足吧，找老婆就找她这样的。我笑笑说，我保证还能找到比她更好的。我妈立即就骂，你要敢胡来，就别认我这个妈了。时间一长，我妈也不再像之前那样夸她儿媳妇了，在外人面前又开始夸我，说我体贴人，顾家。有时发现我有点儿小情绪了，我妈私下就劝我说，男人无论怎样都要让着点儿女人。我妈的意思我懂，我一个小地方的人娶个大城市的姑娘，还不用操心买房，那是捡了便宜了。就为我妈所说的这个不小的便宜，我会把很多想法烂在肚子里，哪怕会憋死自己，也要憋着。

老艾用手拢完头发后，手就不知道放哪儿合适了。他憋了半天说，弟妹，对不起，真对不起……医院的事就交给我吧。

老艾可能会意到我递给他的眼色了。就算没有领会，他能怎么说呢？难道说，他是帮我打架受伤的。我老婆肯定会质问他，你也是警察，打架喊我老公搞什么。他又能怎么解释呢？难道说，有流氓偷看我女儿洗澡，我就冲出来，结果寡不敌众，所以就喊你老公了。如果他这么说，那他算是点燃导火线了。我老婆这个炸药包会把我们炸翻天的。

我老婆没有立即接话，她知道我和老艾的事情没有那么简单。她过了一会儿就变回了正常的武汉腔调，客气地说，这哪能让您来照顾他呢，他是个马虎的人，我不经常给他唠叨唠叨，他长不了记性。

她就这样，不管别人舒不舒服，反正该说的非得说。

我挺佩服她这一点的。我想学都学不来。我老把事情憋在肚子里，都憋成毒药了，这次要是不死，也会毒发身亡的。

十

在我稍微能够活动的时候，我做的第一件事就是把网名改成了"没落贵族"。我总该反抗一下才好，得有人知道我是不服这口气的。

你怎么变成"没落贵族"了呢？我的眼球被一个女人的声音引了过去。

眼前的女人是我的主治医生柳青青，我的初恋女友。

她用接近于嘲笑的口吻说，你以前不是叫"转世情人"吗？

我试着动了动身子，腰上绑着夹板。我很快就不再动了。她嘴角挂着一丝笑意，还忽闪了一下她那双大眼睛，似乎说，你动嘛，有本事你动起来让我看看。她当然知道她亲手打造的"机器人"是动不了的。

你可能伴有轻微的脑震荡，具体情况还要等检查结果。她说这句话的时候，温柔多了。

哦，谢谢。我好像只能这么说。

算起来，我们分手好几年了。要不是她那么急切地把我带到她妈面前，或许她就是我老婆了。她妈见面就问了一堆问题，我被问得气都喘不过来，连柳青青也插不上话。她只能一个劲儿地撒娇说人家是我们系的大才子，工作，绝对没问题。她妈没好气地说，八字还没一撇呢，以后还有房子、车子……怪就怪柳青青此时插了一句：我们又不是没有房子住。她妈一听就气得"啪啪"拍着沙发说，你给我站一边去，真是不晓得油盐。我的脸不再红了，红得再很有什么用，人家要的是房子车子，可不是红苹果。我就那样走了，再也没有回过头。

说吧，怎么伤着的。

摔的，从楼梯上摔的。

绝对不可能！她摇着一根手指头，咯咯地笑着。

我躲开了她的目光。我越躲她越来劲儿，她非要把我的谎言揭穿。

是被棍子之类的硬物伤的。我没说错吧？她像个法医开始解剖我。

别告诉别人，行吗？我想了一会儿，还是决定告诉她。

咋，跟别人抢女人被打了？她笑得腰都直不起来了。

你说是就是了，笑什么。

要是再高那么一厘米，你下辈子就可以安心地躺着了。她收了笑容，鼻子哼了一声。你那某功能也就废了，那才好笑呢。

废了就废了。

她又哼了一声，走了。我希望她能厘清关系，我现在是病人，不是你的什么前男友。

我无聊地盯着输液管发呆,看着透明的液体一滴一滴顺着管子流进身体。这该有多少滴啊,肯定数不过来。

我从管子后面看见一个人,是老艾。他拎了好大几袋东西。他把东西往柜子上一放,就开始像医生那样不停地问这问那,脚指头能不能动,手用不用得上劲儿,他还像模像样地拿起核磁共振的片子对着亮处仔细看。研究了半天,他说,老弟啊,是我把你这害了,你说,我给你打电话干吗啊!我真是老糊涂了。

我安慰他说,哎哟,多大个事呢,你要不给我打电话,那就不是我的老哥了。

他又说,唉,一码事归一码事,你年纪轻轻的把腰搞坏了,这住院也要花不少的钱。说到这时,他从裤兜里掏出一个信封,硬塞到我枕头下面。

我问,老艾,你搞什么名堂?

他说,这件事情从头到尾都是因我而起的,这是我的一点儿心意。

我把他的手推开。他又塞进枕头,我又推开。

我说,老哥,看我不能动,欺负人是不?他憨憨地笑着说,不是,真不是,是我的一点儿、一点儿歉意。

你要搞这名堂以后咱们就不是兄弟了!我不再推了。

老艾的手最终缩了回去,还有他手上那一沓厚厚的歉意。

老哥,你这才叫糊涂!什么叫因你而起?换成是我给你打电话,你来不来?我用手指着自己。

来。他说。

换成是你,你会不会上去动手?

这不一样。你这么年轻,腰坏了,你要有一个幸福的家庭。

我知道他想说什么。他已经把自己定性为一个窘迫的孤单的糟老头了。

老哥,别扯那些歪理,你帮吴妈,难道图她回报个什么了吗?你帮了那么多人,你图什么了吗?

原来我的嗓子眼里也像我老婆那样安着一个喇叭,只是我一直没有找到开关而已。

老艾开始伸手摸口袋，找烟，摸到了，又放了进去。

我一直把你当老哥看，我这不是过几天就可以出院了嘛，弄得这么生分，怎么做兄弟嘛。

老艾叹着气摇着头，沉默不语。

我现在不在警务室，你一个人肯定忙得像鬼。

忙倒还好，也就那点儿事，不忙也是那点儿事。老艾说。

他摸了根烟在嘴里叼两下，又在烟盒上捣着。

这人啊，生来就不应该在城市里待着。他像在对我说又像是自言自语，在老家种菜养鸡，自在踏实，这种日子才叫日子啊。

你老家原来也不是武汉的吗？我问。

说是也是，说不是也不是。我老家有一条河，过了河就离武汉不远了。他说，那河还有些典故呢。

我最喜欢听老艾讲故事了。他总把些山山水水讲得有情有味。

那河宽九丈，深有三尺，常年碧绿如玉，水流平缓恬静。相传有一位秀才连夜赶考，过河时，火把不慎落水。望河兴叹之际，岸边赋诗一首：饥饮家乡水，空负妻儿盼；一河拦去路，却是人上难。秀才作完诗，决心冒死渡河。走到河中间，人已经失去了方向。突然，河面上银光一片，亮如白昼。秀才抬头一看，原来是月亮相助。

我不忍打断他。他却见好就收。我问，这条河叫什么名字？现在还在吗？

他说，月光河，应该还在。我参军的时候，也是过的那条河呢。

我问，那你当时是不是也遇到了月夜奇观呢？

他苦笑一声，说，没遇着，倒是遇到一条野狗。狗追着我到了河边，我连鞋都顾不上脱，一口气跑到了河对面。我在河边大骂，狗东西，来追老子啊，老子马上进城了。

我被逗乐了，开他玩笑说，你这要好好感谢那只狗呢。

他说，这一过河就是城里人了，狗都高看你一眼。

他又把我的心说得像他脸色那般沉重起来了。

老艾又哀叹着。我这辈子活得太窝囊了，丢了一辈子的人啊。你说，我活得还像个样么？

我后悔开了那句玩笑，不知所措起来。人嘛，活来活去还是死，不也是那样吗？从卑微走向卑微，从贫穷走向贫穷，可不就那样活着？

老艾的脸绷得紧紧的，憋得眼圈开始泛红了，脸也跟着抽搐了起来。

我真是该打啊，该打啊……

他抽了自己一个嘴巴子，脸上的血痂也破了。我连忙制止他，但没用啊，我动不了。他又接着抽自己的嘴巴子，一边抽一边哭。

我就这样看着他抽自己，看着他哭，眼泪夺眶而出，带得肺也一起痛。

那一夜，我想了很多。比如，明天又会怎样？

十一

天亮了就是明天了。我想明白的时候，天也就亮了。

住院部像开早市的摊点嘈嘈杂杂的。护士边打着哈欠边打印费用清单，吱吱嗒嗒的像台发报机。护士站的隔壁就是我的房间，这些我都听得见。

又过了一会儿，护士拿着红外线测温仪，感觉有点儿像枪，对着我的脑门射出一束红光。然后又给我量血压。查完了，她连"正常"两个字都没说就走了。她的意思我明白，不说那就是正常的。

又一会儿，我老婆来了。她眼睛有些红肿，把手上的东西一放，在床头坐下。

你说你苕不苕，别人的事你撑个头。

我撑什么头了。

你还瞒我，现在满大街都知道这事。亏你们两个人做得出来，为这大点儿事和别人动手，还当警察。哎哟，你说，你们做得多窝囊。

你能说点儿别的吗?我一听"窝囊"两个字,嘴都气歪了。

她说,说别的?说你儿子发烧没人管?我真不晓得咋骂你个狗日的才好。

我明白她的眼睛为什么红肿了,她当时肯定很着急,按照惯例,她应该骂了我一晚上。

那退烧了吗?你没有休息好吧,你赶紧回家休息吧。

退了。

她甩出两个字后就懒得理我了。我最怕她一言不发了,往往这是她火山喷发的前兆。

你说老艾也真是的,他拿个信封给我,我哪能收他的这个钱呢。她窸窸窣窣地开始收拾东西。

他去找你了?

要不是他说,我哪晓得那么清楚呢。唉,话也说回来,这事也怪不了他。都是那些死变态,偷看别人姑娘洗澡。

像嗓子眼儿的喇叭失了声,我说不出话。

你们单位真差劲,领导都躲着,也不来看一下。她又说。

我自知理亏,尽量克制着。她拾掇了一会儿,才算消停下来。

她说错了。我们领导没有躲,并且是不请自来的。在她扭着滚圆的屁股离开不久,我们的教导员就进来了。

他是空着两只手进来的。他问,怎么样?好些了没有?

还好,人清醒着呢。他是无事不登三宝殿的,我的语气有些冷。

我代表党支部来看看你,老艾已经把事情全部告诉我了。

他告诉你什么了?

你们错就错在不早点儿告诉我们实情,这是不相信组织。

他说什么我都不愿意听了。老艾,你怎么不想想再说呢,这是我们两个人的事!起码也要征求我的意见吧。

人已经全部抓住了,其中一个就是你们抓过的钓鱼大盗,不排除报复的可能。老艾能够公私分明,你能够顽强搏斗,理应立功受奖。

我心里发着冷笑。

教导员好像看穿了我的心思,他不怕我不听他的调。他话锋一转,说,你知道老艾为什么要说这些吗?

是啊,老艾,你为什么要说出来呢?你不说出来,别人也就传个警察帮警察打架出了事而已。你呀你,你怎么就不相信我呢?

他不想因为这件事引发你的家庭矛盾。

说完,教导员从裤兜里掏出一个信封,塞在我的枕头下面。说了句保重就走了。

我费了好大的劲儿,才把信封从枕头底下摸出来,扔在地上。我知道那里面是一笔慰问金,我不能拿了它呀,拿了我就出卖老艾了,当初可是铁了心要保守秘密的啊。

十二

老艾有些天没来看我了。再不来,我就出院了。

我想和他好好谈谈。我把他的号码拨了出去,马上又挂了。你说,我说什么呀,告诉他不应该这样做吗?告诉了又如何呢,只能往他伤口上撒盐。

我望着手机发呆,碰巧屏幕上来了一串电话号码。

我接了,是吴妈。她不知道我和老艾发生的事,我也没告诉她。她说她现在住在福利院。我问怎么住福利院?她说和年轻人住一起,怕碍着他们。我不好说什么,福利院哪有自家好呢,可是吴妈的家在哪儿呢?

她可能想回武汉了,想老艾了,可能也想我了吧。

我慢慢下了床挪到走廊上,也还是闷得慌,就一口气下了楼,在院子里的一棵洋槐树下站着。乌黑的树干足以说明这是一棵老树了,有五层楼那么高呢。树上的鸟应该不止一种,叽叽喳喳地叫个不停。我仰着脖子往树梢望去,树上竟然没有一个鸟窝。既然不在树上住,难道它们专门从别的地方飞来这里?

这是不是鸟类的福利院呢?一坨鸟屎差点儿砸中了我。我猛然清醒了一下。

城啊,我的城。你该有多少心酸苦辣,让盲从的人更盲从,让失去的接着失去。

我像个遍体鳞伤的诗人,审视着这个城市。

我要离开捆着我的病床,我要离开束缚我的一切,回家。

我没啥东西好收拾,也没打算告诉任何人。但必须告知柳青青。

她瞪着眼睛说,好吧,你要是急着出院,就在这里签字吧。人民警察可是大忙人,早点儿回去,早点儿为人民服务吧!

我在她指着的地方签了字,还写了一行:本人坚持出院,后果自负。

我递给她,身上轻松了好多,心想,我现在不是你的病人了,你是这个城市的一个女医生,我是分金街的一名小警察。我们又两清了。

她白了我一眼,说,今天的治疗方案已经开了,要走,也得等明天早上办完手续。

她扭着身段出了病房,依然像个胜利者。我朝她的背影吐了吐舌头,学着她的声音说,要走也得明天早上办完手续。

我回到病床上躺下。电视里正播着纪录片《非洲大迁徙》。解说员说小角马生下来就得站起来,不然角马妈妈会弃它不顾。非洲的法则就是必须向着草原不顾一切地奔跑。角马大军被马拉河拦住了去路。它们没时间等下去了,必须跳进水里。哦,老天!一只角马被鳄鱼咬住了。

我关了电视,看不下去了。动物的世界也这么残酷。

这一天过得特别漫长。直到晚上月亮出来的时候,才有人给我打来电话,是老艾。

兄弟呀,你猜我现在在哪儿?

听起来,他像喝了一些酒。我说,你在老地方。这个时间他除了在那家餐馆喝酒还能在哪儿?

哈哈，我马上就到河边了，我给你讲过的，那条河。他在电话那头笑得像风那般自由。

什么？你是要去哪里？

哈哈，他听出了我的惊讶，笑得更厉害了。我回家了，老弟，过了河，我就到家了。

我说，什么？你回家了？

对，我要回家了。咱工龄满三十年了，符合条件，也该歇歇了，回家，对，我要回家了。

风把电话那头吹得呼呼响，我还以为自己听错了。你怎么不早点儿告诉我呀，你咋说走就走了呢，你真的决定了啊……

是咧，乡下的月亮正圆呢，河面上银光闪闪，我怕告诉你了，你劝我，我就走不了咯。

我握着电话，怕它跑了似的说，那，那好吧，我明天也要出院回家了。

等你有时间，到我这里来玩，我种点儿菜，你想吃什么我给你种什么，还要养点儿鸡养点儿鸭。

我激动地大喊着，不，你种什么我就吃什么！

他说，好咧。

可能，我的声音大了一点儿。护士冲进来说，病房里不允许大声喧哗。我说，这不是喧哗。她不理我，要去拉窗帘。我慌了，说，我不打电话了，你别拉窗帘，行吗？她愣了一下，还要去拉窗帘。我又说，我明天就出院了，就一晚上。她愣了一下，走了。

我美美地躺在床上，白花花的月光果真银光闪闪，连我的眼角都是晶莹剔透的。

（原载《芳草》2015 年第 5 期，转载于中国公安文学精选网）

天堂就在故乡

张国华

一

晨曦中的高速路很寂寞，寂寞是因为只有铁灰的路虎车在穿行。淡淡的晨雾中，路虎显得很孤独。

当初梅欢从天津开回这辆行政版路虎时，有人说样子有些像棺材，不吉利。他啐了一口，咱挖煤老二不就整天待在井下那口黑棺材里，埋了没有死的，还怕不吉利吗？前两年煤炭行业如日中天、人们谈之色嫉时，同行朋友们都比赛似的换了宾利、兰博基尼……他却没有，路虎就像俄罗斯歌谣中拖三套车的老马，陪他走遍了天涯，他念旧情。

他留着长发，完全一个文艺青年的范儿，两道遒劲高挑而又急骤的弯眉，显示他又是一个性格倔强的人。

初升的阳光透过风挡玻璃，迎面把他的脸色涂抹得肃穆严峻。他望着路边麦田里病怏怏的油菜花，心里萌生起莫名的忧郁，感伤地想起李清照"帘卷西风，人比黄花瘦"的词句。

他在北大光华管理学院学习MBA，在北京待了一个月，还有一周的课没上，就让电话催回来了，这让他很郁闷。

台湾大学的蔡教授挥着独臂讲公共关系学，引经据典，妙趣横生。他听得正带劲时，老矿长郝表叔的电话不识趣地打进来，掐了还打，像催命一样，气得他在肚子里骂了脏话后关了机。挨到下课他打回去，郝表叔很恼火，骂他有了钱就财大气粗，居然掐了老辈人的电话。骂完之后气鼓鼓地给他报了噩耗：兴隆寨的几百号男女老少不宣而战，突然把矿区公路堵得水泄不通，理由是煤矿挖裂了寨子后山，不把事情扯清楚，天王老子也休想把一粒煤炭拖出山外去。

真是活天的冤枉，矿山出煤才两个月，怎么就把远在几公里外的山坡挖裂了呢？"向县政府报告了吗？"他问。

"报告了，不管毬用。说省里马上要开'两会'，稳定压倒一切。"郝表叔愤愤地叹了一口气。

不知道是哪个王八蛋发明了"法不责众"这个词，哪怕是明目张胆干坏事，只要人多势众法律就无可奈何，这样能依法治国吗？梅欢也在心里暗骂。

黔江人都知道兴隆煤矿是全市最大的民营矿山，却不晓得它有上百个股东，以至于名声本就很大的梅欢仿佛成了黔江的李嘉诚。人怕出名猪怕壮，他胖成了人人想宰割的猪。

梅欢之所以成为闻名遐迩的煤老板，主要得益于大学时学的是被人瞧不起的采煤专业，当然还有矢志摆脱贫穷带来的耻辱的动力。他涉足煤矿近十年，没有发生过一起安全事故，一切都顺风顺水，仿佛前世注定今生就是要赚煤炭的钱。以至煤矿整合时就有一百多人争先恐后抱着钱,拥戴他用两个多亿的资金盘下了兴隆矿,一步到位建起了年产一百五十万吨的矿山。当别的煤矿还在一步接着一步疲惫不堪地技改时,兴隆矿却一劳永逸地生产出煤了。

老天又眷顾了他,在煤炭行业一落千丈的时候,兴隆煤矿的 33 号煤仍然是抢手货。股东们情不自禁地庆幸,真是个吉利的名字,梅欢梅欢,见煤就有喜欢!他们翘首盼等春节到来好分到一笔可观红利时,兴隆寨的鲁莽行为却让希望岌岌可危,那也是一百多户人家呀!他觉得肩上的担子沉甸甸的,心里似有猫爪在挠一样。

果然,郝表叔在电话里义愤填膺地发牢骚:娃儿,股东们的眼睛都急红了,明摆着是讹人嘛,我看不闹出点儿毬事来政府是不会真管事的。他当即骂了脏话:老爷子您给我听着,哪个狗日的不听招呼要惹事,别怪我不仁义。他心里很清楚,有理也是枉然的,真要闹出个三长两短来,倒霉的绝对是矿山,煤老板的名声早臭了,法律会跟着舆论走,老百姓是弱势群体还是天。

郝表叔看他冒了火,悻悻地说:那我再压着股东们几天,等你回来想办法请走这些大爷们。就几天哈,时间长了我真保不住会弄出什么子丑寅卯来。

郝表叔说的是实话,这句实话让梅欢内火攻心夜不能眠,天不亮他口腔里就长满了溃疡,只好火急火燎地请假赶回黔江了。

只看到煤老板的风光,谁知道煤老板的辛酸和沧桑……他想起马六套用老歌曲谱编填的歌谣,苦笑了一声,还真是,只有煤老板自己知道风光背后的苦楚。

好像真有心灵感应似的,刚想到马六,马六就打来了电话。"欢哥,听说你回来了,在哪儿啊?"话音急促而刺耳。

梅欢把手机远离耳朵。"哪样事?惊惊乍乍的!"他本想揶揄是哪家矿山死人了。大清早的忌讳晦气,话到嘴边又改了口,"嚷毬啥子,闹地震了呀?"离开学校到矿山,他就随俗没了斯文,出口也带粗话了。

"移民的事,这次选址是在温哥华,蓝色的大海,油亮绵密的黑森林,空气中的氧离子多得喧人……真是人居的天堂,大家就等你拿主意下决心呢!"

马六是他在云南矿山带的小兄弟,受他的影响,说话也多有文艺味,几年前另起炉灶当了老板,早就想移民去国外,已经折腾好长时间了。

温哥华?他心里一怔,旋即哼了一声骂道:"狗日的这么急,过了今天就关门不让去了?"

"哪能啊。"手机那边马六嘿了一声,"今天是周末,兄弟们都在天元会所,一个多月不见,想你呢!"

"我去兴隆矿,回来再说。"他没等马六再啰唆,啪地挂了手机。

温哥华像天上的风筝,线头扎在梅欢的心上,一有风吹他的心就痛。十六年了,自从刘佳去了温哥华,他就开始怨恨这个城市。

路虎缓缓驶过一段还在改造的老路,路边是一条干涸成一涓清流的小河,两旁的榕树枝繁叶茂,碧绿的叶片明晃晃的,好像涂了一层薄薄的油彩;远处的油菜花层层叠叠,朦胧地烂漫着无边无际的金黄。正是这样一个初冬,刘佳去了她的天堂温哥华。

他摸了一支香烟点燃,青烟在他头顶上缭绕。几朵白云点缀在深蓝的天空,天空明净而幽远。他想起了家乡清水河,一个山清水秀的美丽山村,淡淡的乡愁总让他魂牵梦绕。父亲和母亲在一次拖拉机车祸中撒手走了之后,乡亲们的百家饭和清水河的鱼虾养育了他。无论是落寞还是成功,他总眷恋清水河畔有着养育之情的小山村。

"为什么我眼里常含泪水,因为我对这片土地爱得深沉……"这些年颠沛流离,故乡总是心里最温暖的地方。

刘佳绝情去了温哥华,他并不恨她,人总是想往高处走的,她抛弃的是贫穷不是他。他毅然下海挣钱,就是要摆脱贫困,不再做被别人抛弃的穷人。如今他不再贫穷了,为什么要抛弃并不贫穷的故乡呢?他的纠结,就是追随他的团队一直不能出国成行的原因。

手机铃声又急促地响起,打断了他的思绪,郝表叔破锣一样的嗓音讨厌地刺激着他的耳神经。"娃儿,你到底到哪儿了?股东们天不亮就聚到了矿上,这会正同兴隆寨剑拔弩张呢!"

他很烦,口气冷冷地说:"传我的话,哪个龟儿不听招呼,马上退他的股金,包括您老爷子。"他知道作祟的就是郝表叔,说了狠话后挂了手机。

温哥华和兴隆寨像两块病灶,放射出他心里的疼痛。他放慢车速,浏览初冬山野的风景,想排遣淤积在心里的浊气。

手机又响了,这次响的是彩铃,有些许温暖的歌声在他打开手机的同时戛然而止,代之的是一个嘶哑的声音:"欢、欢哥,矿山出、出事了!"

凌风眠!他的心顿时紧缩,马上迫不及待地追问:"杉树林吗?情况怎样?报告了没有?"

"嗯,透水淹了六个矿工,报告了。"凌风眠像害了大病一样虚弱。

"不要着急,赶快启动施救预案,我马上赶过来。"每遇大事他总是很冷静。

凌风眠是最倒霉的煤老板。大学毕业在杭州一家大机关当公务员,看别人吃豆腐牙齿快,于是就跟着下了海。他背了一屁股债到黔江,一口气买了四个煤矿,从三万吨起开始技改,六万吨、九万吨、十五万吨、二十一万吨,眼看三十万吨的技改就要完成,号称乌金的煤炭却在一夜之间变成了黑泥巴,一点儿都不让人稀罕。杉树林矿煤质还算好,是他生存的唯一希望,他加班加点搞技改,争取早日拿到打翻身仗的采矿手续,哪知道又出现了矿难⋯⋯

土里都干得冒烟了,他的矿上却闹透水,看来老天真不待见他。梅欢是行家,心想真是透水的话,肯定是哪个倒霉蛋捅破了隐秘的老水仓,这是典型的运气太臭,防不胜防啊!

梅欢在匝道口掉转了方向,凌风眠的处境让他揪心,他一边快速驱车一边给郝表叔通话,说杉树林矿山出事了,他要马上赶过去,拜托老人家稳住矿山的局势,天大地大还是人的命大!还有,给他的兄弟们打电话,通知他们尽快赶到杉树林。

郝表叔这次再没有啰唆,连连说是!

二

路虎爬到了坐落在山腰窝的杉树林矿区。矿井后山像只狰狞的怪兽,高大又凶险,矿洞就像怪兽的嘴,漆黑而幽深。焦虑的人们正慌乱地穿梭出入,叫喊声一片混乱。

梅欢没有看到凌风眠,他跟着拖水管的矿工下到井里。井下紧张嘈杂,正在安装新增加的抽水泵。凌风眠也没在,他看了一遍坑道的构造之后,刚刚走出井口,一阵吵闹声让他的心很紧张。

"老公,老公,我的老公在哪里?"一个中年村妇对着井口声嘶力竭地喊。

矿难发生后最怕家属失态失控,这样不但会影响正常施救,还会引发次生灾难。果然,中年村妇的哀号引来了一片哭喊声,一群男女老少蜂拥过来要冲进矿井。

不能进去!梅欢挡住井口,喝令矿工拦成人墙堵住蜂拥的人流。看形势基本稳定,他扶起跪在地上的中年妇女,劝慰着向不远处的办公房走去。

"我的老公呢?"中年村妇一边走一边叨念,进了办公室还喃喃地重复着这句话。她目光呆滞,神情一派茫然。

梅欢刚给村妇倒了一杯温水,凌风眠提着裤子从卫生间里走出来,灰暗的眼睛麻木地看了他半晌,才悲从中来地喊了一声欢哥!之后便无语凝咽了。

梅欢鼻腔发酸,扶住他摇摇欲倒的身子。

公鸭般鸣叫的警笛震得窗户上的塑料纸簌簌发响。有人高喊:县上领导来了!喊声迅速传遍矿区。他们赶紧奔出办公房,只见几辆闪着警灯的越野车呼啸着开进煤坝。车未停稳,便倒土豆似的跳下一堆干部模样的男男女女。一个白净脸膛的中年男人对着嘈杂的井口喊:"老板呢,哪个是煤老板?"

他身边的年轻女人接着大声说:"郭副县长来了,叫煤老板赶快过来!"

凌风眠回过神来,木讷的脸上抽搐了几下,沙哑着嗓音答道:"我是,我在这儿。"边说,边颤巍巍地走过去。梅欢和杉树林矿的林矿长怕他摔倒,紧跟在他身边。

郭副县长一脸怒容,两手叉腰,盯着他声色俱厉地问:"你的井下到底出了什么事故?"

凌风眠怔了怔,心惊胆战地答道:"我,我们报告了,是,是透水。"

"透水?"郭副县长抬头望天片刻,又难以置信地低头看凌风眠,难以置信地问,"人喝的都没有,你这儿哪来的水透?"

林矿长正要解答,凌风眠却支吾着抢先答道:"不,不晓得。"

这句话给凌风眠惹来了祸。"不晓得?"郭副县长的脸色瞬间变得铁青,声音气得变了调:"你们他妈的就晓得赚黑心钱玩女人,晓得不?你矿上死了人还要害人受牵连。"他开了黄腔骂人。

凌风眠像做了亏心事,吓得浑身瑟缩,围观的矿工和家属们也怔得说不出话。

梅欢咬紧嘴唇,想忍没忍住,他提高音量地对围观的矿工们说:"煤老板也是纳税人,现在是救人要紧。"

"对!救人要紧!"人群里发出附和的声音。

郭副县长愣了一下,红着脸打量梅欢。他有些恼羞成怒,又不便发作,只冷冷地说:"什么纳税人,我们不要带血的税收,你晓得吗?"

梅欢冷笑一声:"我晓得你们不要带血的税收,但不明白凭啥要预征税,不流血汗能挣到明年的税钱吗?"

"这……"郭副县长的脸色由青变红,眼睛马上充满了警惕。"你,你到底是什么人?"

"纳税人!"梅欢爽快地回答,口气依然很冰冷。

气氛尴尬之时,一支车队又在凄厉的警报声中冲进了煤坝,当头的沙漠王子刚停稳,便从副驾驶座上跳下一个一脸严肃表情的中年男人,他正是黔江市政府主管煤炭工业的周毅力副市长。

郭副县长见到周副市长，马上撇下梅欢迎了上去，老远就伸出双手。周毅力没同他握手，眼睛只是焦虑地扫视忙乱的井口，看到梅欢，点了一下头。

周毅力吩咐跟在身边的秘书，马上通知有关人员召开紧急会议，他带头大步向办公房走去，身后跟了一串人。

梅欢和凌风眠刚刚跟进矿山会议室，随同赶来的市公安局李副局长神色严峻地走进来，沉声询问哪个是矿山的凌老板？

凌风眠惶恐地看着李副局长，怯生生地回答他就是！李副局长看了他一眼，转脸向周毅力报告说，井下被透水困住的六名矿工生死不明，建议马上拘禁矿山老板。

哐当一声，凌风眠手里的水杯掉在地板砖上，身子跟着一歪瘫倒了下去，吓得林矿长赶紧将他扶住。

梅欢心像刀剜了一下，忘记了身份和处境，赶紧向周毅力求情。他以煤炭协会会长的身份作担保，请求暂时不要拘禁凌风眠，还强调当务之急是救援井下被困的矿工兄弟，凌风眠熟悉井下情况，在现场有利于救援工作。

周毅力本来严厉的目光变得些许温和，在梅欢焦虑的脸上停留了一会儿，又移到凌风眠面如土灰的脸上，最后看着李副局长说："老李，我看梅会长说得有理，当务之急是救人。"

李副局长点了点头，他明白了周毅力的意思，悄无声息地退出会议室。

会议室里紧张的空气因为周毅力的人情味缓和下来，他严肃地说情况十分紧急，多一分钟时间，井下的矿工兄弟就多一分凶险，必须马上拿出科学的施救方案。

有人忧虑地说，还不知道井下被困矿工的生死情况呢。意思很清楚，兴师动众地去救几个生死不明的人会得不偿失。

"生要见人，死要见尸！"周毅力斩钉截铁地说。

凌风眠想说话，清了几次嗓都没发出声。梅欢明白他要表达的意思，替他说道：据安全撤离的矿工讲述，透水发生时，六名被困矿工正分别在上下平巷作业，那儿位置高于透水面，被困矿工兄弟应该没有被透水淹没。

梅欢的话立即引起了人们的关注，郭副县长忘了前面的不愉快，惊喜地问他井下矿工真有生存的可能吗？他不喜欢这个辱骂挖煤人的副县长，目不斜视，依然对着周毅力说：只要有氧，被困矿工暂时应该是安全的。

周毅力顿了顿，眼睛扫视着参加会议的人，意思在征询大家的看法和分析，被困矿工在矿井里到底有氧气没有？

没有人回答，会议陷入了短暂的沉默。

凌风眠看了大家一眼，脸憋得通红，吭哧半天方才能够说清楚话，只是嗓音还是很嘶哑。他先肯定梅欢的分析很正确，又说空气会伴随透水渗进矿井，井下暂时不会缺氧。他的佐证让周毅力面呈欣慰，毫不犹豫地作了救援部署。

会议开了十来分钟就结束了，梅欢打心底钦佩周毅力的清醒和果断。走出门时，周毅力看着他，要求他跟着下井，帮助井下救援当参谋。他点头答应，跟着周毅力再次下到矿井里。

半夜三更，累得筋疲力尽的梅欢躺在路虎里迷迷糊糊地做梦，马六敲车窗玻璃把他惊醒了："欢哥，打通了，六名兄弟全都活着。"他揉了一下眼，翻身下车跟着马六跑到井口。

井口灯火通明，洋溢着欢呼声，他和马六正好看到凌风眠在救护队员的帮扶下，背着最后一名生还矿工从斜井里爬上来。他的眼睛顿时渗出了泪花，简直难以相信，白天虚弱得风吹欲倒的凌风眠哪来的力气。他和马六奔过去接下凌风眠背上的矿工。

三

救援在黎明前顺利结束，凌风眠免除了灭顶灾难。留得青山在，不怕没柴烧，梅欢安慰他之后，离开了杉树林。

路虎开到一条眼熟的小河边时，梅欢看到水流清澈，河滩榕树枝繁叶茂，便想到河滩上打个盹儿，他实在太疲乏了。

路虎滑行到河滩上，他惊讶地看到榕林里隐蔽了三三两两的小车,大都是进口名车,奇怪的是都没有牌照。他心里犯嘀咕,好奇地问正在河里拖水浇地的老头,是啷个回事呀?老头看他一眼,又打量还没有熄火的路虎,告诉他车主人是吃白酒的,还疑惑地问他你不是吗?

他更吃惊了,哪家办白酒呀,蛮有排场的。

老头只管往铁桶里灌水,懒洋洋地又答:"蒙老太太归天了,儿子是县长,来奔丧的人多呗。"说了,有些警惕地看他。

梅欢恍然大悟,原来河岸上的村庄就是蒙家湾,蒙大娘归天了。他居然阴差阳错地遇上办丧事,还算是同老人家有缘分。他明白那些车辆为啥要躲藏进树林里,还摘掉车牌的原因了。

目送拖水老头的拖拉机隆隆远去,他回身也把路虎的车牌取下,准备穿过榕林上河岸去蒙家。以前来看蒙大娘,都是跟着蒙欣然乘车从正门进寨,换了方位他就晕了。

他从上衣口袋里摸出另一只手机拨打蒙欣然的号,刚打通,立即被对方掐断。过了片刻,一个陌生的手机号打过来问他是哪位?是蒙欣然的声音,手机里还有哀乐和哭泣声。

"是梅欢!我在河滩的榕林里呢。"他说话没有好声气。

"你啷个也来了?"蒙欣然的话语里反而有些埋怨。

果真如梅欢猜测,蒙欣然在产煤大县仁义主管煤炭,得避煤老板的嫌。梅欢和蒙欣然是工学院的同门跨级同学,过去逮上机会就聚在一起吃饭喝酒,自从梅欢买下兴隆煤矿后,交往就明显减少了,偶尔聚会也是在隐秘的会所里。中秋节一起来看病重的蒙老太,谈起兴隆矿建设的千辛万苦,蒙欣然负疚感慨地说:"兄弟,谁叫你来仁义当煤老板呢?换成别人我搞服务也坦然。"所以,不到万不得已,梅欢该找也不找他。今天来送葬的人肯定不少,以梅欢的名气和蒙欣然的关系,让人说闲话再正常不过了。

"我去矿山,路过这儿才晓得大娘走了,总不能不让我给老人家磕个头吧!"梅欢愤然地回敬了一句,那边又把手机掐断了。

梅欢当年从云南回黔江时,蒙老太视他如蒙欣然的亲兄弟,每次春天来蒙家湾,老太太都要给他做最喜欢的椿菜煎鸡蛋。如今老人魂归天堂,来到跟前却不能为她烧炷香,郁闷得他将河滩上的鹅卵石一颗颗踢到河水里。

踢累了,他双膝跪在河滩上,对着河岸上飘挂祭幛的蒙家老宅磕头。磕累了,抬起头时,看到林中走出一个鬼鬼祟祟的人影,身上裹了件军大衣,正是蒙欣然,东张西望的样子活像荧屏上接头的特务。他无奈地苦笑,没有说话。

蒙欣然看到他,伸手做了一个嘘声,蹑手蹑脚走过来,一头钻进路虎里,他也跟着上了路虎。

"兄弟,你别怨哥,哥有苦衷。"蒙欣然从衣袋里摸出香烟,抽了一支给他。他阴着脸,接过香烟点燃,车厢里马上弥漫起烟雾。

蒙欣然长长地叹了一口气,说老妈走了,族中规矩非要办丧事,他按规定给纪委报告丧事从简,哪晓得稀里哗啦来了一溜车。

"你说是让哥尽点儿孝心呢,还是提心吊胆等着挨处分?"他憔悴的脸上呈现出忧虑,看梅欢闷着不说话,愧疚地又说:"刚才我把王局长他们撵上矿山了,让他们去稳定局势,无论怎样不能闹出事来呀。"

后一句话让梅欢心里暖暖的,奔丧这么大的事,蒙欣然还惦记着他的矿山,他鼻子有些酸楚。

两人沉默,车厢里只有香烟的烟雾在缭绕。过了好一会儿,蒙欣然忧虑地说这次堵路情况很复杂。他说复杂的原因梅欢大致明白,可就是不理解,兴隆寨后山的裂缝明明是几年前寨里的人挖黑煤闹下的后患,有人硬是要借题做文章,找个莫须有的理由来吃唐僧肉。县里说要环境移民,兴隆矿主动捐助了五百万,县里总得伸张正义吧!

梅欢问蒙欣然,没把实际情况报告廖县长吗?蒙欣然的脸色变得更难看,想说报告了说不定兴隆矿会死得更快,想想没有说。只说廖县长正郁闷呢,要不是年初大丫口煤矿死了人,人家已是书记了……他看了梅欢一眼,再没往下说。

梅欢从他眼里看出有蹊跷,心里很郁闷,该管的不敢管,能管的不愿管。咋会这样呢?兴隆矿正常了,一年下来也有上亿的税费呀！当家的县长真不在乎这点儿税收吗？

蒙欣然的手机响了停，停了又响，他看了手机的来电显示，愧疚地对梅欢说："真委屈你了，我替你多给老娘磕几个头，你想办法去找新来的程书记吧！他兴许能解决问题。"说完伸手去开车门。

梅欢扯住他身上的军大衣，返身从包里摸出两沓百元新钞递给他，嘱咐替他买点儿纸钱烧给大娘，祝她老人家去天堂走好！

蒙欣然怔了一下，从两沓新钞里各抽了一张，说足够了，娘在天堂一定会保佑你平安顺利的！说完拍了一下他的手，拉开车门下车走了。

蒙欣然的身影消失在榕林深处，泪花挂在梅欢的眼角。

路虎带着梅欢的情绪咆哮着从河滩正要冲上公路，一个体态丰盈的美女夸张地展开两臂挡在前面，形象像大鹏展翅一样。

"找死呀！"梅欢骂了一句，一脚踩死刹车。美女扭动腰肢款款地绕过车头，拉开车门坐到副驾驶上，当胸给了他一拳。"你以为脱了马甲就成了蛇精，你这只王八！"他愣了一下，见是黔江煤炭局狐媚迷人的办公室主任，诨名煤炭皇后梅花Q的焦琰，故作严肃地还骂她："你才是王八，母王八一只！"

"我母王八？你承认是公王八啰，正好是一对。"她黑漆漆的大眼眸电传过来，梅欢身子激灵了一下，避开她灼人的目光，垂下眼睑说："你这个大主任不去龙安抢险，跑到这野岭荒村瞎转悠什么？"

"等你呀！"焦琰面若桃花灿烂地笑，笑得让人骨头发酥。梅欢正想说等我？等我花儿都要谢了。又突然住了口，他怕招惹她，她原在部队文工团当舞蹈演员，离异后转业到了地方，身上的绯闻不比那些影视明星少。她看梅欢目光游移，发现新大陆似的问："怎么没在蒙县家看到你呀？"

梅欢的脸皮瞬时绷得紧紧的，她黑眼珠转了一下，似乎明白了他没出现在蒙家的原因，自言自语地感叹道："这煤老板真像是……"突然看到他怪怪的目光，马上把后面的话吞进了肚里。

"真像是臭豆腐，闻起来很臭，吃起来还挺香是吗？"梅欢冷冷地接过她的话。

她白了他一眼："美得你，我看就像烂布鬼，谁沾上就是一身晦气。"

他斜眼看她："赶快下车，等会儿晦气染上了你。"

"哈哈，对我你释放的是魔气，会让人着迷。"焦琰的黑眼珠又放电。

晦气？梅欢看着路虎前方的大路，心里充满了愤懑：无条件供应低价电煤，办节办会要喊赞助，今年预征明年的税金……你就是香饽饽；不需要你时就有晦气，谁都像躲瘟神似的忌讳你……

焦琰晓得兴隆矿被当地村民堵了路，他心烦，再没同他打情骂俏。车厢里的空气凝固了一样，只听到两人一粗一细的呼吸声。

"走吧，捎我去仁义县城。"过了好一会儿，焦琰小声说。

"你的宝马呢？"梅欢问她的私家车怎么没开到蒙家湾。

"开来添乱呀？人家蒙县挺不容易的。"焦琰肚子里跟着冒起了怨气。她在想，煤真是霉，就因为前些年挖煤赚钱容易，山西煤老板上北京买房不讲价，一个单元一个单元地批发，从此让社会对这些财大气粗的土豪们产生了羡慕嫉妒恨，让她这个沾了煤字的小女人也躺地中枪惹了一身晦气。天底下又不只是煤老板才赚钱，那些金老板、房开商怎么不被人骂呢？

梅欢知道，焦琰因为经常同煤老板打交道，有人举报她的宝马是相好的煤老板送的，纪委调查后才弄清楚，是她搞房开的老爸买了送给掌上明珠的。调查结束之后她依然同煤老板们打得火热。他早从她的黑眼睛里看到了异样，也晓得那些绯闻几乎都是捕风捉影，但他仍然在意名声，对她传递的暧昧装昏不懂。

焦琰温暖地对他说："晚上请我去一品轩吃阳澄湖大闸蟹好吗？"说话时两只黑眼珠又斜晖脉脉地传过来。梅欢身子又战栗了一下，情绪怏怏地说："我要去矿上，送你去路上拦辆顺风车吧！"她又斜眼看他，不以为然地说："你去只会让心里添堵的，刚才仁义的王局长一行已经去了，听他们嘀咕，兴隆矿这次粘了牛皮糖，除非新来的程书记出马。"

梅欢一听脸若冰霜，心想找程书记？只怕是天下乌鸦都一般黑，不黑的就是做不了主的。兴隆矿再过几天停了产，一百多个股东肯定会去县政府上访，引起官方重视了兴许会解决。

明明是堵路的无理又违法，为什么非要上访去解决呢？他一想心里又很纠结。

阳光殷红，气候却不暖和，冬天的寒冷是太阳离大地远了。梅欢透过车窗玻璃眺望山野，感觉到纠结的心里一阵阵疼痛。

一支车队鸣着警笛迎面驶来，从路虎身边呼啸而过，打头的是两辆墨绿色的丰田霸道，紧跟在后面的是顶上捆扎着花圈的商务车。

"说曹操，曹操就到了！"焦琰指着打头的丰田霸道告诉他，程军书记和寥县长也来蒙欣然家悼念蒙老太了。

梅欢没有说话，若有所思地目送车队驶进蒙家湾。焦琰看他心事重重，提醒他不是要找程军吗？踏破铁鞋无觅处，人家送上门来了。他摇了摇头，焦琰反应过来，大庭广众之下当着寥县长说事肯定不适宜，她建议去上高速的匝道口等，程军他们一会儿准回来，回来时拦他的车。

梅欢点了点头，一踩油门让路虎飞奔起来。

路虎开到仁义县城煤炭局，焦琰要下车去开她的宝马。梅欢拉了她一下，把那两沓抽了一张的新钞递给她，说今天请不了她去一品轩吃大闸蟹，要她约几个朋友自个儿去，周末了正好玩一玩。黔江讲玩就是打麻将，饭局前半小时也要打两圈，美其名曰经济半小时。哪知焦琰两眼怔怔地看他，看了之后冷冷地说："你留着去KTV给小姐吧！"

她下车走了，梅欢还若有所思地看她的背影。

四

明浩天元的霓虹灯扑朔迷离，把半边天空映得姹紫嫣红，闪闪烁烁的颇有大都市的韵味。煤炭业火爆的时候，这里是煤老板和官员们娱乐的天堂。

梅欢推开夏威夷包房的门,浓烈的烟雾扑面滚来,看不清人影,房里鸦雀无声。他咳了一声,马六从烟雾里探出脑袋,惊喜地喊:欢哥来了!

随着喊声,烟雾里齐刷刷地站起十来个人头。

风吹淡了烟雾,梅欢扫了一眼,发现少了赵德俊和韩文山。他正要问,胖子包玉海说,两人在小额贷款公司借的高利钱到期了,贷款公司封了煤矿,其他债主闻讯蜂拥上了矿山,没办法就人间蒸发了。

他们的矿山正在技改,还差一大截投资,就是手续齐了,那些煤也卖不出去的。梅欢忧虑地坐在沙发上,面若冰霜不说话。

弥漫着烟雾的空气很凝重,教师出身的郑亦之重重地吹了一口气,看着梅欢无奈地摇头:这个政策变得实在太快了,坐火箭都追不上。

梅欢看着郑亦之,他不明白什么政策又变了?包玉海猜出了他的纳闷,说又要整合了,刚下的文件,一百万吨为基础,组成煤炭集团。

包玉海的话给郑亦之的愤懑火上浇油,他抱怨赚钱走了的才是煤老板,剩下等死还挨骂的是煤残废。

难怪这么多烟雾,原来是心烦了一起抽闷烟。

梅欢的心事仿佛太多,多得容纳不下新的烦事。可能因为心事困扰就不帮助出生入死的兄弟们吗?肯定不能!不过,他一个挖煤老二民选出的会长,有能力去改变政府的政策吗?他只能是纠结加郁闷。

服务生端着马六给他点的蛋炒饭走进来,盘子里差不多有一半是鲜红的糟辣椒。他眉头皱了一下,想到拉了一天的肚子才有好转,顿时没了胃口,摆了摆手说:"胃不舒服不用了。"服务生还在发愣,马六没好声气地吼:"没听到啊?回去换白米粥上来。"服务生吓了一跳,端着盘子悻悻地走了。

梅欢去卫生间回来,疲惫地坐回沙发上,房门响了两下让人推开,是焦琰笑容可掬地倚在门边。她穿着白色貂皮短袄,一身名媛打扮很好看。她看到梅欢,怔了一下转过目光。

"属狗的呀,欢哥前脚刚进门,嗅着味儿后脚就跟来了。"包玉海的荷尔蒙很旺盛,见到美女浑身就像注了鸡血。

"属狗的咋了?兴你包老板天天放火,就不让我们点一次油灯?"说话间,焦琰乌黑的眼珠瞟了一下梅欢。

梅欢在看墙上的壁画,神情很专注,这让焦琰感到无趣。她把目光转到麻将机上,神态夸张地说:"月亮从西边出来了?居然让它闲着。"

"皇后大驾没光临,哪个敢动手,正等娘娘你呢!"包玉海按了下电钮,麻将机马上响起稀里哗啦的洗牌声。他说今晚来个新规定,谁输了就跟赢家走,说了眼睛色迷迷地盯着焦琰。

"行哪,谁怕谁!"焦琰一屁股坐在麻将机旁。

马六将手按在麻将机上,提议趁梅欢在,先讨论移民去加拿大的事。包玉海笑嘻嘻地掰马六的手,说去加拿大可以泡洋妞,他一点儿意见都没有。马六啪的一掌将他的手打开,说北京帮助办移民的哥们儿打来电话,组团签证有优惠,而且全都安置在温哥华,机会很好,得赶快拿定主意。边说,眼睛期待地看梅欢。

包玉海摸了一下火辣辣的手背,脸上露出不屑的神色,说要毬什么组团优惠,不就是一人少几万美金,别在洋鬼子那儿丢人现眼了。梅欢一听瞪了他一眼,警告他说:"包胖子,你狗东西低调点儿好不好,就是你这种耗子屎打坏一锅汤,难怪人们会骂煤老板。"包玉海吐了下舌头,偷眼看焦琰。

梅欢在这堆煤老板中有一言九鼎之威,因此他不急于表态,只说移民出国就意味着要背井离乡,不是件小事。话音刚落,郑亦之的嘴角就泛起一丝冷笑,去就去吧,办了移民,咱们的煤矿就成了外企,臭名昭著的煤老板也就成外商了。

马六的眼睛一直盯着梅欢,郑亦之刚说完,他立即接过话,说这一晃都四十出头了,煤炭的黄金时代也过去了,趁手头还有些钱,去加拿大享享福,那儿地广人稀空气好,是人类居住的天堂。

"天堂?天堂的人都在回人间,什么年月了,还想着移民去国外，又不是携赃款去避难。"在一边码麻将牌玩的焦琰冷不丁地插话说。

包玉海马上接过她的话，干脆去美国。有人紧跟着附和，对！去美国。

沉闷的屋子开了锅，七嘴八舌地沸腾，有人赞同去加拿大，也有人认为可以考虑包玉海的提议去美国。美得包玉海脸上的红痘泛着光亮，得意地对焦琰说："哎皇后，我们一起去美国，费用我借给你。"焦琰冷笑一声，"谢了包胖子，你自个儿去吧，金窝银窝不如自家的狗窝，咱才不想去当那孤魂野鬼呢！"

焦琰竟有此见地和风骨，倒真让梅欢另看她一眼。当初起念头移民国外是赌气，赌气的原因他自个儿清楚。其实他心里一直就纠结，在这里，一有不顺心就埋怨，到了外国，悬吊吊地像无根的浮萍，真遇上困难时恐怕连埋怨的地方都找不到，可以想象背井离乡无助的滋味。正好，大家的意见不一致，为他的纠结找到了平衡，他舒了一口气说："今晚就不说这话题了，回去都想透，下周咱们学人家常委会实行票决。"

梅欢的话让几个一直没有吭声的煤老板如释重负。只有马六很怅然，他懒洋洋地作小结说："就按欢哥说的办吧！"说完，一屁股坐上麻将机，招呼包玉海几人开始打麻将。

梅欢没有心思，兴隆煤矿受堵就像堵在他的心里，堵得心乱如麻。他一支接一支地抽烟，想捋清思绪。

焦琰放炮被抽下来，看他心事重重，问他下午在高速路匝道有没有拦到程军，他摇了摇头。焦琰亮晶晶的眼睛看他，说我帮你找到程军怎样谢我？梅欢从她的眼光里看到她胸有成竹，想了想说："一会儿请你去一品轩酒楼吃大闸蟹行吗？"她歪了歪脑袋，说刚才上楼时，正巧看到程军带着一位中年女士进了隔壁的威尼斯，女士形象很端庄优雅。

"真的吗？"梅欢喜出望外，掐掉烟屁股站了起来。

焦琰扯住他的衣衫，嗔他一眼说："你不觉得太没情商吗？如果人家程书记陪的不是夫人，你冒冒失失地撞进去，会得到想要的结果吗?"

梅欢的脸腾地红了,像喝了酒,他没想到焦琰心思如此缜密,只想与程军近在咫尺,失去这个机会太可惜了。

焦琰猜出了梅欢的心思,黑眼珠子转了转,然后从包里摸出一个红色号码本,向支着耳朵听他们说话的马六借手机。她叫梅欢跟着出门去,保管两分钟就见到程军。梅欢迷惑地看她,不明白她葫芦里卖的是什么药。她脸上洋溢着诡秘的坏笑,眼睛分明在说,信就信,不信就拉倒。马六看了焦琰一眼,使个眼神鼓励梅欢,梅欢将信将疑地出了门。

梅欢的背影消失在门外,焦琰叫麻将机上的煤老板们出牌的声音轻一点儿,待屋子里一片鸦雀后,她三下五除二拨通了手机,"喂,书记吗?我是菲菲呀!陈省长叫我联系你。"她用京腔嗲声嗲气地说话。"怎么?听不清,哎哟喂,信号不好烦死人……哦,你不是陈书记,对不起,电话打错了。"她啪地合上手机,妩媚的脸上红霞腾飞,对轻手轻脚打麻将的煤老板们说,大家可以放松了,梅会长这会正同程军书记说话呢!她说话的神态一本正经。

马六明白了她的恶作剧,忍俊不禁擂了她一拳,骂她头顶生疮脚底流脓,坏透了。煤老板们一头雾水地看他俩闹腾。

一会儿,梅欢推门进来,满脸欣喜地说真有些神奇,他出门就看到程军书记打着电话从包房里走出来,真是踏破铁鞋无觅处,得来全不费工夫。感慨之后他觉得蹊跷,问焦琰啷个晓得程军要到走道上。

焦琰得意地看着停下手中麻将的煤老板们,人们方才恍然大悟,一起哄然大笑。包玉海笑得一身的肥肉发颤,捂着肚腹说梅花Q比他坏多了。

夏威夷里呈现了快活的气氛。

不一会儿,五花八门的彩铃此起彼伏地响起,像是催人的信号。这是周末的规律,煤矿属地的父母官们到黔江度假,酒足饭饱之后的必修课是打麻将斗地主,主陪就是辖区的企业家们。"八项规定"下达之后，打麻将的战场转移到了隐蔽的住宅，电话就是催他们赶快到指定地点。

煤老板们一个个在收拾行囊，包玉海却一动不动，郑亦之喊他走，他却愤愤地骂人："妈的，输钱是小事，关键是还输瞌睡，还不如直接收了钱省事。"郑亦之也跟着骂："你赢钱了天亮也不能走人，他赢了明天就有会议。"

梅欢也骂人，他骂的是骂人的煤老板，男子汉大丈夫，要陪就不要骂，要骂就不要陪。

人在屋檐下，不得不低头呀，舍命陪龟孙吧！又有人偷骂了。骂归骂，煤老板们还是挨个地离开了夏威夷。

梅欢不喜欢打麻将，也没官员打电话叫他去作陪，所以每当周末的这个时候他就很孤独。

他打算回翠湖宾馆看书，看书这个爱好是他区别于一般煤老板的特殊地方。他从地下车库开出路虎时，焦琰又像上午一样，大鹏展翅般地伸开两臂挡在炽白的车灯前。"喂，请不了阳澄湖，请吃夜宵总可以吧！"不容他说话，拉开车门就坐在副驾驶位置，还一脸的妩媚。

梅欢看着她，说半夜三更的，吃什么呢？

她扬了一下手中的塑料袋子，眼睛火辣辣的，说阳澄湖没了吃翠湖。

梅欢笑了一下，迟疑片刻，然后让路虎咆哮着向翠湖宾馆奔去。

两人进了梅欢包租的套房，焦琰像个魔术师，抖动几下手中的塑料袋子，瞬间茶几上便摆满了油汪汪的卤鸡鸭的头和爪，全是梅欢超喜欢的零食。他惊讶地嗅了一下香味，食欲随津液溢满口腔。

还有呢。焦琰从提包里拿出一瓶拉菲，嫣然一笑，将酒瓶晃了晃，打开瓶塞将酒倒进醒酒器里，折腾了好一会儿，才把琥珀色的酒液缓缓分进两只高脚玻璃杯，推了一杯在他面前。

梅欢胃里缺少解酒糟的酶，只有三杯的量，此时看到拉菲倒映在焦琰幽深的眼睛里，破天荒地萌生一饮而尽的欲望。他一把端起酒杯，迎接她递来的杯子哐当碰了一下，仰起头颅把杯中的酒液咕噜噜倒进喉咙里，溢得衣襟上星星点点。

真是煤老板！焦琰嗔了他一句，然后优雅地端起酒杯，晃了晃，递到唇边轻轻地抿了一下，舌尖和双唇反复咂摸，冥思中把一涓酒液流进喉咙深处。然后低眉凝思，回味酒精在血液中涌动的美妙。"好酒和女人一样，品才有味道。"她说。

梅欢看了她一眼，像小孩儿一样，笨拙地学着焦琰的样子，抿一口拉菲，夹一只鸭脑壳，遗憾的是他分不清口里的滋味是拉菲还是鸭脑壳，混在一起都有辣味。

过了一会儿，焦琰又与他碰杯，他不经意又一饮而尽，吃完鸭脑壳又啃鸡爪子。到了半夜，醒酒器见底时，他肚里的香辣味已经化为了燥热，像顽皮的孩子在浑身上下乱窜，身子轻飘飘的有若腾云驾雾，迷离的视线中，焦琰绯红的脸蛋渐渐模糊，一会儿幻化成前妻翟小燕的样子，一会儿又变成刘佳。

他站起来，两脚像踩在虚浮的云彩上，模糊的女人衣袂飘逸像只白狐。他的脖颈承载不住沉重的头颅，靠在她的肩上又直往怀里下滑。她像抱婴儿一样，把丰满的双乳紧贴住他的脸部，他身子抖了一下，像触了电，战栗着呼吸急促。两人你拉我扯，像风中柳树，摇曳着来到宽大的床边。她解开他长裤的皮带，瞬间牵动他小腹深处炽热岩浆的翻滚。

她不知什么时候换了宾馆的睡衣，两肩向后一塌，雪白的胴体一览无余，浑圆的乳房白花花地晃动。她混含着拉菲醇香的气息吹扑在他的脸上，一把抱紧他的头。他们像两名搏杀的战士，抱缠着倒在宽大的床上。

他像划桨的水手，奋力地搏击身下的大海，大海的呻吟在狂风暴雨中一声高似一声。

清晨，阳光透过窗棂的缝隙照射进卧室，焦琰头上的一堆乌发散乱在雪白的枕上，鼾声轻微，脸上漾着恬适的笑容。

五

拉菲好像有治腹泻的疗效,梅欢来到酒店餐厅时,肚子饿得咕咕直叫,看到什么都想吃,胃口大开。

翠湖的早餐很丰盛,他急慌慌地拣了两大盘喜欢的食物,一气狼吞虎咽,直到把空落落的肚子填得沟满壕平,方才惬意地走到茶吧要了壶普洱,然后打开手机准备倾听矿上的佳音。

"你这个死娃儿,火烧眉毛了还睡懒觉,真是侍候不起了,老子明天就卷铺盖回黄泥河。"郝表叔在手机里很凶,劈头盖脸对他一顿臭骂。

他一惊,糟了,程军昨晚给蒙欣然下的命令又泡了汤。

郝表叔还在咬牙切齿,他对着手机俯首帖耳接受数落。表叔当年在云南边防军当团长,是家乡最让人羡慕的大官。他从农机校不辞而别,就是去投奔表叔。表叔把他当作儿子一样疼爱和扶持,成就了他这个身家数亿的煤老板。

表叔说大清早蒙欣然是带了一支浩浩荡荡的队伍到了矿山,妈的!不来还好,一来堵路的村民们干脆把阵地移到了井口。蒙欣然的队伍求爹爹告奶奶地说了一大堆好话,毬用都没起一点儿。表叔当了大半辈子的兵,粗话成了口头禅,转业了也没改掉。

梅欢向表叔解释,昨天晚上程军书记是当着面给蒙欣然下的命令,他以为问题肯定能得到解决,这两天拉肚子,人软就睡过了头。

生病是最好的借口,谁也不会责难生病的人。郝表叔听他说拉肚子,语气马上温软下来,心疼地说:"娃儿,那赶紧去医院瞧瞧,身体是最大的本钱,大不了让矿山放假。"

"不行,矿山绝对不能放假!"梅欢忘了刚才说自己是病人,声音惊乍让喝早茶的人侧目而看。他顿了一下,降低音量说:"您老稳着,我再想办法。"

"那好,我们再坚持住等你想办法。"郝表叔不忘关怀他,"身体要紧啊，娃儿！"

梅欢拨蒙欣然的手机，心想程军书记都亲自下了命令，他也不怕什么忌讳。越急越见鬼，手机没电了，才想起昨晚意乱情迷忘了充电。他叫服务员拿来充电器，刚刚开机，蒙欣然的电话就打了进来，开口就数落他大半早上了还不开机，一开机就占线，不占线就无法接通。他无心多作解释，只急急地问："你的工作队到了矿山，现在情况怎样了？"蒙欣然没有回答他的问题，而是问他："你找到程军书记了？他昨晚给我打了电话。"

"嗯，不是说公安局派警力去清场吗？咋只带了些专讲大道理的干部去？"他想说蒙欣然没有必要这么尿，有尚方宝剑总可以公正地帮下忙吧。手机里的蒙欣然轻叹了一口气，说他错误地估计了形势，昨晚接到程军书记的电话后去找公安局的韩局长，人家严肃地对他说，调动警力必须经市局同意，还反问他为一个私人煤矿兴师动众有必要吗？梅欢早就听说韩局长同廖县长是干亲家，除了廖县长，仁义县谁也调不动他的警力。

"你就没说是程军书记的指示吗？"梅欢想县委书记的指示总可以调警力吧。

蒙欣然的口吻很无奈："兄弟，我是想说，可如果生了抬书记压人的嫌，我还能在仁义混吗？"

这句话噎得梅欢发愣，他知道在县里面，书记和县长谁强势谁就有权威，势均力敌必然矛盾对立。

"你来矿上一趟吧，有些话手机里不好说。"蒙欣然大约意识到刚才的话杵了梅欢，口气温和地说。

"好吧！"

梅欢放下手机后嘀咕，蒙欣然的话里有隐情。当初他收购手续齐备的三十万吨的兴隆矿，整合附近几个手续不齐的小矿时，其中的振兴矿只圈了荒山便漫天要价，达不到目的坚决不整合，闹得全县煤炭整合工作迟滞不动。他们还找到在深圳打工的蒋老三，许以好处让他去找表姐帮忙打官司。蒋老三的表姐是廖县长老婆的妹妹，即廖县长的小姨子，她们找到蒙欣然，硬说兴隆矿狗仗人势，对整合的几个小矿补偿不公平，弄得蒙欣然心里直打鼓不敢说话。好在当时的县委张书记知道真相后伸张正义，拍桌子骂了娘，方才使振兴煤矿悻悻地签字同意，兴隆矿免了遭受宰割的厄运。

兴隆矿整合后建成了年产一百五十万吨规模的大矿，恰恰遇上煤炭市场一落千丈。人们形容煤老板不干是等死，干是找死。那些曾经眼红梅欢的人们暗自欢喜，看你这个最大的煤老板怎样死法时，兴隆矿的煤因其热卡高和灰粉低，依然是广西最受欢迎的抢手货，当然也成了犯红眼病人的唐僧肉。

兴隆寨的村民公然提出要百分之三十的股份补偿后山寨子的裂缝，郝表叔骂说是活抢人，百分之三十的股份仅本金就是股东们一个多亿的份子钱，有好些是清水河的乡亲养鸡养鸭一分一厘攒下来的。国庆节时，兴隆矿作为全市标准示范矿山评估验收，枣庄一位资深老矿长称赞井下系统建得比国企的还标准，愿以六个亿的资金收购矿山，并留下百分之二十的股份作为薪酬聘他为矿长，好些股东都动了心，蒙欣然也说是个好机会，劝他脱手算了，兴隆矿像横空出世的江湖宝剑，不是绝顶高手拿在手里就会招惹麻烦。他坚决不同意，他一点一滴倾注心血建立起来的矿山，就像一把屎一把尿养大的孩子，眼看着孩子要成人了，你说能为赚个好价钱把孩子卖了吗？其实他心里较着一股劲，被人逼着卖儿卖女的滋味真难受，又不是黑暗的旧社会。

梅欢想得义愤填膺，他寻思怎样才能让矿山走出眼下的困境。突然，一个身穿紫色大衣的女人在眼前晃过，惊得他几乎灵魂出窍。女人的身态在他脑子里十六年挥之不去，是刘佳回黔江了？他的心剧烈地跳动。

紫衣女人走到他面前十来米远的茶桌旁坐下，打开笔记本电脑看着什么，姿态十分优雅。

他揉了揉眼睛，心跳愈加剧烈，这个优雅的女人不是刘佳会是谁呢？他想又不对，刘佳也该是三十七八的人了，眼前的女人至多三十出头，莫非她整了容？

他调匀呼吸，站起来径直走到紫衣女人身边，很绅士地指着茶几上的烟灰缸,眼睛盯着她说:"能用一下吗?"

　　紫衣女人嫣然一笑,点了点头,脸上没有一丝惊讶,显然不是刘佳,可她漆黑的眼眸和轻扬的眉宇又让他难以置信不是。他惆怅地回到座位上,透过缭缭散散的烟雾,出神地看神形都酷似刘佳的紫衣女人,心里有剪不断理还乱的愁绪。

　　焦琰不知什么时候也来到茶吧,看见梅欢像一个花痴,呆呆地盯着紫衣女人出神,心里生起醋意。她站在他的面前,遮挡了他的视线,看他惊讶时酸酸地说:"怎么?吃着碗里的,还看着锅里的呀?"

　　梅欢像吞了一只苍蝇,眉头瞬间皱成川字,想搜寻一句话回她,一下又找不到合适的语言。他发愣时,驾驶员小宝催他上车,他迟疑了一下,瞪了她一眼抬脚走人,留下她一头雾水地看着他远去的背影。

　　梅欢的路虎开到离兴隆矿两三公里远的山垭口,矿上早有十多个剽悍的青年矿工在等候他,每人手里都提着雪亮的铁锹,警惕地四处张望。打头的告诉小宝,路虎再不能往前开了,有线人说兴隆寨密谋,发现梅欢非拉他去后山看裂缝不可,郝表叔不放心,吩咐他们务必保护好梅总,不得有半点儿差池。梅欢听了心里很难受,他压住怒火叫小宝摘了车牌,掉头开车去蒙家湾河滩上等他。

　　天空灰雾蒙蒙,细雨如丝,冷风一刀一刀地割在脸上,青年矿工们护卫着梅欢向矿山走去,肃穆又苍凉的气氛让他哑然之后很悲哀。

　　矿区已经在望,十多辆农用汽车和拖拉机三道设防,把一华里长的公路堵得水泄不通。几堆男女老少叽叽喳喳地在路上埋锅造饭,缭缭炊烟里飘散着稻米的清香。干河滩里有十来个女娃儿在跳皮筋,边跳边振振有词地念:

　　　　煤老板,挖黑煤,
　　　　毁青山,断绿水。
　　　　赚了黑钱不行善,
　　　　美女名车一串串……

他在心里苦笑，美女一串串？一个老婆还离了呢。煤老板合法经营照章纳税，咋就这样不被人待见？做人真是左右为难哪！穷了遭人白眼，有钱了也遭人嫉恨。

把梅欢围得密不透风的队伍绕过障碍来到煤坝。井口里源源不断吐出的煤炭已经堆积如山，和他想象的一样，煤山已尺尺紧逼，至多再有两三天工夫就要淹没井口了。还好是冬季，若是夏天骄阳暴晒，这座高耸的煤山定然会烧起一堆熊熊烈火，酿造兴隆矿的灭顶灾难。

郝表叔像头困兽在办公室里走来走去，看到梅欢进来，火气喷发而出，咬牙切齿地说："再过三天非得停工不可……"

停工一直是梅欢纠结的事，停工意味着停电停风，冬天气压低，瓦斯马上就会聚集，半颗火星子就会酿成弥天大祸。再说年关快到，一粒煤炭都拖不出去，工人工资可是一笔不小的开支呀！

郝表叔的粗气还没出匀，蒙欣然就推门走进来，他左臂上还戴着黑纱，向梅欢投来一丝苦笑，疲惫地坐在沙发上。

梅欢抽出香烟递到他的嘴边，摸出打火机给他点燃，反过来安慰他，没有过不去的火焰山，大不了把矿山关了就是。

"关个毯！老子就是不能让这些王八蛋的阴谋得逞。"郝表叔破口大骂。

蒙欣然看着窗外，浓浓地吐了一口烟雾，自言自语："唉，当初要是卖给了枣矿有多好呀，也不会有今天这些烦心事。"

梅欢白了他一眼，心想这话等于白说，低头问他："是什么话在手机里不好说？"蒙欣然垂下眼睑，声音轻如蝇蚊，告诉他这次堵路的后台是寥县长的老婆和小姨子，问题很复杂。

梅欢脸色铁青，不就是个县长的老婆嘛，还能一手遮天？他看到郝表叔疑惑地看他俩窃窃私语，担心让这个火暴脾气晓得了惹出祸事，咬着牙关轻声对蒙欣然说，他们敢在仁义无法无天，我就敢带上股东们上北京去找青天，就不信没有王法了。

蒙欣然摇了摇头："兄弟，你开煤矿是找钱，不是找气受。"

"那你说怎么办？狗急了还跳墙呢！"梅欢还真急了。

楼下的吵闹打断了两人的说话，蒙欣然站起身子往窗外看了一眼，伸出食指在嘴边做了一个嘘声。梅欢正狐疑时，郝表叔气汹汹地推门进来，对着他质问："梅欢儿，你给老子说一声胯底下有卵子没有？"

他莫名其妙地看着郝表叔："哎，老爷子你又疯了，怎么张口就是脏话？"

郝表叔看着他，又气愤地骂人："你自己回黔江去，我这把老骨头不值钱，看他狗日的几个有三头六臂。"

"到底是怎么回事？"梅欢吼了起来，他吼人的样子很怕人。郝表叔没有说话，跟来的年轻矿工说，外面的吵嚷声是兴隆寨的村民非要冲上楼来，拉梅总去看寨子后山的裂缝。

梅欢脸色瞬间变得铁青，咬紧牙关控制自己的情绪。蒙欣然看他怒不可遏的样子，摆了摆手道："这里面有阴谋，一愤怒就上当了。"

"知道是阴谋还尽赔好话，就是你们有关部门惯出来的，让他们得寸进尺蹬鼻子上脸。"郝表叔冷冷地数落蒙欣然，数落完又咬牙切齿地骂，"妈的，有理的怕浑的，浑的怕不要命的，老子就不要命了，看他们浑！"

蒙欣然的话点拨了梅欢敏感的神经，倘若矿上逞匹夫之勇，真和村民厮打起来，阴谋者正好坐收渔翁之利。他劝郝表叔要冷静，有气可以对着他骂，万万不能同村民们发生冲突，矿工们打了人就会定性为黑社会。

"他们蛮不讲法，明抢硬要就是白社会了？"郝表叔虽然义愤填膺，火气却消了很多。蒙欣然递给他一支香烟，顺着梅欢的话劝导他，说梅欢说得对，如果一动手性质就变了，有人正想收拾残局呢。

郝表叔一拳捣在办公桌上，把桌上的文件纸张震得满处飘飞，身子却像泄气的皮球瘫坐在木椅上。

又一位年轻矿工神色紧张地推门进来，向郝表叔报告说，兴隆寨的村民们非要冲上楼来找梅老板，再拦可能就要打架了。郝表叔咬着牙不说话，片刻后他向梅欢摆了摆手，示意他赶快走。梅欢站起来探听楼下的吵闹声，脸色很严峻，身子却一动不动。蒙欣然知道他担心局势会恶化，劝导说他避开利于缓和矛盾。

梅欢想了一下，点了点头，心里却很酸楚，他叮嘱郝表叔，一定要记住骂不还口打不还手。郝表叔一边点头，一边让几名矿工簇拥着他从侧门出了办公楼。

六

焦琰打梅欢的手机，打爆了都无人接听，这不是他的风格，她火急火燎地开车来到翠湖宾馆，老远就看到梅欢在茶吧里吞云吐雾，呆呆地看昨天早上那个紫衣女人。她又气又恼，甩身出了翠湖大门。她在大门外徘徊了一阵子，又硬着头皮走进了大堂茶吧。

她不顾梅欢有些厌恶的目光，不卑不亢说他的前妻翟小燕被人邀去打麻将，已经输了好几十万，可能是让人下套了。

梅欢像发条一般蹦起来，四处瞭了一眼又无力地坐下，他想了好一会儿，懒懒地站起身，跟着焦琰走出了大堂。

上岛咖啡的九号包房里烟雾沉沉，麻将桌上的人们太专注，梅欢和焦琰进去也没有觉察。翟小燕阴着脸，摸了张牌拿不定主意打哪张出去。旁边一个观战的女人看到他们，眼睛慌乱地盯着牌桌上的瘦男人。梅欢捕捉到了这个细微的动作，装得饶有兴趣地转到翟小燕的身后。

翟小燕五官很精致，属于小家碧玉型的美女。月初梅欢回家看女儿，那天她的样子还挺光鲜，收拾打扮正要去跳舞，才二十来天的光景，眼睛周遭就罩上了黑圈。梅欢第一次这么仔细打量这个和他同床共寝了六年的女人。当初他们闹离婚，起因就是她要去美国生女儿，让女儿成为美国人，他没有答应，她骂他赚钱是要带进棺材！他扇了她一巴掌。

翟小燕看到梅欢和焦琰，脸更阴沉，故意满不在乎地摸了一支香烟叼在嘴上,点燃狠狠吸了一口,让两缕青烟从鼻孔里喷流出来,融进弥漫的烟雾里。在梅欢看来,良家妇女是不会吸烟的,这个女人学坏了,他心里隐隐作痛。

牌桌上果然有猫腻,不知江湖险恶的翟小燕还自责手气太差。

她又点炮了,气得把牌哗地推倒在牌桌上,瘦男人不动声色地推倒面前的和牌。矿山是龙蛇混杂的江湖,梅欢在矿山上打拼了十多年,历练了波谲云诡的江湖经验,他嗅出瘦男人就是头,瘦男人沉吟了一下,对梅欢和焦琰两个不速之客有了警惕。

"今天就歇菜吧,小燕手气太差,都欠我们三人的账了。"瘦男人拉着脸冷冷地说。

翟小燕憔悴的脸皮抽搐了一下,不自禁地瞟了梅欢一眼,样子有些楚楚可怜。他心里一热,一股豪气蹿上脑门,扒拉了她的肩头示意她退下。她青涩着脸站起身咄咄地走出包房,梅欢使了一个眼色,焦琰赶紧跟着走了出去。

瘦男人目送翟小燕出门,转眼看着梅欢,样子好像有些茫然。梅欢很淡定,从衣袋里摸出一张现金卡,说卡里有钱,够还翟小燕欠的账。

瘦男人眼光很冷漠,他看梅欢态度很和蔼,把面前码的钞票交给观战女人收好,对另外一男一女两个牌友说:"小燕差你们多少自己记好,不要记错啊!"样子很公道。

胖一些的男人附和说翟小燕手气真是差,都欠他十多万了,他也收好桌面上的钱,站起来伸了一下腰,自言自语地说:"熬了一天一夜,把人累死了,到曼谷雨泡个澡去。"磨磨蹭蹭就要走。

梅欢不说话,脸色很阴冷,麻将桌上感觉到了寒气。

瘦男人迟疑了一下,客套地说:"哥,今天实在熬不动了,改天再陪你好吗?"

梅欢依然面沉似水,语气淡淡的:"牌桌上没有赢家喊散的规矩。"顿了顿又说,"我是梅欢,不会差钱的。"

这句话像兴奋剂,瘦男人的脸闪现出欣喜,继而装得无可奈何地说:"哥今天兴致高,兄弟就舍命陪君子了。"说了,向另外一男一女挥了一下手,三人又坐回牌桌上。

观战女人狠狠瞪了瘦男人一眼,又斜眼瞟了一下梅欢面前的信用卡,悻悻地提起装了钞票的提包就要走,只听房门哐的一声响,焦琰与她碰了个满怀,身后的马六提着一只胀鼓鼓的皮包,冷冷地对惊愕的观战女人说:"我们的钱来了,你把钱放下再走。"他的口吻不容置疑,观战女人无奈地坐回原处。

"哥,你是牛刀,杀鸡用我足够了。"马六对梅欢说的这句话让其他人毛骨悚然。他又问瘦男人:"多少钱一炮?"

瘦男人答道:"一万。"

"可以卖吗?"马六又问。

瘦男人看了他一眼,"随便!"

梅欢把翟小燕的欠账付了。其他四人互相看了一眼,胖男人神情有些紧张:"哥,大了点儿吧!"

马六似乎没听到他说话,一边出牌一边谈笑风生,不到一个小时的工夫,三人没有焐热的钞票又回到马六提来的皮包里。又过了半个小时,桌上另外三人分别欠了马六几十万不等的账,三人额头上的汗珠已砸碎在地上。

"怎么样?叫人送银子来吧!"马六悠闲地点燃香烟,吐了一个越散越大的烟圈在头顶上空。

胖男人头上大汗淋漓,摊开两手结结巴巴地说没钱了。马六站起来,潇洒地拍了下他的肩膀:"不会吧兄弟,这桌上桌下的钱差不多是我带的,熬了一天一夜,你们一万一炮的麻将是怎么打的?"

焦琰接着也发问:"你们昨天打麻将带了多少钱?"胖男人斜眼看瘦男人,支吾着没有说话。观战女人冒了一句:"多带运气少带钱呗!"

焦琰轮了她一眼,冷笑道:"说得那么好听,想空手套白狼吧!"

马六微笑着对麻将桌上的人说:"知道我的真名吗?不知道告诉你们,江湖上叫我小马哥。"

小马哥!瘦男人提在半空的牌掉在桌上,没有多少肉的脸瞬间变了形。"兄弟我有眼不识泰山!"边说边扇自己的耳光,声音在凝固的空气里很响亮。

马六又吐了一个大烟圈,语速不快不慢,"找点儿正事做,今天欠我的一笔勾销,下次再碰上你们用鸡鸣狗盗坑人,我就让你们去电视台曝光,信不?"他的话像鞭子抽人,抽得瘦男人的小脑袋像捣蒜一般,拱手作揖之后,带着三个同伙逃也似的跑出了门。

马六兴高采烈地来到翠湖宾馆,他惊讶地看到梅欢躺在茶吧的沙发上,身上盖了一张红毯子,正轻声地打鼾。一位漂亮的女服务员看他在打量梅欢,走过来制止他,有些尖厉的声音恰好把梅欢惊醒。梅欢翻身坐起来,歉意地笑了笑,然后埋怨马六去哪儿了,让他躺在大众的视线里丢人现眼。

"你猜!"马六笑答道。

"猜不着,也没心思猜。"梅欢提起滑落在地上的毛毯,眼睛去看紫衣女人喜欢坐的茶位,此时却空空如也。

马六点燃一支香烟递给梅欢,说去温哥华的事基本定了,下周去成都加拿大领事馆办手续。他突然看到梅欢的脸上顿时阴云密布,后面的话赶紧咽进了肚里。

"焦琰呢?"梅欢第一次在马六面前叫梅花Q的姓名。

马六瞟了他一眼,摇了摇头。他环顾左右后对马六说,晚上请她一起去一品轩吃大闸蟹。马六阴阳怪气地说,要请你自己请,我没那工夫。他佯装愠怒,反了不是,别人我还瞧不起,这叫信任你。马六没有答应,却为焦琰说起了好话:"梅花Q挺不错的,长得漂亮不说,人还很实在,身上的绯闻都是那些酸葡萄造的谣……"

马六没听到搭腔,抬头一看梅欢又中邪了,两只眼睛直勾勾地看着紫衣女人和几个高鼻子老外在说笑,全是叽里呱啦的外语。他用手晃了晃梅欢失神的眼睛,梅欢才如梦初醒般回过神来,不耐烦地叫马六别捣乱,赶快联系好一品轩的包房。

"欢哥真怀春了?"马六坏笑着,边说,边仔细打量让梅欢灵魂出窍的女人。

"太像她了!"梅欢自言自语,神情陷入对往昔的回忆。

"难道像你的初恋情人？"马六讥笑道，"哥，这个借口太老套了，骗村姑都行不通。"

梅欢没搭马六的茬儿，只是痴痴地看紫衣女人，世界上真有一模一样的人哪！马六听梅欢说过刘佳，他对她刻骨铭心。

紫衣女人一口流利的英语，举止优雅，一颦一蹙的微妙感觉让梅欢笃信她与刘佳一定有着某种关系。他想给江岚打电话，问她最近可有刘佳的音讯。她是当年他们最亲密的大姐。他打开手机，惊讶地看到周毅力副市长打来过两次电话，还留了短信，说如果在市里，请他去市政府有事相商。

市政府有什么事要和他商量？梅欢心里很纳闷，正巧紫衣女人目光扫过来，他战栗了一下，恋恋不舍地离开了茶吧。

黔江市政府坐落于五十年代初建造的大院里，十多幢红墙绿瓦的苏式小楼斑斓剥蚀地掩映在铜杆铁戟的梧桐林子里，火红的三角梅还在灿烂地盛开，有种庭院深深的韵味。

周毅力的办公室有些逼仄，他正同一位儒雅的男人俯在写字台上看一张图纸。秘书把梅欢领进去后，他回眸微笑打了声招呼，又向神情专注的男人指点图纸。梅欢偷瞟了一眼，他们看的是工厂的效果图，上面布满了钢罐铁塔和烟囱。

梅欢惴惴地喝了两口茶，周毅力过来递给他一支烟，还给他点火，他不安地站起来。周毅力笑了笑："梅会长，市里想同你商量一件事。"他一听心里紧张得叮叮咚咚："周市长有事只管吩咐，我听着就是。"本想说照办，话到嘴边改成了听着。周毅力看了他一眼，问兴隆矿的设计能力正常情况下能否达产？他听到兴隆矿几个字，脑袋轰的一声嗡嗡发响，原来真是黄鼠狼给鸡拜年，请他到市政府商量事是打他煤矿的主意。他咬紧牙，告诫自己无论怎样都不能妥协。"能够达产，市长有什么指示？"他用平和的语气答问。

周毅力又笑了笑："不是指示是商量。"

商量的内容是市里招商了一家外企搞煤化工，投资方提出要给企业配备原料矿山，他们考察之后选中了兴隆煤矿。

外企真是大妈养的，凭什么要横刀夺人之爱？梅欢心中的怒火差点儿喷发出来。

周毅力的和颜悦色又让他的火气缩了回去:"市政府同投资外企达成共识,不损害矿山的利益,煤价按当年价一年一定,矿山所产煤炭全部供给煤化工企业,应该算是双赢吧?"他征询地看梅欢。

梅欢松了一口气,他没有回答周毅力,而是问外企是哪个国家的企业。周毅力奇怪地看他,笑了笑说:"加拿大温哥华,怎么?梅会长同外企合作要选国家?我们考察过了,不是皮包公司。"

真他妈闹鬼了,又是揪心的温哥华,难道命中就逃不脱这个魔咒?"娶老婆都要看是哪儿的,如果是要同小日本合作,打死我都不同意,加拿大我也不喜欢!"梅欢小孩儿一般赌气地说。

周毅力的目光更吃惊了,不同小日本合作犹可说也,连加拿大也不愿合作就费解了。"这家外企的老板可是同胞,相信你见到本人一定会愿意合作。"

梅欢在心里暗骂,妈的,不就是花钱买张绿卡的假洋鬼子么!难怪马六老打这个鬼主意,人还是那人,摇身变成老外后,当官的都屁颠颠地摇尾呢!"感谢周市长瞧得起梅欢,他们最好找其他矿山合作,我是真不想同老外打交道。"他气鼓鼓地说。

"小老弟怎么对老外有这么深的成见呀?"一直伏在写字台上推敲工厂效果图的儒雅男人抬起头,笑容可掬地问他。

梅欢不假思索地回答:"他们高人一等,不敢高攀呗!"

"怎么个不敢高攀?哈,真像是娶媳妇,说来听听。"儒雅男人饶有兴趣地走过,周副市长赶紧递烟点火,样子十分殷勤。

梅欢看他架子不小,像是比周副市长还大的官,样子却不让人讨厌,大着胆子道:"言者无罪,我就说了。"他数落市里下电煤任务为什么不给外企?这几年外企矿山死了人,有哪个外企老板受了惩处?他数落起来愈加来气。"让人伤心得很,外企同老百姓发生纠纷,市县领导讲政治,全力以赴去排忧解难;没关系的民企比小妈养的还不如,求爹爹告奶奶,热脸贴人冷屁股……"

儒雅男人听得脸色铁青,冷冽地问周毅力:"真有这些事吗?前天我去开发区,也有民企向我反映类似的问题。"

周毅力有些尴尬地答道:"梅会长说的全是事实,都是老惯例了。"

"不行!"儒雅男人斩钉截铁地说:"外企在黔江只能享有中国企业的同等待遇,谁也不能有特权!"

梅欢打量儒雅男人的不凡气度,感觉到心里热血沸腾,心想此人莫非是省里新来的陈市长?他灵机一动问道:"周副市长,政府希望兴隆矿与外企合作,你知道矿山的处境吗?"

周毅力被问得纳闷了,兴隆矿才验收合格,全市唯一的标准示范矿山会有什么意外处境?"生产正常吗?"他疑惑地问。

梅欢感觉到他们的态度都很真诚,于是将兴隆矿的来龙去脉和受到堵路的事,详细地叙述了一遍,还拿出事先准备好的材料递过去。"周副市长,这就是民企的遭遇,倘有半句不实,梅欢定遭天打雷劈。"

一直倾听梅欢诉苦的儒雅男人动了容,他叫周毅力拨打程军的电话,周毅力拨通之后把话筒递给他。

"程军吗?我是陈剑鸣,你把兴隆矿的事给我说一下。"儒雅男人听完,神色严峻地说:"不管什么背景和关系,坚决按法规办,两天之后我去兴隆矿看生产。"他放下电话,神态很是亲切:"梅会长,我叫陈剑鸣,就是新任的陈市长。你要相信,共产党人中讲公平正义的大有人在。从今天起,黔江市的企业有困难,政府都会一视同仁地帮助解决。刚才毅力副市长建议与外企合作的事,希望你回去同股东们商量,尽可能地支持市里建一个延长资源产业链的企业。"

果然是新来的陈市长,梅欢又惊又喜,他是知恩图报之人,心里豪情顿生。"市长,不用同股东商量,我可以做主,兴隆矿坚决服从市政府的决定。"

"不是决定,是希望!"周毅力纠正他。

陈剑鸣拍了一下梅欢的肩膀,说两天之内程军解决不了兴隆矿的困难,他亲自去解决。说罢与梅欢握手告别,走出了周毅力的办公室。

七

马六还在呼呼大睡，急促的手机铃声把他惊醒，他从枕下摸到手机，看是梅欢打进来的，赶快按了接听键。梅欢劈头盖脸一阵臭骂，骂他昨晚去哪儿干好事了，日上三竿还睡得像头猪。骂了之后要他找一件拉菲送到翠湖酒店。"记住，你小子亲自送过来。"骂话里透着抑制不住的兴奋。

真是稀奇，他居然要找酒喝，碰上什么喜事了？莫不是搞定了紫衣女人要庆贺？黔江可不流行拉菲，真毬难为人。马六嘀咕着穿戴完毕，开着车去找拉菲。

翠湖酒店的608套房里，宽大的落地窗的帘子全被打开，阳光毫无遮拦地涌进来，映得满屋流光溢彩。一身洁白睡衣的梅欢口里叼着香烟，怡然地看湖泊里早来的候鸟。

马六进了门，吭哧着放下肩上的拉菲箱子，吃惊地看着他。"真搞定了，欢哥？"梅欢回过头来，眉梢挂满喜气："搞定了，得来全不费工夫。"马六钦佩地竖起拇指，由衷地钦佩："跟你当徒弟这么多年，唯独这招没学会，原来是天赋呀！"眼睛神秘地瞟了一眼半掩房门的卧室。

梅欢从马六的坏笑中知道这小子想歪了，骂他心眼长在屁股上尽臭想，然后用嘴努了一下茶几。

茶几上摊着一张字条，马六凑近一看，有两行娟秀的钢笔字：郝矿长打你电话不通，转告兴隆矿已解围，存煤开始外运。

他认得是焦琰的笔迹，故作不知地问："哪只报喜鸟报的喜讯？真该受到奖赏。"

梅欢没有回答马六，心里想起给郝表叔通话时，老爷子像厕尿捡到金元宝一样高兴，直夸他命好遇到了贵人。他有些心酸，真是此一时彼一时啊，想当年郝表叔就是他的贵人，威风凛凛的边防军团长，书记县长对他都客气三分。

马六看他又想心事，知道又多愁善感了，小心翼翼地问："昨天去市政府见周副市长，他帮的忙？"

梅欢摇摇头："比他还大。"

"难道是新来的陈市长？"马六疑问道。

梅欢道："你不信？"

马六还是将信将疑："那可真是遇上贵人了。"

梅欢又伤感起来，人咋就这样贱，别人只是把本该属于你的东西给了你，你就感激涕零喜不自胜。

马六最了解梅欢，是个多愁善感的人，看他情绪时起时落，知道兴隆矿虽然解围了，但他的心也受了伤，于是开导他说，兴隆矿化险为夷，咋说也是件幸运的事，我通知兄弟们去一品轩庆贺一下。梅欢一听脸上和悦起来，吩咐马六把拉菲捎去一品轩，马六恍然大悟，原来他叫挖地三尺也要找到拉菲，其实就是要庆贺一番，他很在乎兴隆矿解了围。

一顿午饭天昏地暗地吃到太阳西斜，拉菲的空瓶子竖七歪八地倒在地上，包玉海和焦琰几个趁着酒性又开打麻将，梅欢很寂寥，叫马六陪他去康桥。

康桥是黔江著名的学城，西河两岸蓊郁的榕树林掩映了十多所大中专学校。上世纪初著名的西河书院，一度培养了几名民国政府的显赫要员和蜚声海内外的文化名流。七十年代西河上建了一座石桥，据说当时的地委书记以通往康庄大道为喻，题名为康桥，自此人们就将学城与徐志摩诗中的康桥相提并论。

梅欢来怀旧。他站在河滩上，望着榕树林里的校舍，一幕幕往事涌上心头。他的家乡在云贵交界的清水河，一个美丽而贫穷的山村。因在黔江读书考上的大学，毕业后就分配到黔江农机学校当教员。农机学校和他毕业的工学院采煤系一样，飞进飞出的苍蝇都没有一只是母的。周末是他多愁善感最强烈的时候，他经常像幽灵一样，抱着吉他在西河的河滩上忧郁地唱歌。

一个周末的午后，他躺在河滩上看移动的云彩，一个银铃般的声音从对岸飘来："喂，你能再唱一遍吗？刚才的歌声太好听了！"

对岸河滩坐着一位双手托腮的姑娘，西斜的阳光照在她脸上，像一尊流光溢彩的雕像。他心里顷刻萌生了异样的温馨，不由自主地用吉他弹唱了苏联歌曲《白桦林》：

> 静静的村庄飘着白的雪，
> 阴霾的天空鸽子在飞翔。
> 白桦林刻着那两个名字，
> 他们发誓相爱用尽这一生。
> ……

姑娘跟着他一起唱，唱得很伤感，唱完之后都默不作声，他希望时光永远停留在那一刻。

"我叫刘佳，在师范教书。"姑娘打破了沉默。

"哦，我叫梅欢，在农机校，也是教师。"他机械地应答。

他们相识了，刘佳用温暖销蚀了他的自闭，让他勇敢地接受了她的爱情。就在他敞开心扉享受人世间最美好的爱情时，一个寒冷的冬夜，她含着眼泪告诉他，她的母亲历尽艰辛给她办了去加拿大的移民。犹如五雷轰顶之后他平静地问："可以不去吗?"

刘佳摇了摇头："我妈说那儿是天堂，不去她会跳楼的。"

他咬紧嘴唇："那你去吧!"

"你怎么办呢?"刘佳泪光晶莹。

他从牙缝里挤出一句冰冷的话："我不会死的。"

刘佳从身后抱着他要离开的腰身："梅欢，我舍不得你。"

他挣脱她的双手，心里凄凉茫然，舍不得还是要离开，女人哪你是什么心肠?

"梅欢，我想过了，在温哥华安下脚后，再想办法让你过去。"刘佳哀求似的对他说，"你不要像这个样子!"

"要去我自己会去!"他冷冷地说，断然拉开房门离开了刘佳的宿舍。那个冬夜很冷，寒风刺骨也刺伤了他的心。多少年后他还清楚记得，刘佳在他身后绝望地哭，骂他冷血。

第二天，他用攒钱刚买的飞鸽自行车驮了一只木箱，迎着寒风细雨回了清水河。路过师范时，他在传达室给刘佳留了一封信，信中引用了徐志摩《再别康桥》的诗句：轻轻地我走了，正如我轻轻地来……

他在云南颠沛流离了八个春秋，2003年，他怀揣挣下的五百万的现金卡，开着崭新的帕萨特回到了黔江。大学四年的专业所学和在云南的打拼，让他如鱼得水地在黔江的煤老板中崭露头角，几年下来便鹤立鸡群地成了身家过亿的煤老板。

刘佳像黄鹤杳然远去，她当银行行长的母亲也退休搬离了黔江，他犹如锦衣夜行，没有感觉到成功的快乐。寂寞时他自问，这些年疯狂地挣钱是给自己争气还是同别人斗气？他回答不了自己。他只是觉得，当年他若是今天的煤老板，刘佳的母亲是不会让她去所谓的天堂，活活拆散一对相爱的鸳鸯。八年前，他在孤寂中经人介绍，例行公事一般同文化局的干部翟小燕结了婚，婚后他才深切地感受到，其实刘佳一直都在他的心里，只是藏得很深。

江岚给他打了电话，说她去省城开会回到了黔江，要他赶快去康桥一趟，有要事告诉他。沉静的江岚是第一次用急促的语气给他打电话，他有预感，她说的要事非同小可。

江岚仪态端庄大方，是典型的知性女人，他走进她的院长办公室时，她没有像平时那样调侃他叫梅老板，而是平静地叫他梅欢兄弟，她说刘佳妹妹有消息了，她深如潭水的眼睛一片迷惘。

梅欢预感到不祥，努力平静心情问："她还在温哥华吗？她的天堂？"

"不，她去了天国。"江岚望着窗外，眼角蠕动着晶莹的泪珠。

梅欢就好像早知道刘佳去了天国，默默地坐着，像是静穆地哀悼。

好久，江岚才缓缓转过身来，她用纸巾揩了眼泪，从书柜里小心翼翼捧出一只精致的檀木盒子，对梅欢说："刘佳就在这儿，你给她说说话吧！"

梅欢的大脑一片空白，捋不清心里的悲怨，刻骨铭心十六年的初恋，回到身边却化为一盒灰烬。

如今啊，相思是一只方方的木盒，你在里头，我在外头……他在心里修改了余光中的诗句。

"梅欢兄弟，我是唯物论者，也不怀疑人有宿命……"江岚沉重地把一个粉红的笔记本和一封折成千纸鹤的信递给他。

江岚姐：

　　当你看到这封信时，妹妹已化作一缕青烟去了天国。当年怀揣梦想，离开你们去了心中的天堂，至今感觉是一场梦魇，是否在前世造了罪孽，要接受上帝的惩罚。我在日记里记录了十六年的酸甜苦辣，请你写成一本书，给那些出国寻梦的人们作借鉴：天堂其实就在故乡。这是我这十六年的人生感悟。

　　这些年奔波，我和妹妹刘欣赚了一些钱，我交代她拿出一部分捐给师范，因为康桥有过我人生最美好的时光；一部分请你转给梅欢或他的家乡，如果他肯原谅一个不幸的人，请他将我埋在康桥。别了，姐姐！

你苦命的妹子刘佳

梅欢早已潸然泪下，他问江岚，是谁把刘佳送回来的？江岚凝视着骨灰盒上慈姐刘佳四个黑字，说是刘欣，刘佳的妹妹，电话里约定在这里见面。她快到时我正巧接到电话去市里开会，她就把刘佳放在这儿了，留话说忙完两天再来。"梅欢弟，你愿给刘佳找一块墓地吗？让她能够看到康桥。"

梅欢泣不成声，重重地点头。

泪水模糊了梅欢的眼睛，他望着粉红色笔记本的字迹，揩湿了一地的纸巾。刘佳到了温哥华后傻了眼，心目中的天堂其实是冷漠薄情的地方。母亲是以她的婚姻为代价给她办的移民，未曾谋面的丈夫是自费留学滞留在温哥华的学生，在一家专门组织中国学生到加拿大读书的公司上班。母亲啊，您怎么这样糊涂？这就是您给女儿选择的幸福天堂吗？她举目无亲，又因为梅欢的孩子在腹中一天天长大，于是无奈地与那个陌生的男人举行了婚礼……

梅欢浑身战栗，双手发抖，他糊涂透顶，居然不明白刘佳临走的那个夜晚，骂他是冷血的意思。他们的孩子现在在哪啊……

刘佳婚后在华人社区学校找了份教师工作，丈夫知道她怀了别人的孩子，冷漠地出了家门后再没有归家。不久，刘佳生下了她和梅欢的女儿，她给她取名叫刘欢。刘欢给她孤寂的生活带来了快乐，就在刘欢牙牙学语的时候，命运给了她当头一棒，一个漆黑的夜晚，恐怖分子武装袭击她居住的华人社区，睡梦中的刘欢被爆响的枪声惊吓摔下了床，头颅正好磕在木凳上。她眼睁睁地看着天使般的女儿慢慢在怀中永远闭上了眼睛，她的心成了一口枯井，木讷地抱着刘欢在屋里不吃不喝两个昼夜，直到学校的同事打开窗户进了她的家。

她从此郁郁寡欢，有时甚至语无伦次，异国他乡没有一个亲人，华人社区里的同胞都在为生计奔波忙碌，冷冰冰的环境让她有几次几乎寻了短见。她的境况让从美国海归在深圳经商的堂妹刘欣知道后，刘欣毅然变卖了公司，孤身飞到了温哥华陪伴她。姐妹俩在华人社区开了一家川菜馆，早起晚归赚了一笔可观的加元后，经刘欣的建议，她们变卖了餐馆，以外商的身份回到深圳，投资兴办了一家制鞋厂。就在姐妹俩的制鞋厂日渐起色的时候，晴天一声霹雳，胸部隐隐作痛的刘佳检查出了乳腺癌。感叹姐姐命运多舛的刘欣不顾她的劝阻，毅然关停了工厂，带她北上北京做了手术。

化疗期间，姐妹俩认识了一位病友大姐，看她老是一个人，刘欣像侍候刘佳一样照顾她，三人很快相处得像姐妹一般。巧的是陈大姐也是温哥华的归侨，离异回国独自创业，她很同情与自己命运相似的刘佳，感慨刘欣的姊妹情义，认了姐妹俩为干妹子。化疗结束后，她带着姊妹俩到了一座产煤的城市。姐妹俩傻了眼，原来她是数亿身家的私企老板，有两个露天煤矿和一家煤化工企业。她本已看破红尘的冷暖，刘家姐妹的出现让她感觉世间还有真情。她将三个企业全部交给刘欣打理，自己和刘佳爬山游泳练瑜伽。

平静的生活过了两年多，陈大姐的病情突然恶化了，临走时她写下遗书，三个企业全部转给刘家姐妹继承，将来企业的一半资产捐给国家研究医学。

陈大姐走后不久，无情的癌细胞也在刘佳身上开始转移。按照陈大姐的交代，她的堂弟刚到西南一个市当市长，企业可转一部分资金去那儿投资，支持堂弟的工作。于是刘欣带着病魔缠身的刘佳南下到了贵阳，刘佳得知要去的地方是黔江时百感交集，正好把生命归宿在她来到人世的地方。可无情的病魔让她走不动了，在省人民医院，她托付刘欣去黔江找江岚，把她的骨灰转交给梅欢，让她长眠在康桥……

梅欢看到刘佳歪歪斜斜写在笔记本上的经历，半是书信半是日记，他百感交集，大脑空空荡荡……

八

全省煤矿安全生产大检查结束，检查组在翠湖酒店召开反馈总结会议。焦琰带着办公室的文员搞会务接待，下午五点过后还没有看到梅欢来报到，她十分纳闷。大检查这几天，早晚都没见到他，这和其他煤老板附骨之蛆般陪着检查组相比，很是反常。她凭感觉，他的反常有傲慢之嫌，这会招来人祸的。

她替他着急，不时地在大堂里张望，张望了半天，还真看到了兴隆矿的矿长郝表叔来到茶吧闷闷不乐地喝茶。

"我家的表叔数不清，没有大事不登门……"她唱着现代京剧走过去，笑着逗他开心。郝表叔看到她，阴沉的脸马上和颜悦色，向她神秘地招手。"姑娘，老叔托你一件事。"声音压得很低。她笑吟吟地坐到他对面："哪样事？您老只管吩咐。"郝表叔诡秘地四周巡看了一眼，凑过头轻声对她说，托她找检查组的孙处长打听，这次检查兴隆矿有问题没有？

焦琰一听很吃惊，兴隆矿两个月前才检查验收，树为全市的标范矿山，怎么会有问题呢，郝表叔是杞人忧天了。

郝表叔看焦琰疑惑的样子，知道她不相信兴隆矿在检查中会有问题。他也不相信，可感觉就是不对，陪姓孙的处长下井时，他老问老板去哪儿了？他说他就是老板，孙处长只是冷笑，挑这挑那毛病，又都不在点上。"姑娘，你知道梅欢这娃儿抓安全从来不含糊，巴不得有人挑毛病，可孙处长是鸡蛋里挑骨头。"

孙处长？焦琰想起那双金鱼眼，每次陪他吃饭，都要听他乐此不疲地讲俗不可耐的黄段子，盯人的眼睛里像有一双手，恨不得扒掉人的衣服。她凭感觉，郝表叔的担心并不多余，要说找没有丁点儿问题的矿山还真难找，要找矿山的问题再简单不过了。她看郝表叔巴巴的样子好生可怜，答应说马上去想办法打听。

四楼会议室的里里外外都是煤老板，三三两两地在说话，有的心事重重抽闷烟，有的高谈阔论时事新闻，其实都在忐忑不安地等待检查结果。

酒店的热空调开得很高，焦琰脱了貂皮短袄搭在手臂上，转悠着寻找孙处长在哪间屋子。"八项规定"之后，官员们谨慎多了，打麻将只限在住房里。还真巧，孙处长正巧在走道拐角打私密电话，回头与她相撞，看稀奇物似的上下打量她："哎哟哟，焦大主任，你是瘦的地方比赵飞燕，胖的地方赛杨贵妃，看一眼就让人迈不动腿了，哈哈！"

她装着嫣然一笑，嗔道："省城来的大领导水平就是高，开口就是历史典故，咱小地方的人不佩服还真不行。"

"真的吗？"孙处长的一双鱼泡眼珠子闪烁发光。"当然！"她四处张望了一眼，小心地又说："处长大哥，能借一步说话吗？"她妩媚地笑看着孙处长，模样秀色可餐。孙处长油汪汪的脸上红光可鉴，大气地说："有啥子要借步的，就在这儿说。"

焦琰于是将郝表叔说成是她表舅，把他经营的矿山需要关照的意思说了。

孙处长颇不以为然，问她是哪个矿。焦琰小心地说是仁义县的兴隆煤矿。孙处长一听，马上警惕地问："兴隆矿？老板是你家亲戚？"

焦琰明白兴隆二字是个死结，脸上变得楚楚可怜："我家表舅是矿长，还是不小的股东呢。"

哦！孙处长若有所思，似乎松了一口气："这里真不是说话的地方，晚上十点以后到我的房间，我住2108。"说完告辞走了，头也没回。

焦琰像吞了一只苍蝇，望着他的背影长长地吐了一口浊气，看来这次检查真有人做兴隆矿的手脚。刚才姓孙的意思很明显，她不可能为本来就受委屈的兴隆矿去让色狼占便宜。她想尽快让梅欢去想办法，趁结果公开之前清除掉兴隆矿的警报。一旦公布了，覆水难收，凭梅欢那倔劲，真要风生水起地闹出点什么事来。

她急急地下楼来到大堂，茶吧里的郝表叔不在了，包玉海坐在他刚才的位置上抽烟。

"郝表叔呢？"她问。

包玉海没像过去那样，见到她就嬉皮笑脸地占嘴巴便宜，支支吾吾道："他找欢哥去了，你找他干哪样？不找欢哥？"

"你管我的！"她噎了包胖子一句。包玉海投机取巧很出名，平时对煤矿疏于管理和整改，一碰上检查就绞尽脑汁蒙混过关。她心生一计，说这次安检，万福矿上了黑名单，要停产整改。

"哪个说的？"包玉海像发条一般从沙发上弹起来，"万福矿肯定能过关。"

她紧问他："反馈意见还没出来，你咋就晓得万福矿能过关？"

包玉海看了她一眼，闪烁其词地说："我们最近投了大量资金加强安全设施建设，当然就能过关啦！"

哄鬼还可以，上周梅欢还在骂他呢，平时不烧香，临时也不抱佛脚。她知道他的故事，一次检查组下井，他叫人在每只雨鞋里塞了一万块钱，让检查组大发雷霆骂了娘，差点儿叫停了矿山。他这样自信能过关，肯定又动了歪脑筋。

"那兴隆矿肯定也能过关了！"她装得漫不经心地说，偷眼看他的表情。

"我只关心了万福矿,欢、欢哥的矿山应该没问题吧!"

他说了假话,她骂道:"亏你说得出口,你只关心自己的矿山?梅欢真是瞎了眼。"

包玉海挨了骂,急得满脸通红,赶紧对焦琰说:"你去问郝表叔,他知道情况。"

正在这时,焦琰看到梅欢一脸冷冽,行色匆匆地穿过大堂,她心里咯噔了一下。

梅欢这几天在康桥周遭为刘佳找墓地,他跋山涉水、到处物色,终于在楼霞半山腰相中一块地方。这儿俯瞰汨汨西河,视线正中恰好对着当年他和刘佳唱《白桦林》的河滩。

他走下山峰,刚到康桥头,看到满脸怒容的郝表叔坐在路虎车边大口地抽烟。看他满身泥泞,压住怒火告诉他,包玉海透露,兴隆煤矿在这次安检中可能列入了黑名单。

他没有说话,陪郝表叔抽了一支闷烟后,阴着脸离开了康桥。

梅欢上了酒店四楼,煤老板们看他神情古怪,只点头招呼不说话,怕讨没趣。他知道市县的领导陪着检查组在隐秘处等待检查结果汇总,走到门边恰好碰上蒙欣然。蒙欣然看梅欢脸若冰霜,情知不妙,想拦没拦住,让他闯进了门。

他进门的响动有点大,惊得正陪同孙处长打麻将的头头全都回头。在一边看报纸的周副市长看到他,站起来向孙处长介绍,说他是市煤炭协会的会长,最大民营矿山兴隆矿的老板。孙处长冷冷地瞟了他一眼,口气不阴不阳地说:"梅大会长,难得大驾光临,算是给检查组面子了。"他的冷嘲热讽激发了本就满腔怒火的梅欢,碍于屋里都是沾煤的领导,他强压了火气,也冷冷地说:"检查组下来又不是检查人,梅欢在与不在毫不影响检查,况且不是说要回避吗?"

蒙欣然在一边紧张得出了冷汗,他怕梅欢倔起来惹恼了手持生杀大权的孙处长,罪及袈裟让仁义的矿山受到牵连。他上前去拉梅欢,让梅欢甩了一下。

孙处长愣了愣,没有再说话,只招呼牌友继续打牌。梅欢受到轻蔑,难以遏制心中的怒气:"处长大人去兴隆检查,梅欢没在,失礼了。只是要提醒处长,兴隆是刚刚经过全国知名专家鉴定验收的标准矿山。"边说,边将验收合格证书砸在麻将桌上。

"小梅,冷静一点儿。"周毅力似乎明白了些什么,严肃地劝他。

孙处长感觉丢了面子,呼地站起来,毫不示弱道:"告诉你梅老板,我孙某人见过有钱的大老板。你的矿山有没有安全隐患不是一张纸说了算的,这玩意谁都可以花钱买。"

这句话让屋里的人都吃了一惊,谁也不吱声。

"哈哈!"梅欢一阵冷笑,"难怪这次没花钱,连面都见不到孙大处长,兴隆矿就不能过关了。"他的脸色阴冷得瘆人,走到孙处长身边说了一句耳语,然后大步走出房门。众人惊愕地看到,孙处长脸如死灰一般怔在麻将桌上,嘴唇颤抖说不出话。

周毅力赶紧向蒙欣然使了一个眼色,要他去追赶梅欢。

尾声

兴隆矿安检过关了,据说是周毅力副市长报告了陈剑鸣市长,私下找孙处长协调的结果。

梅欢没有领情,他不喜也不恼,和江岚商定在腊月初八让刘佳入土安息。

腊月初八这天,阴霾了好些日子的天空透出了阳光,阳光灿烂的康桥金黄一片。梅欢带领一帮煤老板兄弟,开着一溜戴了白花的小车,庄严肃穆地送刘佳去棲霞山。

缓缓行进的队伍中,梅欢意外地看到程军挽着江岚,两人神色凝重地走在送葬队伍的前面。

"他是你姐夫。"江岚望着程军对梅欢说。

"姐夫?"梅欢恍然大悟,他和江岚聚会好多次,都说姐夫在县上太忙,原来竟然是程军。程军点了点头,拍了一下他戴着纱的手臂。

葬礼开始时，梅欢惊愕得不知所措，陈剑鸣和周毅力抬着花篮来到墓地。更让他瞠目结舌的是，扶着花篮的紫衣女人跪到刘佳的墓碑前泣不成声。

"她就是刘欣，刘佳的叔叔的女儿。"江岚扶起刘欣对梅欢说。

梅欢如梦初醒，方才明白她酷似刘佳的原因。周毅力也指着刘欣，说她就是加拿大蒙特利尔的老板，兴隆煤矿与煤化工项目的合作伙伴。

一切都那么巧合，又那么自然。刘欣泪光涟涟，好像就知道眼前的梅欢是她的合作者，是她姐姐刻骨铭心的初恋情人。梅欢如在梦里，千言万语竟无语凝咽。江岚还介绍陈剑鸣就是刘家姐妹的恩人陈大姐的堂弟。

世界太大又太小，众人唏嘘不已之时，阳光灿烂的天空飞来雨云，细雨如丝飘洒在墓地。刘佳的骨灰盒在"往生曲"的哀伤旋律中，被梅欢和刘欣缓缓放进墓穴中。

墓地一片静穆，只有阳光细雨和抽泣声。

刘欣践行了刘佳的遗愿，亲手将两千万的现金卡捐给江岚，让师范学院建一座图书馆；梅欢也捐了两千万，一千万随刘欣捐给师范学院专助奖励贫困学子，另一千万捐给合并为职业学院的农机学校。

在周毅力副市长的主持下，蒙特利尔公司与兴隆矿业在翠湖酒店签署了合作协议。梅欢还承诺牵头其他煤矿企业投资五个亿与刘欣的公司合股建立煤化工企业。

举起红酒庆贺签约成功之时，刘欣问梅欢："梅欢哥，你们还移民去温哥华吗？"

梅欢望着窗外蓝天，感慨地说："你姐说了，天堂就在故乡。"

刘欣点头，跟着说："对，天堂就在故乡。"

（原载《中国作家》2015 年第 4 期）

发展大道

韩永明

一

梅方刚刚坐进省城总督府饭店的包间，龚玉仁就把电话打进来了，说工地上又出事了，工程队把二王的爹搞死了。梅方问怎么个情况，龚玉仁说，挖掘机这几天正在二王那里作业，填那个豁口，二王的爹睡在豁口里，挖掘机一斗土石方倒下去，他爬起来跑，慌乱中摔倒在石头上，碰了脑袋，送到医院抢救，没醒过来。现在，二王及一些拆迁户都去了医院，要闹事。梅方说："你给应急办报告，给胡县长和庄书记报告吧，我在外面。"

梅方这次到省城还是跑钱,可很不顺。走前,他给办事处主任小邵打电话,让他在总督府订了大包房,去专卖店买了好酒。没想到客人却请不到。有人说姑娘下午从美国回来了;有人说晚上要开会,事情非常紧急;就连从西楚县走出来的几个老乡,也不是打了头孢就是出差在外。

小邵其实提醒过他,说近段时间中央有巡视组在暗访,一些高档酒楼都门可罗雀了。可他有点儿不信邪。偌大一个省城,该有多少盛宴,巡视组真能管得住这满城的筵席?

还有一个原因是,这些年来,吃饭已经是一种办事模式了。无论办什么事,大事小事,公事私事,请人吃饭是第一件事。吃过饭,司机送领导各奔东西,把土特产送到人家家里去。第二天再去办公室谈事,一切都自自然然。如有人要打牌要洗澡要吼歌,就临时做一些调整。梅方有点儿不相信现在有哪个程序员能一下子把这个程序修改了。

直到车子进了总督府,他坐在包房里打电话时,才意识到问题比他想象的要严重得多。

梅方挂了龚玉仁的电话,对小邵说:"走吧,客人们不会来了。"

小邵说:"包房最低消费4888,不消费也要付费的。横竖要吃饭,不如点几个菜慰劳一下自己,这样好和他们讲一些价。"

梅方说:"不是钱的事儿。走,先去办事处住下来。"

小邵说:"您总要吃饭吧?"

梅方说:"去吃你们食堂吧。现在省里的领导都带头把头缩着了,我们把头伸到省城里来挨一刀?"说着把手机装进提包里,站起身。

可一行人刚走出包房,梅方的手机就响起来。梅方掏出手机一看,是庄书记。庄书记让他赶回去,立刻,马上。

二

从省城回县里，小车要六个小时。上高速前，梅方让司机找了一家路边店，几个人一起吃了晚饭。

一上车，梅方便让小米抓紧时间眯一会儿，说今晚可能挨不着床边儿了。小米问道："是工地上又出事了？"

梅方"嗯"了一声，就把头靠了，闭上了眼睛。

可睡不着。庄书记电话里没说让他回去干什么，也没问他的情况，只让他立刻回去，这让他感到庄书记不是一般的不满。他想一定是二王爷的事闹大了。

发展大道从拆迁开始，一直就不太平。有喝农药的，有开煤气罐搞爆炸的，有让孩子去阻止挖掘机的……梅方接手指挥长时，拆迁工作已基本结束，可遗留问题很多，有女人在县政府广场脱光衣服喊冤的，有到县政府静坐的，有到市里、省里、北京上访的……

梅方此前一直在河口乡任书记。河口乡是一个不起眼的乡，他压根儿没想到县里这次换届，自己会当上副县长。上任之前，庄书记找他谈话。他坦诚地说自己感到很意外。庄书记说："你在河口搞了一届，搬迁了一个集镇，居然没有人闹事，没有人上访。"

"就因为这提拔我，是不是有点儿……"

"这不是偶然的。"

梅方说："运气好吧。"庄书记说："我不排除这里面有运气，我也相信人确实有运气。现在做事做官，多多少少都有点儿博弈的味道。可这不光是运气。"

也确实不光是运气。梅方到河口以后，开始建新集镇，搬迁乡政府。县里的领导去乡政府找他，办公楼里空空如也，就问当地群众书记乡长去哪儿了，老百姓大声喊："起集镇（起急症）了！乡的干部都起集镇了！"

集镇有一帮小混混儿，喜欢闹点儿事，为首者叫绿毛儿。梅方到任不久，绿毛儿到处散布谣言，说新书记没拜码头。乡里干部把这事说给梅方听。梅方说，原来的书记都拜码头了？干部们都笑，不置可否。梅方说，他有点儿嚣张，那我就拜一下。过了几天，机会来了。梅方正在一家餐馆吃饭，值班的副书记打电话来，说绿毛儿带了几个人到乡政府了，都骑着摩托，来堵乡政府的大门，说是要替大众小食堂要账。

大众小食堂是乡政府机关旁边的一家餐馆。政府来了客人就在此接待，接待了几年，白条积了十几万。餐馆老板找乡政府结账，乡政府今年推明年，明年推后年。餐馆李老板很无奈，只好不上好菜，任他干部们耀武扬威点什么，他都说卖完了。政府只好去找别的餐馆，可人家根本不让乡政府签单，话说得更难听："还好意思到处吃，连卖豆花儿的都不望那一方了。"

事虽小，可梅方觉得它很让干部没形象，早寻思把这事给处理了。现在倒好，居然让绿毛儿找上门来了。

梅方接完电话就往乡政府走，边走边打电话给李老板，问他是不是请绿毛儿收账了。老李吞吞吐吐地说，是绿毛儿主动找上门来要帮他收账的，说抽百分之十五。梅方一听心里有数了。到乡政府机关，看到绿毛儿几个人堵在机关大门前，不让干部们下班，便走到绿毛儿跟前，揉了他一把："你就是绿毛儿，带信要我拜码头的那个东西？"绿毛儿穿着黑背心，两臂抱在面前，臂上都是肌肉疙瘩，而梅方个子不高，足足比他矮了一头。绿毛儿说："你动手，叫我东西？"梅方说："你不是东西？"绿毛儿说："你骂人！"梅方说："我骂你了吗？如果我骂你不是人，那才是骂了。"绿毛儿圆睁着眼，脑袋摇着摇着，朝地上吐了一口："今天我不和你计较，把钱拿出来，我走人。"梅方说："我知道你今天是故意找碴儿的。你先说说码头怎么拜，是讲文，还是讲武？"绿毛儿吼了一声："讲钱！"梅方往绿毛儿跟前跨了一步，他想让绿毛儿动手："讲钱不公平，还是讲打吧，这个你占便宜一点儿。"说着拍了两下绿毛儿的脸。这一下果真激怒了绿毛儿，绿毛儿猛地一拳砸在梅方脸上。

绿毛儿一动手，手下人都动起来了。梅方吼道："让他们退下，我们单打独斗。"梅方这一喊，其他人都怔住了。绿毛儿心上很得意，心想你一个文弱书生，要打架？就莫怪我占便宜了。于是就和梅方打起来。左一拳右一拳，把梅方打趴在地上。绿毛儿很得意，说："怎么这么不经打，起来再打，要不我们先定个生死文书？"梅方鼻子里来了血，嘴角来了血，连连摆手："不打了，我认输，明天我把钱给你送去。"

可没有等到明天，县公安局就来了一辆警车把绿毛儿抓了。在看守所里，绿毛儿才明白自己上了当，把人家打成轻伤了呢。绿毛儿家人这才请村里书记带了礼品替绿毛儿赔罪，说只要不判刑，绿毛儿出来了在镇上给梅方赔罪。梅方找县公安局政委，替绿毛儿求情，说关几天给他一个教训算了。绿毛儿放出来，没回家，直接到了乡政府，跪在乡政府门口不起来。

收拾了绿毛儿，梅方回县里，找县里几个部门讨要了十几万块钱，挎在身上，叮叮当当地坐着班车到河口，挨个去餐馆里兑白条。多年的账，梅方给他们结了，餐馆老板们恨不得跪下来给他磕头，都说这回我们放心让乡政府的干部吃了。

河口乡的窑湾有几个老上访户，上访原因是挖煤放炮把他们的房子震裂了口。梅方去河口后，几十个七老八十的老太太找到乡政府，说乡政府这回不解决问题，她们就在乡政府住下来，不走了。梅方一打听，家家户户都姓梅，辈分是梅方的祖奶奶辈，便一声一个祖奶奶，说他早听说了祖奶奶们房子被震裂口的事，明天重孙子就去请专家挨家挨户给祖奶奶们去看，如果实在是放炮震坏的，他负责修好。祖奶奶们听梅方几声祖奶奶一叫，心里就软了，又答应明天就着人去看，当下就撤了。第二天，梅方果真带人去了窑湾，弄清楚真正受影响、成了危房的只有两户人家，而且这些祖奶奶们也都是这两户撺掇来的，于是便找到她们，劝她们干脆搬家算了，搬到乡集镇上去，到那里去开馆子。这两户稳住了，整个窑湾也再没人往县里、市里跑……

庄书记说："把话摊开了说吧，这次提拔你，是我在为发展大道做组织准备。血淋淋的事情，必须要有能臣干将。"

梅方这才弄明白庄书记提拔他的用意了。这是他没想到的。他很不想干，可现在这个时候由不得他了。

"实话说吧，这次将卢县长调整到政协那边，与发展大道工程有关。一是因为拆迁，群众对他意见很大。更重要的是，我很担心他处理拆迁遗留问题的能力。现在，虽说拆迁基本结束了，但遗留问题越来越多。从某种意义上说，我必须找一个优秀的防暴队长，要把一切问题果断干脆地消灭掉。"

梅方听出来了，庄书记并没有征求他意见的意思，只不过是事先给他打个招呼，让他有点儿思想准备。

他不好再说什么，只好硬着头皮上了。乡镇的书记们看见他，有恭喜他的，也有说风凉话的，要他多感谢发展大道，不管别人如何流血如何牺牲，你梅方是发展了。

他明白这些人话里的潜台词。

梅方上任之后，才知道问题比他想象的还要复杂。几个老上访户，问题确实都不怎么好解决。

例如刘丽丽，房子在拆迁时起火了。打火警电话，消防车半天不到现场。刘丽丽认为是因为她不愿意拆迁，有人故意纵火，119是故意拖延。梅方把办案人员找到办公室，可办案人员拿出确凿证据，证明起火原因是电线老化，消防车没及时赶到现场是因为一台装满水泥砖的拖拉机堵在路上……

朱彩霞是因为拆迁时老公一个人领了补偿款跑了。梅方去找拆迁办，可拆迁办的人说他们是依法办事，她老公手里拿着结婚证来领补偿款，我们没有不给他的道理。可朱彩霞说，这是拆迁办不负责任，她和老公其实早就离了。

高喜喜是因为断水断电后，她提水摔断了腿，丈夫又和她离了……

这些事看起来简单，处理起来却很伤脑筋。梅方想通过一些渠道多给她们一些赔偿，领导却不同意，这事也就拖着了……

二王爹的死，梅方有些怀疑是工程队老邹搞鬼。想着想着便坐正起来，拿出手机，准备打电话问问老万或是老龚。找到号码拨过去，见小米头靠着椅背打瞌睡，就把电话挂了，发信息。

先问老龚，可老龚没有回。又问老万，老万回了过来："二王要抬尸上访，龚正斡旋。"

"肇事司机呢？"

梅方的短信铃声是鸟鸣。小鸟婉转一声，小米就把头扭过来了："梅县，何老师这么早就查岗了啊？"

小鸟又叫了一声："跑了。"

小米又说："您老干脆打电话吧。发信息，手摁疼了也说不清。"

梅方这才搭理小米："不是节约电话费嘛。这里是漫游。"

小米噘了一下嘴。

小米已跟了梅方一年多了，知道何老师喜欢查岗。时间一长，便觉得梅方有些窝囊。有回梅方说着说着电话，小米便把手机夺过去，故意嗲着声音说："何老师，梅县长正和我在一起呢，我们在酒吧里喝酒呢。"梅方连忙把手机夺过来，说这事也是能开玩笑的？小米说，我本来想说在宾馆里开房的。梅方恨得牙痒痒，心想她追得这么紧，正是因为你这个丫头呢。

小米是考公务员考进来的。县政府办本来不想要女的，可笔试面试，滚了几轮，前几名都是女生。政府办除了感叹几句阴盛阳衰、知识都让女人掌握了，没别的办法。把小米分给梅方，梅方不想要，要政府办主任调调；可政府办主任说没有余地，政府办的秘书他都扒拉去扒拉来，就小米灵活一点儿，文字功底也好。还说梅方现在管城建，管开发，跑项目跑资金什么的，小米是最合适了。在饭桌上，有个美女，男人的酒就下得快，平添几分豪气。小米后来知道了这个过节，对梅方说，多谢梅县收纳我。我就像一个没人要的丫鬟，现在总算找到一主儿了。梅方总觉得这话听起来有些不对劲，说小米，这话怎么听着这么别扭啊。开玩笑注意分寸啊，我不是主子啊。小米说，知道了，你是上级，是领导。

小鸟又叫起来。这回是老龚。"刚才正跟二王谈判，他们的条件太离谱。不要钱，要爹，要命。不搬迁，不住楼房。"

小米以为梅方是在跟何老师发短信，对司机说："老牛，你干脆给何老师打个电话吧。叽叽啦啦的，我一点儿瞌睡都吵跑了。"

老牛知道小米的判断出了问题，呛她："丫头，你没觉得省城的空气呛人了？小心回去后，咳出来的都是省城的尘土。"

小米这才安静了。

不大一会儿，梅方的电话响起来。果真是何老师打来的，问他在哪儿，和哪些人在一起。老牛瞟了小米一眼。小米朝他做了一个鬼脸。

梅方接了电话，索性打电话给老龚，要他老实说这事究竟与指挥部有没有关系。老龚说应该没有。梅方说，工程队呢？他们为了工程进度，也许会出此下策。老龚说，老邹有这个胆量？

梅方挂了老龚的电话又打给老万："你不是说有戏吗？"老万说："我被人家耍了。"

梅方啪地挂了电话。他真想狠狠骂一顿老万。

二王是拆迁钉子户。为了做通二王的工作，梅方要老万多和二王套近乎，培养感情，并特地给老万批了一笔费用，让他时不时请二王喝酒聊天。昨天，梅方问老万二王怎么样了，老万说松动了，提出补偿低了，要增加两万块钱，他准备让人把二王的泥巴稻场算成水泥稻场。

一路六个多小时，梅方一直在考虑怎么平息这出矛盾的问题，他想庄书记找他回去就是干这事的。可要到县城时，庄书记打来电话，让他去广发宾馆。

房间里还坐着公安局杨局长。梅方一进门，庄书记便和梅方说，这么急找他回来，是因为杨局长手里有个案子。

梅方的工作与政法不沾边儿。他一时有点儿蒙，望一下杨局长。杨局长说，是刘三儿，在洗脚城里，强奸一个洗脚妹，把人弄死了。

梅方还是有些懵懂。杨局长说："他哥打电话来，要我们想办法保命。"

庄书记一直在抽烟，房间里烟雾弥漫，简直就像盘丝洞。庄书记说："梅县长你坐下吧。这事我很纠结，所以想听听你的意见。"

刘三儿的亲哥在省人大当副主任，梅方心里明白庄书记为何纠结。他望了杨局一眼。

杨局说:"干脆把话挑明了吧。刘主任当副省长时,一直分管财贸口。庄书记的意思是,如果要保刘三儿这条命,也不能就这么保了。发展大道资金不是出问题了吗?"

梅方这才懂了。

"我也是不得已,"庄书记见梅方不吱声,点了一根烟,说:"可没办法,刘主任的面子我们不能不给。要发展,总要付出代价。现在上访的接二连三,二王那里又出了这么大的事,我们最好的办法,就是早日把发展大道建起来。我们不付出这个代价,就要付出别的代价了。"

梅方心里再明白不过了,在心里叹了一声:那个洗脚妹的命白丢了,连冤也没人给她喊一声了。

"死者有心脏病,其实强奸只是一个诱因。"杨局又说。

"庄书记,"梅方知道庄书记和杨局都在等他说话,他不能不表态了:"我……有一个担心。人死在洗脚城里,洗脚城人多眼杂,难保没有人注意到。现在,什么人都有话语权,人人都是新闻记者,只要一部手机、一台电脑,就可以捅天。到那时我们就比较被动了,还有可能影响到刘主任。"

梅方这么说,当然是提醒庄书记慎重的意思,没想到庄书记做了另一种理解:"对,梅县长的意见非常对。我们要有面对公众质疑的准备。"

"目前消息没有泄露出去。"杨局长说。

"好吧。这事就这么定了。老杨你明天和梅县长一起去省城找刘主任,亲自给刘主任汇报。你着重讲一讲案子,梅县长着重谈谈发展大道的事。"

庄书记说完打起了呵欠。梅方准备去医院那边看看,庄书记说:"算了,你回去休息吧,医院那边翻不了天。"

梅方出门时,用手揉了揉眼皮,他感觉眼里很痒很涩。看杨局跟在身后,便说:"我是个老沙眼,烟一熏,就要流泪。"杨局也揉了揉眼,说:"老庄烟抽得太凶了,门又关得死紧,眼睛熏得都睁不开了。"

三

梅方第二天一早就和杨局长赶往省城见刘主任。这次很顺利。刘主任听完杨局长关于案子的汇报说，小杨考虑得很细致，他没有别的意见，并主动询问起梅方发展大道的进展问题。梅方说了资金问题，刘主任说他可以给几家银行打打招呼。他现在弄懂了，小庄建发展大道远见卓识。这不仅是城市形象问题，也是在谋求西楚县的发展空间和潜力。等有机会，他要跟光年书记讲一讲西楚县的发展大道。

这次没带公车，也没带秘书和司机。车是杨局开，也是杨局借的一辆私车。在北京路的岭南会所吃完饭，两人便打道回府。一上车，梅方就给庄书记打电话，报告结果。杨局见梅方一路来都沉闷闷的，心事重重，就跟梅方开玩笑："梅县，这次我给你当马夫，我得讨点儿打赏呢。"梅方说："你差什么？你差的东西我给不了你呀。"杨局说："那就把这笔账记下，小心我放高利贷。"梅方说："穿草鞋的不怕穿皮鞋的。我现在是西楚县最大的债务人，虱多不痒，我不怕高利贷。"杨局说："我不要钱。"梅方说："真是都超脱了啊，钱都不要了啊。"杨局说："不是超脱，别看你是个新科状元，可看得出来，老庄很器重你。老庄升了，上去了，怎么说你梅县是功臣吧，也该发达一下吧，那时我再找你连本带利收回来。"梅方说："有这一天吗？"杨局说："我很有信心。老庄为何孤注一掷搞发展大道，你难道不明白？"

梅方一下子哽住了："我们说点儿别的吧，你准备拿洗脚城的事怎么办？"

"封了。"杨局说，"那个女老板滚蛋了。"

"她不会说出去？"

"她有这么傻？人死在她店子里。"

"没有目击证人？"

"包间里。去询问那些洗脚妹的时候，都说没看见，没人清楚洗脚妹是怎么死的。再说她确实患有心脏病，打工就是为了治病。"

"凭什么说是刘三儿奸杀的？"

"尸体我们已解剖了。"

梅方不语。他心里被硌了一下。

杨局又说："放心吧，我们可是专家。"

"这让人顶害怕的。"梅方突然记起了杨局给刘主任汇报时压根儿没提女孩儿有心脏病史的事。

跑了一段，杨局又找话说："你觉得老庄这着棋怎么样？"

"刘三儿？"

"发展大道。"

"我是既得利益者，我的想法不可能客观。"

"现在下面的议论很多。"

"很正常。这么大的事情，难免。"

"有说政府这是变着法子卖地的，说这就像明星卖P。"

梅方斜了杨局一眼。

"虽然都是卖，可一般人都认为躲在理发店里卖的才是妓女，而那些开着宝马车去别墅里卖的就不叫卖，叫明星，叫艺术家。"杨局说。

"我们聊点儿轻松的吧。"梅方说。

杨局想了想说："听说你那个秘书小米很有性格，敢夺你电话？"

梅方说："有点儿率性。现在的年轻人都这样，大大咧咧，没什么忌讳。"

杨局呵呵地笑，一会儿说："闭月羞花、沉鱼落雁，小心毁了你的发展大道。"

梅方惦记着二王的事，聊了一阵，梅方便用电话找老龚，问二王的事处理得怎么样了。老龚说还僵着，他们现在不愿谈，什么都不说，只要尸体，说活人拘二十四个小时还得放人呢，他们只想让死者入土为安。可现在我们却不敢把尸体交给他们，怕他们抬尸上访。所以，胡县长已协调公安局调了三四十名民警到医院维持秩序了。

梅方说，现在没有理由把尸体扣下啊。老龚说，理由是要解剖。梅方问解剖的问题征求了二王的意见没，老龚说征求了，二王不愿意，所以就僵着了。

梅方又问肇事司机找着没有，老龚说还没。但公安局已经把老邰控制起来了，可他指天发誓说他绝对没让司机干这种事。我们分析，司机过失的可能性很大。二王的爹，个头不大，天色又黑，他趴在一堆瓦砾上，司机可能把他当成是谁扔的一件破棉袄。

梅方挂了电话，叹了一口长气。

昨晚上只睡了三四个小时，在车上一颠一晃，这时睡意上来了。"杨局，我实在撑不住了，要眯一会儿。"说着就闭了眼睛。

"干脆把手机关了吧。"杨局说。

可梅方刚刚睡着，杨局的电话响了。杨局瞄了一眼，是贾政委办公室的电话，就把蓝牙打开接听。

"发展大道的拆迁户又闹事了。上百人去了政府，还弄了花圈摆在广场上，扯了横幅。庄书记要我们迅速处理。"

杨局听见梅方打鼾，就把声音调大了。

"庄书记的意见很明确，该抓的抓。我觉得，人是可以抓，可以办他们的法制培训班，可我担心激化矛盾啊。一旦动手了，引起冲突，恐怕不好收拾。同时人抓了，你总要放出来吧，不能把他杀了吧？所以，我得慎重一下。"

梅方已经醒了，听得清清楚楚，可没睁开眼。

他没想到二王这么快就去了政府。他和二王有过几次接触，反复询问过他们的要求，无非想在发展大道街边建房，想多弄一点儿补偿费。梅方当时有个思路，就是在县城别的地方找块地给他，暗中给他提高一些补偿。可他担心这会引起其他拆迁户的攀比，就把这事放下来了。他感觉二王并不是那么不讲道理、喜欢闹事的人，于是才让老万出面，没想到会出这种事情。

杨局说："知道了。过七八分钟你再打过来，我来联系一下庄书记。"

杨局长其实是想征求一下梅方的意见,挂了电话,用手扯了一把梅方:"你可真是大将风度啊,家里火上房梁,你却鼾声如雷。"

梅方这才把眼睁开:"请示你呢。"

杨局说:"我这里好办啊,不就是抓人吗?可放出来,那就是你的事了。"

梅方说:"都闹得这么对立了,不抓,你还有什么办法?等他们砸了车、砸了办公楼的门窗,再抓,再判刑?再说,不抓,老庄那里你怎么交代?不抓,发展大道还修不修?一定要抓。先把二王控制起来再说。"

杨局说:"这可是你梅县长的意思,你可是指挥长啊。"

"不过要讲究一下方法。控制二王,还是让指挥部的人出面吧,名义是协商解决问题。尽可能避免上铐子。人都有张脸吧,打人不能打脸,上铐子就是打脸。有些人,只要破了脸,就破罐子破摔,鱼死网破了。"

杨局说:"就担心二王背后有人,二王是受人操控。"

"这个人你就得给他上铐子了。他有什么道理去闹?"梅方说。

杨局接受了梅方的建议,打电话告诉老贾,说他一会儿联系梅县长,让指挥部配合。

梅方把手机打开,小鸟好一阵热热闹闹地叫。梅方翻看,是呼叫提醒和十几条短信,有老龚、庄书记、老万的,还有小米的,等等。

梅方没有回电话,先看短信。第一条短信就是小米的。小米发来一个微博链接。梅方打开,见是说二王爹差点儿被施工队活埋的事,标题有点儿惊悚:挖掘机大埋活人,拆迁户下跪求尸。还配有二王披麻戴孝和一些拆迁户聚集在医院以及发展大道上那辆挖掘机的图片。

梅方瞄了一下点击人数,有一万三千人,并有二百多条跟帖。

梅方想不到有人这么快就把这事捅出去了。和杨局长说微博的事,杨局长问老庄知道吗。梅方说,我把链接发给他。

不一会儿，庄书记把电话打进来了，说他早看到了，已经让宣传部联系网站删帖了，比较麻烦的是有些网站论坛已经转了。问梅方现在到了哪里，梅方说还有两个小时到家。庄书记说，老杨这次的办法很好，用协商的名义把二王控制起来，现在胡县长和几个人搞车轮战，和他们谈，快挺不住了，你回来了去替替胡县长。梅方问聚集在广场上的人散了没。庄书记说，抓了一个带头的，其他人都作鸟兽散了。

挂了电话，梅方给杨局说："老庄表扬你呢，说你的办法很有效。"

杨局笑起来："没有版权吧？我现在才明白老庄为何让你来当这个指挥长。"

梅方说："都是逼的。"

还在路上，梅方就电话联系了小米和老万，让他们在政府办公楼等他。梅方到时，小米和老万早等在那里了。梅方就带着他们去了政府办接待室。

梅方进门时，屋里五颗脑袋都搁在办公桌上，一个个睡着了。老万望一眼梅方，就走到王大跟前，抬起手要拍王大的脑袋。梅方制止了，把老万招到跟前，轻声说："你们吃了没？"老万说："没呀。正要吃呢，你就打电话来了。"又问小米："你呢？"小米也说没。梅方便让小米去叫盒饭，一人一盒，送到接待室来。

盒饭一会儿送到了。梅方端起盒饭就狼吞虎咽起来，一边望着小米和老万说："吃呀！"

也许是送饭的人说话声音有点儿大，吵着他们了；也许是饭菜香味刺激了他们，一会儿，二王和胡县长一个个都抬起身子来了。梅方说："你们都还没吃饭吧，我叫了几个盒饭，要不要一起来一点儿？"

二王确实饿了。从昨天晚上到现在，快三十个小时了，除了喝了一点儿水，没吃过任何东西。现在，莫说是饭，就是盛饭的盘子，也恨不得啃几口。

王大瞥一眼王二，不吱声。

胡县长明白梅方的意思，望了梅方一眼，站起来，扯了两个盒饭就吃，掀开盖子，叫起来："嘿，还有鸡腿嘞！"又腾出手拍还在打呼噜的小宋和小向："吃饭吃饭，不吃我可都吃了。"

梅方这时望着二王说："吃呀！"又给小米使眼色。小米也在吃着，这时把盒饭放下来，拿起两个盒饭给二王端过去。

王大端起盒饭就吃。

吃了一阵儿，梅方问王大："够吗？"

王大没吱声。梅方说："小米，再叫两个来，我也没怎么吃饱。"

梅方要小米来，并不是要她伺候这一干人等吃饭的。在发展大道搞了一年多，和拆迁户打交道多了，也就悟到了某些奥妙。譬如，有些性子火暴的，有些蛮横粗暴不讲理的，在漂亮姑娘面前，就斯文一些，讲道理一些，火气也小一些，特别是那些好冲动的年轻男人。这是梅方没有想到的。梅方想不清这里面的道理，他只觉得这很微妙，也不与外人道，当作一个秘密藏在心底。

他想，有小米在跟前，二王可能好说话一些。

吃完饭，他对胡县长说："胡县长你走吧，我来陪他们说说话。"胡县长明白梅方的意思，客套了几句，就和小宋小向走了。

梅方这时对二王说，这次事故，主要责任在他。老人被伤害的事，他心里特别难过。多么好的老人啊，多讲道理啊。他要去给老人磕头。二王也是非常讲道理的人，过去提的那些要求基本上都是合情合理的。他正在想方设法解决，只是没有想到施工队会干出这种事来。

梅方说了一大堆，二王都不吭声。

梅方说："听说你们不要赔偿？"

王大说："钱能让爹活过来吗？"

梅方说："就是啊。人已经死了，别说钱，就是神仙也不能起死回生了。我明白你们的意思，是要杀人者偿命，这没有错啊，放谁身上都一样啊。老万你说是吗？"

老万说："梅县长，要说街坊，王大王二是我老万最铁的哥们儿，有酒一起喝，今天我有酒，就喊他俩，明天他们有酒，就喊我老万,街坊都说我们像亲兄弟。要说对他们了解,我老万可是最了解他们的人了,就像他们了解我一样。就我所知,王大王二是我们这一片最有孝心的人。老人家这么一走,确实心里受不了。我都受不了。可是我也同意梅县长的看法,人死了就只能想死了的办法,多补偿一点儿。不然,这事僵着,别人会说闲话。我们这条街上别的不产,就盛产说闲话的人。再拖两天,不知道他们会说出什么来。这不是冤枉吗?"

梅方的想法,首先是要让二王接受赔偿。只要他们愿意谈赔偿,谈下去就有了基础。

"小米,你说呢?你们年轻人是什么样的想法?"梅方问小米。

小米没想到梅方会突然让她说话。"我?嗯……如果是我,我就要钱。这才现实。再说,就是钱多一点儿更好,这样活人心里可能好受一些。"

小米确实就是这么想的。

梅方发现王二望了王大一眼。

"老大,你孩子在武汉念大学是吧?"梅方说,"今年几年级,学的什么专业?"

王大望了梅方一眼。老万说:"老大的孩子真不错,学的法律,三年级了,马上就要毕业了。"

"不错。"梅方说,"跟梅朵差不多。梅朵也三年级。现在什么最大,孩子最大。我担心什么,就是毕业后找工作。她性格犟。我当初让她报法律、中文、政治教育等,毕业了,可以报考公务员、老师,可她坚决不干,要学什么公共卫生,天天跟病毒、细菌打交道,更要命的是以后找工作难。远远没有王大你享福。你的儿子,一毕业,就可以考公务员,也可以干律师,弄个律师事务所什么的。小米,你就是学法律的吧,看看,这个专业让你沾了光不是?一轮一轮地考啊,到最后,大部分都是法律、中文这几个专业的。"

王大嘴咧了一下,摇了摇头:"你梅县长的千金,还愁了工作,现在不是拼爹吗?"

梅方说:"在西楚县,我就算个爹吧。在省城、北京呢,我嘛都不是,连做孙子都没资格。"

老万和小米都懵懵懂懂的,搞不明白梅方为什么要和二王扯孩子。不是要谈补偿吗?

"老万,"梅方说,"王大的儿子,你知道名字吧,你帮我记着,明年毕业了,他愿意报考我们县的公务员,我来帮帮忙,择优录取,这不违背政策。"

老万这才理解梅方的意思。"梅县长,这可是您表态的啊。王大,你还愣着干什么啊,儿子叫什么?"

"王宏有。"王大说。

梅方又望着小米说:"小米,你也帮我记着。回去记在笔记本上,王宏有。"

说着便站起来,对王大说:"我们现在去医院吧,我给老人家磕个头烧炷香去。"

王大站起来:"我们想把爹弄回去。"

梅方说:"当然要弄回去啊,入土为安啊。"

说完一行人就往医院去。路上,老万拿胳膊撞梅方,低声说:"他们不会抬尸上访吧。"

梅方说:"不会了。"又对二王说:"把老人家弄回去,赶紧发送。别拿老人家过不去。这事如果闹僵了,公安局一出面,把人一拘,等于你们身上就有了污点。这对你们无所谓,可对孩子不利啊。再怎么,我们不能影响孩子的前途吧。我们上蹿下跳、颠来倒去为了什么?说到底还不就是为他们过得好一点儿吗?"

王大望了望王二,说:"老二的姑娘在广州打工,几年没回来了。她想在县里找个事做……"

梅方说:"那打电话叫她回来呀!"

四

二王果真没有将父亲的尸体弄出去上访,而是弄到了殡仪馆。梅方把老龚和老万叫到办公室,商量对死者家属赔偿的事。梅方先问他们有什么想法。老龚说这种事情应该走法律程序，指挥部跟他谈不下来，而且也没有理由出这笔钱。老万摇头，说现在司机没抓着，上法院是猴年马月的事啊；再说，民事赔偿，王大用都七十岁了，按标准来赔，十万了不起，估计二王不会干。他们现在期望值很高呢。梅方说，我准备给他们五十万。老龚吃了一惊："五十万？矿难中死的，也只赔二三十万。再说这笔钱从哪儿出？胡县长庄书记会准吗？"

梅方说："我要让他们觉得钱多，比他们想象的都要多，那样我们才好和他们谈搬迁的事。"

老龚不同意，说，对他们而言，钱给得再多，他们也不会觉得多。就是给他们一个亿，他们也觉得少了。老万却支持梅方的想法，说赔偿问题确实是解决他们搬迁问题的一个基础，这个问题不解决好，搬迁问题就无法谈。现在，你多给他五十万让他们搬迁，这不合适，传到其他拆迁户耳朵里，拆迁户会闹翻天；而以对死人赔偿的名义，他们就不会说什么。如果真能多给点儿钱，二王他们一感动，或者说感受到我们的诚意，那样搬迁的问题说不定就好谈得多。老龚说，一码归一码，我料想，二王他们就不是那种感恩戴德的人。搞不好会适得其反，说不定他们尝到了甜头，闹得更厉害。

不能说老龚说的没有道理。梅方其实也想过，最大的风险不是二王闹，而是其他的拆迁户。现在的人就没有老实的。可他还是想试试。"这个钱，指挥部不会拿，也拿不出来，谁拿？施工方。人是他们搞死的，他们理所应当担责。再说，发展大道工程款多少？上亿啊，迟一天竣工，早一天竣工，也就是几万的进出。我想他们不会不明白。"

老龚说："如果我们按工程进度把钱给人家了，我估计这事有戏。问题是我们已经拖了人家的工程款了。"

发展大道的资金都是协调几大银行借来的，现在县里几家银行别说再贷出款来，光催命似的催还款。为了按协议付给施工方资金，上一次甚至借了机关干部和事业单位职工的工资。

梅方说:"可我还是不想放弃,怎么说呢?从另一个角度看,这应该是个机会。钱的事情,我来谈吧。"

老龚便不再说什么了。

梅方说:"这个事就这么定了吧,一会儿我们去一趟殡仪馆,吊孝去。小米你多买点儿鞭炮和花圈。"

想不到在老邻那里遇到了麻烦。老邻说这钱他不能出,必须等公安局破了案子。现在,在人没逮着的情况下,他要是赔了人家的钱,那就等于认了。梅方说,人是挖掘机弄死的,你能脱得了干系吗?老邻说,梅县长您这就有些武断了,人确实是机器搞死的,开机器的人也确实是工程队的人,可是您能说他不是受人唆使吗?梅方说,要说唆使,你嫌疑最大。老邻说,就是这个理。如果我赔钱了,人都会认为是我老邻在背后唆使的。但我指天发誓,我没干这事。

老邻的话不无道理。可梅方现在却没有别的办法。二王不搬迁,一栋房子耸在路中间,施工也难进行下去了。他想了想,拨通了城管局长小田的电话,说有人向他举报施工队乱倒渣土、渣土车超载等,让城管局去看看,好好处理一下。田局长说,我正想找您呢,确实有人举报了,可想着是发展大道施工,您是指挥长,所以……梅方说,你这话我不爱听,好像你在给我面子。那我现在告诉你,你给我好好处理一下,让他们懂点儿规矩,明白吗?田局长说,明白了。

梅方放下电话不到半小时,老邻就打电话过来了,说晚上要在一起聚一聚。梅方知道可能是田局长派人去了,说没时间,二王的事没弄下来。老邻说,不就是五十万吗?我认了,不过现在我账上确实没钱了,我只能认账,我写个条子,签字画押,指挥部拨付工程款的时候抵扣。梅方故意说,不行吧,那样你不是背黑锅了吗?老邻说,我想通了,只要梅县长知道我老邻背黑锅就行了,事情总有弄清楚的那一天吧。梅方想了想说,那这样吧,就以指挥部的名义吧。老邻说,这样最好了。梅方说,那好吧,我听你安排。

晚上吃饭时，老邻便和梅方说田局长要停工整顿的事，要梅方给田局长打个招呼。梅方说，这话我不好说啊，他依法办事啊。现在老百姓意见大啊，说县城乌烟瘴气，到处都是一股粪坑味。城管局、县政府的人都被老太太们骂得熟透了。老邻说，只要不停工，怎么都行，我们把乱倒的渣土都挖起来，他们说倒哪儿我倒哪儿，月球上、火星上……都行。超载的问题我打包票，如果街道上再有抛洒的渣土，我老邻用舌头舔起来。

老邻把话说到这里，梅方便借梯下楼，说我也不想停工啊，你拖延了工期，只扣钱；我是后半辈子的前程。说着拿起电话拨田局长，说他代老邻求个情，停工的事是不是算了，让他们好好整顿。

钱的问题解决了，梅方这才给胡县长打电话，说准备彻底解决二王的事。没想胡县长却不同意。胡县长的理由是两个，一是财政现在借不出来，没钱借。昨天开了一天办公会，就是研究干部和老师的工资问题，弄了个方案，还在纸上。二是五十万太多了。真赔这么多，估计会后患无穷。梅方说，总不至于有人会为了五十万去死吧。胡县长说，说不定真有。

五

几家银行又向梅方催款了，梅方只好去找庄书记。庄书记说刘主任打电话过来了，说他给省发行的吴行长打了招呼，吴行长想听听情况，让梅方和县发展银行的老周一起跑一趟省发行。

梅方想了想，问庄书记："能不能请吴行长过来？上次去省城，请吃饭，都不敢出来，怕被巡视组巡着了。西楚县没得巡视组啊。这是其一。其二，银行要投资，考察一下投资项目，那也是必需的。"

"你的想法有些道理。"

"同时，我觉得还可以让宣传部去请一下省报、省电视台驻三江市的媒体。这会让吴行长感觉规格很高，同时也可以宣传一下发展大道。"

梅方是了解庄书记心思的。何况现在他也希望吴行长能解他的燃眉之急呢。他想让庄书记感兴趣，同意他的方案。

庄书记却没有立即表态，他把眉头皱着，嘴抿着。梅方又说："我早就想给发展大道做一点儿宣传，让公众明白我们为何要建发展大道，明白省里是支持我们的。吴行长这次来也是机会。"

庄书记这才点头："你的考虑有道理。确实需要引导一下舆论。这事就按你说的办吧，接吴行长过来。一会儿我来联系刘主任，最好让刘主任和吴行长一起来。宣传的事交给宣传部。"

"如果刘主任能来，最好能请市委钟书记来陪同。"梅方又说。

这当然也是一次增强庄书记和钟书记联络的机会，而且看起来都是那么水到渠成。

这事敲定下来，梅方却没有离开。他想着说说给二王赔偿的事。可直接说出他的想法，说出胡县长的意见，那是不妥当的。那样庄书记就更不会支持他了；闹得不好，胡县长还会对他有看法。

"庄书记，有件事情我还没处理好，二王的房子没拆下来。"梅方说。

庄书记瞪着梅方，似乎他现在才想起有这一茬。

"我是考虑，媒体来了，摄个像，拍个照，不像样子，不太好看，而且，这会引起刘主任、吴行长、钟书记他们的关注，甚至会影响到吴行长的信心。"

"你是说不让他们来了？"

"当然不是。我是想听听您的指示。"

"多赔点儿钱怎么样？可能吗？"

梅方心里乐了。他要的就是这句话。"可以试试。问题是现在指挥部空空如也，拿不出这笔钱来了。"

"你想要多少？"

"五十万。"

庄书记怔了一下。梅方知道，他也是觉得这钱多了。

可庄书记没等梅方申述理由，就说："五十万就五十万，一会儿我跟老周商量。"

梅方这才说这事他已经跟周县长说过了。庄书记想了想说："这事你别管了，我把钱给你弄到位，你找二王去，让他们把房子拆了。"

梅方这才站起来。可走到门口，又被庄书记叫住了。庄书记说："那几个上访户怎么样？"

梅方突然想起来了，庄书记这是担心那些上访者来堵省市领导的车。他在心里埋怨自己太疏忽。"这段时间还算太平，应该不会有什么出格的事吧。"

从庄书记办公室出来，梅方就叫上小米、老龚一起去找二王。

六

因为有刘主任做工作，吴行长来西楚县看项目了。因为事先做了充分准备，接待工作没出任何纰漏。刘主任、吴行长、钟书记等人都十分高兴。吴行长当即表态在资金计划和调度上，要重点支持发展大道。刘主任则高度肯定了西楚县重视城市建设、建发展大道的魄力和远见，并说他回去后要当面给光年书记汇报。

省报也在头版显眼位置刊登了消息和通讯，省电视台在新闻节目里播发了消息，又在《改革潮头》栏目里播出了以"发展大道"为题的专题片。

吴行长也打电话来说，他正在调度资金，顺利的话，一周之内，西楚县可以用这笔钱。

形势一片大好，梅方、庄书记都有柳暗花明之感，可没想到这时候，洗脚妹的事在网上闹起来了，一个叫"骑剑下天山"的人发了一个帖子，称洗脚妹是被奸杀的。

梅方接到庄书记电话，赶到庄书记办公室时，看到杨局长已坐在庄书记办公室里。庄书记见梅方进门，向梅方翘了一下嘴，示意梅方把门关上。

庄书记桌上摆了一大沓打印的材料，望着梅方拍了两下，问道："网上那些东西你都看了吗？我让宣传部打印出来了。没看，现在可以瞧瞧。"

梅方是从工地上过来的,排水设计有些问题,他正带着设计人员在现场研究修改设计,还没来得及看网上的言论。

对庄书记利用刘三儿做文章的事,一开始,梅方心里很抵触很无奈。他觉得这太黑了。他在心里为洗脚妹叫屈,甚至隐隐约约地希望有谁能把这事捅出来。可现在,他的想法变了,心里的那点儿同情和悲悯已经淡然了。他感到害怕,更关心的是这事究竟会带来怎样的影响,会不会影响发展大道,影响到他梅方。他希望的是这事早点儿过去,让一切都归于平静。

他把那沓材料拿起来,坐下来翻看着。

"可以肯定,这个'骑剑下天山'就是你的办案人员。不然他不会从解剖的角度来谈一个心脏病人发病猝死和外因致死的区别;他更弄不到死者颈部和后脑部受重力作用受伤的照片。"庄书记望着杨局长说。

"这种可能性不大,"杨局长说,"参加解剖的三个人,没带相机,连手机也没带。"

"这件事情你应该知道它有多大。你必须查个水落石出。不然,我们无法交代。"庄书记说。

杨局长点着头。他接到网监大队的报告后,就在找这个人。他首先想到的就是动机问题,这是他几十年来破案形成的一种思维定式。可是从这儿入手那是太难了。刘三儿在西楚县害了不少人,说是恶贯满盈也不为过,也许这个家伙和刘三儿有过节。

还有,因为修建发展大道,空气变得十分糟糕,行车行人都有很多不便,而且机关工作人员和老师等还为此常常推迟发工资,这也可能成为某种诱因。

"这个人不难查。这个帖子就是从我们这儿一家网吧发出去的。现在我们正加派了力量,在审看通往网吧各个路口的摄像资料。"

梅方边翻看网帖边听着庄书记和杨局长的对话,这时抬起头来:"杨局长,找这个内鬼固然重要。可我觉得,眼下更重要的是找证据,找让公众信服的证据。譬如说,我们能证明这个帖子的内容是假的。"

庄书记说:"我已经给宣传部老秦讲了。让他去做网站的工作,让网站删帖。如果删不了,我们就要想办法去说明真相,澄清事实。"

梅方隐隐约约地感觉到,这件事不会像二王爷的死那样简单。虽说这是一个洗脚妹的死,可它正触到了许多人的痛处。

庄书记问:"有什么更好的主意吗?"

梅方摇头。

正在这时,维稳办余主任打电话过来了,说发展大道的拆迁户又有六个人去北京上访了。梅方问什么时候走的,老余说北京那边说人刚刚到。

接完电话,梅方就给庄书记报告。庄书记想了想对梅方说:"这次还是你跑一趟吧,不能再出问题了。"

出了庄书记办公室,梅方便打电话问老余有什么方案没有。老余说,老办法,着人立即飞北京,把人弄回来。现在,公安局、维稳办、街道上的人都定下来了,就差指挥部的人了,所以要请示梅方,看看指挥部谁去,好订机票。梅方说,订我的机票。

挂了电话,又把电话打过去,问有没有女的,上访的人中,三个女人呢。老余说没有。梅方说,把小米也带上,另外你们维稳办也去个女同志。马上订机票。

维稳办派了一辆车送他们去机场。小米坐在副驾驶位上玩着手机。一会儿扭过头来,问梅方带了棉袄没有。梅方说,四月份了啊,还棉袄。小米说查了天气预报,北京的早晨只有一到五摄氏度。

老余坐在梅方旁边:"梅县,小米这个秘书可是真称职啊。"

梅方不语。

老余又说:"小米,梅县这次派你差,可是关心你,是考虑到你没去过北京,没坐过飞机。"

小米扭过身,望梅方一眼:"是吗?感谢梅县。嘻嘻。"

"小米,谈朋友了吗?"

"没有。"

"你这么漂亮,没人追?"

"都很幼稚,不成熟。不对胃口,没有感觉。"

"你说你喜欢什么款式的,余叔叔给你介绍,大款还是大腕?"

"大叔吧,我可能是大叔控。"小米说时,飞了梅方一眼,"不过,好男人早都成别人的老公了,最多只能当个蓝颜知己了。"

老余扑哧笑起来:"小米,你……好像是心里有人了。"

"余主任,你不会介绍你自己吧?"小米又说。

余主任笑得浑身颤抖:"我什么都不是,再说,孩子比你还大呢。"

"余主任这是不自信,还是虚伪啊?"

余主任又哈哈笑起来:"小米厉害呀,眼光犀利,我老余这一辈子,快要活到头了,从来就没自信过一次……"

一出机场,梅方六个分乘两辆出租直奔上访街。余主任告诉梅方,他跟联络员联系好了,在上访街对面一家小旅馆见面。

联络员说白了就是西楚县维稳办在北京雇的线人,其主要职责是以帮助上访者的名义,将他们"安顿"在宾馆里,拖住他们,等着西楚县来人把他们接回去。

发展大道拆迁开始后,已有四批人去过北京。这是余主任三次进京接人学到的经验。事实证明,这个办法很有效。西楚县在信访局挂号的上访人数骤降,少挨了省市不少批。

一条街几乎都是旅馆和餐馆。有人拿着块纸板,向那些穿翻毛羊皮袄的、穿夹克衫的和各式民族服装的说话。小米一直叽叽喳喳,说这些少数民族的服装真漂亮,说到了这儿真有一种民族大家庭的感觉。

余主任这时便给小米解释,那些拿纸板的,就是联络员。"大部分是东北淫(人)。他们的旅馆简陋,但便宜,上访的人一般都会住他们那儿。只要他们一出示身份证,这里就跟各地联络,挣一笔联络费。"

小米说:"现在的人真精啊,上访竟然也成了一个产业链。"又说:"首都就是好啊,真正遍地都是机会啊!"

时不时也可以看到有拄着双拐的,有坐着残疾人代步车的,有腿上垫了胶皮在地上爬行的,衣着光鲜或者蓬头垢面、拎着大包小包甚至铺盖卷儿的,匆匆行走或者游弋彷徨的各色人等。

小米很兴奋,一时说,她感觉像走进了另一个时代,就像那些老电影的场景;一时说她感觉就像在看一张发黄了的老照片。

天色渐晚,加上灰霾重,街景有些混浊。小米说:"想不到首都的天也有这多的灰霾。好像比西楚县好不了多少。"

老余说:"北京才是风沙的源头呢。"

小米说:"我好想看看蓝天白云哦。我都不记得什么时候看见过蓝蓝的天上白云飘了。"

"这叫霾,都是风沙、工地扬尘。"余主任说,"还有PM2.5,PM2.5的罪魁祸首就是汽车尾气。现在车子数量增加的速度比麻雀繁殖都要快。天空还没做好准备。"

说着笑着,不一会儿到了联络人约定的旅馆。联络员把几个人的身份证交给余主任,说这六个人都住在他旅馆里,没有乱跑,问梅方现在是不是跟他们见面。

梅方让联络员先走,他们商量后再告诉他。联系员这时便向余主任要工资,说至少要两千两百块,为了让他们不去上访,他租了一辆面包车,把他们弄去看了天安门,还供了他们盒饭和矿泉水。

联络人走了后,梅方便让余主任向旅馆要了一间房,去房里商量。梅方问余主任有什么想法,余主任说没得别的办法呀,见面,然后带人走。

老万犹犹豫豫地说:"可不可以不见面?"

余主任说:"不见面,我们坐飞机过来吃灰呀。"

梅方止住了余主任,说:"老万你说。"

老万说:"这几个家伙我们街坊邻居住着,家底子我都晓得。估计他们在北京耗不了几天。"

余主任说:"你是让他们去信访局排队去?"

老万说:"我接了几趟上访,琢磨出一点儿道道来了。我们来接吧,火车票飞机票给他们买着,饭呀水呀供着,越接他们越有理呢。说不定有人就是想到北京来逛逛,名义上说上访,回去车票就省了。"

余主任说:"都是觉得比窦娥还冤的人,没钱了,就乖乖回去了?那个刘丽丽,能在广场上脱裤子,不要脸又不要命,会惜几个路费?再说,她即使钱带少了,一个电话回去,钱不是就打来了?你这个办法不是个办法。"

老万抓着脑袋:"我就是想拖他们几天,拖得他们感觉跑北京不容易。这样,他们以后就不会轻易进京了。"

梅方觉得老万的话有些道理:"老万的思路,我觉得可以考虑考虑。"

老万见梅方挺他,说得更带劲了:"要说刘丽丽脱裤子吧,今天她们不是去了天安门吗?要脱今天就脱了。再说,天安门又不是西楚县的广场,你想脱就能脱?可能你手还没挨着裤腰带,有人就把你抓走了。"

梅方考虑的当然不是刘丽丽去天安门脱裤子的问题,而是怎么让他们自觉自愿地回去的问题。

"你们看过病人吗?"梅方突然问。

余主任、老万、小米等被梅方搞蒙了。不是正儿八经地说接人吗,怎么突然说起病人来了?老万看看余主任,嘟囔一声:"看过。"余主任也说看过,病人谁没看过呀。

"大凡病人,在家的时候,心情都很糟糕,想不通,觉得自己是世界上最最倒霉的人。可一到医院,就不同了,有说有笑。道理在哪儿?那就是环境。什么环境呢?都是病人,别人病得比你还厉害。"梅方说,"刚才听老万说拖他们一下,我便想到这个。我的意思是,可以拖他们一下,但我想完善一下老万的思路。我们跟联络员商量一下,让他们多弄几个人陪他们,给他们讲那些上访者的故事。这儿可是个全中国痛苦最多的地方了,只要是这上访街的人,一睁眼看到的就是这些故事,必定有很多比他们还要苦大仇深。他们听了这些故事，心里边可能会轻松一些，说不定决心就动摇了。这时候，联络员再劝他们别去。我估计比我们去做工作效果要好。同时，还要让联络员再做一件事情，把他们上访的目的弄清楚。要补偿费的，我们得弄清楚他们的心理预期是多少；万一要见面，我们做起工作来就可以掌握主动。"

几个人都觉得梅方的主意好。余主任很主动地给联络员打电话，把联络员叫到了旅店。联络员说这不难，只要价格合适，他保证让他们进不了信访局的大门。

事情交给了联络员，一行人就轻松下来了。吃过晚饭，余主任便说要打牌。梅方说他准备去看看梅朵。

梅朵在北京念大学，梅方宝贝得不得了。可梅朵却不是那种娇生惯养的性格，她很独立，也很有主见。发展大道工程发包之前，一家工程队为了争到工程，就跑到北京去，假说是梅方给她带了东西，请她上饭店，给金卡，带她买服装，等等。梅朵打电话感谢老爸呢，才清楚是施工队到她这里来讨好，当场就把东西丢到大街上，并当着人家的面打电话给梅方，说梅方你怎么就这么点儿出息啊，你是想让我知道你有多么了不起吗？那我告诉你，你的形象在这一刻一落千丈。梅方确实不知道有工程队会跑到北京去找梅朵，说这不正说明老爸形象高大吗？不然，人家还用大老远地跑北京讨好你？梅朵说这家伙给了我名片，我知道他们是哪家公司，如果他们中标了，我真的会看低你。

对梅朵这种性格，梅方是高兴的。女孩儿，懂得拒绝，能够坚持，这是很可贵的；可他也有些担心，女孩儿，锋芒毕露，认死理，不知进退，将来和人相处难，会吃亏。好在还在上学，好在读的是医学。要是和小米一样，干了行政，那必定会撞得头破血流。

小米听说梅方要去看梅朵，要跟梅方一起去，因为她想看看北京的大学，也想看看梅朵。

梅方想小米可真是个没心没肺的人，他是去看女儿呢，她跟着算怎么回事？"你不是没到过北京吗？打个的去天安门，去王府井。"小米说:"你绅士一点儿好不好?男士是不能拒绝女士要求的。再说,你不是说我像梅朵吗?我想看看我们到底有多像。"

几个人这时都还坐在桌上,没散席。见小米这样说,都嘻嘻笑,老万劝梅县长干脆认小米做干女儿算了。余主任也劝梅方带上小米,说小米又不打牌,一个人出去不安全。

梅方心里明白,他们心里可并不这么想。他们心里可能早都嘀咕开了呢。梅方想了想,说:"算了,我也不去了,我今天也过过当老爸的瘾,让梅朵打车过来看我。"

小米噘了一下嘴:"崩溃!"

可还没打完一圈,庄书记电话来了。庄书记问了问北京的情况,梅方简短说了,庄书记便让他明天中午以前到省城去找吴行长。

梅方以为资金计划到手了,很激动地说好。这时听庄书记说:"好什么好?是事情有麻烦了,吴行长电话联系不上了,就像突然间人间蒸发了。"

梅方的心揪起来。他把庄书记让他回去的事给大家说了,又对余主任做了些交代,就要小米帮他查今天或明天上午的飞机。

七

梅方隐隐约约感觉这事可能与刘三儿有关。回到房间,就打电话给杨局,好半天才通了。杨局让他等一刻钟再打。梅方有些着急,抢着问是不是洗脚妹的事发酵了。杨局说,你先自己刷刷网吧。

梅方挂了电话,就在手机上百度洗脚妹刘三儿。这一看就傻眼了。不仅几十家网站转帖,而且还有官方网站以惊悚的标题报道。有人"人肉"出了刘三儿,说他是某省某领导胞弟。

可以想象刘主任也知道了。

吴行长的麻烦是不是因为这个?

正看着,想着,杨局把电话打进来了。梅方劈头就问:"那个

'骑剑下天山'找到没?"杨局说找到了。网络公司的人。梅方说网络公司怎么进入你公安局的法医室了。杨局说,碰巧那几天,局里的几个摄像头坏了,请网络公司来维护,来的就是那个家伙。那个家伙却有怪癖,对人体解剖感兴趣,就把法医室的监视记录悄悄拷走了。无意间看到了对洗脚妹的解剖,看着看着,就有了一些疑点,在网上搜了资料研究,觉得我们公布的结论不正确,就产生了把这事捅出来的念头。但怕惹出麻烦,就算了。碰巧的是,那天接待刘主任吴行长,他去公司上班,遇上封路,他和警察理论起来,警察便扣了他的电瓶车。他就把帖子发到网上去了。

梅方一时无语。他怎么也想不到会出这种事情。一个小小的疏忽,风马牛不相及的事情,居然闹出这么大的风波。他觉得这里头的问题很多,可又不明白究竟是什么问题。"那你现在——"

"现在,我们已经把人控制了,做工作让他发帖更正。可这家伙犟啊,不干,说他没错。"杨局说,"有那么一点儿要做英雄好汉,视死如归、大义凛然的样子。"

"那他能干吗?"

"想办法吧。"

梅方正准备挂机,听到杨局说:"哎,你梅县脑子好使,干什么都不缺办法,对付那些上访的、闹事的,一套一套的,游刃有余,这事你有什么妙招儿?"

梅方说:"游刃有余?游刃有余这时候我在北京啊?再说,网络这个东西,不会像人一样听话啊,它就是个怪物啊,我,没辙!"

小米敲门,站在门口说,今天晚上,飞省城的航班还有三个,最晚的是明天零点二十,问梅方要订哪一趟。

梅方说:"零点那趟吧。梅朵一会儿要来了。"

梅方一下飞机,又开始刷网。虽然现在他还不能确认吴行长变卦的原因就是刘三儿这个案子,可他却希望有奇迹出现。他觉得杨局长应该有办法让那个多事的家伙发帖更正,而且这个办法也应该可以扬汤止沸。

没想到情形越来越糟糕。虽然"骑剑下天山"发了更正声明，虽然不少网站也贴出了他的声明，可网上一片质疑声，说这并不是"骑剑下天山"的本意，说这一定是"骑剑下天山"在人身没有自由，或者被威逼利诱，或者受了其他卑鄙手段的情况下写出来的。而且好几家官网已经介入，称要派记者当面采访"骑剑下天山"。

梅方叫了一辆出租，上了车继续看。这时庄书记打电话进来了，说吴行长那里不要找了。他们想办法联系上了省发行的办公室主任，说吴行长出国了。

梅方问，吴行长这是不是在故意躲避？庄书记说，有这种可能吧。梅方问他现在是回县里还是去北京，庄书记让他找家旅店待着，他和老杨现在正往省里赶，他们过来后就一起去找刘主任。

接完电话，梅方看了看手机上的时间，是凌晨三点一刻。到了办事处，要了房间睡下。估计庄书记九点多才会到，就在手机上设了八点半的闹铃。他感觉有些疲惫，想好好休息休息。

可还没到七点，手机就咯咯咕咕叫起来了。

打开手机看，是小米发来的彩信：用手机在天安门前拍的升旗照片和她与梅朵在天安门前的合影。他瞄了一眼，就把手机扔到床头柜上，准备再睡一会儿。可刚迷糊，何老师打电话来，要他带两只北京烤鸭。

真想关机，可又担心北京那边有事。

刚躺下去，电话又响了。是县农行的牛行长。

这几天，几大银行要钱的电话几乎都没断过，牛行长来得最勤。有时一天两个，有时一天三四个。

梅方答复他们的就是省发行已经答应给计划了，让他们最多挺一周时间。

想不到吴行长来了个金蝉脱壳。

"梅县，现在正是农民购买生产资料的时间，这阵子储户取钱的多，闹不好我明天就不敢开门了。"牛行长说，"我要是关了门，真不知道那些储户会闹出什么乱子来。"

梅方不知道该怎么答复牛行长，想了想，说："老牛，你再帮我挺两天。大家都是为西楚县,我这么答复你吧,如果真到了开不了门那一天,让储户找我梅方。"

梅方说完就把电话挂了。

梅方想,几家银行催命似的催钱,是不是也与网上的事儿有关?

八点钟,庄书记和杨局就到了。几个人一起在早点摊上过早。庄书记嚼着油饼,说:"这次,我们得有点儿心理准备,学学阿Q,把骨头抻紧了,准备挨打。"杨局说:"我是罪魁祸首,要打要罚,首先我伸头。"

对于庄书记给刘主任负荆请罪,梅方是理解的。刘主任虽说到二线了,可仍在领导岗位上,摊上这种事儿,不会不在意。仕途不说,可影响名声,坐在这个位子上的人可能会把这个看得更重。庄书记这是不想刘主任对西楚县有坏印象,刘主任虽说不管干部,也没有别的实权,可影响力不可小觑。

梅方望了望杨局,又望庄书记:"我们负荆请罪,'荆'准备了吗?"

庄书记说:"一幅字。"

梅方这时便和庄书记说几大银行催钱的事。庄书记无奈地说:"等见了领导再说吧。"

刘主任仍在岭南会所接待庄书记他们。令庄书记他们感到意外的是,刘主任没有一丝一毫责怪的意思,而且反复说他给县里添麻烦了,给庄书记、小杨和小梅添麻烦了,显得特别和蔼可亲。

服务员上了茶之后,庄书记便让服务员退出去,然后向刘主任检讨。可刚提到帖子的事,刘主任就向他摇手,要庄书记不要提这事了。网上的帖子他都看了,并且给光年书记通了气,那个"骑剑下天山"发帖的原因可能是不久前他去西楚县考察,动静闹大了,也可能是因为媒体对发展大道宣传的度没把握好,引起了一些人的逆反心理。光年书记的意思是让宣传部介入这件事,给媒体做做工作,找找那些网站,尽可能地减少传播,减少影响。宣传部处理这些事有经验,他相信他们会处理好,也许今天,也许明天,网上就干干净净了。

刘主任说到这里时,庄书记心里的一块石头才落地了。他除了在心里感叹领导虚怀若谷,豁达大度,还特别佩服领导举重若轻、四两拨千斤的领导艺术。

庄书记心里很激动:"刘主任,这件事我们教训深刻,领导不责怪我们,爱护我们,我们心里更加自责……"

刘主任又摇摇手:"小庄,这件事就到此为止。我想说的是发展大道的问题。吴行长的事你们可能还不知道吧?他被纪委谈话了,什么问题?贪污,生活作风问题。"

庄书记禁不住"啊"了一声:"我们还以为他在有意回避这件事呢。"

梅方脑袋里顿时嗡地一响。出国吧,总可以联系,总可以做工作;就说因为网上闹得沸沸扬扬,他想回避,也还有做工作的余地。可纪委谈话,那是什么?几乎就意味着你要被撤职,意味着你要去铁窗里度过余生,或者干脆就是你生命的结束。

吴行长这最后一根救命稻草,被汹涌而至的波涛吞噬了。他叹了一声。

"他这一谈话,他承诺给你们支持的,十有八九成了一句空话。你们明白我的意思吗?"刘主任说。

庄书记连连点头:"明白。"

刘主任又说:"洗脚妹的事,在网上闹腾开,看起来是偶然的,其实不然。它只是一个导火索,不是洗脚妹,就是洗头妹。没有这个,就有那个。它说明什么呢?说明我们的群众工作没有做好。我们是在为人民群众办好事,办实事,可你没有讲明白,人民群众不理解,把好心当了驴肝肺。"

几人谈完了上车,庄书记从车里拿出一个用报纸包裹的卷轴,对刘主任说:"听说刘主任喜欢书法,是省书法家协会名誉主席、书法家,我弄了一张赝品,唐寅的字,希望能换刘主任的墨宝。"刘主任这回没有摇手,把卷轴接过去:"不会是真的吧?"庄书记说：“绝对是假的。所以见面时就没敢拿出来。我也是偶然得来的，不过看着临摹得还像那么回事，几可乱真，就丢在车上了。"刘主任也不打开看，问道："想要什么字？"庄书记说："'发展大道'。"

等刘主任坐进车里，走了好远，庄书记、杨局、梅方几个才钻进车里。梅方正准备问庄书记是回北京还是回县里，庄书记重重地叹了一口气。梅方不明白庄书记这是叹什么，是如释重负，还是无可奈何。

"领导就是领导啊！"庄书记说。

梅方明白了，庄书记此时是发感慨，便说："什么是长袖善舞，把玩于股掌之间？什么叫不动声色？这就是吧。"

庄书记说："所以当领导也是一门艺术。"

梅方说："当官，有点儿像练气功。练到一定的时候，有的人就有了一些异能。"

庄书记说："可也有不少人走火入魔。"

杨局突然问道："刘主任真把网上的事没放在心上？"

庄书记狠狠瞪了杨局一眼。

杨局又说："省委宣传部真能让网上变干净了？"

梅方瞪了杨局一眼，在心里说，网上怎么闹还重要吗？能平静下来当然更好，可不平静下来又怎样？舆论有时候很重要，它可以把黑的变白；有时候它又什么都不是，不过就是茶余饭后的谈资。

梅方心里急着资金的事情，对庄书记说，是否开个常委会，研究一下发展大道的资金问题。庄书记想了想说："好吧。你准备一下，把发展大道的资金盘一盘。重点谈谈你的想法。多提几条思路，让大家议一议。"

八

梅方在家里准备稿子时，庄书记打电话过来，问资金问题他想到什么好主意没有，梅方试探着说："西楚县只有一个地方有钱了。社保局。"

动用社保资金，现在是解决发展大道资金燃眉之急的最现实的办法。可梅方犹豫不定的是，社保资金是职工的保命钱，如果一时还不上，社保部门不能按时发放退休金，就可能引起很大的社会震荡；如果有人向上举报，那就不只是受处分的问题。

庄书记停了一下："你说。"

"我想在会上提出来，让常委们讨论。动用这笔资金是要负责任的。集体做出的决议集体承担责任，这样个人的责任就会小得多。"

庄书记说："不行。这种事不能上会。即使上会，也过不了。"

"那就票决。我先找几个常委通通气，请他们支持一下。"梅方说。

"更不行。别说别人不支持，我就不会支持。"

"那……我确实想不出来还有什么辙了。"

"这笔钱是周县长管的。我不能干预太多。"庄书记说，"你的办法就是私下去找找社保局的老丁。"

梅方说："老丁这个人，恐怕只会听周县长的。"

庄书记说："我这儿有几封举报他的信，事说大就大，说小就小，我交给你，你转给他。"

梅方挂了电话才明白过来庄书记打电话过来的用意。一会儿又把电话打过去，问他要不要在会上把这个方案提出来。庄书记说不要提，就说说争取民营银行支持吧，说说招商引资吧。

庄书记这一招，令梅方毛骨悚然。可现在，他还有什么别的选择？

余主任打电话来，说出事了，他们暴露了，那些家伙知道他们去北京了。

"是小米惹出来的。"余主任说，"她去王府井，在天桥下面看到有流浪歌手卖艺，就挤过去看热闹，见有两支话筒，就捡了话筒帮人家唱。没想到被那帮家伙认出来了。"

梅方这才想起小米昨晚上发过来的彩信，她在天桥下面唱歌的自拍照片。还说，因为她陪唱，那个流浪歌手一个下午多赚了两百块。

梅方问："你想和他们见面？"余主任说："不见面恐怕不成了。小米这一露面，我们就都暴露了。他们一定知道我们在跟踪他们了。"梅方问："联络人呢？他们知道联络人是我们一起的了吗？"老余说："应该还不清楚吧。他们走的时候没带材料，知道信访局要受理必须要有材料，所以，现在他们在请联络人帮他们找写材料的人。联络员找的人，当然不会便宜他们。价格是一张纸三百块。他们觉得贵了，让联络员重新给他们找。"

梅方想了想说："让小米帮他们写吧。"老余没反应过来："小米？"梅方说："小米不是暴露了吗？就让小米去接近他们。边写材料，边给他们说道。慢慢地写，一天写一两个。他们六个人都是一起的，要去会一起去。这个材料写好，也要两三天的。"

梅方现在考虑的主要问题是找民营银行融资。社保局老丁那里他已经找过了。老丁看了梅方转过来的那些信，什么都明白了。他说庄书记把这些东西给他，是对他的信任。发展大道既然是西楚县的头号工程，他没有理由不支持。不支持那就是没跟县委保持一致。这个敏感他有。

老丁话虽这么说，可梅方心里清楚老丁这是迫不得已，更清楚他必须立刻去找民营银行，把资金弄回来填这个窟窿。

这也是常委会定下的调子。常委会上，梅方按照庄书记的意思提出了争取民营银行支持和招商引资建设两条思路，可大家对招商引资这个方案很排斥，说该付出的已经付出了，最艰难的时期已经度过了，现在拱手让给别人太可惜。庄书记或许是见异议较多，总结拍板时便没有再提到招商引资问题，而是让梅方抓紧时间找民营银行融资。

民营银行梅方跑过几回，都没戏，这回心里更是一点儿底都没有。他想让县里几家银行行长陪他去跑，利用他们的人脉资源找找路子。可这几个行长都不愿意陪他去跑。有的说他们从来没有跟民营银行打过交道，有的说现在时间不对，不在年头不在年尾的，人家不会理。

梅方清楚，他们不愿意去，是不想接这个茬。他们或者早想从发展大道项目中抽身出来了。可这事是不能让他们抽身出来的。

他问财务，给几个银行的钱划出去没有？账务上说正准备办。梅方嘱咐财务上先不忙划款。他们要催起来，就让他们找他。

过了一阵子，几个行的行长就给梅方打电话了，问梅方是怎么回事，不是答应划款了吗？梅方说，钱又被人家挪走了。等他跑一趟省城后回来再说吧。

又过了一阵子，牛行长打电话来："大爷，我敬爱的梅大爷，不就是陪你去跑省城吗？您老人家现在把钱给我，我等米下锅。我把米倒进锅里了，就陪您跑，您说跑到哪儿，我就跑到哪儿。"

梅方说："牛行你叫错了吧，有钱才是大爷。"

牛行长又说："现在钱在您手里，您就是大爷。这样吧，您把钱给我，我闷着用，不跟老邱他们吱声。"

梅方说："还是你牛行脑子转得快啊。你想一个人陪我去跑？那多冷清，不热闹。"

牛行长打起哈哈来："好说好说。我这就给老邱透个风儿。"

行长们都有自己的专车，约好一起出发，浩浩荡荡。梅方心里踏实不少。他想，所谓蛇有蛇洞鼠有鼠洞，没准这回有戏。

路上，余主任打电话给他，说刘丽丽他们已经上火车了，夜晚十二点可以到省城。梅方问："你是说他们撤了？"余主任说："两个原因，一是他们拖不起了，二是你的办法好。你不是让小米帮他们写上访材料吗？小米边写边给他们说道，材料只写了两个人，他们就打退堂鼓了。小米便趁机劝他们回县里处理，答应帮他们买火车票，帮他们联系回去的车辆，还真就把他们工作做通了。看来小米这回暴露是坏事变成了好事。"

梅方问接他们的车联系了没有，余主任说，已经联系了，让他们派一辆依维柯到火车站。梅方说："没人跟着他们？"余主任说："小米。"

余主任好像有点儿兴奋，说他们现在正往机场赶，要在他们之前到省城，去火车站等他们，只要他们一出站，就把他们弄上车。

梅方挂了老余的电话，给小米发了一条信息："辛苦了。注意引导他们的情绪，争取平安回家。"

小米一会儿把信息回了过来，是一条彩信："刘丽丽几个在斗地主。"

梅方回过去："好！"

小米这时发了一张拥抱的图片过来。

梅方决定先找光大银行。到办事处住下，就让邱行长联系他在高校的同学，让同学联系光大银行申行长，要晚上聚一下。

一会儿，同学就给邱行长回话过来，说申行长答应了。

晚上在总督府宴请申行长。酒过三巡，梅方便给申行长说资金问题。申行长说，五千万？梅方说，一分钱不嫌少，一个亿不嫌多。申行长这时把量酒器在手中转动着，转了一阵，说没问题，这量酒器是一百毫升，也就是二两，从现在开始，一杯酒增加两千万。

梅方不胜酒力，论酒量也就三四两，两杯酒下去，就有些醉了，头重脚轻。可听申行长说一杯两千万，便爽快答应了。

一满杯酒下去，梅方胃里便翻江倒海，起身去卫生间吐了，又坐到席上，抓过酒瓶斟酒，嘴里说："一杯酒两千万这太值了，邱行长你找笔来，我要向一个亿奋斗，但我怕申行长反悔，要先小人后君子。"

梅方说话时舌头已不大利索，像短了一截。邱行长怕梅方喝醉了，才把梅方劝住了。

梅方虽然醉得走路踉跄，可兴奋得不得了，说还是民营企业办事爽啊。

回到办事处的房间，梅方又去卫生间吐了一次，才倒在床上和衣睡了。

凌晨一点多，梅方的手机响起来。梅方抓起接听，是余主任。余主任说刘丽丽他们没出火车站。

"小米呢？"梅方的酒顿时醒了。

"小米说他们在东站下车了。那时她睡着了。她看到他们都睡得熟熟的了。"

余主任问梅方他们现在是不是赶到西站去,梅方说:"算了,他们既然在东站下车,是早计划好了。你跑过去也找不着人。你们都到办事处吧,先住下,明天一早,把人分成几拨,估计他们要去省信访,或者省政府,或者是国土厅。你们就在那儿守着。"

第二天,梅方起得很早。他想和老余一起去省信访办。打余主任电话时,才知道他们早已去了。

过早时,老余打电话过来,说几个点上都没有他们的影子,问梅方怎么办。梅方说:"等。他们应该不会去别处。你们人藏着点儿。"

用过早餐,梅方和邱行长一起去光大银行。经过广场,等红绿灯时,见广场音乐喷泉一旁,聚集了黑压压一群人,中间扯着一条白色横幅:"暴力强拆天理难容"。

梅方心里一咯噔,难道是刘丽丽他们跑到这儿来了?让司机靠边停车。

梅方跑过去时,广场人更多了。挤进去一看,真是刘丽丽他们几个人,而且身上一丝不挂,赤裸裸的,警察正脱了外套往他们身上裹着……

九

刘丽丽他们穿上衣服后,警察要把他们带走。梅方走到管事的警察跟前,要带人走,说几个人是西楚县的,他是西楚县的副县长,就是来接他们的。可警察不干,把人带到一辆警车上,弄到派出所去了。梅方这时才打电话给余主任,让他现在就到广场来。又打电话给小邵,让他找找派出所的关系。

余主任一会儿就到广场来了,说:"真没想到他们到省城来演这出戏。这是我考虑不周,只让小米一个人跟。"梅方说:"现在说这个起什么作用?想想办法,先把人弄出来吧,免得他们把人送到信访办去了。"余主任说："依我看，关他们几天才好。他们总以为西楚县天黑，有冤无处申。"梅方说："不是可怜嘛。女人，大庭广众之下脱个精光，容易吗？你在这儿脱件衣服试试？"余主任说："可怜！这倒应了那句老话，可怜之人必有可恨之处。"梅方说："也不全是可怜。我们得想想他们出来以后。一般的人，在外头受了委屈，回到家，会把这笔账记到谁头上？别人头上啊。而且还会闹得更厉害，变本加厉。"

小邵一会儿也赶了过来，说他请人给派出所所长打过招呼了，让他们把刘丽丽他们的身份核实后就放人。梅方这时便和余主任、小邵一起去派出所。

虽说只是核实一下他们的身份，可因为要当地政府、街道、居委会、派出所、公安局反馈信息，人一时就放不出来。梅方虽然把这次和余主任一起去北京接人的街道办的老万、县公安局的干警老付也叫来了，可派出所却不认账。

梅方守在这里，当然是想等他们出来时，和他们说几句话。可一晃一个上午就要过去了，人也没放出来。梅方问派出所的办事民警，人究竟什么时候可以弄出来。民警说，这个时间不是他们掌握的，是当地。

梅方这才打电话给邱行长，要他联系申行长，他们只能下午去银行了。

中午，梅方余主任几个人在派出所旁边一条巷子里吃饭，商量着如何把刘丽丽他们弄回去的事，杨局打电话来，要梅方看网上。

一说网上，梅方脑子里就飘出一种不祥的预感，问杨局有什么好事。杨局说："这回更抓眼球，裸体上访，你自己看吧，还有你的光辉形象。"

梅方挂了电话赶紧刷网。一看傻了，正是早上广场上的一组照片，其中还有自己跟警察交涉的镜头。

梅方瞄了一下跟帖，就让余主任他们看网上。

几个人这时都低头看起手机来，余主任嘴里不住念叨："完了完了，这回真的完了。"

小邵突然冒了一句:"他们是不是策划好的啊?"

老万说:"有这种可能。他们人去得那么早,怎么就有人跟拍呢?这么快就到网上去了呢?"

老付说:"也许他们在北京就准备好了这一手。不然他们怎么会回来?"

小邵说:"他们有这么厉害?前几天看一本书,写丘吉尔的,里面有一句话,说伴君如伴虎,伴民尤甚伴君。我是深有体会了。"

梅方看了一阵,把手机放桌上了:"吃饭吧。"

这时老万、老付、小邵几个都把筷子提起来夹菜,只有余主任仍瞪着手机不眨眼,嘴里念经一样念着:"完了完了完了完了……"

梅方这时笑起来:"余主任,砍头不过头点地呢,你到底害怕什么?"

余主任说:"我……已经吓破胆了。"

下午四点钟,派出所才把人放出来。梅方把他们领到餐馆吃饭,给他们做工作,让他们赶快回西楚县去。他们的事,无论说到哪里,最终都要到西楚县处理。即使他们一定要找省信访办,最后省信访办照样也是把材料发回县里,要县里解决。

也许是饿了,也许是疲倦了,几个人只吃着饭,不搭理梅方。

接他们的依维柯就停在餐馆门口。这是早就商量好的,如果他们不愿走,就动手,好歹将他们弄上车。

吃完饭,梅方让他们上车回家,刘丽丽他们却不动,只大口大口喝着水。这时余主任就跟梅方使眼色,朝老付望,想动手。梅方摇头,问他们是不是一定要去找省信访办,如果想找,他陪他们去。

刘丽丽将头弯着,不吱声;朱彩霞说,干脆回去吧。刘丽丽这才把包一拎,坐进了车里。

他们人回去了,梅方也没把网上的事想得有多严重。直到第二天他和邱行长一起去光大银行找申行长。申行长突然改变主意了,说他调不出来资金。

梅方想起前天晚上拼酒的事,心里不是滋味。

从光大银行出来时,有一报摊,摊主叫卖声像沙子一样往梅方耳朵里灌:"看报看报啊,三女三男裸体抗议官方强拆民宅啊,警民大冲突啊,有大照片啊。"

梅方买了一份报纸,果真在27版左下角看到一则报道和一幅照片。

梅方想不到报纸会介入进来,把报纸掸了掸,和邱行长说:"申行长因为这变卦的?"邱行长说:"有可能吧,投资者做任何投资首先考虑的就是风险。"

梅方说:"真笨啊我。"

邱行长说:"谁会想得到?"

梅方叹了一声:"看来我们只能无功而返了。"

梅方嘴上这么说,心里并不想回去。好不容易才把行长们弄出来。可人还没到办事处,庄书记来电话了,让他回去,说拆迁户又闹事了,到了政府。

一系列的问题在梅方脑子里钻出来。这次闹又是为什么?与网上炒作刘丽丽他们裸体上访有没有关联?打电话问龚玉仁,龚玉仁告诉他,这次闹事,好像与往常有些不同。一是人多,现在聚集在政府广场的已经有一二千人了,还在增加。二是这次闹事有很多新人,有不少是退休教师。梅方问:"刘丽丽他们在吗?"龚玉仁说:"在呀,都在。二王也在。"梅方问:"弄清楚他们为什么了吗?"龚玉仁说:"还没接触。"梅方说:"那赶紧弄啊,搞清楚他们究竟要干什么,然后打电话给我。"

将近一个小时后,龚玉仁打电话过来,说胡县长已经到广场上了,和他们对了话,刘丽丽他们说的是那些老问题;二王说他们听说那个肇事司机被灭口了;大部分拆迁户是因为补偿问题,这可能与给二王的爹赔偿费太多有些关系;还有少部分拆迁户是因为不愿意住还建楼,说生意没法做,没了生计,说住在那里,人都找不着,打个麻将找不着伙计,死了都没人晓得;而那些教师,是因为施工有扬尘、有噪声,得了神经衰弱、失眠症,得了矽肺病、癌症,他们的房子屋基下陷了,墙体裂口了,卫生间渗水了。

梅方赶回去时，已经下午三点，只见广场外面的公路上浓烟滚滚，一辆被掀翻的警车烧着了……

因为有人放火焚烧警车，公安局只好出动警力拘捕肇事者，强行清场，总算把人都疏散了。到傍晚，广场上已恢复平静。

十

担心刘丽丽、二王他们又去政府闹事，第二天一早梅方就带着龚玉仁、小米去找二王、刘丽丽他们。没想到，拆迁户们把他们三个堵在刘丽丽家里，不准他们离开，不准喝水，把他们手机也抢了。

直到下午三点，杨局带了防暴警察去处理，才把人救出来。

在回家的车上，杨局打电话给梅方，问是否找个地方坐坐，弄点儿酒压惊，梅方爽快地答应了。

吃过饭，梅方让龚玉仁和小米回家，便和杨局在一起聊起天来。

"都弄清楚了，为什么那么多人去广场？"梅方问杨局。

杨局说："谣言。他们说，肇事司机是受指挥部的人指使，肇事司机现在被灭口了。"

"那家伙未必真的人间蒸发了？不是到处都有监控吗？"

"我们把西楚县城所有客运站、各个出入口的录像资料都调出来看了，可就是没有发现他的踪影，但这并不能说明他没有逃出去。毕竟摄像头的分辨率不高。这有点儿像我们看蚂蚁，我们能够看到蚂蚁，但我们分不清是哪一只蚂蚁。现在我们已经把他挂到网上去了。"

"那你们就等着网上了，守株待兔？"

"早派了两个人去他老家蹲着了。这个家伙老家在河南，有老婆孩子，还有父母。推想他会回去的。"

梅方说："你准备怎么办，拿刘丽丽他们？"

杨局说："非法拘禁啊。正好可以用这个机会，办他们的法制培训班。"

梅方说:"我没想到他们真敢动手。我没为难过他们。我一直以为,他们是认可我的。在很多问题上,我是努力在为他们争取,想不到他们一点儿也不理解。"

杨局说:"很悲观是吗?"

梅方说:"你说我坏吗?我好像不坏呀?"

杨局笑起来:"我感觉你真的不坏。"

梅方说:"可人们怎么总认为我在办坏事呢?"

杨局说:"这个原因太复杂了。好人也有办坏事的。其实我也不是坏人。拆迁那天我也去了。看到几个挎着书包的学生放学回家,看到自己的房子成了一片废墟,无所适从,又不敢离开,只好趴在废墟上写作业,等家里人来,我心里很不是滋味,眼泪汪汪的,怕老庄看见,躲在一边才把眼泪揩了。这是不是说明,我良知还在?"

梅方叹了一声,无奈地摇摇头:"更无奈的是,在这边,被人看作是偏袒拆迁户,笼络人心,甚至有人认为我和他们有利益关系。"

"有吗?"

"难道你没看出来?"

"我发现你好像有些变了。"

"说实话,我是有些担忧。昨天这事你怎么想?几个拆迁户上访,为什么一下子会有那么多人参与、围观?这不是偶然的吧。现在一些人,心中都储存了一些不满。各种各样的不满,你一点儿,我一点儿,就堆出一件事,帮他们宣泄一下。你一点儿不满,我一点儿不满,最后可能就不再是不满了。看起来他们针对的是'发展大道',可我觉得他们针对的绝不仅仅是'发展大道'。有些看起来孤立的事件,没有直接联系的事件,风马牛不相及的事件,其实联系得很紧密;或者说,在某一种特殊的条件下都会发生联系。"

杨局说:"我想,现在有许多问题是不是速度带来的?现在人们说得最多的一个词是什么?'累',大家都感到累。既然累了,为什么不歇一会儿?"

梅方说:"能慢下来吗?人人都像在被疯狗追着跑。再说,快和慢,到了一定时候,就不以人的意志为转移了。就像你开车,如果你进入了快车道,你能慢下来吗?你慢不下来怎么办?如果你走错了路怎么办?你也只能继续往前开,你要掉头、你要变道,只能更快,在前面去找掉头、变道的地方。"

杨局说:"我偶尔开开车,也走走路,这让我有一种特殊的感受。开车的人都认为行人不讲道理,行人又认为开车的人不讲理。"

梅方说:"你知道我现在最想干什么?回到河口去,去那里当一个农民。"

杨局说:"听说过这么一句话:慢一点儿,让灵魂跟上来。想想是有些道理的。"

"问题是——我们还有灵魂吗?"梅方说,"我们早就只有身体了。"

"现在有一个说法,叫'娱乐至死'对吧,你说我们现在是不是'发展至死'?"

梅方叹了一声:"我觉得应该好好想想的,是我们的发展——得到了什么,又失掉了什么。你看看吧,我们现在有了摩天大楼,有了宽敞的大马路,可是我总觉得有些东西在我们建摩天大楼时失掉了。譬如说,老百姓对我们的信任。我常常有一种感觉,现在当官,当成了一种技术活,好像全部工作就是跟老百姓玩心眼儿,玩智商,说白了,好像是在行骗。"

杨局笑起来:"在一本杂志上看到这么一段话,像个绕口令,但有点儿意思。一个苏联人说的,我们知道他们在说谎,他们自己也知道自己在说谎,他们也知道我们知道他们在说谎,我们也知道他们知道我们知道他们说谎……"

两人聊了一阵,梅方突然想起杨局准备办刘丽丽法制培训班的事:"你真的准备拘留刘丽丽,办他们的法制培训班?"

杨局说:"我今天请你喝酒,给你压惊是什么意思?就是想听你的意见。副县长呢,被人家围在屋里六七个小时啊。"

梅方说:"算了吧,在他们眼里,我已经罪大恶极了。"

杨局说:"好吧。"

梅方说:"那个肇事司机一定要找到。"

杨局瞪着梅方看了一阵:"老庄给我下的死命令是,找到昨天聚会的组织者。"

梅方说:"有线索了?"

杨局说:"不能有。"

庄书记把梅方叫到办公室,说,刚刚开了一个常委会,讨论了一下是否引进外资来建设发展大道问题。大家意见基本一致。

这个情况很突然。"外资?"梅方的语气有点儿惊讶。

"严格说不是外资吧,是港资。"庄书记说,"是刘主任牵的线。香港的雷老板,在大陆许多城市都有项目,主要投资饭店和景区。譬如省城的岭南会所。刘主任向他介绍了'发展大道'后,他表示愿意做一些前期接触。他的助理这几天正在省城,你带几个人去见见。"

"我觉得这个难度很大。外资会来帮我们搞城市建设,他的回报在哪里?"梅方说,"还有那些遗留问题,他是否都接下来?"

"现在都没有谈。我的意见是先考虑宏观,再考虑细节。人家帮我们建设,我们一定要有胸怀,不要斤斤计较。过去常说不求所有,但求所在,可一到实际工作中,有些人就转不过弯来。"

梅方确实也有点儿脑子转不过弯来。他觉得心里有些不是滋味。他问自己,这难道不是一种解脱吗?

难道是因为他在"发展大道"上寄寓了很多梦想,是他和这条纠缠不清的路有了感情?或者是因为,这是刘主任的介入?

庄书记见梅方不说话,又说:"雷老板不是一般的商人,他的投资都是战略投资。听刘主任说,他对西楚县的传统文化很感兴趣。所以,我想,你去省城,多带几个我们县的文化人,或者请几个省里对西楚文化有研究的学者、专家,等等,一起给助理介绍一下西楚县的文化。说不定这可以影响到雷老板的投资决策。"

回到指挥部,梅方便打电话给县文联欧阳主席,请他推荐几个对西楚文化有研究的西楚县学者和省城的专家学者,让他们后天陪他跑一趟省城。

临走之前,庄书记打电话来,问他准备的情况,去哪些人。梅方回答后,庄书记说:"让县委办陶主任也去。带点儿土特产,带点儿钱,要显得有诚意。"

梅方挂了电话不久,陶主任打电话来了,问小米去不去,梅方说不去。陶主任说:"让她去吧,女人心细,让她帮我管点儿钱。同时,我们这一行,都是男人。在桌上喝酒,有个女的,气氛好多了。"梅方想了想,答应了。

想不到小米这次去出了事。

晚上,在一起喝酒。董助理敬梅方酒,小米见梅方已经醉了,把梅方手里一大杯酒夺过去,灌下去,醉了,送到医院没抢救过来……

十一

太阳像蒸在一碗汽水肉里的鸡蛋,黄不拉几一团挂在天上。梅方感觉那很不真实。

发展大道几个工段上都有挖掘机施工,在县城的边上,一条宽敞笔直的路基伸出去,就像谁在给大地开膛破肚。灰尘卷起来,在空中弥漫。大地就像罩在一块肮脏的塑料布里,一切都浑浑噩噩、迷糊不清,一片混沌。

梅方突然想起了小时候去小河里抓鱼的事。为了抓到鱼,一帮小伙伴们把一些辣蓼叶拌沙砸烂,倾倒进潭里,把潭水搅浑,鱼儿们被浑水呛得漂到水面上,仰起头呼吸……他感到自己现在有点儿像一尾鱼。

空气中有很重很重的土腥味,他感到有点儿窒息。

他已经写了一封匿名信,寄给了市纪委,检举西楚县副县长梅方挪用社保资金建"发展大道"的问题。他想,这事纪委一定会很重视,也许用不了三五天,他就会被纪委带走了,他就再也不能看到这条他爱恨交叠的"发展大道"了。

说实话,他自己也弄不清楚为什么要检举自己。他真的没有要让"发展大道"停下来的意思,也没有想着要查处庄书记,他就是跟自己过不去。他就是想受到惩罚,只有惩罚,才有可能活下去。

是因为小米?

梅方确实有些接受不了小米之死。每当他想起小米说感谢他收纳她,想起她说好想看一看蓝天白云,想到她说那个洗脚妹……他的心就疼痛难忍。他想,那个洗脚妹,还有人在网上为她叫一声冤屈呢。

是的,他喜欢小米,小米的率真和善良,小米的漂亮和聪明,小米的青春和活力,使他常常感觉到生活着工作着很美好,他甚至觉得小米是一个让他看到自己灵魂的精灵。

可是他从来没有表达过。他甚至没有给小米一个笑脸、一声问候、一句肯定……是的,他觉得他有的是时间,他不想玷污一种纯粹。

他坐到一堆瓦砾上,把手机拿出来,看小米和梅朵在天安门前拍的照片。小米和梅朵攀着肩,笑靥如花,亲密得就像亲姐妹。早晨的阳光照在她们的笑脸上,世界变得格外亮丽。

"小米!"他呼喊起来。泪水像洪水决堤而下。

一辆推土机从不远处驶过,卷起的尘土把他裹了进去,把他的呼喊声和哭声裹了进去。

"小米,你知道吧,我一直把你当作了梅朵!"

他不知道在这里坐了多久,直到自己变成了一个土人。

龚玉仁不知道什么时候出现在他身后:"梅县长,你手机关机了。庄书记把电话打到了指挥部,让我们找你。他让你去他办公室。"

梅方这时才抬起头来。他深呼吸了一次,他想让自己平静下来。他感到土腥味更重了,并隐隐约约感觉里面还有一丝血腥味。

"梅县长,听说环亚集团帮我们建设发展大道的事敲定下来了。

我估计庄书记找你谈的应该就是这件事。"龚玉仁说,"我不知道,指挥部还要不要保留,也不知道那些遗留问题是否这回都一并交给他们。"

梅方默默地走着,不吭声。

庄书记证实了龚玉仁的说法。环亚公司已经决定接手"发展大道"了。庄书记说:"环亚公司要求指挥部不撤,以配合他们工作,处理好拆迁遗留问题。因此,你仍然要当这个指挥长。"

庄书记最后告诉梅方,他的工作不久就会有一些调整,可能会到省里哪个部门,也可能会去市里。他希望梅方能把发展大道建好。

梅方临走时,庄书记交给他一封从市纪委转过来的检举信。"这个你看看吧,要干事业,从来都不会缺少反对的声音。"

梅方不知道怎么回答庄书记。他不知道庄书记是否知道这封信就是他写的。他觉得这很有戏剧性。他甚至觉得一切像是被导演出来的,一点儿也不真实。

(原载《当代》2015年第2期)

万木春

宋志军

一

这是一个周末的下午。

平原省委党校院内格外地幽静，一座座青灰色的建筑掩映在高大的法桐之间，显得古朴而庄严。已经是深秋季节，法桐那巨大树冠上的树叶已变得金黄，像一团团黄云，使得整个党校的上空都变得金光闪闪，灿烂辉煌，景象十分奇异。一阵秋风吹来，片片树叶从那浓密的树冠里飞出，静无声息地落在地上。校园里到处是厚厚的落叶，仿佛铺了一层地毯，人走在上面，有一种特别舒服的感觉。有一片树叶在空中打了一个旋儿,轻轻地拂过夏阳市常务副市长任朴的脸,像是一个人的手在他脸上抚摸了一下,让他对这个季节突然有了一点儿感动。

从参加省委党校秋季主题班学习以来,转眼已经到了结业的时候,三个月的时间,就在法桐的树叶由绿到黄的变化中不知不觉地流走了。说实在的,任朴还想再多学习一段时间。在市里工作的时候真是太忙了,几乎总是在"五加二"和"白加黑"中度过,说白了就是从来没有星期天,也没有白天黑夜,就像一个永远停不下来的陀螺,不仅身累,而且心累。现在基层的工作真的是越来越难干了,任朴作为常务副市长,对这一点感触尤为深切,所以当初接到要他到党校学习的消息后,尽管还顾恋着工作上的事情,但他的内心也着实高兴了一阵子。他平时就是个喜欢学习的人,这次不仅能够静下心来充充电,还可以借此机会好好地休整一下。所以当接到通知以后,任朴把工作交代了一下,就来到了省委党校。可是时间怎么就过得这么快,任朴还没有感觉到漫长,学习却已经结束了。昨天班里的所有学员领到结业证之后,在学校的内部食堂里欢聚了一下,大家的情绪都特别高,不少人都喝醉了。任朴的酒量本来就小,自然难免在醉人之列,一直睡到第二天下午三点多才醒过来。

任朴一个人走在党校的校园里,学员们都已经离开了,周遭特别宁静。任朴在等着司机来接他,所以就趁这段时间在校园里散散步,再最后享受一次党校里这清静优雅的感觉。

突然,任朴的手机在裤兜里动了一下,他知道有信息来了。任朴有一个与众不同的习惯,他的手机永远处于震动状态。在下到夏阳市工作之前,任朴曾经跟着大河市委书记冯超当过多年秘书。有几次他的手机响了,正在市委书记的身边,赶巧书记也在接打电话或在谈事情,任朴的手机一响,市委书记就会深深地看他一眼。后来任朴就把手机调到了震动状态,放在右边的裤兜里,一有电话或信息来,他可以悄悄地一边去接或者看,避免了打扰书记,久而久之就养成了习惯。任朴甚至为此有了一番感悟,他觉得带有铃声的手机好比是一个爱张扬的靠不住的同事,还没有什么事情就先喧哗一阵，弄得一点儿秘密也没有了，而调在震动状态的手机则像一个可以同甘共苦的朋友，有什么事情就悄悄地告诉你，忠诚可靠。

此刻，任朴掏出手机，打开一看，屏幕上显出两行字来："任市长，近日省委巡视组要到夏阳，关于你，有一些不利的传言，请你格外小心为要！"这是一个完全陌生的号码发过来的。任朴看过信息，心里掠过一阵不祥的念头，感到特别紧张，他不由得陷入到沉思之中。

最近一个时期以来，反腐形势越来越紧张，中央提出了"老虎、苍蝇一起打"，在全国上下开展了严厉的反腐行动，不停地有上至政治局委员、省部级高官，下至厅、局级官员被查处。任朴前几天还私下统计了一下，仅省部级官员已经有十多个落马了。而原来的各级巡视组，特别是中央派往各地的巡视组，更是出手迅速，成果显著，每到一地，便会有官员落马，由此还带出了不少神秘的传闻，让各地的官员闻之色变，充满了紧张情绪。任朴作为一名地方的重要官员，当然也身在其中。他不止一次地感觉到，目前的反腐斗争已经汇成了一股浩浩荡荡的洪流，汹涌澎湃，锐不可当，对每一名官员来说都是一次严峻的考验。在这场洪流当中，只有守住底线，站稳脚跟，才能经受住考验。任朴回忆起到市里工作以来，自己尽管也犯过这样那样的小错误，存在着这样那样的小毛病，但徇私枉法、贪污受贿的事情，自己还是没有的。那么这个神秘的信息又是怎么回事呢？发信息的人是谁？用意何在？信息里关于自己的传言到底是什么？一连串的问号袭上心头，任朴不由得不紧张。他想按照手机上的号码拨过去，问一下对方是谁，可他很快打消了这个念头。他知道现在的一些人通过手机向上级举报或者散布一些言论时，往往是新买一部手机，发过后就立即把手机和卡分别扔掉，再也不会使用，即便动用公安的技侦手段也查不出来。何况这个发信息的人是何用意都不知道，所以打听对方的身份是件很愚蠢的事儿。任朴这样想过之后，索性把手机放进了口袋，压制着自己暂时不去想它。

任朴无心再散步了，好在过了不久司机小王也赶到了。他就让小王帮自己拿上行李，匆匆忙忙地赶往夏阳市。

一路上，任朴几乎是一言不发，大部分时间在闭目养神。他有一个习惯，尽量不和司机进行太多交谈，也尽量不在车上打重要的电话。好多领导的事情就是坏在司机身上，任朴对此有着一种本能的警惕。

任朴竭力想让自己休息一会儿，可他的内心被千丝万缕的心思搅扰着，怎么也难以进入一个平静的状态。他索性睁开眼睛，往公路两边看过去。

路两边的杨树林也都落尽了叶子，只剩下光秃秃的枝干，像一支支秃笔，好像要在天空里书写什么。任朴突然被不时地映入眼帘的树上的那些鸟窝给吸引住了。他以前从来没有在意过这些，可此时看起来，他发现其实这些鸟窝的数量是很大的，离不远就有一个，数都数不过来。这些鸟窝挂在光秃秃的树杈上面，在秋风中摇摇欲坠，让人无端地生出一种担忧来。

任朴突然想起一则佛学典故来。

唐代有一位高僧，名叫道林，杭州人。他不在寺院里住，而是在山上的一棵大树上搭了一个草棚，像鸟巢一样，平时打坐、睡觉都在上面，时人皆称其为鸟巢大师。当时白居易任杭州太守，听说这件事后就去拜访他。看到鸟巢大师住在临近悬崖的一棵大树上，不禁说道："师父，您住在上面真是太危险了，还是下来住吧。"不料鸟巢大师说："太守，我不危险，倒是您才危险呢！"白居易不解，问道："我位居太守，位高权重，怎么会有危险呢？"鸟巢大师说："您的内心薪火相交，识性不停，得不险乎？"意思是说处在权力的中心，既要考虑尽好职守，还要防止被同僚倾轧，天天不停地用脑筋，怎么能不危险呢？白居易听了鸟巢大师这句话，心里顿悟，便又向鸟巢大师请教佛法，鸟巢大师说："诸恶莫做，众善奉行。"白居易又不解，说："这是三岁小孩儿都明白的道理呀！"可鸟巢大师却回道："三岁小孩儿可道得，八十老翁行不得。"

这个故事，任朴以前多次想起过，可此时面对眼前的景象和自己的心事，他却觉出了更深一层的感悟来。现在社会上不都在说，如今做官是一个高危行业嘛，原来早在一千多年前就有人悟出了这个道理。那么怎么才能安全呢，任朴觉得道林和尚的话便可以参照，诸恶莫做，众善奉行。用在为官上就是多为群众办好事，不去做那些违法乱纪的事儿。现在不正在提倡党员干部要做为民、务实、清廉的表率嘛。

任朴就这样一路想着心事，不觉车子已经驶入了夏阳市。

此刻，天已经完全黑下来了，街道上的路灯一片通明，灯火映照的天空显得特别低，几片暗灰的云在慢慢地流动，像一口脏兮兮的破锅扣在夏阳市的上空，整个夏阳市倒像是锅里的一团团剩饭菜，发出酸腐的味道。任朴的心里有点儿恍惚，几个月没有回来，他觉得自己好像对这座城市有点儿陌生了。

二

这次省委巡视组突然来到夏阳市，对于任朴甚至夏阳市的干部来说，的确有点儿意外。夏阳市的党政班子刚刚调整不到一年，现任市委书记沈清是从大河市纪委副书记调任而来，他是市纪委书记曹正阳的得力部下。而市长贾清明却是从邻近的天中市财政局局长位置上交流过来的。

这里的官场之所以发生这么大的变化，是因为在此之前发生了官场大地震，前任市委书记金铭因为重大贪腐案件被刚刚就任不久的曹正阳处理了。曹正阳是中纪委两次树立的全国纪检干部标兵，一向以清正爱民、铁面无私而著称。金铭本来是他的大学同学，曹正阳调任大河市纪委书记后，金铭曾私下里向人炫耀他和曹正阳的关系，谁知曹正阳第一个拿下的就是他，这让大河市的干部和群众真正认识到了这位纪检标兵的威力。

金铭被查处之后，并没有影响到当时的市长古景媛。古景媛是个女同志，却以作风干练、行事果断而拥有较高的威信，按理说接任市委书记不成问题，却因为一声炮响，进而瞒报事故而丢掉了官职。

当时古景媛正在市产业集聚区主持一个重大招商项目的奠基仪

式,当她刚刚说出了"今天是个好日子",就在百里之外的望鲁镇发生了一声巨响。一个烟花爆竹厂因为违规生产而发生了爆炸,几十条人命瞬间就消失了,还有一地的伤员哀号连天,场面极其惨烈,让人目不忍睹。当时正是十八大召开在即,也是古景媛要接任市委书记的关键时刻,还有人传着当时的省委书记还要在十八大后高升。这个当口发生这么大的事故,可以说从省里到大河市,再到夏阳市,所有的领导都被这一声炮响震得有点儿发蒙。

接下来的事情就有点儿说不清了。夏阳市上报的死亡人数只有八人,其余的二十多人是伤员,都被送进了大河市的一家烧伤医院去救治。事情眼看着就要平息了,不料有人举报到国家安全生产总局和省纪委,很快上面就派下来一个调查组,不久真相大白,相关人员受到处理,古景媛也被撤职。然后大河市委把沈清派过来,不久又从邻近的天中市交流过来了贾清明。据说古景媛离开夏阳市时,不少干部群众偷偷地去送她,古景媛流下了泪水,似乎有一肚子的委屈。但至于为什么感到委屈,后来坊间有一些传闻,但在党员干部中间却没有人敢私下议论。

按理说新的市委市政府班子才调整不到一年,省委巡视组是不该来到这里的。金铭案件发生后,很快交代了一切,包括逢年过节市里的局长和乡镇的书记送的礼金都交代得清清楚楚。前前后后被办案组叫去的有一百多人,大都过了关,分别受到了处分。可是最近又有传言说金铭还在省纪委办案组的手上,据说又交代了很多问题。不知道省委巡视组此时到来,是否另有深意,想通过明察暗访发现一些新的线索。

任朴从报纸和网络上看到了广东茂名市前任书记罗荫国被查后,中央巡视组又重新进驻,对以往处理过的干部重新审查的消息。难道省委巡视组也会一样,对夏阳市重新来过不成。

他又想到了那个神秘的信息。自己来夏阳工作七八年了,难免会犯下一些错误,或者得罪一些人,一定会有人暗地里反映他的问题,这样一想,他的心里不禁也有点儿七上八下,捉摸不定。他决定先不见市里的两位"老一",而是在市政广场前下了车。他让司机先回去，自己却只身一人来到了市政广场。他没有注意到司机小王在他离开时，别有深意地看了他一眼。

小王在任朴来夏阳工作的那天起，就一直跟着他服务。这是个很可靠的人，正如有人说一个好的司机上车是聋子，下车是哑巴，按照这个标准，小王绝对是个好司机。只是任朴平时对身边的工作人员要求很严，小王有点儿怕他，有什么话并不敢随便和他说。刚才小王就似乎想和任朴说点儿什么，但他犹豫了之后，终于没有出口。

任朴想要喊上一个人来陪自己。这个人叫司马正风，是本市的一位知名作家，原来也是一位正科级干部，在市博物馆担任馆长多年，后来又到市地方志任主任，闲暇之余写出了几部长篇小说，有反映信访问题的《无路之路》，有借修史讽今的《史官》。此人相貌奇特，有三长，乃是腿长、身长、脖子长，兼又奇高、奇瘦，让人一眼难忘。他为人刚正，性情耿介，你若入了他的眼，两人便要怎样就怎样，你若入不了他的眼，任你是高官显贵，他理都不理。据说司马正风懂得周易八卦，善卜吉凶，在市博物馆当馆长时曾设过诸葛神卦，特别灵验。他的《史官》发表之时，金铭和古景嫒还都没有什么事，他的小说开篇就说市委书记被"双规"，结尾处又写到市长被免职，后来金铭和古景嫒的下场竟和他的小说结局一模一样，有人说金铭和古景嫒就是被司马正风写坏了的。

尽管这司马正风性情古怪，但和任朴却是好朋友，用他的话说就是，任朴是一位有真才实学、清正务实的领导，他从心眼儿里敬重任朴。

正因为如此，任朴刚回到夏阳市，便想起了司马正风，可他又看了一下手表，已经十点多了，他就打消了刚才的念头，寻思着等有了闲空时再和司马正风好好聊聊。

三

任朴来到市政广场，远远地就感受到热闹非凡的气氛。整个广场华灯初放，音乐喷泉前围满了观赏的群众。这个时候刚好是人们吃过晚饭不久。市民们不分男女老幼，有的在跳广场舞，有的在玩各种游戏，还有的在悠闲地散步。广场里也活跃着不少小商贩，向市民不停地兜售着一些玩具、小饰品等。这些人中有不少是周围村庄的村民，有的他还认识，当初征地拆迁时他和他们还打过交道，当时他们中的一些人还到省市甚至北京上访。看着眼前的一切，任朴不禁感慨万千，不由得想起当初修建广场时的情景来。

那时候他还是分管城建的副市长，整个夏阳市行政新区还刚刚起步，眼前的这个地方当时还是一块麦田，市政大楼还只是个半拉子工程，因为缺少资金停工大半年了。当时任朴力主在市政大楼前修建这个广场，他在四个班子会上提议时慷慨激昂地说，通过招商引资的办法，兴建市政广场，把周边的土地储备起来，开放城市房地产业，不仅可以解决市政大楼缺少资金的问题，而且可以通过市政广场的兴建，聚集行政新区的人气，加快行政新区组建步伐，都具有十分重要的意义。可以不客气地说，市政广场的建设，好比给行政新区安装了一个心脏。

他的提议得到了四个班子大多成员的赞成，金铭和古景媛一般很难就一个问题达成一致意见，那次竟然也不约而同地表示同意。这样，兴建市政广场的决策就形成了。不久付诸实施，任朴顺理成章地成为了广场建设的指挥长，具体负责整个工作。

然而这项现在看来是一件再正确不过的事情，在当初开始征地时即遇到少数村民的强烈反对。他们那时还只能算是郊区农民，习惯了祖祖辈辈种地的他们一听说要把好好的耕地毁了建广场，自然不同意。尽管任朴开了很多次的动员会，反复讲建市政广场的好处，但他们就是听不进心里去，先是到市里上访，后来到省里，再后来就到了北京。他们还请了当时京城一家行业报纸的记者，偷偷地到夏阳市来采访，回去后发表了一个长篇报道，题目竟然是《天安门广场有没有俺们的广场大——夏阳市毁坏耕地事件调查》。报道里片面引用个别村民的话，把夏阳市建设市政广场的事情描述成了一桩非法毁坏耕地的大事件，把当时的金铭着实吓了一大跳，就派任朴带人到北京协调。任朴尽管一百个不情愿，但为了全市大局,还是去见了那个写报道的记者,结果对方却提出了要夏阳市订阅报纸和做专版的要求。这两件事儿都是需要钱的,任朴不愿屈服,把事实真相讲明以后,索性带着一股子气恼回来了。后来事情就直接对着他来了,网上出现一些帖子,什么夏阳市一名任姓副市长被省纪委秘密"双规"了,什么这名副市长曾扬言要花费三百万摆平中宣部了,一时间谣言四起,甚至他还听说有一位分管土地的副省长都有了批示,要派人下来调查,但不知为何最终没有人来。

那一段时间任朴着实恐慌了一阵子,特别是金铭说话中间还有一点儿埋怨的意思,好像他给市里添了不少麻烦似的。自然也少不了个别幸灾乐祸的人偷偷看笑话,巴不得他真就出了什么事。但任朴还是坚持了下来,一方面继续做好群众工作,另一方面加快工程进度,在当年年底把市政广场建成并投入使用。周边的土地经过公开出让,聚集了一大批财政资金,解决了市政大楼的资金困难,市政大楼在不久之后也顺利建成,原来租住在不同地方的四个班子也迁到了一起。任朴的工作得到了上上下下的肯定,包括当初去上访的那些村民,也在后来成了任朴的朋友。他们看到了广场带给他们的巨大好处,从心里为当初去告任朴的行为感到后悔。那件事也让任朴明白了一个道理:许多工作往往是这样,开始的时候可能会遇到一些阻力和困扰,但只要是你决策正确,真正是为了一个地方的发展和百姓的利益,最终老百姓是会拥护赞成的,所谓事成怨消吧。

再后来,他经常挂在嘴边的一句话就是:在怨声中开始,在喝彩声中结束。大抵说的就是这件事。

难道传言与这件事有关?任朴想。在广场建成后他才得知,当时的那些谣言并非完全是空穴来风,的确有一些村民在向记者反映的同时,还把有关信件寄到了省纪委等有关部门,当时传言他被"双规"的事儿可能就与此有关。可如今都过了几年了,按理说不会再就当时的这个反映做什么文章吧?任朴摇摇头,苦笑了一下。

任朴只顾着低头寻思,差点儿撞上一个人。抬头一看,是临近广场的一个村里的村民,叫朱老钟,正是当初告状最凶的一个。如今朱老钟在广场开了一个报亭,兼卖一些小商品,每月收入可以达到三千多元,整日里美滋滋的。见到任朴,朱老钟亲热地拉着他的手,大声地说:"任市长,我们这一带的群众可托了您的福啊!"

任朴听朱老钟这么说,内心有一丝安慰。他使劲地握了握对方的手,说:"老钟啊,只要你们的日子过得越来越好,我就心安了呀。"

任朴一直在市政广场独自转了大半夜,直到整个市政广场彻底归于寂静,他才回到住室。

第二天一大早,任朴还没有起床,就听到电话铃响。是市委值班室打来的,通信员告诉他,上午八点半在常委会议室召开党政联席会,要他参加,并说沈书记要见他,要他赶快到沈书记的办公室。任朴不由得疑惑起来,自己昨天很晚才回到市委院里,并没有和任何人打招呼,沈清书记是如何知道他已经回来,并且就在住室里休息的呢?

他突然想起了不知是谁说过的一句话:"在官场里,相对于你的上级来说,你没有什么秘密可言。"

一阵秋风袭来,任朴感到一丝明显的凉意。该加件衣服了,他想。

四

任朴来到沈清的办公室门口,刚敲了一下门,沈清就拉开门把他让了进去。一见面,沈清使劲地握握他的手,显得十分亲热的样子,又亲自给他倒了一杯水,招呼他坐下,然后说:"你昨晚回来怎么不吭一声呢,也好给你接接风。"然后就询问他在党校学习的情况。

任朴迎着沈清的目光,微微地笑了一下,轻声说:"昨天回来得太晚了,本来想今天一上班就来向您报到的。"他知道沈清找他并不是关心他的学习情况,而是有工作要向他交代,就一边回答着沈清的话,一边用探询的目光看着沈清。

果然，在简单的寒暄之后，沈清就切入了正题。原来最近江苏省南通市的一批客商要来夏阳市投资兴建一座纺织城，发来邀请函要夏阳市派人前往考察，以便尽快地达成合作协议。任朴本来分管这项工作，前一段时间让另一位副市长暂时负责，现在任朴回来了，自然要任朴带队前往。

任朴对南通市并不陌生，在他到党校学习前，还是他最初和那里的客商接触的呢。听到沈清安排的是这件事，任朴原先心里悬着的一块石头落了地。他稳了一下语气，说："沈书记，您放心，我这就安排行程，一定不辱使命，争取把客商吸引过来。"

沈清笑笑说："不要那么急，你还没有回家看看呢，先回家看一下，在家里住一晚，明天再走吧。"

任朴说："那好吧，我也需要回家带些衣服什么的，那就明天准时出发，我先让办公室通知有关人员做好准备。"沈清说："行，你先参加党政联席会吧，会结束了你就回家一趟。"说完就要往外走，任朴只好跟了出来。

任朴走在沈清的后面，心里却有一点儿疑惑，省委巡视组住在夏阳市，为什么作为市委书记的沈清一点儿紧张情绪都没有呢？相反，他整个人看上去还挺兴奋，这是为什么呢？他和沈清以前有过接触，但并没有什么特别的关系，沈清调到夏阳市不久，任朴就到省委党校学习了，中间尽管回来参加过几次会，汇报过几次工作，但也没有说过工作以外的话。这次虽然也没有和往常有什么不同，但或是任朴的心情不同，或是有真的不同，任朴忽然觉得自己的这位顶头上司有点儿与众不同。但至于哪点不同，任朴又说不上来。

进入常委会议室的时候，已经有不少班子成员到了，市长贾清明也在那里。任朴看见贾清明，脸上掠过一丝难以让人觉察的尴尬。他回来后本打算分别见见沈清和贾清明的，结果一大早沈清就派人请他到办公室，打乱了他的安排，这样在会议室见到贾清明，他会不会在意自己没有先去见他？尽管自己是市委常委，但毕竟直接的行政领导还是贾清明。官场中的一些事，看似鸡毛蒜皮，有时却会产生预料不到的后果，这样的事情发生得太多了。他曾经听说过一个因为让烟让出大祸的事情，说的是某局长一向做事高调，待人大大咧咧。有一次在一个聚会上，一个不认识的人在给周围的朋友让烟，让的是十元钱一包的帝豪，别人都是笑眯眯地接过去，偏是让到他时，他不屑地予以拒绝，却从自己的包里拿出一根软中华，旁若无人地抽了起来。不久此人受到举报，市检察院对其立案侦查，当他见到前来带他的人时，不禁大吃一惊，原来那人就是当初给他让烟遭其拒绝的人，是市检察院反贪局的一位处长。当时他就心说糟了，果然，在后来的调查中，那位处长对他格外严厉，有一次还故意在他面前把一根软中华狠狠地掷在地上，还用脚使劲地踩了一下。何况任朴是常务副市长，这个角色本来就很敏感，有的说这是书记安插在市长身边的钉子，还有的说最怕的是市长和常务副市长联合在一起，对付书记。所以任朴时常有一种在夹缝中求生存的感觉。但他是个正派的人，对于这些一向不太在意，一切随职责走，并不刻意和哪个人走得近一些。

　　任朴悄悄地走到贾清明的身边，把嘴巴凑过去，在贾清明耳边轻轻地说了一句："贾市长，我昨夜刚回来，还没来得及去向您报到，就接到会议通知，所以就先来会议室了。"说话的同时又偷偷地瞄了一眼沈清，好在沈清正低头整理材料，没有在意他和贾清明说话。任朴在确认贾清明轻轻地点了一下头，就迅速地坐到自己的位子上，然后才微笑着向其他的同志打招呼。

　　会议开得很短，主要是沈清的讲话，他通报了当前的工作，宣布了由任朴带队前往南通市考察的事情后，着重就当前的巡视工作发表了一番讲话，大意就是要求每一位同志特别是各位常委，要正确看待当前省委派驻巡视组的事情，提高认识，统一思想，积极自觉地配合好巡视组的工作，在近段时间里做好和巡视组领导谈话的准备，不能随便外出，更不能私下里说些不负责任的话，对社会上的一些传言不信、不传，始终相信组织，相信市委。同时他又强调：巡视组进驻市里，不仅不能当成是个包袱，反而要当成是难得的机遇，抓住这个机遇，加大招商引资和各项工作的力度，努力把各项工作推向前进。

任朴很认真地听着沈清的讲话，又联想到了自己收到的那条信息，不禁轻轻地叹了一口气。

会议结束后，任朴跟着贾清明来到市长办公室。同样，贾清明非常热情地让他坐下，亲自给他泡了一杯龙井，询问了他在党校学习的情况，并关切地要他先不要忙于工作，抽点儿时间先回家看看。任朴和贾清明说了几句，就告辞出来，回到自己的办公室。虽然他离开了已经有几个月，但他的办公室却一尘不染，井井有条，他知道这是通讯员的功劳。任朴刚刚坐下，办公室主任和几个分管的局长先后来到，问候了一番就又离去了。任朴什么事也没有做，不知不觉就到了下班时间，因为明天还要出差，他就提早一点儿回家去了。他已经好长时间没有见过妻子李淑君了。

一想到家庭，任朴竟然有一种恍惚的感觉。在下面工作这些年，整日里忙忙碌碌，和家人聚在一起的时间很少。即便到了节日，也是忙着请客送礼，慰问看望，似乎比平时还忙，不知不觉中家的概念就变成了一叶小舟，太多的时候是在梦里漂着，而非人们说的港湾，是可以停靠的地方。而他自己，更像是一叶大海里的扁舟，太多的时候只能随波逐流。

五

平原的城市不像南方的一些城市，有山水作为屏障，就是在一望无际的田野中坐落着，这样的城市自然很难有其个性，好在穿城而过的还有一条颍水河，但是由于两岸没有太多整理，大都还处于原生状态，也没有给城市带来更多的灵气。汽车在平原中行驶着，不知不觉就进入了城区。

任朴的家在大河市公务员小区的一套位于一层的单元楼里。来到门前，任朴拿出钥匙轻轻地打开房门。保姆小红见他回来了，连忙给他拿过来一双拖鞋，让他换上，然后朝卧室那边努努嘴，示意李淑君正在休息。任朴会意，轻手轻脚地向卧室走去，还没有到，就听到了妻子柔柔的声音："任朴，你回来了吗？"

李淑君原来是大河市高级中学的一名语文教师,有一次带学生出去郊游,不幸发生了车祸,李淑君为了救护学生,自己受了重伤,以致下肢瘫痪,后来就只能待在家里。但李淑君并没有灰心丧气,而是坚持自学写作,不时地写点儿文章寄往报纸杂志,权当是一种精神寄托。她原本就是语文教师,文字功底很厚,这么一来,几年间就发表了大量作品。如今李淑君已经加入了省作协,成了一名名副其实的作家。

由于李淑君的身体原因,二人早已没有了夫妻生活。妻子心疼任朴,几次暗示他可以在外面找人,可任朴没有去做。一则他始终深爱着妻子,二则作为一名党员干部,他知道自己是经不起一点儿风吹草动的。现在网络这么发达,万一不小心搞出个艳照门或者不雅视频,那可就一切都玩完了。

任朴来到卧室,李淑君已经醒了。任朴坐到李淑君的身边,俩人的手握在一起,互相亲切地看着对方。任朴见李淑君的身边电脑屏幕还亮着,问:"又写新东西啦?"李淑君侧了一下头,轻轻地说:"是啊,也就随便写写而已。"二人又说了几句话,任朴把妻子抱到轮椅上,推着妻子在小区的院子里走了很长时间。

在小区的大门口,任朴还见到了自己的对门邻居陆应中。他一个人蜷缩在一把藤椅上,没精打采地晒着秋后的阳光。陆应中是任朴岳父年轻时的上级,后来从一个县里的政协主席位置上退下来,如今快有八十岁了,前几年患上了老年痴呆症,整日里一言不发,傻愣愣的,任谁也难以想到他年轻时的风采。陆应中现在的夫人不是他的原配,他的原配夫人是一位小脚老太太,给他生了三个儿子和两个女儿,现在一大家人在老家的县城里生活。他现在的夫人姓杨,叫杨凤仙,比他小十几岁,是他当年任一个乡里的党委书记时认识的。当时杨凤仙在那个乡卫生院是一名护士,人长得十分漂亮。有一次,陆应中生病到乡卫生院输液,为他扎针的正是杨凤仙。尽管两人当时都已经有了家庭,但一来二去还是爱上了,但考虑到陆应中的仕途还很长,二人为了避免影响,生生把地下恋情发展了几十年,竟然少有人知道,想想也真是不容易。直到陆应中退休，两人才双双私奔到大河市，公开住到了一起。杨凤仙很快办理了离婚手续。陆应中也想离婚后名正言顺地和杨凤仙在一起，不料家里的老太婆联合几个儿女坚决不同意，老太太扬言，活着不能管着他，死后也要和他在一起。老太太的话后来果然应验了。

按理讲这二人暗恋了大半辈子，应该老来相亲相爱才是。不料前几年陆应中患上了老年痴呆症，连生活都不能自理。可杨凤仙偏偏又是一个爱热闹的人，自然不会整日里和一个痴呆的人在一起，于是就出去到小区门口的麻将铺里打牌，却将陆应中一个人扔到一边，任由他一个人一待就是大半天，让人看着不免凄凉。有时候任朴会和陆应中打个招呼，偶尔在他清醒的时候，还能冲任朴点下头，但大多的时候是没有啥反应。

每次看到他如此景象，任朴就不免想到自己的岳父。岳父也是一名退休干部，之前和陆应中搭班子，任副主席。近两年也退休了，老爷子有三儿两女，李淑君是他的小女儿，李淑君下面还有个弟弟。如今一大家子子孙绕膝，安享天伦，和陆应中相比，自是天上地下。但岳父也有自己的苦恼，就是为着小儿子工作和买房的事，最近老爷子总是生闷气。但生气归生气，比起陆应中现在的状况来说，老爷子的幸福指数还是比他高得多。

任朴由此又想到这世间许许多多风流的人物，有几人会想到老了以后的景象。他从一本书上读过这样一句话，所谓情人无非是性能量的交换，说白了不过是追求性的欢愉。他不敢确定这句话对的成分有多少，但他想如果一个人为了身体的欢愉而把名声和家庭甚至事业葬送掉，实在是太愚蠢的一件事儿。他想到了这些，所以就时常提醒自己不要犯这样低级的错误。

第二天，任朴告别妻子回到市政府，准备带队去南通市考察。临行的时候，他一眼瞥见市电视台的那位女记者白南也在出发的队伍中间，不由得暗自皱了一下眉头。他发现白南正用眼光偷偷地看着自己，就装作不在意的样子把目光移向了别处，尽量回避着不和白南的目光相对。

任朴知道这个白南一直暗恋着自己。有一次开会，他的手机突然动了一下,他看了一下,是一个陌生的号码发来的:任市长,请把您上衣的第二个纽扣扣好,注意录像形象。他低头一看,才发现自己的上衣纽扣没有扣好,从心里飘过一丝温暖,便悄悄地扣好,同时用眼光打量台下,想要知道是谁提醒自己。这个时候他发现了白南,白南正扛着录像机忙活着,他看不到她的脸,不过却发现这个女孩儿的身材特别高挑,打扮也很时尚。等到她放下录像机的间隙,他看到了她的脸,那是一张充满青春气息的秀美的脸,时刻焕发出无比的生动,让他的心不由得猛跳了一下。但当时他正在台上,所以表面上并没有任何动静。他不敢确定是否是这个女孩儿在提醒他,但他从她那飘过的一刹那的目光里还是捕捉到一丝异样来。过后他并没有去问是谁发给他的信息,这件事情也就没有了答案。

不过在此后的一次下乡途中,任朴终于知道了白南暗恋他的事儿。在回市里的途中,白南和他坐在一辆车上,当时天已经黑了,走在乡下的道路上,周围的环境显得特别静寂,秋后的田野里响着不知名的虫鸣声,丰富着大家的心事。白南似乎无意地把肩膀靠在了他的肩膀上,他开始以为白南是太困了,也没有太在意。可他发现白南尽管眼睛是闭着的,但呼吸却是紧张不均匀的,他这才明白原来白南一直在装睡,他知道她心里一定很紧张。同时,他也意识到了白南这样的行为代表了什么。他知道白南暗恋他,他也发觉其实自己也是有点儿喜欢她的,可他知道自己不能那样做。后来他注意到只要自己有活动,担任报道任务的总是白南,他不知道这是市电视台的正常安排,还是白南主动请求的,但久而久之就传出一些话来,说任市长特别喜欢白南为他作报道。任朴看见白南,无端地又想起那个信息来,不会是有人借着他和白南编造一些谣言吧?

想到这些,他想让办公室主任通知市电视台换个人。可这样的想法刚一出现他就觉得不妥,白南和他并没有什么特别的关系,他凭什么干涉人家的工作。况且一旦这样做,那才是此地无银三百两呢。他这样想过之后,便打消了这个念头,带着队伍出发了。

一路上,即便隔着车窗依然能够感受到秋意,给人一种秋高气爽的感觉。想到此次的行程和目的，任朴很快忘掉了心中的各种杂念。他把车窗往下稍稍落了一点儿，一股带着各种庄稼叶子味道的风吹进车内，他的鼻子里立即有了一种痒痒的感觉，任朴不由得打了一个喷嚏，他觉得自己的整个胸腔里都畅快了很多。坐在后面的白南悄悄地看了任朴一眼，暗自抿嘴笑了一下。

六

在任朴出去考察的第二天，夏阳市发生了一件轰动全城的事件：市土地局局长龚立的腿被人打断了。伴随着这件事的发生，各种传言像一场雾霾一样，迅速笼罩了全城，让大家的心里都蒙上了一层沉重的阴影。任朴作为分管土地的副市长，几乎在第一时间就知道了此事。在驻地的当晚，他用宾馆的座机和办公室主任通了电话，初步了解一下事情的经过。他了解到三个版本。

第一个版本：当天晚上七点多，在市里一家饭店前，龚立前往那里吃饭，去的时候已经在别处喝得差不多了，结果在停车的时候剐擦了另外一辆车，已经有点儿醉态的龚立不仅不向对方道歉，反而骂骂咧咧，要打人家，结果被对方一脚踢在了迎面骨上，当时就瘫在了地上。

第二个版本：因为龚立和一个有夫之妇相好，被对方知道了，就找了几个人，一直盯住他，趁他喝醉了，狠狠地揍他一顿，结果把腿给打断了，龚立连是谁打的也没有看清楚就倒在了地上。

第三个版本：龚立收了人家一百万，承诺把一个土地整理项目交给对方做，结果他却把那个项目分成了几十个标段，按大小不等的价格卖给了几十家工程队，对方十分不满，就追着他要求退还一百万，龚立不答应，对方就使出狠招，瞄准龚立去酒店吃饭，就公然把他打了，并且还扬言如果龚立不退钱，还有更狠的招数等着他。

任朴挂了电话，心想像这样的事儿网上一定早已传得沸沸扬扬。他打开电脑，百度了一下夏阳市土地局局长龚立几个字，屏幕上立即显现出几十个龚立被打的帖子，内容比办公室主任向他汇报的多了很多，甚至一些被打的细节都描述得活灵活现，绘声绘色，其中不乏八卦的地方。现在的网络就是这样，一有风吹草动，立即传得满天飞，而且古怪离奇，真个是只有你想不到，没有他写不到，这正如那个"谣翻中国"秦火火所说，谣言止于下一个谣言。

任朴浏览了一遍后，关上电脑，不由得陷入深思。龚立被打的事情绝非一个简单的孤立事件，他宁可相信是第一个版本，他最怕的是第三个版本，不过直觉告诉他，龚立被打还真就与工程有关。这个龚立，据说在中纪委有一个亲戚，官至副厅，这在中纪委内部不算什么，但到了地方那就是位高权重的重要人物啦。任朴听说那人每次回来，有时候甚至可以惊动到省里的领导，更不用说大河市和夏阳市的领导了，龚立就是依靠这位亲戚的关系才从一个地方的乡长一步到位当上市土地局局长的。而龚立自从当上土地局局长以后，私下里开办窑厂，插手土地买卖和房地产开发，关于他的举报信件始终没有消停过，但因为有了他那个亲戚的关系，一直没有动他。任朴平时也没少提醒他，甚至为此俩人还闹出不愉快，但龚立倚仗着有后台，哪里会把他一个副市长放在眼里。任朴当然明白这一切，也只能倍加谨慎，以防哪一天受他的连累。现在龚立被打，网上又吵得这么厉害，任朴想这件事不可能不被巡视组知道，更何况还有大河市纪委书记曹正阳。曹书记可不是个讲情面的人，他曾经公开讲过，纪委书记的最重要的职责就是查案，不敢查案的纪委书记就不是合格的纪委书记，并告诫他的部下，不敢查案就不是称职的纪委干部，你们顶不住压力，让我来顶，我不怕谁有后台，我就不信再大的后台能大过党和人民。他是这样说的，也是这样做的，关于他顶住各种压力和干扰依法办案的事儿，大河市的党员干部几乎没有人不知道，当然任朴也听到不少。他在想，恐怕这次龚立是在劫难逃了，尽管巡视组不直接查案，但曹正阳那一关他也过不去。

任朴仔细回忆了这些年他分管土地工作的所作所为，除了前几年修建广场时被一些村民告过，自己并没有什么见不得人的事儿，一颗提着的心也就稍稍平静了一些。但是若龚立真出了事，作为主管领导毕竟不是一件好事，最起码被叫去了解情况是少不了的。想到自己还有不利的传言在身，万一拔出萝卜带出泥，岂不也是一件很严重的事儿。任朴的心情就这样轻松一阵紧张一阵，备受煎熬。他索性穿上外衣，到院子里散步去了。

这家宾馆坐落在郊外的一座小山坡前，院落很大，到处长满郁郁葱葱的树木，环境清幽，草坪灯发出柔和的光线，更衬托得这里犹如人间仙境一般。任朴来到院子里，大口大口地呼吸着凉爽的秋风，心里的烦恼似乎也随着大口的呼气被吐了出去。身正不怕影子斜，他对自己说。

任朴转了一会儿，慢慢地有了睡意，于是就往回走。突然，他发现身后不远处有一个身影不紧不慢地跟着，似乎那人想走到他面前，又有点儿犹豫不决的样子，看那身影好像是个女人，但由于离得较远，院子里的灯光又太暗，任朴不能确定那人是谁，又莫名地紧张了一阵。回到房间，任朴好久还不能入睡，就又看了一会儿电视，他有一个习惯，有时候失眠了就让电视开着，让声音伴着自己入眠，他觉得只有电视里演的，才是与他无关的事儿，才可以让他轻松下来。

七

第二天，任朴带领随行的一班人，在南通市纺织商会的会长万通陪同下，实地考察了当地的十几家纺织厂，随着沿海地带的土地、劳动力和电力成本越来越高，加上当地的产业重点不断调整，这些劳动密集型企业都渴望着向内地转移，大河市看准这一点，在全市提出了加大沿海招商力度，积极承接东部地区的产业转移的号召，任朴他们此行正是响应大河市委的号召做出的具体行动，因为夏阳市的棉花资源特别丰富，素有"银城"的美誉，他们没有理由不走在大河市的前面。而夏阳市的情况对于南通市的纺织行业来讲，无疑也是具有很大的吸引力的，所以当地商会对于任朴他们的到来也是充满期待，显得格外的主动热情。

实地考察之后，任朴和万通商量，在驻地召开了一个信息发布会，他面对十八家纺织企业的老总们发表了一场热情洋溢而又极具吸引力的演讲，历数了到夏阳市投资的五大优势。一是政治优势，夏阳市新一任党政领导班子锐意进取，务实肯干，全市上下一心一意谋发展，聚精会神搞建设，广大干部群众思发展、谋建设，心齐风正；二是交通优势：夏阳市位于京珠、大广、宁洛几条高速公路之间，与南通市全程高速连接，交通便利；三是资源优势，夏阳市有着丰富的棉花资源，素有"银城"的美誉。这里的劳动力丰富，工资低廉；四是政策优势，市委市政府出台了优惠的招商引资政策，土地、税收以及用电用水都给予了极其优越的条件。他还如数家珍地介绍了夏阳市悠久的历史和灿烂的文化，任朴的口才本来就很出众，加之他又提前做了精心的准备，所以他的讲话就具有了很大的鼓舞力量。说得一班企业家心潮澎湃，跃跃欲试，恨不得马上跟着他回到夏阳市去投资建厂。任朴也感受到了他的讲话的效果，心里自是十分高兴，同时也很欣慰，觉得总算不辱使命，回去可以向沈清有个好的交代。

考察一结束，任朴就急忙忙地带一帮人赶回到夏阳市。这要是在以前，他或许会带着大家顺便到附近的风景区旅游一番，可如今中央八项规定要求得很严格，借考察之名旅游是严重的违纪行为，任朴可不敢明知故犯这种错误，况且他的心里还压着一大堆心事。

回来以后，他第一时间见过了沈清，向沈清汇报了考察的情况。沈清听了以后，也是十分兴奋。他对任朴说："市里不少同志向我介绍你，说你是个能干成事的人，看来大家的眼光是准的，你这次考察一定会为我市的招商引资工作打开一个新局面。下一步你要盯紧这件事儿，争取让南通市的企业家早点儿来我市投资建厂。"沈清随即打了一个电话，安排市委办公室立即通知四个班子全体成员，召开一个会议。任朴在会上把此次考察的情况向四个班子汇报了一遍，随后发表了意见，要求四个班子成员都要把招商引资工作作为加快夏阳市经济发展的一个重要抓手，全力突破，并要"两办"抓紧和南通市联系，做好接待南通市企业家来考察的各项准备。接着，市长贾清明也作了一个简短讲话，无非是把沈清的讲话换个语气重复了一遍。沈清征求其他领导的意见，大家自然说没意见，同意，然后沈清就宣布散会了。

散会后，任朴刚想回到自己的办公室，不料沈清叫住了他，说："巡视组的领导已经来了十几天了，大部分主要领导成员都已经和巡视组的成员见过面了，你这个常务还没有见过，走，和我一起见见他们，你顺便也把这次考察的情况向他们汇报一下，巡视组的领导喜欢听这个。"任朴听沈清这么说，心里觉得这事儿太有必要了，就跟着沈清来到巡视组的驻地。巡视组组长叫董剑锋，以前任过别的市的市委书记，素以刚正不阿、清正廉洁闻名，当初他本想在那个市一展抱负，干出一番事业，可惜他对下属要求太严，又触及了太多人的利益，结果在换届的时候竟然被当地的干部用投票把他赶下了台，终于抱憾而归，回到省里直任了一个厅的厅长，去年刚从一线退了下来。省委知道他的原则性很强，这次就把他派到了夏阳市进行巡视，因为夏阳市自从出了前任书记市长的案件后，当地的形势一直很不稳定，还有不断的告状信寄到省里和大河市。临行的时候，新任省委书记交代他，一定要把夏阳市的真实情况搞清楚，如果发现有腐败线索，交给大河市纪委彻底查处，坚决把夏阳市的问题解决掉，以反腐败的成果取信于民，推动当地的稳定与发展。

董剑锋亲自接待了沈清和任朴，听过沈清的介绍后，董剑锋盯着任朴看了一阵，目光如炬，十分严肃。这让任朴心里一阵紧张，头上不觉渗出了一层微汗，可他又不敢当着董剑锋的面去擦，只好任由董剑锋看着自己，努力保持着镇静。

董剑锋听过沈清和任朴的汇报，感到比较满意，但表情依然十分严肃，说："很好，你们不因为巡视组在这里就放慢了工作，这应该充分肯定。巡视组来的目的就是促进当地工作开展，而不是来添乱的。"又对着任朴说："你的位置很重要，权力很大，矛盾也很集中，干好了是发展的引擎，干不好是发展的'瓶颈'。希望你要敢于担当，有所作为，等有时间我再和你约谈。"任朴不知道他的这番话是表扬还是批评，不敢多言，就随着沈清退了出来。

　　目送着沈清和任朴出去，董剑锋的脸上露出一丝不易觉察的微笑，他轻轻地点了一下头，折回屋里。他来到夏阳市后，表面上看没有做太多的事情，但实际上巡视组一直在忙着调研、考察，对夏阳市的干部队伍和党风廉政建设工作进行全面的摸排调查，掌握了许多真实情况。关于任朴的有关情况，他也了解了不少，今天见到任朴本人，虽然只是简单地交谈了几句，但他凭直觉感到任朴是靠得住的，是一个有底线、有原则的人，这更加坚定了他心中的一个想法，因此感到比较欣慰。作为巡视组长，查出一个地方的问题是任务，同时发现能担当敢负责的干部也是他们的一项职责。他也听说了一些任朴的传言，但通过进一步的调查了解，觉得任朴不是像传言说的那样，而是一个十分正派的人，刚才见过其人，尽管任朴几乎没有说什么话，但董剑锋对此人已经有了一个基本的判断，他久历官场，阅人无数，对自己的眼光还是有充满自信的。

八

　　回到市政府，任朴想着要到贾清明那里去，自从党校学习回来后，和贾清明的会面都是在会议室，任朴心里早已有点儿不安了，他怕贾清明心里会有什么想法，想借这个空闲到他的办公室去，好好地说一次话。他的办公室和贾清明只隔了两个门，刚一出门，正巧贾清明刚从外面回来，只见贾清明手里提着一个公文包，肩上还背着一个大一点儿的旅行包，心里不免有点儿好奇。他见贾清明这样子不是第一次了，他弄不明白贾清明天天提着一个包还背着一个包的用意。他曾经私下里问过贾清明的司机，但司机也不知道为什么，反正贾清明从来也没有让别人碰过那个包。

　　贾清明见任朴朝着自己的办公室而来，就停下等着任朴，然后打开办公室把任朴让了进来。贾清明论年龄比任朴还小两岁，又是刚来不久的交流干部，好多工作还要依靠任朴，所以对任朴一向很客气，而他越是如此，任朴越是对他尊重，所以二人的关系还算是比较融洽。

贾清明让任朴坐下，给他泡了一杯毛尖，然后二人就随意攀谈起来，话题自然就扯到龚立被打的事儿上来。其实一回来任朴就想了解这件事，可是他不便向沈清探询此事，然而和贾清明就不同了，因为土地局是政府的一个组成部门，土地局局长被打当然是市长和常务副市长关心的事儿。

任朴觉得这件事背后的问题一定很复杂，有必要提醒一下贾清明，便把以前有关龚立的一些传闻向贾清明含蓄地介绍了一番。二人又讲到了当前的反腐败斗争的紧张形势，深深地感慨当前从现实中和网络上看到的一些正在发生的事情，觉得当前作为一名领导干部真的要更加谨慎才行。任朴由此又想到了几个他认为不可靠的干部，索性一一地向贾清明作了介绍，提醒他一定要小心这些人的行为。他觉得作为一名副手，自己这样做也真的算是对贾清明推心置腹了，只是不知道贾清明会不会领他这份情，他只顾自己说了，却没有注意到贾清明的脸色一度竟然十分难看。

贾清明听了任朴的一番话，有点儿激动地说："任市长，你放心，我还年轻，政治才是我的最大追求，我不会因为钱财栽跟头的！"任朴这才注意到贾清明的情绪有点儿反常，他突然觉得自己刚才的那番话是否有点儿太直接了，看来贾清明有点儿过敏了，任朴心里有点儿后悔，就打住了不再说，反过来给自己圆场："贾市长，您可别多心，我不过是随便说说而已，您可别往心里去！"就连忙告辞出来了，回到自己的办公室，他还在懊恼刚才的多嘴。看来是江山易改，本性难移啊！任朴在市里修炼了这么多年，还是挡不住有时激动，一激动就把真话给说出来了。

任朴回到办公室，突然想起来一件事，连忙叫来秘书，问清楚龚立还在市人民医院住着后，吩咐秘书和司机小王买了一些礼品到医院去看望一下龚立，就说任市长太忙，不能亲自过去。任朴想，要是龚立正常受伤，他会亲自去，可这件事情有点儿复杂，他就想不能亲自去，而不去又不合适，所以就让秘书和司机代表自己，算是面子上过得去。当然，这些心事只有他自己知道，秘书和司机是不会想这么多的。

可是秘书和司机小王却带给他一个惊人的消息，在龚立的病房外面，不仅有夏阳市公安局的人员，而且还有几位陌生人，听说是大河市纪委的工作人员，好像龚立已经在他们的监视之下了，所以他们压根儿就没有敢进到病房里，就赶快回来了。任朴听了以后，未置可否，心里却着实吃了一惊，看来他一直预感的事情是真的发生了。龚立，应该真的被纪委控制起来了。

不知为什么，此时任朴的心里倒像是一块石头落了地，好像放下了一件悬了多日的心事，他不知道自己怎么会有这样的念头，反正心里并没有太多紧张。他不动声色地打发秘书和司机小王出去，便向市长贾清明的办公室走去。

来到贾清明的办公室门前，任朴轻轻地敲了一下门，然后就退后一步静静地等着，贾清明很快开门，见是任朴，就把他让进来，没等任朴说话，贾清明先开口了："龚立被市纪委立案了，现在虽然还在医院里，但已经在市纪委办案人员的监视之下，一旦病情有所好转就要被转走了。我们大家都要谨慎一些，不要受到什么牵连才好啊！"任朴装作刚刚知道的样子，事实上他也的确是第一次听到有人这么确切地告诉他这件事，尽管他刚才已经猜到这件事，但他不能表现出知道的样子，那样贾清明就会心生狐疑，怀疑他是从哪里知道的。

贾清明看起来很紧张，这让任朴有点儿不解，于是安慰贾清明说："贾市长，您请放心，我对自己要求一向很严的，尤其对于土地工作，我是严格按照有关法律法规和程序办事的，不会参与到龚立的违法违纪行为中去，龚立的问题是他自己的事情，应该不会影响到市政府什么的，不过作为分管领导，失察的责任我还是有的，但是您放心，是我的问题我不会牵连市政府班子的，更不会给您带来什么麻烦。"他这样说多少有点儿给自己开脱，还有点儿在贾清明面前表白的意思。

贾清明并没有接话，而是表情复杂地看了任朴一眼。

任朴见此，便匆忙告辞，他感觉贾清明的目光像一把刀子，让他感到不寒而栗。

也是的，由于巡视组的原因，大家心里好像都横着一把刀，特别多疑，一举一动都特别小心，生怕引起别人的猜疑，给自己带来不必要的麻烦。在这个特殊的时期，人人都有一种自危的感觉，谁也不愿被人关注太多。

九

周末，任朴回家看望久病的母亲。

任朴的父母一直住在乡下的老家。从省委党校回来后，任朴又去了南通一趟，还没有顾上回到乡下去看望一下父母，特别是久病的母亲。趁着这个周末没有什么事，任朴决定还是回去一趟，下个星期南通的客商就要到夏阳市考察，他可能又得很久抽不出时间来。

已经进入深秋，田野里的庄稼大都已经收割完毕，空气里到处飘着一股庄稼叶子的味道，甜腻腻的，还有一点儿呛人的感觉，让人忍不住总想打喷嚏。偶尔有几垄红薯，绿油油地铺在耕过的土地上，像一条条绿毯子。

秋后的田野曾经留下了任朴太多童年的记忆。那个时候，田野好像是一座充满奥秘和惊喜的魔方。他和伙伴们在地里捡豆荚、溜红薯、逮田鼠，每件事既是劳动，也是有趣的游戏。任朴突然想到溜红薯的事儿来，不禁莞尔一笑，心说这个"溜"字用得真是太好了。溜红薯就是在收过的红薯地里，顺着遗留下来的红薯秧或是裂开的地缝，用抓钩一下一下地翻起土块，找寻遗落在地下的红薯，这个活儿的要领就是顺着地缝走，岂不就是一个"溜"字吗？还有逮田鼠，发现一个田鼠洞，就顺着方向挖过去，往往在洞穴的尽头找到被田鼠藏起来的豆粒或者玉米粒，那可是一笔不小的收获呢！那个时候的粮食珍贵，任朴和小伙伴做的事才真是土里刨食啊。

任朴还特别喜欢下雨后的田野，下过一场大雨，田边地头积满了水，等到天晴以后，便可以在那浅浅的水里逮到很多小鱼儿，任朴到现在也弄不清那鱼儿是从哪里来的，不过他倒是记住了当时父亲说过的一句话，有水就有鱼儿。任朴记得有一年夏天，一场大雨过后十几天了，在一个周末他从学校回村里，在路边的沟底还存着一汪水，在他经过的时候，那汪水动了一下，任朴凭经验知道那里面一定有鱼，可令他想不到的是，他竟然从里面捉到一条大半斤重的鲇鱼和四五条小鲫鱼，那一晚上他家里满屋子飘着鱼肉的香味儿，那顿丰盛的晚餐，让任朴一直记了好多年。

　　任朴的家在村西头，快到村头的时候，任朴一眼就看见年迈的父亲母亲坐在路边晒太阳。两位老人都是老实巴交的农民，他们一辈子和土地打交道，连身体的颜色几乎都和土地一样。尽管他们培养出一个村里人眼里的大官，但他们几乎没有走出村子，往常不忙的时候，任朴会在周末回家看望他们，久而久之，两位老人就养成了习惯，一到周末就坐在村头等儿子回来。好久没有回来看望二老了，任朴的心里突然热热地有一股东西在流，他的眼睛有点儿湿润。

　　任朴下了车，来到父母的面前。未曾开口，母亲已经拉着他的手，颤巍巍地叫了一声："朴儿，回来啦！"听到母亲叫自己，任朴心里一阵激动，他又想起一年前母亲患病的那段日子来。那一年，母亲总是喊着头疼，严重的时候连走路都十分困难，后来检查出是脑子里长了一个肿瘤，好在是良性的，但仍需要治疗，任朴就把母亲接到夏阳市医院做了手术，手术后的母亲一直昏迷了二十多天才醒过来。可是醒过来的母亲竟然不认得任何人了，面对着任朴一声一声的呼唤，老人竟然问他："你是谁呀？"让任朴当时难过得几乎哭了出来。母亲患病到做手术，任朴没有感到特别的难过，可当母亲不认得自己，却让他感到难以接受。打他很小的时候，母亲就一直很疼爱他，记忆中母亲年轻的时候样子很美，白皙的面孔，柔软的双手，头发像缎子一样乌黑发亮，身体也健壮得很，几乎就没有得过什么病，干起活来比父亲还强。可就是这样的一个人，才几十年过去，怎么说老就老成这个样子了呢？而且因为一场病，竟然不认得自己，任朴当时觉得母亲和自己都很可怜。好在几个月过去，随着母亲身体的恢复，逐渐恢复了记忆，才又记起自己的儿子来。回想起当时的情景，任朴还会时不时难过，子欲孝而亲不待啊！他想起周星驰主演的一部电影《大话西游》里的一句台词：世界上最远的距离是两个人面对着，我爱你可是你却不知道。他当时想起的却是另一句话：世界上最悲痛的事情是我站在你的对面，你却不能认出我。那个时候他替母亲和自己感到悲哀，后来母亲终于能够认出他了，那一刻他在心里暗暗发誓：一定要好好珍惜和母亲在一起的日子，绝不让母亲为自己担惊受怕。

任朴拉着母亲的手，母亲的手十分干瘦，上面布满深深的手纹，他看着母亲的手，觉得自己的情感一直就在母亲的手纹里游走。这双手从他出生那天起，就无数次地抚摸过他，抱过他，牵着他从蹒跚学步，到一步步地走出村子，走到外面的世界，尽管他走得离母亲越来越远，可他觉得自己从没有走出过母亲的手心。

他又抬头看着母亲因为久病显得很衰弱的面孔，心里突然想到一句话来，廉洁也是孝心。那是市纪委向全市领导干部发送的一条廉政教育信息。此刻，看着母亲和一样苍老的父亲，任朴暗暗告诫自己，一定要守住廉政底线，不能出任何事，要是不小心出事了，年迈的父母亲可怎么办呢？

因为市里还有事，任朴和父母亲说了一会儿话，又拿出五百元钱给他们，就匆匆忙忙地赶回去了，他还想借这个时间再回去看看李淑君，然后就回到夏阳市。

正要上车，母亲颤颤巍巍地跟了上来，手里拿着一把刚刚摘下来的藿香叶，交到任朴的手里。任朴回过头，看见父亲正在门口外面的那几棵藿香上边继续采摘着。任朴的心里一热，那几棵藿香生长有好几年了，记得还是母亲生病之前，有一次任朴回家，发现了长在门口前面的几棵藿香苗，非常惊喜，他记起小时候母亲给他做蒜拌捞面条，在捣蒜泥时加入几片藿香叶，那味道特别新鲜，有一股说不出的清香。任朴很爱这一口，所以见到藿香苗就特别兴奋，特意叮嘱母亲要把那几棵藿香留下来。谁知都过了好几年了，这几棵藿香已经扩展到一大片,长得更加旺盛,任朴知道父母一定是把他当初的话牢牢地记在了心里。

　　走在路上的时候,他突然间想起一件事来,心里一阵紧张。见到李淑君,他向妻子说出了刚才在路上想起的那件事,并说了自己的想法。李淑君听了以后,表示赞同,取了两万块钱交给任朴,让他赶快回到夏阳市去。原来他突然想起,当初母亲生病住院的时候,他还一直欠着母亲的住院费没有交呢。

　　一回到市里,任朴马上让人喊来市医院院长陆家,把两万元钱交给他,让他把当时欠的医疗费给补上。陆家开始还以为出了什么急事,任市长这么匆忙把他找来,听完任朴的安排以后,陆家有点儿不解,同时又有点儿不好意思,一再推辞说:"任市长,老人家的医疗费早已经处理过了,您这样做,是不是不信任我呀?"任朴本想和他多说几句,解释一下,可话到嘴边又咽了回去,他觉得不能把自己的心事完全说给下属,那样不好,说不定传出去会引起意想不到的麻烦。他只是对陆家说:"你不要多心,我本来是早就要结的,前段时间到省委党校学习,就把这件事情给耽搁了,现在我回来了,还是抓紧把这事办了,回头你把发票交给我就是。"陆家见任朴这么坚决,觉得再推辞不好,就接过钱告辞出去了。

　　任朴送陆家出去,然后身子重重地躺倒在椅子里,心里好像放下了一块石头,感觉一阵轻松。他暗自庆幸自己能够及时想到这件事情,并作了恰当的处理。任朴并不认为这是小题大做,现如今形势不同了,作为一名党员领导干部,必须处处严格要求自己,把公私的事分得清一点儿为好,不然被人揪住了小辫子,就很难自证清白了。

十

　　任朴刚刚感觉有点儿轻松,办公室人员给他送来了一件市委书记沈清和省委巡视组组长董剑锋的批示。这是从网络上下载的一个材料,题目是《说好归还给我们的宅基地呢》,讲的是林河镇大贺村一位叫贺高伟的农民多年为自家宅基地上访的事儿。任朴对这起案件有印象，大概是多年以前，林河镇信用社要在大贺村建一个储蓄所，和贺高伟的父亲贺明理商议以八百元钱的价格买下了贺明理的一部分宅基地，建了上下两层六间房屋作为储蓄所经营使用，双方并且签订了协议。前几年市信用联社要求撤并一批农村储蓄网点，就把大贺储蓄所给撤了，房屋一时无用。当时的市信用联社负责人安排把这六间房屋卖给了一个同村已经出嫁的村民贺大妞，结果贺明理一家不服，就以林河镇信用社占用的是自家宅基地为由，不断到各级上访，要求要回自家的宅基地。这期间直到贺明理因病去世，问题还没有得到解决。贺家人，几年里先后到省里和大河市去了多次，最近听说省委巡视组来了，又不断到巡视组来反映，还在网上发了很多帖子，引起了市委书记沈清和巡视组组长董剑锋的注意，于是批示让任朴亲自到大贺村去了解情况，处理纠纷。

任朴看了帖子的内容，又看了两位领导的批示，不敢怠慢，叫上工作人员和信访局、国土局和市信用联社的负责人一起，驱车前往大贺村。

一路上，任朴的眉头始终紧锁着，他想起近段全市的信访工作，心里不免叹了口气。这些年来，任朴明显感到信访稳定工作越来越难做，各种社会利益团体诉求增多、矛盾凸显、燃点低、易爆发，一些群众信"访"不信"法"，动不动就走上信访之路，而且经常会发展到缠访、闹访，甚至非访。同时上级对信访考核得极其严格，动不动排名、约谈，甚至挂黄牌，一票否决，特别是每逢"两会"或一些重要时间节点，更是要求地方必须确保"零进京"、"零登记"，以致地方往往派出大量人员到信访场所蹲点、截访，对不小心登记的上访人员动用各种手段"销号"，甚至催生了大量腐败问题和黑色产业链，前些年出现的"黑保安"案件大抵讲的就是这些事情。这些年上级对进京截访要求严了，各地又出现了花钱买平安的现象，不管上访人员有无道理，只管花钱了事，这就使一些人从中尝到甜头，以访为业，以访谋利，成了上访专业户。这中间出现了许多稀奇古怪的事儿，让人哭笑不得。任朴就听说过某乡的党委书记为了稳住一个上访的残疾人，每天亲自推着他在乡里转悠，上访人要他去哪儿就去哪儿，反正只要能稳住就行。还有的乡党委书记干脆带着上访人外出旅游，每天好吃好喝地待着。而一些上访人反映的问题，听起来让人实在无可奈何。有一个妇女前些年因为到处编排自家的嫂子和其公公相好，丈夫的哥哥气不过，带着儿子闯到她家里大砍大杀，

把她的两个儿子当场砍死，把她和丈夫砍成重伤。案发后，多亏公安民警赶到得及时，把她和她丈夫送到医院，并为其输血，总算把她夫妻俩抢救过来。后来其丈夫的哥哥被判处死刑，其侄子也病死在狱中。这件案子按说就算了了，可谁知这个妇女伤好以后，就走上了上访之路，理由是她怀疑其周围的邻居和丈夫家的亲戚也参与了案件，这当然是她的凭空猜想，但尽管市公安局多次做说服解释工作，乡里还给她家建起了四间瓦房，可她依然上访不止，还多次到北京去。气得市公安局局长叶林多次发怨言，直后悔当初为何救活了她。还有一个妇女，在十五六岁的时候被两个十三四岁的少年骑自行车撞了裆部，当时对方也赔了医疗费，不过就几元钱，可后来这女人就一直上访，非说那俩人是想强奸她。这一访就是几十年，如今这女人五十好几了，也没有成家，把半辈子的光阴都扔在了上访之路上。这些事情听起来有点儿不可思议，可在现实生活中却是真切地存在。任朴遇到的好多事儿比起这两件来还要荒唐，可他和其他市领导一样，尽管没有办法，可还是要认真对待，丝毫不敢马虎。今天的这起案件，任朴只听说两家闹得都挺凶，可到底怎么回事儿，他心里却一点儿底儿都没有。

到了村里，林河镇党委书记魏峰和镇长姚伟以及村里的几名干部已经等在了那里。两家人听说市里领导来了，也不请自到地来到村委会的大院里，争着向任朴诉说冤情，贺高伟与贺大妞是堂兄妹，原来两家关系也算不错，可是这几年因为这几间房屋，闹得两家势同水火，结下了深仇大恨。这不，两家人一见面，就当着任朴他们的面激烈争吵起来，甚至要动手，场面十分火爆。特别是一个六十多岁的光着上身、只穿了一件大裤衩的老人在旁边大吼大叫，闹得格外地凶。任朴通过身边的人知道了这是贺高伟的二叔，一个

寡汉条子。任朴见此,不禁皱了皱眉头。就耐着性子劝两家的人先冷静下来,慢慢地说清楚事情的原委。

先是贺高伟说,宅基地是当初信用社借用的,说好了不用了要归还给他家,至于当初贺明理和信用社签订协议的事情,贺高伟矢口否认没有这回事儿。轮到贺大姐说,这个女人看来性子十分烈火,几次要冲到任朴他们的面前,甚至拍着桌子骂任朴他们算个球毛。工作人员要制止她,任朴苦笑着摆了摆手,示意让她说下去。贺大姐的话说得很明白,她是从信用社手里买的房屋,和贺高伟一家没丁点儿关系。还说贺高伟一家当初使用了信用社的钱,就是把宅基地卖给了信用社,如今站着翻身,不认账了,政府不能不讲事实,谁上访就害怕谁。还威胁任朴他们说,如果这件事处理得不公,她也要去上访,直接到北京去、到中南海和天安门广场,比贺高伟一家闹得还要凶!

任朴见这贺大姐闹得如此凶,原先准备的一些劝解的词语也不知跑到哪里去了,一时间不知道如何表态是好。这中间魏峰和姚伟一直苦笑,他们一边向任朴检讨说:"任市长,都怪我们工作没有做好,给市里添麻烦了,请您批评。"一边不断地劝说贺高伟和贺大姐两家人:"市领导亲自来村里帮你们解决问题,你们不能再当着市领导的面吵闹了,要听市领导的安排,相信市领导会帮你们处理好问题的。"但任由他们说破了嘴皮子,两家人依然吵闹不止。

亲眼看到眼前的情景,任朴不禁为镇村干部平时工作的难处有所感触。他在市里工作多年,这些年信访稳定工作的压力越来越大,有些看似简单的问题实际处理起来却并不像想象的那么容易。任朴是个体贴下属的领导,他常给下级的同志讲,作为领导干部,不仅要要求自己,不让同志们做的,自己坚决不做,而且还有一句话,叫作自己做不到的,也不要要求下级做到。所以在面临一些复杂难处理的事情时,他总是设身处地地帮下级的同志出主意、想办法,从来不会简单地提什么要分包到人,盯死看牢的话。一个大活人,又不犯法,你凭什么要盯死看牢人家?这种话听起来要求很严很高,实则是一句空话,是鼻子大压嘴,官大一级压死人的做派,他任朴不愿如此。

任朴知道单靠他这次现场办公是很难解决问题的，而他从两家的话语中也隐隐约约感到事情并非像他们说的那样简单，这里面说不定还藏有深层次原因。不经过一番深入调查，把问题的前前后后搞清楚，看来很难解决这个问题。他决定尽快把问题搞清楚再说，眼下是先努力把两家的情绪稳定下来。于是任朴非常诚恳地对他们说："你们要相信我们一定会把问题解决好，让你们回到安静、平和的生活中去。在此期间，你们有什么要求都可以直接找我反映，但你们两家人不要再吵闹了，也不要再去上访了，不管多大的事儿，不能一点儿也不顾同宗同姓的亲情和乡里乡亲的感情啊！"见两家人情绪稍有缓和，任朴把自己的电话号码告诉了他们，又一再叮嘱镇里和村里的干部要多做两家的和解工作，便带人回到了市里。

一回到办公室，任朴便把监察局局长张守义喊来，让他组织有关人员成立一个调查组，迅速把贺高伟反映的这起宅基地纠纷案件的方方面面情况搞清楚，直接向他汇报。随后，他又叫住张守义，耳语了几句。张守义听罢，使劲儿地点了几下头，说："任市长您放心吧，一定不辱使命！"就带上门出去了。

张守义出去好长时间，任朴的心思还没有收回来。

十一

南通市投资考察团就要来了。

在市委书记沈清的办公室里，市长贾清明、常务副市长任朴、市委秘书长以及市商务局、招商局等部门的负责人聚在一起，听沈清安排如何接待南通市投资考察团客人的事宜。沈清手中拿着南通市纺织协会发来的接洽函，十分激动地说："同志们，这两年我们夏阳市遇到许多困难，特别是几个大案的接连发生，让我们的对外形象、发展环境和干部队伍建设都遭到了毁灭性的重创，可以说是举步维艰，危机四伏，干部群众的心思都快散了。现在省委巡视组也在这里,下一步说不定还要暴露出一些想象不到的事情。但越是这样的时期,我们越要把发展更加牢牢地抓在手上,靠发展克服困难,重树形象,凝聚人心,走出困境。我们市棉花资源丰富,具有悠久的棉花深加工的传统优势,南通市是我们国内最大的棉纺织基地,把南通市的客商引来,利用他们的资金和技术优势,把我们夏阳市打造成他们的原料供应大后方,这对于加强沿海和内地的优势互补,实现资源和资本对接产业链条都具有非常重要的意义。这不仅有助于我们夏阳市的经济发展、扩大就业、税收增长等,也是大河市委和省委巡视组对我们的希望要求。昨天我向省委巡视组组长董剑锋同志汇报这项工作的时候,董剑锋同志十分支持我们的这一行动,还表示届时要亲自参加我们的客商接待会。所以,我们一定要高度重视做好此次接待工作,争取把我们的招商诚意、优惠政策、良好环境完美地展现给客商,坚定他们投资的信心和决心,尽快让投资项目落户我市。"大家围绕着接待的有关具体事项,纷纷发表了意见,最后决定成立一个接待领导组,由任朴具体负责做好一切准备工作,随后又明确了各个环节需要注意的问题。

随后的几天,经过有关部门的紧张准备,一切事项准备均已到位,按照既定的日期,夏阳市的四个班子主要领导全部参加了迎接南通市投资考察团的活动。

这天,沈清和贾清明带领四大班子的有关领导亲自到高速公路出口迎接考察团的到来,把客商接到宾馆以后,随即组织大家参观夏阳市的城市建设和产业集聚区建设,并组织客商到万亩高产棉田里实地考察,面对着一望无际的棉花,客商们表现得非常激动,大家交头接耳,不停地交流着,兴奋异常。在中午举行的欢迎自助餐会上,大家看到了董剑锋兴致勃勃的身影,他自始至终和夏阳市的领导以及远来的客商们一起用餐,不时地交谈,高兴时还发出爽朗的笑声,这让夏阳市的领导和客商们都很受鼓舞,特别是市长贾清明,几次刻意地走到董剑锋的身边,不时地和董剑锋说上几句话,脸上露出了少有的安慰和高兴的表情。这让任朴感到有点儿说不出来的感觉。

晚上，夏阳市在客商人住的宾馆里，组织了一场简朴而生动的戏曲晚会，让南通市的客商欣赏到了闻名天下的道情戏曲《王金豆借粮》，客商们听着他们从没有听过的地方剧种，欣赏着演员的精彩表演，对道情独有的唱腔尽管不能完全听懂，但大家的兴致却一直很高。这种热烈的气氛已经好久不在夏阳市出现了，大家都有点儿感触颇深，有一种今夕何夕的感觉。

第二天，举行了夏阳市招商引资情况推介会，沈清亲自作了一场精彩的报告，把夏阳市的悠久历史、灿烂文化，交通和资源优势以及招商引资的优惠政策一一向客商作了详尽介绍。客商代表万通也登台作了发言。他对夏阳市的热情接待表达了感谢，谈了对夏阳市的感受，当场表示要在夏阳投资建厂、合作发展的意愿。他的发言得到了所有客商的积极回应，在随后举行的项目洽谈会上，双方达成了十多个亿的投资意向，并签订了投资协议。整个招商活动进行得非常顺利，富有成效。当天晚上，大河市和夏阳市电视台的头条都播了招商活动的报道，电视台记者白南采访市领导的镜头也出现在屏幕上，任朴看到电视上的白南，觉得比在生活中见过的真人还要漂亮，心里莫名地悸动了一下。

这个活动总体还算顺利，只是中间发生了一件小小的意外。一名客商在晚上叫了一位宾馆的小姐，二人的动静太大了，惊扰了隔壁的邻居，偏巧隔壁住的不是考察团的人，就悄悄地报了警，结果被闻讯赶到的警察抓了个正着。事情很快地反映到任朴这里，任朴听后，稍加思索，拿起电话给市公安局局长打过去，如此这般地安排了几句。很快地，这名客商和小姐都被放了回来，整个事件几乎没有人知道，就像没有发生过一样。过后不久，市公安局对宾馆进行了一次突击检查，抓获了几名卖淫嫖娼的违法人员。

送走客商后，市领导们都非常高兴，晚上吃饭的时候，沈清还带头喝了几杯，鼓励大家一定要一鼓作气，抓好后续工作，尽快让项目开工建设，争取当年投产达效。任朴也跟着喝了几杯，在他心里，感觉这些日子的努力没有白费，总算有了一个好的开端，这让他十分欣慰。市长贾清明也表现得很是活跃，但在任朴看来，似乎他总有一种心事无法排解的样子。

很快地，由南通市客商投资六亿元十万纱锭的通泰纺织工业园在市产业集聚区内破土动工，市里举办了简朴而热烈的开工仪式，按照中央"八项规定"没有摆放鲜花，没有铺红毯，但是邀请到了省委巡视组组长董剑锋同志出席，这让夏阳市的广大干部深受鼓舞。

随后的日子里，工地上一派繁忙景象，任朴作为项目负责人，整日里忙得不亦乐乎，但他内心却很充实，把先前由于匿名信息带来的不安也渐渐地抛在了脑后。任朴就是这样一个人，他一向是个以工作为重的人，只要忙起来，他就特别地踏实。这真是应了那句话，叫作无事生非，挂挡消音，的确如此啊！

十二

龚立的腿伤刚愈，便被大河市纪委带走，正式宣布"双规"。这件事和他当初被人打断腿一样，又成了夏阳市的一条爆炸性新闻，尽管之前已经有人议论，但一旦成为事实，仍然在夏阳市的官场里引起不小的震动。有人说龚立的被抓与巡视组有直接关系，早在龚立被打之前，巡视组就接到了不少有关他违法违纪的举报，并悄悄进行了暗查，掌握了大量事实。这期间又发生了被打事件，巡视组就直接把案件线索交给了大河市纪委，由大河市纪委立案查处。这时候人们才感觉到省委巡视组在夏阳市并非无所作为、无所事事，而是暗暗地进行着工作。大家的心情又紧张起来，不知道巡视组下一个会盯上谁。

其间还有一个传言，说是龚立那位在中纪委的亲戚在此之前曾经偷偷回到大河市，找曹正阳书记说情，结果被曹正阳义正词严地给顶了回去，只好灰溜溜地回到北京，从此不敢再和任何人提起此事。任朴对这个传言坚信不疑，他知道以曹正阳的性格，他完全会这样做。他尽管没有和曹正阳当面打过交道，但他对此人非常佩服，这人对腐败分子深恶痛绝，却对人民群众有着深厚的感情。而且在廉洁自律上要求特别严格，从来不收一分钱的礼，每逢春节，他总是把家里的大门一锁，电话线一拔，躲得远远的，任谁也不见。

同时，有关龚立已经交代的传言也像一场雾霾一样笼罩着许多人的内心，有人说龚立交代出不少人，甚至牵连到自己，但到底牵连到谁，大家也只是猜测，并没有准确的信儿。但大家见了面还是像没事儿人一样，谁也不会表现出关心的样子，生怕一个不小心会给自己带来闲话。

任朴也听到了不少传言，因为他是龚立的主管领导，围绕着他的话题更加玄乎，有人说他很快就要被大河市纪委"双规"。任朴也感到了周围的人们对自己态度的变化，不少人见了他，装作没有看见，低下头走了。有的口里喊着他任市长，却是一脸的不自在。他坐在办公室里，甚至有时一整天也没有人来向他汇报工作，仿佛一下子夏阳市没有了他这位常务副市长似的。

任朴尽管很苦恼，但他仔细地回忆起这些年来和龚立的每一次来往，并没有什么出格的地方，每年的中秋节和春节，任朴也收过龚立的红包，但他对龚立一直以来就十分警惕，处处小心和他的来往，对于龚立送给他的红包，他没有拒绝，他不想因为这样的事得罪龚立，但他每次都及时地经由办公室交给了市纪委廉自办。这一点，龚立并不知道。

果不其然，在纪委叫过了不少人后，任朴也被纪委的工作人员喊去谈话。市纪委的专案组设在大河市一家不起眼的旅社里，任朴尽管觉得心里很有数，但他还是有点儿紧张。可当他见到纪委的同志后，出乎意料地，纪委的同志并没有像他想象的很严厉，而是非常客气，不仅热情地招呼他坐下，而且给他端过来一杯开水。对他的称呼依然是"任市长"。任朴见此，一下子平静下来，没有等纪委的同志多问，就主动地把这几年和龚立的交往一一作了说明，并拿出了夏阳市纪委给自己的每张收据。大河市纪委的人员开始并不是十分相信任朴，但从龚立那里也确实没有关于任朴的更多交代，就让任朴写了一份情况说明后回去了。

任朴没有想到的是，在他被叫走的时候，整个夏阳市很快引起了大的震动，不少人以为任朴这次被叫走，恐怕回不来了。可是让人更想不到的是，正当人们纷纷猜测下一步将会如何的时候，他又安然无恙地回来了。这让不少人感到有点儿不可思议，特别是那几个对他平时有点儿意见的人，自然有点儿莫名失望。

任朴从大河市纪委回来后，觉得应该去见一下沈清和贾清明，把纪委叫自己的过程向两位主要领导说明一下。他先去见过沈清，刚要开口，沈清却拦住了他，只淡淡地说了一句："知道了。"就把话题引向了别处。沈清对他说："任朴啊，对于你组织上是了解的，你不用多言，清者自清，浊者自浊嘛！希望你要把主要精力继续放在项目建设上，尤其通泰纺织产业园刚刚开始，有很多问题要解决，不能有丝毫放松啊！"任朴见沈清这样说，心里面踏实了不少，说："沈书记，您放心，我心里是有数的。"便要告辞出去。不料沈清又喊住他，想要说点儿什么，突然又改变了主意，说："算了，还是不说了，过几天再讲吧！"任朴听到沈清这样说，心里有一种不祥的念头，想要再问，沈清却摆了摆手，让他不要多问，只管去安心工作。任朴见此，只好满腹狐疑地回去了。心里却从此落下一个大大的疑问，沈清要和他说什么呢？话到嘴边却又收回，这可是以前从没有过的事儿。但沈清不说，他又不能问。

他又来到贾清明的办公室，抬手轻轻地敲了几下门，等了两分钟，并不见有人开门，他没有再停留，就轻手轻脚地回到自己的办公室，往椅子上一坐，长出了一口气，同时陷入紧张的思考之中。他觉得这些天好多事儿有点儿奇怪，但到底奇怪在哪里，他又说不出来，这只是一种感觉，但越是这样，任朴越感到紧张，好像暗地里有许多双看不见的眼睛，在盯着他周围的一切。他觉得自己好像是一只被关进玻璃瓶子的苍蝇，外面的人都可以看见他，而他却看不见外面的一切。

十三

　　正当任朴坐立不安的时候，办公室的门却被悄无声息地推开了，随后快速地闪进一个人来。任朴抬头一看，惊讶得几乎叫出声来，进来的是一个打扮入时的漂亮女人，任朴心说这不是白南吗？可眼前的女人从神情举止来看，又不像他熟悉的那个人。他正在狐疑，不料那女人却一屁股坐在他对面的沙发上，主动开口："任市长，您以为我是市电视台的白南吧？其实我不是，我是她的孪生姐姐白北。"白北说过这句话，紧张地看着任朴。任朴见她尽管打扮得还算整齐，但神色却十分憔悴，脸上有几分掩饰不住的焦急和忧虑。

　　白北十分紧张，还没有说上几句话，眼泪就流了下来。她见任朴专注地看着她，就继续说下去："任市长，您不知道我，可我认识您，我是龚立的妻子，一直在外面做生意，平时很少回到市里，所以没有见过您。可龚立他没少说过您，说您工作认真，为人正派，还很关心下属。我妹妹白南也没少提起过您，她还是您的崇拜者呢！"她顿了顿，见任朴听得很专注，仿佛受到了鼓舞似的，说话也比先前流利多了，"任市长，龚立平时跟着您干事，这次他犯了错，您可要帮他说话呀！"白北说着，慌慌张张地把一个黑色皮包放在了沙发上，不等任朴反应过来，便逃一样地走了出去。等到任朴从椅子上站起来，想要喊住她的时候，白北早已经在楼道里了。任朴想要追出去拦住她，可又觉得不妥，犹豫了一下就没有再动。他拿过白北留下的皮包，打开一看，里面整整齐齐地放着两摞钱，十万元。见此，任朴像被两块烧红的烙铁烫了一下，一时间不知如何办才好。他把皮包收起来，放到办公桌下面的柜子里，想着到底该如何处理才好。

　　白北的到来让任朴想起了白南，他不知道白南竟然有一个和自己一模一样的孪生姐姐，而且白北还是龚立的妻子，这一切真是太玄乎了。白北今天的行为白南是否知道？刚才白北说自己的妹妹是他的粉丝，他不知道平时白南在白北面前都说了他什么，他突然间对白南有了一种不放心的感觉，心想幸亏自己平时把持得好，没有和白南发生过什么事儿，如果真有那回儿事，自己如今真不知道该如何对待白北。不知为什么，任朴觉得有点儿后怕，他的脑海里突然跳出最近网上曝出艳照门的那些官员们。天知道到底有多少危险在围着自己啊！他突然怀疑白南以前对自己的种种行为，是否怀有别的企图。他一向对白南的印象很好，白南就像一面美丽的镜子，他每次想到她的时候，似乎总能照见一个青春火热的自己，如今突然出现了白北，任朴觉得好像这面美好的镜子被打碎了，他从中看到的不再是美好，而是一堆光怪陆离的碎片，让他对自己感到有一丝恐惧，境由心生啊！

任朴决定不再去想这些让他头疼的事儿，他发愁的是如何处理白北刚刚带给自己的两颗"地雷"。他习惯把别人送来的钱视作"地雷"，小时候他看电影《地雷战》，对村民对付日本鬼子的各种地雷太熟悉了，也见识了地雷的巨大威力。他在官场的时间按说也不短了，每次听到和看到一些贪官大肆收受钱财，最后被绳之以法的消息，不知为什么他的心里总是感到一种难言的悲哀。特别是前不久他从网上看到国家能源局的一个副局长，家中竟然藏有一亿元现金，办案人员清点时竟然用坏了四台点钞机。他又联想到一些贪官种种不可思议的藏钱方式，真不明白那些人心里到底是怎么想的。作为国家的一名公职人员，任朴承认薪水并不高，但平时吃的用的也的确花不了多少钱呀！那些人要那么多钱到底有何用呢？留给子女吧，现在几乎都是一个子女，况且子女有自己的人生，也不能守着你留下来的钱财过一生啊！购置房产吧，有的人的确拥有很多房产，可说穿了又有什么用呢？房子，如果不去住，不就是一堆钢筋水泥吗？但人生就是这样，许多看起来再明白不过的事儿，就是有很多人一生也弄不明白，再说收人钱财的事儿，开始时都觉得没有事，天知地知，你知我知，送者也信誓旦旦，任何时候都不会说出去，但现实却是，真到出事的那一天，揭发最坚决的就是这些当初所谓的哥们儿。所以任朴把别人送的钱财视作"地雷"，怀有高度的戒备心,他总是坚决拒绝,一时不能拒绝的就想办法退回去,再不行就交到廉政账户上去。任朴坚信这样一个念头,做官有钱了不仅不是成功的标志,而且是自己走向毁灭的开始,有了钱就难保清白,说话做事就缺少底气,还要整日里担惊受怕,想想也太不值得了。关于这个话题,任朴没少和司马正风探讨过,司马正风的见解和他的见解是高度相同,为此司马正风还经常提醒过他。

想到司马正风,任朴意识到自省委党校回来,自己还一次也没有见过这位高人。他给司马正风打了一个电话,问他现在在哪里。电话刚响了两下,就传来了司马正风的声音。这个人的声音也有点儿与众不同,好像是从一个很遥远的地方传来,具有一种穿透力,任朴总闹不明白为何会有这样的感觉。当他问司马正风在哪里时,司马正风说:"啊呀我的任副市长,我还以为你从夏阳市消失了呢。这么久了连个电话都不打,太不够意思了吧?我可是一直关心着你呢!怎么样,这会儿闲啦!来舍下叙叙如何?"任朴不理会司马正风的废话,问清了他在哪里后,说了句我马上过去,就让司机上来,带上白北刚才放在这里的皮包,出门去找司马正风了。

十四

任朴来到市博物馆旁边的剪枝公园里,朝西北的一个角落走去,那里有一片茂盛的竹林,竹林里面,掩映着一间茶室,司马正风正在那里等着他。

退休后,司马正风在这里弄了一间茶室,取名叫"竹林精舍",一般不对外。平时邀请一些文友来此喝茶聊天,讽议时政,闲下来就自己关上门写作,倒也清闲自在。司马正风把大半辈子的光阴都奉献给了这里,眼前的一草一木对于他来说,都再熟悉不过。他对于每棵树上发生过什么故事都能说出个道道来,在这里度过余生,正是他最好的选择。他和任朴的交情很好,但只要任朴不主动找他,他一般不会和任朴联系,这就是文人的臭毛病,自命清高、超凡脱俗。任朴知道他的脾性,倒也不会和他计较。

进到屋里,见司马正风正紧锁眉头,面前摊着一页纸,正琢磨什么,见任朴进来,司马正风连身子也没有动,就直接地说:"任市长,你来得正好,快帮我看看这个!"说着把那页写满字的纸递给任朴。

任朴接过来,见上面写的是一首歌词,题目叫《万姓同根》,是歌颂太昊伏羲的,任朴很感兴趣,就仔细地看起来。

天地玄黄,宇宙洪荒/有一位伟人屹立在世界东方/画八卦,兴礼乐/华夏文明从此滥觞/制嫁娶,定姓氏/张王李赵万姓绵长/他就是三皇之首太昊伏羲/中华民族龙师人皇/万姓同根根在羲皇。

天地玄黄,宇宙洪荒/有一位伟人长眠在世界东方/始祖魂,中华根/龙子龙孙千古传唱/巍巍太昊陵/我们寻根谒祖殿堂/这里是羲皇故都中国淮阳/物华天宝膏泽之乡/万姓同根根在羲皇。

任朴读完之后,顿觉一股热血涌上心头,这首歌不仅把伏羲一生的主要功绩都写出来了,而且气势宏伟、格调高雅,的确是难得一见的好词。但他仔细看过几遍,沉吟再三,又觉得有一处不妥,便提出来和司马正风商榷:"司马老师,歌词讲究的是曲调统一,韵律严谨。你这一句'巍巍太昊陵'和上边的'始祖魂中华根'不对称,少了一个字,曲调就很难一致了,不如改为'太昊陵朝圣地'的好,这样既把太昊陵宣传出去了,而且上下歌词也对称了。"司马正风接过歌词,对任朴提出的建议思考再三,突然哈哈大笑,站起身来,对着任朴深深一揖,抚掌说:"任市长,不,我的任老师,感谢你帮我解决了一个大难题。我这几日正为这一句歌词发愁,不料你瞬息之间就帮我解决了,好!好!太昊陵,朝圣地。就是这样子了!"说罢急速几笔,把歌词改过来,然后把笔一掷,转身去取茶具、茶叶,高兴地说:"来来,让我们好好饮上几杯!"喝茶中间,任朴建议司马正风找一位水平高的作曲家为歌词谱上曲,再找一位歌唱家唱出来，也能作为宣传夏阳市的一个好作品。司马正风说："我也正有此意，还得你任副市长多多支持啊！"任朴知道他说的是经费的事儿，回道："好说，好说，不是什么大事。"

由于好久没见面，二人很快打开了话匣子，围绕着前些时候市里发生的事情，相互交流着彼此的看法。任朴从司马正风的口中知道了以前一些从没有听过的说法，有些让他既觉得不可思议，又有点儿心惊肉跳。他知道司马正风这里来往的人多，涵盖夏阳市的各个阶层，某种程度上代表着夏阳市的民间风向标，从这里传出去的声音有时候比官方的还要准确，这也是任朴和司马正风交往的一个原因，他可以从司马正风这里听到很多他在其他地方听不到的东西。

"夏阳市下一步还要出大事！你可要千万小心谨慎，不可有任何闪失，夏阳市还需要你这样的领导来改变面貌呢！"司马正风突然严肃地说，眼睛直直地盯着任朴。

任朴看着司马正风，见他不像是随便说说，又不知道他到底有什么凭据，一想到司马正风的这张嘴向来灵验，不禁暗自心惊。但他却平静地说："不管怎么变化，我只做好自己的分内事儿，至于其他，实在没有太多的想法，更没有去想个人升迁的问题。"司马正风说："任市长你错了，像你这样的干部，如果放在以前，我也不会对你有什么信心，但如今不同了。那些靠跑靠送的人，弄虚作假的人，作风不正的人不行了，中央要重用像你这样踏实干事、勇于担当的干部了。"任朴听到司马正风这样说，其实他心里早已明白这些，但他不想和司马正风谈起这样的话题。他没有接司马正风的话，就把目光迎了上去，二人相视良久，不约而同地叹了一口气。

任朴要告辞回去，司马正风起身相送，顿了一下，又喊住任朴说："在下想把先祖司马公写给你家先祖的几句话送你：西伯拘而演《周易》；仲尼厄而作《春秋》；屈原放逐，乃赋《离骚》；左丘失明，厥有《国语》；孙子膑足，《兵法》修列；不韦迁蜀，世传《吕览》；韩非囚秦，《说难》《孤愤》；《诗》三百篇，大抵圣贤发愤之所为作也。"任朴知道他说的是司马迁《报任安书》里的话。只是不甚明白他的意思，就看着他，没有言语。只听他又说道："故天将降大任于斯人也，必先苦其心志，劳其筋骨，饿其体肤，空乏其身，行拂乱其所为，所以动心忍性，增益其所不能。"任朴知道这又是《孟子·告子·下》里面的话，便明白了他的话意。一切尽在不言中，二人心照不宣，任朴伸出手和他重重地握了一下，告辞而去。

　　走出竹林，任朴回头一看，司马正风还在目送着他，心下不觉有点儿感动。他觉得，有时候司马正风的鼓励不仅仅是代表他个人，还有许多人的期望在里面。百姓，百姓，百姓心中有杆秤，只要自己立志做一名好官，党和百姓自会认可的。

十五

　　下午，任朴刚到办公室，市监察局的张守义就来了，原来他早已在对面秘书的办公室等了一阵儿了。张守义一进屋，任朴让他坐下，给他倒了一杯水。张守义说声谢谢，喝了两口放下。有点儿神秘地说："任市长，您前几天安排的事情我已经调查清楚了，原来这件事与龚立还有关系。"任朴这才明白他是来汇报林河镇大贺村贺高伟上访一事，又听到他说这事与龚立有关，顿时有了兴趣，不由自主地把身子往前探了探，示意张守义说下去。

　　张守义把事情的原委一五一十地讲给任朴听。

　　前些年，林河镇信用社按照市信用联社的部署，要在大贺村增设一个储蓄所，与贺高伟的父亲贺明理商议，以八百元钱的价格买下了贺明理家靠近大街的一部分宅基地，建起了六间上下两层房屋作为储蓄所营业用，双方还签订了协议，由于贺明理不会写字，让本村的另一个村民代为签字，自己按了指印。后来储蓄所要撤销，林河镇信用社想把房屋卖掉，这时候龚立听说了，就和市信用联社理事长李槐打招呼，要他想办法把房屋卖给贺大妞，这贺大妞也是大贺村的村民，不过已经出嫁到相邻不远的另一个村子里。在出嫁之前，贺大妞曾在龚立的家里当过几年保姆，因为这一层关系，龚立就想方设法帮贺大妞把这几间房屋搞到手，他和李槐的关系一向不错，李槐自然愿意帮他，于是就授意林河镇信用社主任私下里把房屋低价卖给了贺大妞。贺明理一家自储蓄所撤走以后，就想把房屋要回去，又不愿意出钱，眼看着自家宅基地上的房屋成了一个出嫁的外人的了，心里当时就不平衡了，便反悔了当时与林河镇信用社签订的协议。于是就跑到镇里和市里上访，以要回自家宅基地为由，要求林河镇信用社把贺大妞赶走，把房屋还给自己。因为林河镇信用社买贺明理宅基地的时候，没有取得市政府的批准，属于非法买卖土地，是无效行为。于是市里就把这一块土地的归属明确给了贺明理，要求市信用联社限期把宅基地还给贺家。然而另一方贺大妞以房屋是自己从林河镇信用社买来的为由，拒不搬迁。从此两家结下了矛盾，三天两头吵骂打架，久而久之竟成了死对头，开始还是争房屋，后来倒是争气了，特别是去年贺明理因病去世以后，贺高伟认为父亲的死完全是因为生气所致，于是就变本加厉地到处上访，甚至多次跑到北京。

任朴听张守义说清了事情的原委，便明白这件事情的最大责任者应是龚立和市信用联社理事长李槐，本来这几间房屋就是处置，也应该让贺明理一家优先购买，因为中间掺杂了私情，才让事情发展到今天这个地步。如今龚立已经被大河市纪委"双规"，看来只好找李槐了。同时任朴也反思了自己的思想，看来群众利益无小事这句话一点儿不错，有时候看起来不大的事情，如果处理不当，就会让老百姓有意见，甚至会引发难以处理的矛盾。

任朴想到此，觉得这件事的解决，最好是解铃还须系铃人，让李槐去做贺大妞的工作，劝其主动搬走，然后再妥善处置这几间房屋。

任朴夸赞了张守义几句，肯定了他在短短几天的时间里就把事情搞清楚了，然后把张守义送了出去。接着，任朴给李槐打了一个电话，要他立即到自己办公室来。

不一会儿，李槐气喘吁吁地来到任朴的办公室，一进屋，顾不得坐下，就抹着头上的汗水问："任市长，您有什么吩咐？"任朴本来就有点儿生气，就很严肃地说："林河镇大贺储蓄所到底是怎么回事？"贺高伟最近不断上访的事情闹得夏阳市上下都知道，李槐作为市信用联社理事长，事情本来与他就有干系，自然是心知肚明，现在见任朴这样生气，不敢再有所隐瞒，就把事情的原委说了一遍，和刚才张守义讲的大体一致。任朴知道李槐没有说谎话，气稍稍平复了一些，脸色也有点儿好转，他对李槐说："现在市里的信访稳定压力很大，省委巡视组又住在我市，你的行为是严重伤害群众利益，很是不妥。如果事情再这样下去，引起省委巡视组的注意，你要小心吃不了兜着走。希望你要高度重视，亲自去做贺大姐的工作，让她主动退出去，然后再和贺高伟家协商处置这片房屋，否则，出了恶性事件，你是要承担责任的。"李槐听任朴讲得这样严肃，不敢怠慢，连声回答："是，是，任市长，我一定照您安排的抓紧去办，您放心！您还有什么吩咐？"任朴点点头，说："没有了，你记着一定要把这件事情尽快处理好，结果及时报我。"便让他出去，李槐连忙退出，临出门又回头说："任市长，您一定放心，放心。"

任朴知道有些干部就是这样，当他对你说放心的时候，其实你并不能放心，否则十有八九非耽误事不可，李槐就是一个让人不放心的人。于是他拿起电话，又对张守义安排了一番，让他盯紧李槐，督促他尽快把事情解决掉。

打完电话，任朴并没有静下来，当下无事，他心里却想起一个人来，他觉得有必要尽快见一次此人，把心中的一些困惑解开。

十六

白南正坐在市电视台的值班室里发呆，突然接到台里的通知，要她迅速赶到市政府，随同任副市长到产业集聚区去调研，她放下电话，拿起摄像机就赶往市政府。一路上，她的心里像一池秋水泛起了层层波澜，引起思绪无限。

大学毕业后，白南通过公开招聘进入市电视台成为一名记者，由于她形象气质好、业务能力强，每逢市政府领导有活动时，台里便总是派她去承担采访报道任务。她为人心高气傲，有点儿孤芳自赏，平时和台里的同事交往也很少，更别提与社会上的来往了。她对婚姻的观念又与众不同，都三十好几了还是单身一人，这在一个小小的县级市里自然成为人们关注的话题，何况她还是市里的一个名人呢！因为她经常担负为任朴报道活动的缘故，俩人常在公众眼里出现，又是一副郎才女貌的样子，私下里便有人嘀咕这俩人关系是不是有点儿不正常，围绕着他俩的一些闲言也在某个层面悄悄地流传着。当然，所有这一切对于任朴和白南来说，他们是被蒙在鼓里的。即便有人想要提醒一下，但这样毫无根据的话又怎能说出口呢？

然而，在白南的内心世界里，的确有任朴的存在。自从第一次见到任朴，她就为他的博学多才，性情随和，以及俊朗的外形所深深吸引，任朴身上好像有一股巨大的吸引力，让她不由自主地向他靠近，多少次她趁着录像的机会在镜头里凝视他，甚至忘了镜头的移动。独自一个人的时候，她会忍不住想他，想念他的模样，那种感觉既甜蜜又苦涩，同时又像一件重体力活，让她想到很累，想到窒息，想到头脑里一片空白。这个时候她的脑海里就会出现幻觉，任朴的那张脸会幻化成一片云、一片海，或是别的什么，把她的灵魂生生地勾离身体，带到一个神奇虚幻的境地。她明白这就是单相思，但她却无力抗拒。她和任朴的最紧密接触就是那次到乡下考察回来的途中，她靠在任朴的肩膀上，当时她尽管装作睡着了，但内心却紧张得要命。还有那次随任朴出外考察，晚上睡不着到宾馆院里散步的时候，她意外地发现任朴也在那里，当时她多想迎上前去，和任朴说上几句话，但她犹豫再三，还是没敢上前。她就这样地受着煎熬，小心地保护着内心的秘密。但她心中的这个秘密还是被孪生姐姐白北在一次不经意间有所察觉，白北尽管和她是孪生姐妹，她们几乎同时来到这个世界上，但二人的理想和追求却大不相同，白北重视物质的东西，喜欢金钱带来的享受和快感，白南却一味沉浸在精神世界里，几乎不食人间烟火，但二人的心却是相通的，她们可以从对方的一个眼神或者动作中，就能感觉出对方的所思所想，白南的秘密就是这样被白北察觉到的。有一次，白南在卧室里独自一遍一遍地看着任朴的录像，不料白北一下子闯了进来，白南慌乱地去关录像，但还是晚了，白北一眼就看出画面中的人物是任朴。她在大河市开了一家房地产公司，在夏阳市也买了几块地，但她很聪明，交代龚立不要在市政府领导那里谈起她，更刻意回避和任朴的见面，她听说过任朴的为人，担心认识了任朴不仅得不到好处，还会影响自己的生意和龚立的前途。当她见到妹妹慌乱的样子，一下子就看出了妹妹的心事。她没有揭穿妹妹的秘密，而是心有所思地带上门走了出去。在她的潜意识里，她倒希望妹妹能和任朴拉上一种特殊的关系。

自从龚立出事以后，白南的心里很不好受，她一方面为姐姐担心难过，又因为任朴是龚立的主管领导，当她听到有关任朴的传言后，她的心里既愧疚又不安，她害怕龚立真的会牵涉到任朴。她觉得任朴是个好官员，她期待着任朴能在夏阳市担任主要领导，真正地干出一番事业，为夏阳市的百姓造福。

任朴最近一段时间深居简出，外出的活动较少，因而需要电视台的报道也很少，白南感觉已有好长时间没有见过他了，这让她心里更加不安。所以在接到台里通知的时候，她的心里特别激动，不过她竭力抑制住这种心情，不让自己的心情暴露出来。果然，当她来到市政府大院时，看见任朴正由几名工作人员陪着，单等着她一到来就出发。

他们共同坐进一辆中巴车前往市产业集聚区，通泰纺织工业园这一段时间里建设进度很快，大片大片的厂房框架已经完工，远远地看过去很是壮观，也让人感到振奋。任朴看到这一切，又听了工地负责人的汇报，很是满意。白南扛着摄像机前前后后地忙碌着，从不同角度拍摄着。她从镜头里看着任朴，心里真是既激动又高兴，她知道这个项目就是任朴亲自招过来的，她为任朴的才能感到自豪，也为他取得的成绩感到欣慰。看着任朴淡定从容的样子，她隐约感到任朴应该没有受到龚立的牵连，悬在心里多日的一件心事终于放下来了，白南心里像是吹进了一丝清凉的秋风，不知不觉畅快了许多。

临上车回去的时候，她经过任朴的身边，让她万万想不到的是，任朴竟然悄悄地跟她说："下午三点，你到我办公室来一趟。"任朴说这话时，刻意压低声音。可对于她来讲，却不次于像是打了一声响雷，她被惊到了，她甚至怀疑自己是不是听错了。可她清楚地听到任朴那样说了，一点儿错都没有。

白南又激动又困惑，她跟随任朴采访过许多次了，中间他们也说过话，但都是一些普普通通的工作的事，单独说话的机会则很少，这次任朴不仅单独跟她说话，而且有点儿神秘兮兮的，这就太奇怪了，由不得白南心里不犯嘀咕。

下午三点，白南准时来到任朴的办公室，她轻轻地敲了一下门，门马上开了，任朴正在等着她呢。

任朴把她让进屋里，示意她坐下，倒了一杯水轻轻地放在她面前，并没有急于开口，而是目光平和地看着她。她有点儿紧张，双手捧着那杯水，慌乱地叫了一声："任市长。"便低着头不再看他。少顷，任朴开口道，"白南，工作还好吗？"不等她回答，任朴又接着说，"白南，我想问你一件事，你有一个孪生姐姐叫白北，她是龚立的妻子吗？"白南听任朴这样问，知道他一定有什么事，抬起头，看着任朴，轻轻地点一下头，算是回答。任朴见她肯定了，又问："前几天你姐姐来找过我，你知道这件事吗？"白南听任朴这样问，有点儿惊奇，她摇了摇头，忍不住问道："我姐姐，白北，她找过你了？"任朴见白南这个样子，断定她没有撒谎，心里的一个疑虑放下了。

他原本想把白北找自己的事情告诉白南，此时又改变了主意，他的目光变得温和了，对白南说："请你回去告诉你姐姐一声，让她尽快见我一面，我有重要的事情要找她。"白南不知道任朴会和白北有什么事，可她又不能问。但她从任朴严肃的表情里猜到这件事一定非同小可，她不敢怠慢，使劲地点着头，说："任市长，您放心，我马上联系她，让她来见您。"说罢，放下茶杯，就告辞而去。

一路上，白南有一种说不出的失落，她觉得在任朴的心中，她是没有位置的，任朴的心中有的是事业和家庭，容不得太多的风花雪月。她和任朴就像两条平行线，永远不可能有交集的时候，她对他的单相思连昙花都不如，昙花还能一现，可她的这份情感，却注定是一场虚幻，只能由她自己去独自品味。

白南多少次体味着这份情感，任朴就是她心中的痛，这种痛让她的心变得千疮百孔，而她的眼泪，却只敢让那些星星知道，它们应该不会泄露她内心的秘密。

十七

自从上次白北来过之后，任朴的睡眠就受到极大的影响，老是做着一个可怕的梦。梦中他被一群人追着，来到一处荒野里，四周黑得吓人，到处布满着井。那些井深不可测，像一个个恐怖的黑洞，似乎要把他吞噬掉。他战战兢兢地站在荒野中，拼命地想要逃出来，却紧张得一步也挪不动，他害怕一步走错，就会掉到井里去。他折转身想要逃离这个地方，可那些井却像长了腿一样，一个个紧跟着他，不断地把他包围在中间，让他无论怎样都逃不出来。每次从这样的梦里醒来，他都要惊出一身冷汗，心脏跳动得似乎要从胸膛里蹦出来。

任朴接连做着同样的梦，让他心有余悸，六神无主，坐立不安，特别是想到白北的那次到来，他觉得自己的噩梦一定与这件事有关。白北放在他这里的十万元钱就像两块巨石在他心头压着，让他惶恐不安。有时候他甚至想，这件事是否与白南也有关系，那样的话这件事就更复杂了。

所以任朴忍不住见了白南，当他知道白南并没有参与此事，他的心里多少好受一点儿，他之所以没有告诉她，是不想让她见到太多的丑恶，也不想把她牵扯到这件事中来。他觉得白南就像一朵纯洁的莲花，不应该受到任何污染。

过了两天，白北终于来了，一落座，她只是用忐忑不安的眼光看着他，并不敢多说话。

看着白北可怜兮兮的样子，任朴不禁想到了白南，他不忍心去责备白北太多，只是盯着她的眼睛，非常诚恳地说："你的心情我可以理解，可龚立他犯了法，必须要受到法律的制裁，在这一点上谁也帮不了他。他当初就是因为收了别人的钱才犯了错。如今你给我送钱，岂不是把我也推向和他一样的境况。你应该相信法律的客观、公正，不要想着试图通过贿赂来逃避这一切。你这样做，不仅帮不了龚立，反而会把我们也送进犯罪的深渊。"他从办公桌下拿出那只皮包，递给白北，接着说："这个钱我不给你上交了，希望你拿回去，并奉劝你以后不要再犯同样的错误了。"任朴说这些话的时候，并没有告诉白北这些日子以来自己内心的不安，特别是那个困扰得他几乎崩溃的梦。

任朴说得言真意切，白北听得很是仔细。听完他的话以后，白北陷入了深思，她紧紧地盯着任朴的脸，过了好大一会儿，她突然一下子跪在地上，"呜呜呜"地哭了起来，哭过之后，她重新坐起来，感动地对任朴说："任市长，谢谢您，我知道我错了，对不起！"她接过任朴递过来的皮包，并没有立即走，而是又说出了一番让任朴意料不到的话，"任市长，其实上次从您这里离开以后，我就一直处于不安之中，龚立跟着您这么久，他犯了错本来就对不起您，我还来给您添麻烦。龚立他就是被那些送钱的人害的，我怎么能再用同样的行为去害您呢？特别是我最近老做一个可怕的梦，梦里我来到一处荒野里，四周黑得怕人，周围到处都是井。我拼命地想要逃离，可那些井就像会走动一样，始终追着我，让我怎么也摆脱不掉。我知道我大概就是受了这件事情的影响，这下好了，我再不会为这件事担惊受怕。龚立他犯了罪，你们该怎么办就怎么办，我再也不会错上加错了。"白北说完这番话，心里觉得也轻松了许多。

任朴听完白北的话，特别是听到她讲的梦境竟然与自己做的梦一模一样，心里惊奇万分，他甚至怀疑冥冥之中有一种神示。

看着白北变得安详的样子，任朴的心里也像巨石落了地。他走到窗前，拉开窗帘，一束明亮的阳光照进来，不仅照在俩人的身上，更像是照进了他们的心里。

白北走后，任朴环顾了一下办公室，才意识到多日都没有拉开过窗帘了。室内的花草因为多日不见阳光的缘故，都有点儿发黄了，他起身接了一壶自来水，挨个儿浇了一遍，心想不仅这些花草该晒晒太阳，自己的心里也该晒晒太阳，不然就要发霉了。

这时候，妻子李淑君打来电话，李淑君告诉任朴："这两天如果有空，就回来一趟，老爷子病了，现在大河市中心医院老干部病房住着，心情特别不好，希望你回来去看他一趟，同他聊聊，老爷子最爱和你说话。"原来岳父近段时间老和小儿子闹别扭，一来二去就病倒了。任朴挂了电话，才觉得这些日子以来只顾忙着市里的事，家里的亲人都疏于照顾了，不仅岳父这里很少照顾到，连乡下老家自己的父母也有好长一段时间没去看望了，心里不免有点儿内疚。他决定明天一定抽个时间去看望一下岳父。

十八

自从退下来以后，老李处处感到不适应。

一下子失去了那种位高权重、前呼后拥的感觉，老李觉得似乎做了一场梦，他无法适应退休生活，便时不时地发一些无名火，弄得周围人也不自在，特别是老伴儿，见他无端地摔这打那，可是不像儿子媳妇那般迁就他，就和他别着干，这样让他尤其窝火，以前他在位子上的时候，老伴儿可是没见这样。他在家里最合得来的是女婿任朴，二人说起话来特别投机，可是任朴工作忙，女儿李淑君前几年为了救助学生又撞坏了双腿，行动都要别人照顾，也不能回来看他，这让他心里少了一个排解的出口，有气也发泄不出来，窝在心里又特别难过。

面对种种的不适应，老李当然不会检讨自己。他当了大半辈子领导，虽然每年单位开民主生活会的时候，他都会带头作检讨，但那都是秘书写好稿子，内容主要还是讲成绩的，真正说到自身缺点的时候，也无外乎是重视学习不够，调查研究不够，批评人不讲方式，工作有时有急躁情绪等。至于讲到廉洁问题时，无外乎是有公车私用现象，超标准接待现象，有时有请吃和吃请现象等，都是些大家心照不宣，似乎约定俗成的东西，真正的问题哪里会去触及呢？

老李既然不会拿自己说事，就拿周围的人说事，他挑老伴儿的错，挑儿子的错，挑儿媳的错，当然不能再挑下属的错。因为他不上班了，也没有下属让他来挑错了。他整日里闷闷不乐，错误地把这一切都归为世态炎凉、人走茶凉的缘故。

老李虽然在位时架子大，脾气大，但是为人处世还比较讲原则，能够守住底线，这也算他难能可贵的地方。所以能够平安降落，安然退休。

可老李终归还是有点儿心理不平衡。想到有的领导不仅为自己的孩子在大城市安排了好工作，还给孩子买上大房子，显得特别能耐。他在进政协之前，也当过分管城建的副市长，那时候手里掌管着土地和工程，也有很多人提着钱来找过他，要他帮忙批一块地或介绍一个工程，但都被他挡了回去。有时甚至要把送礼人的钱给当面扔出去，这让他落下一个清廉耿直的名声，但也有人背后说他不近情理，二货一个。等到他退下来以后，他才意识到没有权力的滋味，才发现自己竟然没有能力为儿子安排一个比较满意的工作，只好让儿子进入省城的一家私企，而且在儿子想在省城买套房子时，自己竟然拿不出多少钱，以致为此还要受儿子媳妇的窝囊气。他甚至有点儿后悔在位时没有捞上一把，心里隐隐生出一点儿有权不用过期作废的懊恼。

久而久之，老李便憋出病来。

老李住进了老干部病房。老干部病房是整个市中心医院条件最好的地方，这里的医生护士知道他是以前市里鼎鼎有名的李副市长，对他的态度都很客气，每次为他诊疗的时候都还"李主席、李主席"地叫着，这让他心里多少有点儿安慰。可自从对门来了一位特殊的病号后,他的心理平衡很快又被打破了。

对面住进的是大河市委常委、政法委周书记,曾经当过他的班长。因为他早就风闻这位周书记贪财好色,官声很坏,所以在位时就刻意回避着和这位直接上级在工作之外打交道。老李自认为还算是一位清官,做人也比较刚正,和周书记不是一路人。自然,周书记对他也不感冒。

果然不出老李所料,自从周书记住进老干部病房后,整个老干部病房都热闹起来,市直单位和县里的头头脑脑们络绎不绝地前来看望周书记,闹得老李不得安宁,又怕别人走错门最后吓得连门都不敢打开了,这些人来的时候都是两手空空,稍作停留就离去,但老李知道他们没有一个人是空手的。

老李在竭力躲避这一切,没事的时候就看电视,他依然习惯看《新闻联播》,也许是他平常没太注意的原因,近段却隔三岔五地看到电视报道,某某省部级领导因严重违纪被中央纪委查处。屈指算来,自从党的十八大召开以来,已经先后有十六七名省部级官员被查处了,他心里突然有了一个不祥的念头。这个念头一出现,连他自己都吓了一跳。

对面的病房里,依然是人来人往,热闹非凡,但老李的心里却不再像往常那样烦躁,反倒有了一种安静的感觉。

对面的周书记住了半个月便出院了,老干部病房又恢复了往日的平静。

又过了一段日子,老李突然在本市新闻中看到了一条爆炸性消息,市委常委、政法委书记周某某,因涉嫌严重违纪,被纪检部门立案查处。看了这条新闻,老李一点儿也没有意外的感觉,相反,积压在他心头已久的可怕的念头倒一下子放下了。

老李关掉电视,长出了一口气,他起身打开病房的窗户,一阵冷风吹进来,让他感觉到格外清醒。他看着窗外,严寒之下的大院里,那些杨树都已落尽了叶子,光秃秃的,而那一棵棵塔松却依然常青,保持着旺盛的生命力。

老李突然觉得自己内心很满足,自己到了晚年,有个头疼发烧的，能待在老干部病房里安心养病，这是何等幸福的事情啊！他的心里这样想着，很为前些日子里自己的一些错误想法而后怕，心里的气一下子没有了。他想，过几天就出院，回家后得和小儿子、儿媳妇好好谈谈。

老李这样想着，突然任朴推门进来了。老李看到自己最钟爱的女婿来了，心里十分高兴，连忙让任朴坐下，急不可耐地把刚才心里的想法告诉了自己的女婿。任朴听着老爷子的话，心里也是十分不平静，前不久周书记出事，在整个大河市引起了轩然大波，任朴没有想到岳父因为他还有一番关于老干部病房的感悟。看来这场反腐斗争已经深入人心，影响到这个社会各阶层了。他又联想到自党的十八大以来不断有省部级甚至更高级别的官员落马，更加认识到中央反对腐败的决心，知道这场斗争绝不会是一阵风，而是一定会持续到底。任朴想到此，心里反倒有一种踏实的感觉，他相信党的整个干部队伍里，像他这样能够守住底线的人还是占绝大多数的，清除了腐败分子，整个干部队伍的形象就会好起来，像他这样的干部反而更利于干事创业，真正实现人生的抱负。

任朴和岳父坐了一会儿，想到夏阳市说不定也会出什么事，就感到心情比较沉重，他吩咐老爷子不要多想，安心养病，就告辞出来了。一路上，任朴思考了许多。

十九

任朴刚回到夏阳市，在办公室还没坐稳，秘书进来，对他说："刚才市信访局来电话，要您现在赶到林河镇大贺村，省信访局的一位女处长被困在那里了。"任朴一惊，连忙问是怎么回事？秘书说："听说还是因为贺高伟与贺大妞两家宅基地纠纷的事，省信访局也接到了反映，并且作为一个重点督办案件，那位女处长姓尚名珂，上午来到夏阳市，听取了市信访局的汇报以后，坚持要到大贺村实地了解情况，并和当事人见面，不料被贺高伟的二叔给堵在了院子里。"任朴上次在大贺村见过贺高伟的二叔，领教过他的厉害。

他听说那位女处长一直在机关工作，很少下基层，恐怕没有见过那样的阵势，担心女处长的境况，便安排秘书叫来司机，连忙向大贺村赶去。

来到大贺村贺高伟的家，任朴一脚跨进院子里，眼前的一幕让他又好气又好笑。女处长和市信访局的几名随同人员胆怯地站在那里，贺高伟的二叔一手掂着一块砖头，一边大声地呵斥着女处长一行人。女处长没有见过这样的阵势，心里又惊慌又委屈，眼泪都快掉下来了。尽管是深秋季节，但女处长的脸上却挂满了汗珠。任朴见此，连忙打电话给魏峰，让他带上镇派出所的民警立即赶过来。又等了大半个小时，魏峰才带着人赶到，任朴命令派出所长把贺高伟的二叔带离现场，才算把女处长解救出来。回去的路上，女处长坐在任朴的车上，委屈得直掉眼泪，却始终没有说一句话。回到市里，任朴又把这件事情的来龙去脉向女处长汇报了一遍。女处长不再说什么，只是说，你们尽快处理吧，就饭也不吃，赶回省里了。任朴见留不住她，也只好送到市政府大门外边，折回身回到办公室。

任朴坐下来，打电话叫来了张守义，询问他最近贺高伟信访事件的进展情况。张守义说："已经有了大的突破，李槐认识到这件事的严重性，已多次去做贺大妞的工作，听说贺大妞已经有所活动，特别是龚立进了监狱，她失去了依仗，没有以前那么张狂了，不过恐怕市信用社要赔偿她一笔损失。不过这也是李槐的失误引起的，他本人自是无话可说。"任朴听了张守义的汇报，吩咐他一定盯紧这件事，必要的时候给李槐再施加一些压力，就让张守义走了。

任朴又给魏峰打了电话，对刚才发生的事件狠狠地批评了他一顿，竟然让省信访局的女处长受到惊吓。魏峰有点儿委屈，说："尚处长来到镇里的时候，我是劝过她不让她去的，可她不听，非说一定要和群众面对面接触，还批评我有官僚主义作风。谁知到了贺高伟家，竟然碰上他二叔，三句话没有说完，就出现了那样的事，不过也好，也让那些高高在上的人知道咱们基层的同志做工作有多么不容易!"任朴听魏峰说完,尽管也有同感,但嘴上还是批评了他:"魏峰同志,可不能这样去想,省里的领导是对工作负责任嘛,况且这件事情的缘由在李槐当初处置的失当,是我们的干部有了私心,不能公正公平引起的,还有你也有责任,没有做好稳控工作啊。目前这件事已经有了突破口,相信不久应该可以解决,这个时期你一定要做好两家的稳控,不能再出现任何事端,否则,我不追究你,市委也会处理你的!"魏峰说:"任市长,请你也多费心帮我们尽快处理掉这个问题吧!我镇的一大半精力全浪费在这两家人身上了。"

  果然,过了没几天,李槐不约而至,找到了任朴,还给任朴带了一提茶叶,来到任朴的办公室,他满脸堆笑地说:"任市长,您上次安排我解决的贺高伟宅基地纠纷的事,在市监察局张守义局长的帮助下,终于处理掉了,贺大姐已经同意搬走,我们也和贺高伟达成了一致意见,把那几间房作价卖给了他。这都是您决策得正确,我还得好好地谢谢您呢!"任朴明白他的想法,是要他不再追究他的其他责任。但任朴不愿把话说明,既然问题已经得到解决,他又何必去得罪一个人呢?也就顺着李槐的话说:"这件事你处理得很好,没少费功夫,值得表扬。啥时候见到大河市的市办领导,我得在他们面前好好夸夸你!"李槐听任朴这样说,顿时眉开眼笑,连连说道:"谢谢任市长,改天请您吃饭!"就倒着退出了任朴的办公室。任朴没有送他,带上门后,不禁苦笑了一下。现在像李槐这样的干部太多了,任朴犯不着和这些人较真,你若真的得罪了他们,说不定会在你背后做手脚。以前是一张邮票的事,现在有了网络,让你成为名人,那可是一瞬间的事啊!

二十

  这天上午,刚一上班,任朴就接到李淑君的电话:"任朴,你抽空回来一趟吧,陆伯伯昨天夜晚去世了,是脑出血,没等送医院人就不行了,他的儿子女儿都来了,说要把他的遗体接回老家办丧事，杨阿姨不乐意，可一个人又没有办法，只好守着陆伯伯的遗体哭呢。"任朴听说，不禁心里一阵难过，前些日子他还在小区的大门口见过老人，如今说没就没了，人啊，这一生说长也长，说短也短，真的就像一片秋叶啊！他多年前就认识陆应中，回想起那时的情景，老人为了和杨凤仙在一起，不顾大半生的好名声，也不顾孩子们的反对，毅然决然地和杨凤仙走到了一起，谁承想得了老年痴呆症，爱了几十年的爱人，真到了在一起的时候，却没有能力去爱了，而且成了对方的累赘，现在他撒手而去，倒是对自己和对方的解脱。可他万万想不到，在他死后，竟然会因为自己的一副臭皮囊引发事端。

任朴和办公室的同志说了一声，就赶回到家里，一进小区，就看见陆应中的几个孩子围在一起，交头接耳地说着什么。他们在父亲生前没有来过一趟，如今却齐齐地聚在一起，只是为了把父亲的遗体带回老家，任朴觉得有点儿不可理解。他走近以后，依稀还认得陆家的大儿子，就上前作了自我介绍。陆家大儿子知道任朴的身份，就相当客气，对任朴说："父亲去世了，按老家的规矩，得落叶归根，葬到老家去。"陆应中老家的那个县还没有完全实行火葬，有的退休干部去世了，家里人宁可不再享受国家补贴的丧葬费，也要把老人土葬，这在当地很普遍，包括民政部门也是睁只眼闭只眼，没有太好的办法。

杨凤仙对此当然不会同意，按她的想法，应在大河市殡仪馆举行丧事，这样不仅可以享受到国家的丧葬费，而且还可以为陆应中开一个追悼会，她和老陆好了大半辈子，至死没有得到周围人的承认，她想哪怕是在老陆的葬礼上，也要让人看到她是老陆的爱人。但她的想法注定要落空了，陆家的几个孩子丝毫不让步，没有商量的余地，他们的意思很明显，如果好商好量便罢，假如说不拢，就是抢也要把父亲的遗体抢回去。任朴知道这件事很难办，可又不能不管，就左说右说地帮两边说合，最后，杨凤仙无奈作出让步，同意陆家把老陆的遗体带回老家，陆家给杨凤仙十万元作为养老费。

送老陆上路的时候，杨凤仙哭得死去活来，她的心里太憋屈了,难道这就是她大半辈子的爱情结局吗?人生真的是不可想象啊,有些道理非到最后地步是不会让人明白的。早知今日,又何必当初呢?爱情,是年轻时的冲动,又是年老时的后悔。

陆家的孩子带着老陆的遗体回到家时,老陆的那位小脚老太太正颤颤巍巍地倚在门首等着,等到老陆的遗体抬下来,老太太揭开蒙在老陆脸上的被单,仔细地盯了半天,喉咙里突然发出两声响,两行老泪顺着满是皱纹的脸流下来,然后回过头,威严地对孩子们说:"起孝,举哀!"陆家的孩子们听到老母亲如是说,这才"哇"地一下,齐声哭起来。

陆老太太由人搀扶着回到屋里,心想:"死老头子呀,你风流了一生,如今终于回到家了,从今往后,我再也不用为你难过,为你担心,也再没有哪个女人能把你从我的手里夺走了。"这样想着,两行老泪不觉又流下来。

老陆去世不久,陆老太太也无疾而终,儿女们又为她举行了一场盛大葬礼,把她和老陆葬在了一起,这对老人算是再也不分开了。

老陆的事让任朴感慨不已,联想到现在的一些官员因为女人出现的各种丑闻,他内心觉得特别不值。人生的道路每一步都不能走错,尤其是作为一名官员,对自己的要求就应该更加严格,过不了金钱和女人关,栽跟头是早晚的事。

二十一

朱老钟什么时候也忘不了市长贾清明到他家里来慰问的那一天。

那是去年春节来临的前几天,当时正是老钟日子最难过的时候。那一年对于老钟来说,真算是多灾多难,一系列的变故打破了他原本安稳的生活。儿子在外打工时出了事故,不仅把挣来的钱花个一干二净,又落了一屁股外债,最后还是把一条腿丢了,挂着个拐杖回到家里。老伴也害了一场大病,在医院里躺了三个多月后,终于在春节快要来到时撒手西去,撇下他一个人孤零零地活着。老钟再没有心思去做活了,连广场的报亭也转给了别人。贾清明要到他家慰问的时候,老钟正对着妻子的遗像和床上的儿子发愁,不知道这年关要怎么熬过去。要知道他的家里是一元钱也难以找到,该办的年货更是一点儿也没有着落呢。

谢天谢地就在这个时候贾清明来慰问他了,跟着来的还有乡里村里的干部,还有市电视台的记者,好几辆小车满满地停在了老钟门前的土路上,一大群人跟着贾清明进到老钟的家里。其实老钟并不认识贾清明,但他头一天晚上就接到村长的通知,所以一大早就在家里等着。

但老钟还是被当时的阵势吓了一跳,他没有想到随同市长来的有这么多人。老钟一时间认不出哪位才是市长,就傻傻地在那站着,心里又惶恐,嘴里说不出一句话来。好不容易想起了村长昨天教他的两句话,就忙不迭地说着:"谢谢市长!谢谢政府!"他低着头,听见贾清明用很洪亮的声音对他说:"老乡啊,你家的困难乡里、村里都和我说了,党和政府很关心你啊。今天我代表党和政府来看望你,给你带来了过年的东西,还有五百元钱,你还有什么困难一定要向政府反映啊,我们不会忘记一家困难户的。"

老钟听着贾清明的话,心里感到一阵温暖,眼眶里,不觉就潮湿起来,但他好多年都没有流过泪了,所以眼眶里的那两滴泪也终于没有流下来。

老钟不知道,市长慰问他的事当天就在夏阳市的新闻中播出了,贾清明的话一句不漏地传到全市,感动了很多人。当然老钟也上电视了,他那饱含泪水的眼睛还成了特写镜头。

贾清明的慰问给老钟带来了很大的精神动力,过了不久儿子打工的工地也赔了一笔钱,老钟和瘸了腿的儿子用这笔钱盖了两个塑料大棚,种植反季节蔬菜,当年就有了可观收入。老钟的日子一天天好起来,他心里有个愿望也一天天强烈起来,他相信自己的这一切都离不开贾清明当初的那次慰问,他要把自家的新鲜蔬菜送给贾清明品尝一下,表达一下感激之情。

眼看今年的春节又要到了,老钟的心愿也越来越迫切,这一天一大早,他和儿子就到大棚里摘了满满一大筐新鲜蔬菜,有黄瓜,有番茄,有青椒,还有西葫芦。老钟带上这些蔬菜,开上三轮车就到城里去了。来到市政府,老汉看到市政府的大楼是那么壮观,心里就又有点儿发憷。他胆怯地来到大门口,吞吞吐吐地告诉门卫他要找市长,却被门卫拦下了。门卫怎么也不相信他是来感谢市长的,快到年底了,这一段上访的群众多,说不定老钟也是来上访的,只不过是骗他们说是来看市长。一旦放他进去,一定会给他们惹出大麻烦来,所以就坚决拒绝他进门,还警告他如果再不离开就通知镇里把他领回去。老钟兴冲冲地来看市长,却不料碰了老大一鼻子灰,心里特别堵得慌,可又无可奈何,只好怏怏地回到家里,好几天别不过劲来。

可老钟终归是不死心,他觉得市长这么爱老百姓,如果知道了门卫不让他进门的事,一定会狠狠地批评他们。他如今又多了一件心事,不仅要去看望市长,见了市长还要告上门卫一状,诉诉心里的委屈。有了这样的想法,过了几天他又到市政府去了。

这次意外地门卫没有再拦他,但是看他的眼神却有点儿怪怪的。老钟也没有多想,轻易地就到了市政府办公楼前。当他进楼里正想问问市长在哪里办公时,却看见市长贾清明正被一左一右两个人扶着往外走,市长的表情很沮丧,全然不似去年春节慰问他的时候那样。老钟虽然觉得有点儿奇怪,但也顾不上那么多,他见一次市长多么不容易呀,无论如何不能错过这个机会。于是老钟大着胆子迎上前去,拦着市长说:"市长,我是你去年春节去慰问过的老钟啊,俺一直记着你对我的好呢,今年家里的日子好过了,我把自家种的蔬菜给你送一些来,我没有别的意思,就是想对你说一声'谢谢'啊。"他说完这些话,就把菜篮子往市长手里递。市长贾清明先是完全陌生地看着他,听他说完后,分别看了一下左右的俩人,突然羞愧地低下头,在他们的扶持下快步向外走去。

老钟愣愣地站在那里,他当然不会知道市长此时因为涉嫌重大违纪违法,正被大河市纪委的同志带去"双规",要交代自己的问题。老钟也不会知道,市长早已把他忘得一干二净,根本也不晓得他是谁呢。

可怜的老钟站在那里，口里还在喃喃地自言自语："我没有别的意思，我就是想来看看他，当面向他说声'谢谢'呢。"

正当朱老钟站在市政府办公楼前自言自语的时候，恰好任朴从外面回来，看到朱老钟，他连忙下车，和朱老钟打个招呼。正在犯嘀咕的老钟见到任朴，拉着他把刚才见到的情景向任朴讲了一遍，任朴听完，第一个反应就是：坏了，贾清明出事了！

很快地，关于贾清明出事的有关内幕便不胫而走，迅速传遍了夏阳市的大街小巷。原来他不仅收受了龚立送他的五十万，而且在逢年过节时大肆收受下属送给他的大量钱物。

他经常背着的两个包的秘密也解开了谜底：原来其中的一个包里装的就是他收受的钱款，还有几根金条。至于他为何一直把这样的包背在身上，很多人想不通。可任朴却觉得那是贾清明极度不安的表现。

贾清明的落马让任朴心理上震动很大，和贾清明共事两年多来，二人在工作上配合还是很默契的，贾清明年轻有为，学历又高，前途应该是无限光明的。贾清明的妻子是一名医生，收入很高，二人只有一个女儿，刚上初中，非常乖巧。任朴怎么也想不通贾清明为何会在钱上栽跟头，他不需要那么多钱啊！任朴记得自己曾经提醒过贾清明，他也信誓旦旦地表示不会犯金钱上的错误，可谁知道他口是心非呢。想到贾清明从此不仅葬送了一生的前途，还要面临牢狱之灾，任朴的心里像被刀子捅了一下，似乎在滴血。他想，总书记告诫大家当官即不许发财的话是何等重要啊，可偏偏有人不当回事，甚至对金钱的追逐到了变态的地步，这些人不是疯了就是傻了，不然的话，他们的行为又该作何解释呢？

二十二

任朴打发朱老钟离去，匆匆回到办公室，他一屁股坐在椅子上，思绪像一台风车呼呼地转着，他感觉自己的大脑充满了血液，有点儿发胀。停了一会儿,他觉得应该给沈清打个电话,赶紧告诉他这个消息,可他又犹豫地停住了,并且为自己的愚蠢念头而懊悔不已。这么大的事情,作为沈清应该是提前就知道的,哪还用得着别人去告诉他。还有,如果大河市纪委没有对外发布消息,他如果透露出去,岂不是自找麻烦。这样想着,任朴的心情渐渐平静下来,他的心里有了主意,知道了自己该怎么办。他决定权当自己不知道,外表不动声色,该干什么还干什么,静观事态的发展,他相信很快会有新的动静的。

果不其然,仅仅过去几天,市委办公室通知,召开市委常委紧急会议,要他立即赶到常委会议室。任朴猜测一定和贾清明的事情有关,心里镇定了一下,放下电话就往常委会议室赶过去。来到常委会议室,任朴看到大部分常委都已到了,大家表情凝重,个个一言不发,等待着沈清的到来,整个会议室的气氛十分紧张。

不一会儿,沈清陪着省委巡视组组长董剑锋和大河市纪委书记曹正阳一同来到会议室,见此三人一起到来,与会的常委们尽管已经有思想准备,但还是吃了一惊,大家没有像往常那样鼓掌欢迎,而是不约而同地把目光集中到三个人的身上,直到他们坐下。沈清先开了口:"同志们,今天我们召开一个常委紧急会议,传达大河市委有关通知,省委巡视组组长董剑锋同志和大河市委常委、纪委书记曹正阳同志也参加我们的会议,让我们鼓掌欢迎。"会场上响起几下掌声,大家很快停下来,继续把目光聚集在三人身上。沈清待掌声停下来,接着说:"下面,欢迎曹正阳书记讲话。"又有几声掌声响起,曹正阳抬起手,做了个向下按的动作,表情严肃地说:"同志们,按照大河市纪委的意见,经过大河市委研究同意,对涉嫌严重违法违纪的夏阳市市委副书记、市长贾清明同志停止职务,实行'双规',接受组织调查。市政府工作由市委常委、常务副市长任朴同志暂时负责主持。"大家听到这个消息,互相地看了一眼,很快地又把目光集中到任朴身上,有的目光中流露出一种复杂的表情。任朴对这个消息感到太意外了,他开始甚至以为自己听错了,待看到大家的目光都集中在自己身上,他才知道刚才曹正阳的话是真真切切的，没有一点儿含糊。他的心一阵急跳，一时间不知道怎样反应。"同志们，贾清明同志涉嫌严重违法违纪，组织上决定对其立案调查，表明了大河市委严肃查处腐败的决心，同时，市委决定由任朴同志主持市政府工作，也说明大河市委对夏阳市的整个班子还是充分肯定的，尤其对任朴同志是充分信任的，希望同志们要相信组织，相信大河市委，在沈清同志的带领下，排除干扰，凝神聚力，保持稳定，继续把夏阳市的各项工作做好。"曹正阳继续讲完了这些话。会场上又响起几声掌声，任朴也从刚才的惊异中回过神来。

接着，董剑锋也作了一个简短的讲话，他说："同志们，省委巡视组入驻夏阳市几个月来，充分开展调研，广泛听取民意，和各个阶层的党员干部座谈，对夏阳市的工作和存在的问题有了一个基本的了解与把握，不久我们还要总结整理，并上报省委，然后再对大家进行反馈。在此期间，我们收到不少有关贾清明同志的问题反映，经过初步判定，这些问题是有一定证据的。按照省委的要求，我们把这些问题向大河市委和纪委作了反馈，大河市委作出对贾清明同志调查的决定，是完全有必要的。省委巡视组接受省委的委派来到夏阳市，我们不仅肩负着发现问题，及时上报的责任，同时我们也会坚决支持夏阳市委市政府的工作，保护和支持大家干事创业。希望同志们一定要正确看待巡视组的工作，放下包袱，振奋精神，大胆作为。"

最后，沈清让任朴作了一个表态发言。任朴由于事前没有准备，说话就有点儿紧张："说真的，对于市委的决定，我事先一点儿没有预料，不过请市委放心，我任朴一定听从组织的安排，尽心尽力干好工作，不辜负组织和人民的期望。也恳请各位对市政府的工作继续给予支持。谢谢大家！"

会议结束后，大家各自散去，任朴随着沈清把董剑锋和曹正阳送出大门，沈清极力挽留董剑锋和曹正阳在市委食堂吃饭，因为大河市委也有会议，曹正阳急着回去，结果只有董剑锋和沈清、任朴一起去吃了个午饭。

午饭后送走董剑锋，任朴仿佛还在梦中，眼前发生的一切太出乎他的意料了。虽然大河市委只是宣布由他主持夏阳市政府工作，但用意很明显，就是要他下一步接任市长，这几乎是官场里的一条定律，除非是非常意外，他接任市长是板上钉钉的事了。他为自己前几天的一个想法感到惭愧。那是贾清明出事以后，他想到自己作为贾清明的副职，市长出事了，会不会牵涉到他这个常务副市长。他又想到这些年来，尽管自己没有大的毛病，但如今的领导干部，如果要执意找错，又有几个能说完全没有一点儿问题呢？这样一来，他就有点儿暗自灰心，产生了隐退的思想。寻思着有机会向组织上提一下，换个清闲的位置，享享清福，过几天悠闲的日子。谁知道上级组织竟会在这个时候对他予以重用呢。

沈清叫住任朴，对他说："贾清明被调查的事情，前些日子本来想和你通通气，但考虑到市纪委办案的要求，还是没有告诉你。"任朴这才想起前不久沈清有一次欲言又止的情景，原来他要说的是这件事。

不久，更想不到的事情发生了，大河市委经研究决定，由任朴担任夏阳市委副书记、市政府代市长。

又过不久，省委巡视组完成了巡视任务，董剑锋一行离开了夏阳市。临行前，巡视组召开了一次夏阳市领导干部大会，董剑锋作了一个重要讲话，他总结了在夏阳市工作的情况，将巡视出来的问题一一向大家作了反馈，并提出了具体的整改要求。最后，董剑锋充满感情地说："尽管夏阳市接连发生了一系列的大案、要案，给夏阳市的经济社会发展和干部队伍建设带来了负面影响，但夏阳市的绝大多数干部是好的，尤其新的市委市政府领导班子是团结奋进的，没有因为巡视组在这里就缩手缩脚，而是把主要精力继续放在发展上，取得了令人欣慰的进步。巡视组的工作在今后将是一个常态，这是中央和省委反腐倡廉工作的需要，希望同志们认清形势，始终不忘党的宗旨，坚持群众路线，任何时候都不能背离党和人民的要求，做一名清正廉洁的好干部。"

董剑锋的讲话像一阵风，吹散了笼罩在人们心中的迷雾。经过半年来的巡视工作,大家开始感受到的是巨大的压力,可慢慢地,那些真正干事的正派的干部心里感觉比以前踏实多了,出气也畅快多了,回想以前的一些行为,大家觉得有一种后怕、后悔。那个时候不仅对大吃大喝、铺张浪费等种种恶习习以为常,有时候一顿饭要串六七个地方。特别到了节日,很多人都忙着拿公款请客、送礼,几乎没有人工作,有的单位甚至连人都找不到。而且干部的升迁基本不靠工作表现,而是看上边有没有人,看能不能送钱,把官场风气搞坏了,把社会风气也带坏了。可如今悄然带来的种种变化,让大家感到没有以前累了,不用再整日忙着陪客,也无须费尽心思托关系、走后门,只要把精力集中到工作上就行了。一种良好的官场生态正在形成。

送别董剑锋的时候,任朴紧紧握着他的手,心里竟然生起一股暖暖的感觉。目前,对于每一个身在官场的人来说,"巡视组"三个字绝对是个热词,不少人听到这三个字恐怕都会紧张一阵子,但任朴却有一种异样的感觉,让他对巡视组有一种留恋不舍。他觉得巡视组不仅是中央反腐的一大利器,同时也是正本清源的一股春风,他内心明白在今后相当长的一个时期,一定还会有人对巡视组的到来感到不舒服,但绝大多数的干部会欢迎,任朴想到此,不仅对前途又充满了信心,他不禁为前一段自己内心的颓废感到愧疚。

二十三

任朴被提拔的消息自然瞒不过白南,对这件事情,她心里又喜又悲。喜的是任朴得到组织的提拔重用,他一定会施展自己的才能,为夏阳市的发展作出贡献,从而实现人生的抱负。悲的是自己和任朴的距离更大了,压在她心里的那份感情更无出头之日。

白南还是像以往那样,习惯下班后把自己关在卧室里一遍一遍地看有任朴镜头的录像带,同时自怨自艾地想着自己的心事。

这晚,白南做了一个让她不敢说出口的梦,梦里她和任朴紧紧地抱在一起。她没有和男人做过那种事,但她却感受到任朴的身子压在了她的身子上,任朴进入到她的身体里,那么有力,那么亲切,她觉得自己飞了起来,飞过清清的龙湖水,飞过绿绿的大平原。她从梦里醒来后,不觉眼泪却流了下来,她知道,刚才的梦境恐怕就是今生她和任朴最亲密的接触了,以后,她或许再也见不到任朴,再也不会梦到他了。

  第二天,白南向台里递交了辞职报告,离开了夏阳市。早在几个月前,白南悄悄地参加了南方一家电视台的招聘,结果被录用了,拿到通知书后,她曾经有过犹豫,在她的内心深处,她有点儿舍不得离开这里。但自从任朴担任代市长后,白南明白他们之间的距离更大了,她对任朴的情感会对任朴构成一种威胁和伤害,给他的仕途带来祸灾,所以她必须离开这里,走得越远越好。一段时间以来,她曾经明显感觉到任朴的司机小王似乎总对自己怀有一种敌意,每当她靠近任朴时,小王总会用一种警惕的目光看着她,好像她是个危险的动物,会给任朴带来伤害一样。她相信任朴是优秀的,会为夏阳市的群众带来新的发展和变化,那也是她的愿望啊!

  就这样,白南怀着既留恋又决绝的复杂心情离开了夏阳市。在飞驰的列车上,白南通过耳机反复地听着宜璇的歌曲《离开你是我的错》:

    回过头你还在路尽头,挥挥手眼泪呀往下流;你没有说太多的挽留,被风吹过曾经牵过的手。说分手并不是真的,后悔的话我却说不出口,离开你是我的错,失去你我舍不得,离开你我还剩下什么,能否让我再重新选择。

  宜璇的这首歌曲哀婉缠绵,正符合白南此时此刻的心情,她听着听着,眼泪不知不觉滑落下来,流到嘴角,白南才感觉到有一股苦涩的味道。她这才觉察到自己竟然哭了,她任由泪水流着,在内心一遍一遍地呼唤着心爱的人的名字。递上无比美好的祝福:"亲爱的任朴,别了,祝你在未来的日子里,一切安好!"

  任朴知道白南离开的消息,已经是很久以后了,他发觉在他的公务活动报道中,那个青春美丽的身影不见了,那张生动热情的面孔看不到了。自从他知道白南对他的情感以后,任朴并非没有动过心,多少次看到白南,他也会情不自禁地想入非非,甚至会想到和白南亲热的镜头,但是他不能,他不能迈出那一步。他是党员干部,他不能犯下那样的错误。

他的心里偶尔会飘过一丝伤感,但他很快又会想到自己的责任,想到卧病在床的妻子。一个人,失去了一份感情固然可惜,但如果失去了事业和家庭,那就不仅是犯错,而且是犯罪了。"对不起,好姑娘,愿你在他乡活得快乐,愿你早日找到心爱的人!"任朴在心里祝福着白南。这一对相互倾慕的人,平时竭力地要躲开对方,可一旦在分开,突然发现彼此实际上早已暗生情愫,真的有点儿感伤。在分手的那一刻,爱情的光亮才照进两个人的心房,任朴的心里是别有一番滋味在心头啊!

任朴有时候也会苦恼,他会像往常一样去找司马正风。自从提拔为市长后,司马正风更不会主动和他联系了,这个家伙,就是这副德行!司马正风的那首《万姓同根》经由一位著名作曲家谱曲,由本市的一名歌手演唱后,迅速在网络上传唱开来。司马正风建议在今年的朝祖会上,组织一万名群众齐唱《万姓同根》,定是一个极其壮观的场面。任朴很为司马正风的激情所打动,他心里有一个想法,把夏阳市的作家文人组织起来,成立一个夏阳市文化发展促进会,深入挖掘夏阳的历史文化,对外宣传夏阳,这样也是聚集正能量啊!

偶尔,任朴还会想到当初那个神秘的信息,如今他完全可以不去考虑它了。可他有时候忍不住想,发信息的人应该不会有什么恶意,或是为了提醒他自我警醒吧。那这人是谁呢?司机小王?司马正风?沈清……管他是谁呢,身正不怕影子斜。

想想也是,这个世界上任何事情背后都会有一个真相,往往这个真相是不被人知道的,即便知道了,有时候又是没有任何意义的。任朴想想这些日子以来,那个匿名信息的确给他带来了紧张和不安,可是也在时时提醒他不要越过底线。由此看来,人内心里有一种惧怕是很必要的,省委派出巡视组不也有这样一层意义吗?过去几十年来,经济的确发展了,人民群众的生活也提高了,但整个官场和社会风气却出现了许多问题,中央现在提出"老虎"、"苍蝇"一起打,向各地派出巡视组,深入持久地开展反腐败斗争,随着一只只"老虎"、"苍蝇"的落马,一个清明的政治时代必将很快到来,这不仅是任朴这些踏实能干、为政清廉的干部之福,也是所有人民之福,是中华民族之福。任朴想到了中国梦,他的心里真真充满了一种豪迈之情。

二十四

因为要选举市长,夏阳市今年的人大、政协"两会"比往年提早了十几天,赶在了春节前召开,任朴代表市政府在人大会上作了政府工作报告,这个报告他亲自修改了很多遍,把这些年他在夏阳市工作的很多思考都写了进去,有些观点非常切合夏阳市的实际情况,而且观点新颖,切实可行,引起了与会代表的共鸣。报告结束,大家对他报以经久不息的掌声。

会议进行到第三天,实行大会选举,尽管沈清在党员代表和大会主席团上一再强调,要不折不扣地实现大河市委关于夏阳市班子配备的意图,确保市长选举要全票通过。但在投票之后,工作人员计票时还是发现了问题,与会代表中间有一名代表投了弃权票,这就意味着任朴当选市长少了一票。怎么办?大会总计票人赶紧把这一情况报告给沈清书记,沈清听到后,心里尽管有点儿不高兴,但也只能实事求是地告诉任朴。夏阳市有一个好的传统,人大代表特别讲政治,历任市长都是满票当选,连贾清明也是。如今到了任朴这里,却少了一票,沈清害怕任朴面子上会下不来,所以有点儿为难。不料任朴却意味深长地看了沈清一眼,说:"这样挺好的,没有什么,就向大会宣布吧。"于是沈清向代表们公布票数,任朴以差一票的情况当选为夏阳市市长。

接着,任朴向大会作当选感言。只见他离开座位,深深地向台上和台下的代表鞠了两个躬,稳步走到报告台前,开口说话。大家注意到他手里并没有事先准备好的发言稿,这也与以前新当选的市长都准备好讲稿不一样,有的人就感到有点儿新鲜,于是对他接下来的发言听得格外认真。

"各位代表,此时此刻,我的心情特别激动,思绪万千。我在想我是谁,我是一个农民的孩子,此时我的年迈的父母并不知道我当选为市长,即便他们知道了也不会太欣喜。因为在他们的眼里,我永远不是一个什么官员,我就是他们疼爱的儿子,他们关心的是我的身体平安,他们怕我劳累,犯错误。我是一个夏阳人,我在这片土地上已经工作了十几年,吃的是这里的人民种的粮食,喝的是这片土地上的水,是夏阳市的这一方水土养育了我,我要知道感恩,不忘报答,要为夏阳的发展和人民的福祉流汗出力。我是一名由组织培养起来的党员领导干部,手中有权力,肩上有责任,必须做到有权须尽责,用权受监督。夏阳是一个人杰地灵的地方,这里的文化厚重,历史悠久,人民勤劳,历届市委市政府为发展夏阳都作出了很大贡献,取得了明显成就。但是夏阳市面临的任务还很重,困难还很多,我深感自己一个人的能力是微不足道的,我要在市委的领导下,紧紧依靠全市人民的智慧,脚踏实地,一步一个脚印地干好每一件事。我打算向大河市委递交一份申请,在我任上,我绝不会主动提出调整和提拔的个人要求,而是将所有的精力投入夏阳市的发展上去。当然,我也不会赖在市长的位子上,如果我干不好,或者以权谋私了,你们可以随时把我轰下台去。"

停顿了一下,任朴继续说道:"各位代表,这里我还有一个事情要告诉大家,那一张弃权票是我投的。"他的这句话一出,台上台下引起一阵骚动,不少人交头接耳,小声地议论着。任朴看了看台下的代表,接着说:"或许你们要问,我为何没有给自己投上一票,因为我想到了贾清明,他当年是以全票当选的,可他背离了党,背离了人民,成为一名犯罪分子。他不仅辜负了广大代表的信任,而且也对不起他投给自己的那一张票。我今天不给自己投上一票,就是要警醒自己,我的这一票,我无权投出,赞成不赞成,满意不满意,要由人民群众来决定。我希望我的这一票,在将来的日子里,由夏阳市一百多万人民群众给我投上!"

任朴讲完,又深深地向台下台上鞠躬。醒过神来的代表们热情地鼓起掌来,掌声持续了好长时间。这些掌声激荡在任朴的心里,让他倍感豪情万丈,眼眶不禁有点儿湿润,他在心里一遍一遍地说道:"亲爱的父老乡亲,我,任朴,一定要做一名你们的好公仆!你们放心吧!放心吧!"

沈清迎上来,二人的手紧紧地握在一起。

走出会场,任朴抬头望了一下天空,盘桓多日的雾霾不见了,云淡风轻,秋高气爽。他深深地呼了一口气,不由得想起刘禹锡那句著名的诗句来:沉舟侧畔千帆过,病树前头万木春。是啊,当前的社会情形不正是如此吗?对于那些为民务实清廉的干部,一个真正的春天正刚刚到来。

(原载《中国作家》2015年第1期)

煤球李子

刘心武

在那条古老的胡同里,有个老年公寓。

老年公寓里最近出了一档子大事。有老流氓窜进去,猥亵了住在里面的老太太。

那老流氓,被扭送到了派出所。老流氓承认,他是有目的地进入了老年公寓,他摸了那已经不能说话的老太太的脸。他在做笔录的时候说,他们以前认识。

派出所民警训诫他一顿后,联系到他那已经是半老太太的闺女,把他领回家去,表示事情不能算完,如果那名被猥亵的老太太的亲属绝不谅解,老流氓还得被处置。

那闺女觉得颜面丢尽。她和父亲一起走在胡同里,派出所也正好在那条胡同,下过小雨,胡同路面湿漉漉的。幸好在那样的天气，那个时段，胡同里过往的人不多。闺女说："你让我脸往哪儿搁？我把脸皮撕下来贴马路上算了！我要到妈的骨灰前头哭一场！"她妈去世快满三年了，骨灰还存在火葬场，若三年期满家属不把骨灰取走，火葬场将视为放弃予以处理。但是现今无论在哪里买个葬骨灰的墓穴，都需要一大笔钱。这笔钱她父亲出不起，她和她弟弟凑吧，她丈夫和弟妹就都有难听的话吐出口，姐弟二人始终协调不好。"这下好了！就让火葬场当垃圾扔了吧！反正你也对不起我妈，你不在乎她！"闺女哭出声来，"你不把儿子的手机号码告诉派出所，单告诉闺女的，你是柿子拣软的捏！你儿子要是知道，他才不来领你哩！即使来，也先啐你一大口！老不要脸的！"

他们走到了胡同里一处凹凸不规整的路段。有个四合院，现在被一家公司占据，院门外，在两堵成直角的墙面旮旯那里，有一株主干弯弯扭扭但蹿得颇高的李子树。树上的叶片被小雨淋湿后，微微闪光，在树冠高处，可以见到结出的李子，圆圆的、黑黑的，像煤粉滚成的煤球。

那被视为老流氓的男子，年过七十了。他的身板还很挺拔，他的肚子不鼓，他脸上瘦得有些嘬腮，出现了一些老年斑。但是从脖子的筋肉可以看出，他还相当结实，他那T恤衫勾勒出的胸肌轮廓线，更证明着这一点。他在那株李子树前停住了脚步，望着那些藏在高处的黑李子。那是煤球李子，他心里默默地说，如今这条胡同里，还有几个老人能记得煤球李子这个说法？他的同代人，有的死了，活着的，老少都迁走了。他也迁出这条胡同二十几年了。就是他还住在这条胡同，他会告诉儿女们这株李子树的来历吗？就是他那死去的老伴儿，他们在这条胡同里结婚、生儿育女，他跟她说过许多的话，但何尝说起过这煤球李子？不说。不能说。人心里都会藏着秘密，文明的词儿叫"隐私"。不那么文明的粗人，心里头也藏着隐私。

六十多年了吧，那李子树虽然生存得窝囊，却一直没被砍伐，没有枯死。开春会冒出一树小小的白花，夏天会披满一树暗绿的叶子。低处刚结出弹丸般的果子，很快就会被人揪下、打落。也不都是孩子淘气，有的大人也有摘青果的陋习。其实即使树上的李子膨胀了，熟了，也绝对是苦涩的。树上高处的熟李子会陆续自动落下，在地上摔破瘪掉。西北风刮来，树叶纷纷飘落。冬天如果不下雪，它在人们视野里被忽略不计，雪后，会有路过的人感叹："敢情这儿还有棵树。"

那棵树是现在被视为流氓的男子，小学毕业的时候，亲手栽下的。精确地说，是他和另一个人一起栽的。那个人当年是个小女孩儿。他们在小学里同班，到六年级的时候还是同桌。那时候，他总闻见女孩儿身上有股香皂的味道，那样的香皂他家是用不起的。而那女孩子，有时候就会跟他说："去，远着点儿我。你怎么浑身煤球的味道啊？"没有冤枉他，因为他的父亲，是胡同里那个煤厂摇煤球的。他父母有五个孩子，他是当中间的一个，他们全家每晚挤在一铺炕上睡，他总是紧挨着他爸。

那女孩儿比男孩儿还淘气。跟别的女孩儿跳橡皮筋、打沙包，她觉得还不过瘾，就常跟男孩儿一起弹玻璃球、拍洋画。疯起来的时候，她敢跟男孩儿赛跑，从胡同这头疯跑到那头，她超过了许多同龄的男孩儿，唯一超不过的，就是他。

两个孩子疯跑过来，一群孩子在那边拍巴掌，乱叫乱嚷，那个疯跑在前的男孩儿是他，紧追在后面的是她。忽然他摔了个马趴，那女孩儿在他身前紧急刹住脚步，气喘吁吁，用手掌往嘴上拍了三拍："哇，哇，哇……"那是当年胡同孩子们起誓的形态，"我不能臭讹！"意思是她不能超过他去算自己跑赢了。

那个四合院的大门会忽然开启，有个妇女会出来，朝那女孩儿呼唤："怎么还不着家？开饭了！"女孩儿就住在那个四合院里，他没有进过那个院子。女孩儿会出来到胡同里玩，却从没请他到那个院里去过。他妈却进过那个院子，她每过一阵儿会去院里帮着那家人的保姆洗床单。她也很少形容那里头的情形，但是，三言两语，闲言碎语，能听出来，那个四合院里住的人很少，花木却很多。而他们家住的那个大杂院，人多，杂物多。

但是那个住四合院的女孩儿，却跟他玩得很好。有一个星期天，那个女孩儿来到胡同中段，遇到他，就递给他一个大李子，说是外地客人送给她家一篮子。那李子很大,皮很薄,牙一沾皮,就能顺那儿破口,把里头绵软的果肉吮进嘴里,哎哟喂,甜进嗓子眼,甜到心窝里了。女孩儿自己也吃了一个,最后剩两个核儿。他就跟女孩儿到那四合院门外的墙旮儿,用手指头把泥土刨开,一起把两个果核都埋了下去。第二天放了学,他们就一起去那个埋果核的地方张望,一点儿动静都没有。一连两个星期都没动静,他们也就懒得再去观望了。但是忽然有一天,那女孩儿跟他说,早上出门的时候,看到那墙根不但出芽儿了,而且都一巴掌高了。那天放了学,他们就一起去看。他要摸,女孩儿吼他:"不能摸!你会摸死它!"是的,美丽的、心爱的东西,是不能随便摸的。

那棵水李子树,就渐渐长得成形了。它为什么迟迟不结果子呢?他们小学毕业,都上初中了。那年头中学分男校女校。他们不在一个学校了,当然也就不能同班,更不能同桌了。但是他们还会在胡同里遇上。他们不再一起玩耍。偶尔遇上了,她先对他笑,他就也笑笑,被同龄人发现,一片起哄声,他先脸红了。

两个孩子都发育得很快,童年时代结束,少年时代短促,那棵李子树,也在发育。它结出了第一批果子。马上有人摘来尝了,都吐舌头,把进口的果肉猛力啐出来。果子不仅难吃,长得也丑,真的跟煤球一样。于是有人就把那棵树结出的果子叫作煤球李子。那男孩儿上到初三了,不再是个孩子,甚至嘴角边都有一片隐约可见的黑乎乎的绒毛。他懂得了很多。比如,他懂了,那么甜的优质水李子,不是用其果核繁殖就能结出来的,需要在砧木上嫁接才行。现在该报出他的名字了,他叫霍振宝。那个女孩儿也已经不再是孩提的少女,叫郎韵珍。

霍振宝有天正在教室里上自习,忽然班主任老师来了,把他叫到教室外面,起初他有点儿紧张,不知道自己究竟又犯了什么错误。其实是好事。来了两个体委的人,他们从区中学生运动会的成绩单上看到,霍振宝是铅球冠军,掷出的距离相当可喜。他们是来选材,要为国家培养出优秀的三铁运动员。他们当即把霍振宝带到空旷的操场上,让他投掷铅球、铁饼和手榴弹。其实按国际标准,投掷三铁运动员是要掷铅球、抛铁饼和投标枪。但是那个历史阶段，中国的三铁投掷运动，是把投标枪改成了投手榴弹。当然，精确地说，是手榴弹模型。霍振宝也没进行准备活动，就傻乎乎地把三样都投掷了，体委来的人竟鼓起掌来。班主任介绍说："他爸是煤厂摇煤球的工人，有时候他会帮着干那个活儿，所以他胳膊有劲儿。"于是就定下来，他半天在学校上学，半天到业余体校去接受正规训练。

霍振宝将被国家培养成破纪录的三铁运动员的消息，在胡同里传开了。有天郎韵珍骑着自行车，在胡同遇见霍振宝，主动下了车，上下打量他一番，问："你真的有破三铁纪录的潜力呀？我原来只觉得你跑得快。"他憨憨地点头："嗯。"本能地把右臂抬起，让肌肉绷紧。郎韵珍不假思索地伸出手指，去感受他那隆起的肱二头肌。那次的肌肤接触，有半个多世纪了吧。如今回想起来，他仍觉得鲜活得如在一分钟之前。

"呀，你还真有点儿钢铁的味道哩！"郎韵珍问，"什么时候开始专业训练呀？"

"开始不了。"霍振宝垂下头说，"我爸不让去。""咦，那为个什么呀？"

"他问人家，补不补粮票？人家说，一时落实不了粮票补助，让家里支持。我爸原来就嫌我吃得多，我哥也能吃，三个姐妹也不是小肚量。我爸黑着脸跟人家说，不补粮票，坚决不让去。"

当时郎韵珍也没说什么。过了两天，她忽然到他们那个大杂院，找到霍家，见到霍振宝他妈，叫声阿姨，递上一个信封，就说是给霍振宝的。她走了，他妈从那信封里抖出一沓粮票，点了点，足足二十斤。他妈很高兴。但是他爸下班回来，脸上还抹着煤灰，没等他妈说完，就脱下一只布鞋追着他抽，还大声地骂："抽死你个不学好的！拍婆子了你！臭流氓！你先给我饿一顿！"

接受三铁运动员训练的事泡汤了。也不单是因为不给粮票补助的事。他爸在蹬着平板三轮给别的胡同住户送煤的路上，出了车祸，是那卡车司机醉驾，当时就把他爸撞断了气。那时他哥哥和姐姐都已经初中毕业走上工作岗位，哥哥当了电工，姐姐在副食店卖菜。他就辍学，去煤厂接了父亲的班。

那天他在胡同煤厂门外摇煤球。跟他父亲一样，光着膀子，穿一个背心式下摆很长的粗布黑围裙，用一个很大的笸箩，双臂有规律地摇动着，以使笸箩里面的煤粉成为乒乓球的形状。那时候煤厂摇煤球常在胡同里的旷地进行，人们并不以为怪。忽然有个人影停在了大笸箩上，他抬头一看，是郎韵珍。

郎韵珍那时候已经上了高中。她穿着碎花连衣裙，梳着两个抓髻，抓髻上扎着两个跟连衣裙材料一样的蝴蝶结。

郎韵珍笑吟吟地对他说："我以为，这笸箩里，全是那树上的李子哩！"

"什么树？什么李子？"他并不是装傻充愣。他觉得自己离郎韵珍已经非常遥远。他确实一时把他们一起埋那水李子果核的事情忘记了。等他猛然想起往事时，笸箩上的人影已经消失，他听见离开的她一边骑车一边烦躁地按车铃的声音。

后来他好几年没再见到郎韵珍。郎韵珍高中毕业，考上另一个大城市的名牌大学，学的是建筑专业。他们的距离不仅在地域上，心思也越来越远，各自的喜怒哀乐再没有任何交集。他有时候会蹬着平板三轮，去给胡同内外的住户送煤球，但是那个四合院，另有卡车给运煤块去。

那个四合院里住的，原来是享受高干待遇的人士。会有小汽车来接送郎韵珍的父亲，那位有身份的人士总是在上下小汽车的时候，才会在胡同里露一下面儿，胡同里的一般居民总看不清他的面容。头两年，蹬车路过那个四合院时，霍振宝还会偏过头，望望那两扇紧闭的门，再后来，他心里就觉得，那个院子跟他毫无关系，过那门时，就很麻木。那么，那棵结出煤球李子的树呢？他路过时，还会在意吗？渐渐地，也不太在意了。小时候不懂事，现在懂了，有些人和事，就是会越离越远的。

郎韵珍大三那年的暑假，她回家来，在胡同里遇到过霍振宝，他们在距离一米半外站定，礼貌地打招呼。她告诉他，她学的是建筑。他问："你要盖好多高楼吗？"她笑答："不，我的兴趣不是造楼。我的兴趣是如何保护好这胡同和四合院。"她的这个志向，他完全不能理解。

郎韵珍大四快毕业的时候，狂飙似的运动爆发了。学校里一番混乱后，学生们开始大串联。郎韵珍赶回家来的第二天，她父亲就被揪走了，从她家抄出来的东西，有的就乱扔在那四合院门外。那株煤球李子树，默默地注视着种种狂暴。最恐怖的一幕是，因为那个四合院的女主人对抄家的红卫兵有所反抗，不但被打，还被锁进了一个大铁笼子里，那大铁笼子原来是胡同里某家养鸽子用的。鸽子前些日子"破四旧"全弄死了。那天，那铁笼就被移到了那棵李子树跟前，锁进了人不说，还在旁边立了个大纸牌子，上头写着："牛鬼凶猛，切勿靠近！"锁进人以后，一些红卫兵在笼外高声声讨笼里的"牛鬼"，一些胡同居民围观。红卫兵的行为全赖激情支配，他们并没有什么严密的计划，也没有什么明确的分工，一句话，他们进行的是没有规则的游戏。他们散了以后，没有谁再过问笼子里人的死活，胡同里的一般居民也没人再去围观，夜幕渐渐降临，几百年的胡同里，出现了史上最怪诞的一景。

那笼子里，关进的不是一个人，而是两个人。是两个女人：一个是郎韵珍的母亲，一位此前养尊处优的夫人；另一个就是郎韵珍，本来红卫兵们只是骂她"狗崽子"，并没有要把她关进去，但是，她拉着母亲的手不放，执意要跟母亲共生死，这才被一起关了进去。本来那个院里还有一些别的人，比如公家派去的锅炉工、保姆什么的，郎韵珍小的时候，在胡同里疯玩，常常从院里出来喊她回去吃饭的，并不是她的母亲，而是那保姆。但是风暴起来，锅炉工、保姆就都自动撤离了。

那个夜晚，铁笼子里的两个女性，她们肉体和心灵的煎熬，嵌在她们的心灵深处，唯有自知，后来她们之间，也都回避那一话题。

就在两个绝望的女子在铁笼中瞉觫着，解救他们的人来了。那就是霍振宝。他无言，走近铁笼，就用一把钢锯锯那铁条。钢锯是从煤厂里找来的。那铁条十分坚硬，锯起来非常吃力。郎韵珍要从里面握住钢锯另一端帮助使力，霍振宝压低声音，却是十分严厉地斥责她:"你别动手!你动手,性质就变了!"郎韵珍就没再伸手。霍振宝大约用了十分钟,锯断了两根相邻的铁条。郎韵珍后来回忆,那十分钟,比一个世纪还漫长。

郎韵珍和她的母亲,就那样逃脱了。有意思的是第二天也没有什么人来及时追究。关锁她们的红卫兵那个晚上就都跑到火车站,唱着革命歌曲,搭车往外地串联去了。那个铁笼,以及另一些扔到院外的东西,被一些胡同居民搬走了。那个铁笼,几年后又被一户人家用来养鸽子了,飞翔的鸽子发出的鸽哨声,是这座古城中最固执也最动人的一种吟唱。那个四合院,后来一度成为军宣队区指挥部的办公场所。

小二十年过去了。一个艳阳高照的日子,那株李子树上又结出许多煤球李子。一辆出租车开进了胡同,停在了那个四合院门外。车上下来一位年过四十的妇女,从那发型衣装就能看出,是从国外来的,那是郎韵珍。那个夜晚,她和母亲先逃到同城一位亲戚家,借到了钱和粮票,第二天一早就往南方逃遁,乘过长途汽车、火车、轮船,也步行过,后来,到达广东,又偷渡到香港。她们找到香港的亲戚,去了美国领事馆,经过人家一番调查研究,等待了三个月后,被确定为难民身份,飞往了美国。在美国的头几年,母女俩都在快餐店端过盘子,备受艰辛。后来熬出来了。她嫁得不错,生下一个女儿,已经亭亭玉立了。这边早给她蒙冤去世的父亲平了反。那四合院本是公家分配给她父亲居住的,后来使用单位几经转换,但是她觉得只有走到那里才算回到故土。虽然有这边一再的邀请,但她的母亲坚决不回来,没有说别的理由,只称身体不好。当她再回到那个四合院门前的时候,她尽量压抑那年被锁进铁笼的记忆,她望着那株李子树,一些模糊然而亲切的往日烟雾,腾起在心头,令她深深地吐出一口气来。

那天她又和霍振宝在胡同里邂逅。他们又是相距一米半对站对望。岁月雕刻了他们的身躯、脸庞,变化都不小,但是他们都一眼就认出了对方。那天霍振宝休息,他去街上为家里小厨房买了铅丝,就把那卷成几圈的铅丝套挂在了脖子上。他的衣衫陈旧,但很整洁。她问他:"你过得好吗?"他答:"挺好的,再不用为粮票发愁了。闺女和儿子都上中学了。"他没有问她什么，她主动说："我女儿也在那边上中学了。"他仍然没有问什么，她就再主动报告："我定居在美国了，这是头一次回来看看。"他还是没话，但是表情上能看出来，他是高兴的，他不希望马上分道扬镳。她就左右望望，说："这胡同划在旧城保护区里了，基本上没变化，我很欣慰。我回老院子看了。起头传达室还不让我进呢，后来里头的总经理招待了我，我在那院子里、屋里转悠了好久。我把青春储藏在那个空间里了。我真的欣慰，国家改革开放了，那院子保护得挺好。南墙根的玉簪花还在开放，还那么香。"他默默倾听着。他住的那个地方可大变样了。原来是个大杂院，现在不能再叫院子，因为家家盖出小房子，说是小厨房，其实好多是盖来住人，甚至是婚房。他家在最里边，从大门走进去，只剩窄窄的而且有些个歪歪扭扭的通道。他母亲也亡故了。一个姐姐两个妹妹都嫁出去了，现在父母留下的空间，由他和哥哥两家居住，他们都娶了媳妇生了孩子，就接出去加盖了小厨房。挤在一起闹矛盾的日子就快结束了，因为煤厂合并进煤气公司了，早已废除了煤球的生产，他早就是蜂窝煤的压制能手了，而且蜂窝煤在城区的使用开始限制了，今后会停产，那煤厂的一大半，已经是液化煤气罐的置换站了。煤气公司在另外的街区盖了宿舍楼，他正争取分配到一个单元，他哥哥也想住进去，但是他哥哥从未在煤厂上过班，而他已经是资深员工了。新领导更想起来，他父亲是因公牺牲的烈士，这样煤厂里其他人也难跟他竞争了。他的生活前景很美好。那天阳光照耀在胡同里，胡同里飘散着槐花的香气。他们面对面站了多久？其实没有多久，但是后来各自回忆，却都觉得起码有放映完一部故事片的长度。

　　他们平静地告别，都没有提起那株他们一起栽种的树。当时他们埋下了两个果核，后来蹿出苗长成树的是哪一个？为什么一个活了，一个没有活？这一死一活，是由谁决定的？

　　再后来，他们又都经历了各自许多琐屑的哀乐。霍振宝一直住在煤气公司分给他的那个楼房单元里。退休前，女儿就嫁了出去，有了自己的住房。儿子娶媳妇给他生了孙女以后，长年跟他住在一起，儿媳妇跟婆婆处不好。他老伴儿私下总跟他说，早晚会让那刁儿媳妇气死。后来，儿子要买商品房，首付他和老伴支持了不少，多年的积蓄啊，但是值得，从此耳边再也没有儿媳妇的尖声怪气。但是儿子一家迁走以后没多久，老伴查出了肝癌，且是晚期，经过三个月的手术、化疗、放疗三部曲，就去世了。给他留下的遗言是，癌是那儿媳妇给她气受憋出来的。他们的那个单元，是前些年从单位以优惠价购下的，有了房本，只要那儿媳妇不离不死，就绝不让儿子两口子继承，要写个遗嘱，他死了以后，房子由闺女一家和孙女继承。他也确实写了个遗嘱，病榻前念给老伴听了。老伴瞑目了。在遗体告别的时候，他看见儿媳妇掩面哭了起来。那不会是装的，她也没必要装。所以，人心难测，不只是说人性恶没法探测，人性善其实也是没有办法预料的。他就没有把那遗嘱跟儿子、儿媳妇公布。这两年，他们那栋老居民楼所在的地皮要征用、楼里住户要拆迁的说法越来越不像是谣言，儿子、儿媳妇带孙女来看他的时候，就总问起："什么时候能给补偿？能给多少补偿？"而女儿女婿带着外孙子来看他的时候，也总提醒他："若有补偿也是您个人的，您若要分，那我们也有一份！"这是他晚年闹心的事，晚辈走了以后，他把带来的东西——多半是吃的，分门别类往冰箱橱柜里放置时，总不免深深地叹气！他所需要的，难道只是这些个东西吗？晚上一个人看电视，逢到偶尔出现一点儿床戏，他就在沙发上伸长脖子，两眼直勾勾地盯着看，心里责怪那些镜头太短太含糊。夜深人静，躺在床上，他会有原始的冲动。

郎韵珍在美国经历了繁荣，也经历了衰落。母亲在她第一次回国不久就突发心肌梗死过世了。她和丈夫离了婚，是非常平和地分手。女儿的青春反叛期很长、很烈，她以坚忍和宽容应付了过去。女儿从常春藤大学毕业，在美国腹地，密西西比河畔的孟菲斯大学获得教职，先后和三个男子同居，却始终不结婚、不生孩子。她靠跟丈夫离婚获得的一大笔钱维系生活。她不愿意到孟菲斯去住在女儿附近。她离不开纽约法拉盛的唐人街，那里有她觉得舒服的华人社交圈。后来她出现了心脑血管系统的毛病，她相信中医，回国来治疗。她父亲获得平反后，国家发给了她中国护照。她在中国轻微中风，右边膀子和胳膊严重麻痹。女儿飞回中国，要把她带回美国。她说她不回美国了，她就留在中国养老。她从电脑上查到，她小时候居住的那条胡同里的那家煤厂，已经完全迁走，改成了一家老年公寓，她让女儿把她送往那里。女儿去看过，也承认那条古老的胡同特别具有东方韵味。那家由原来的煤气罐置换站改造成的老年公寓，里面的仿古平房建筑，有现代化的卫生设备，庭院里花木扶疏，护工都经过职业培训，虽然本身的医疗设施比较简单，但是不远的地方就有很不错的三级甲等医院。这所老年公寓的收费标准，若按中国一般市民的平均收入衡量，是比较贵的，但是若按美国的标准，那是相当便宜。女儿为郎韵珍包下了一个带卫生间的单间。若按母亲自身的存款数量，以及老年公寓不涨价为前提，那么，住五十年也住得起。何况，她作为女儿，就是母亲完全没有钱，负担起来也不困难。女儿在那老年公寓陪伴了母亲一周。母亲让她把轮椅推到胡同里去，本来老年公寓是不准许的，但是她们母女特殊，也就不那么严格限制她们。初期，郎韵珍虽然半边身子不灵活了，说话也比以往速度慢了很多，有些词语也吐不清楚，但是，她还是能跟女儿交流的。她让女儿把她推到那个四合院门前，讲到许多往事，特别讲到女儿的外公，那女儿对外公非常隔膜，觉得只是一个虚无缥缈的符号。母亲跟她说，外公很了不起，那时候，享受像她外公那样级别待遇的，子女都送到特殊的寄宿学校去读书。但是她外公却主张就近入学："跟人民群众的子女一起上学不是很好吗？可以受到劳动人民勤劳淳朴优秀品格的熏陶啊！"女儿不跟她争论。女儿从外婆那里听到的是另一个版本，就是小学中学阶段，之所以没让她妈咪去那些离得远的特殊学校寄宿，是因为外婆想天天看到独生女儿的笑容，听到她的笑声。女儿没听过母亲跟她讲那株李子树的来历，但是记得母亲多次讲到院子里南墙的那一溜玉簪花。

但是郎韵珍的身体状况在女儿第二次利用假期来看望以后，迅速恶化了。她不能说话了，只能发出一些呼噜呼噜的声音。去大医院做了多项检查，结论是她的脑血栓是多发性的，无法手术，也很难靠药物将那些细碎的堵塞块化解。先是她的右下肢也麻木了，后来那些细碎的堵块恰好把大脑里主持说话功能的那部分微血管栓塞了。但是她大脑的其余部分的血液流动还算正常，她认人没有问题，你跟她说话，她能以表情作出回应，她有时候会优雅地微笑，有时候会流露出感伤，眼角溢出泪珠。她的左臂左手虽然功能衰退，但是还能弯曲。起初她能自己去卫生间，后来护工扶她去卫生间，再后来抱她去卫生间，再再后来，就不去卫生间，穿纸裤子铺纸垫子拉撒了。护工真的很好，每天早上会把她收拾得干干净净，会给她按摩，按钟点给她翻身，她始终没生过褥疮。逢到没有雾霾的天气，护工会把她抱上轮椅，给她盖严实了，推她到院子里花丛旁晒太阳。她会很享受地望着院子里阴影处的那些玉簪花，偶尔她会拼力伸出左手，指向大铁门，心里想的却是，行行好，把我推胡同里走走吧，但是没人会满足她的这个愿望。老年公寓是公办的，公寓的领导是位中年妇女，常到她屋里看望她，总是感叹："老奶奶真了不起，七十多了，脸上还看不出皱纹来，一块老年斑也没有，脸颊上还有玫瑰花瓣似的颜色，我们若到您这个年纪，指不定锈成什么样呢！"她听得明白，只是无法用言语回应，就加重微笑，于是她那依然秀气的脸庞，就越发像是一朵开放了许久却仍不凋谢的芍药花。

　　于是就到了那一天，有个男子摸进了她的房间。当时护工不在，每个护工要照顾五位老人，不可能总在一个老人身边。郎韵珍当时醒着，她刚开始很害怕。那是谁呀？是坏人吗？后来那男子接近了她床边，窗外的光线正好照到那人脸庞上。那是熟人啊！于是，她觉得是在做梦。她住进这个老年公寓后，多次梦到过这个人。怎么又梦见了？为什么脖子上这回并没有套着铅丝圈？又为什么跟以前那些梦里的形象不大一样？怎么会老了？意识到自己也老了，她现出自嘲的微笑……那人竟坐在了她左边的椅子上，微微俯身，唤着她的名字。她很惊异，因为那以前，他从没唤过她的名字呀！而她，似乎也从没唤过他的名字。那一刻她也想呼唤他，喉咙里呼噜呼噜的，她想叫的却并不是霍振宝，而是煤球李子。是的，是的，她的煤球李子，此刻活生生地出现在她面前。她心灵深处喷涌出一种极乐，她一瞬间仿佛飞速穿越过自己的一生，所有经历过的一切都化成轻烟，只有现在身旁的人是实在的。她第一次真真切切地意识到，她从少女时代就爱着眼前这个生命！

霍振宝先用右手握住她的左手，并不敢用力，但是郎韵珍的左手却有了相当明显的反应，她努力握起自己的手指，她怕那只温暖的大手退缩。霍振宝进一步俯身，望着她的眼睛，她用眼神积极回应。知道郎韵珍认出了自己，并一步俯身，望着她的眼睛，她用眼神积极回应。知道郎韵珍认出了自己，并且释放出接纳他的信号，他的心醉了，他在醉醺醺的甜蜜感觉里，大胆地用左手去轻轻摸了她的脸颊……

这个世界那一天发生着许多重大的事情，政治上的、经济上的、文化上的：局部战争，大数额订单的签署，新政策的出台，网络上的激辩，国际艺术活动的颁奖大典……但是，在古老胡同的一隅，在那老年公寓的那个单间，两位名不见经传的古稀老人之间，生命的电光石火正在迸发出瑰丽的诗画。历史对他们会忽略不计，于是我们应该懂得，许多永恒价值的存在，是在历史之外。

霍振宝被进屋的护工发现了，他赶紧起身出屋。岂能放过他？护工追到前院，大声喊叫，于是没多久他就被带到了派出所。对于民警的询问，他只极简单地回答。他不想多说，说也说不清，说清楚了谁信？他接受处置，随便。他心里很满足，他就是想看看年轻时候的一个熟人，他看到了。他可以不再去看。他是怎么知道郎韵珍住在那里头的？后来闺女也一再问他，他总不说。

对于老年公寓来说，那是桩泼天大事。老流氓怎么混进来的？谁的责任？那天老年公寓请了几位师傅来修理空调，那家伙一定是跟着那些人混进来的。要不要通知郎韵珍在美国的女儿？有的说据护工反映，事后郎韵珍病情并没有加重，晚上进食胃口倒比往常还好，因此，似乎不必急吼吼地通知家属。有的则说这事虽属丑闻，却万不能隐瞒，必须通知其女儿，老年公寓要就管理出现漏洞当面跟家属道歉，对于是否对那姓霍的老流氓提起公诉，要听取家属的意见。虽然打去越洋电话很贵，但是郎女士的女儿也留下了电子邮箱，发个"伊妹儿"去是很便宜的。电邮如何措辞？又讨论推敲了半天，后来就通过"伊妹儿"联系了郎女士的女儿。

郎韵珍女儿生在美国长在美国，英文名字是 Katie，写成中文是凯蒂。凯蒂很快从万里外的孟菲斯飞过来了。她仔细听取了老年公寓和派出所对掌握的情况的描述，她听中国话的能力比说中国话的能力强，她跟她母亲既说中国话也说英文。她单独跟母亲进行了特殊方式的交流，最后她获得了一张她母亲用左手费老大劲儿写出的纸条。那上面歪歪扭扭呈现出七个英文字母，是三个简单的英文单词，表达出一个明确的意思。她没有跟老年公寓和派出所方面出示那张纸条，她提出要跟霍振宝单独见面交谈。她约霍振宝到她下榻的酒店茶寮交谈了很长时间。后来她再跟老年公寓和派出所的人一起交谈，她说那位霍先生不是流氓，不要再用"老流氓"这样的字眼侮辱他的人格。她认为霍先生和她母亲是一对有过青梅竹马恋情，并且现在又坠入爱河的恋人。一个是鳏夫，一个现在并无配偶，为什么要阻止他们的相爱？老人，病人，也有爱的权利。凯蒂的结论令老年公寓和派出所的人大为吃惊。

于是又出现了新的一幕——把霍振宝请回了郎韵珍住的那个房间。凯蒂大声说："妈咪，你看谁又来了？"霍振宝坐到床边的椅子上，伸出右手去握郎韵珍的左手，郎韵珍的左手手指明显地迎握着那只比她大许多的手掌，现出幸福的微笑，整个脸庞仿佛春风中胀圆的花朵瑟瑟颤动。站在稍远处的老年公寓和派出所的人全都看清楚了。

凯蒂放心地返回美国了。此后，霍振宝常常来看望郎韵珍。

那天雾霾消除了。经过特许，霍振宝推着轮椅上的郎韵珍，出了老年公寓，到胡同里转悠。他把她推到了那个院门外，来到那棵李子树下。他们对望了一眼，于是互相都很清楚了，关于播种煤球李子这个秘密，除了彼此，他们始终没有跟任何其他人道出过。

（原载《人民文学》2015 年第 2 期，转载于《新华文摘》2015 年第 10 期）

孤　证

胡性能

　　找了差不多十年，才找到你的线索，这让我非常欣慰。从离开松村监狱起，我就再也没有见过你，包括早我一年分到松村监狱的方向东和强奸犯朱志强。当然，对我来说，朱志强三十年前就死了，他死得诡异、蹊跷，像一个魔术。不过他要是明天就出现在我的面前，告诉我他就是当年的朱志强，我也不会吃惊，我经历过的匪夷所思的事情实在是太多了。此时，我坐一辆绿色的出租车从昆明城赶往三十公里外的长水机场，那儿离你现在的居住地吉林省农安县有三千多公里吧？总之，四个小时的航程之外，我还得乘两个小时的长途汽车，如果顺利的话，我会在今天晚上抵达你生活的农安县城。我相信你知道我来的目的。

　　原谅我没有提前打电话，我担心你拒绝。司法局老干办的那个胖姑娘是个热心人，她从一本厚厚的花名册上翻到了你的地址，还有电话。早些年，她每个月都要往那个地址寄你的养老金，现在不用了，可以从银行直接打到你的卡里。你不知道，找到你是我解开那个谜的最后的希望。我不是较真，真相永远不是用来较真的，我只是比较孤独，常常会觉得众叛亲离，不被人理解。很多时候，我都试图说服我自己，当年朱志强是没有死，他的尸身没有被我送进那个潮湿的防空洞，是我神志不清，产生了幻觉。

　　有一点我们都没有想到，当年的松村，后来会改名为长水，两个风马牛不相及的地名竟然可以人为调换。我记得在松村的时候，每到冬天，那个地方就会大雾弥漫，空气潮湿，细小而密集的水珠吸收了光线，阳光照射不进来，浓雾里的村庄一切都模糊不清。每当这个时候，在松村监狱接受改造的狱犯就不再外出干活。那是一群被圈养的狼，狱警们担心他们会主动迷失在大雾中，那会非常麻烦。那样的天气，狱犯们会被安排坐在车间里，在昏暗的灯光下，他们穿着整齐划一的劳动服，理着光头，人手一把黑色的剪刀，沉默不语地把辣椒后面的梗给剪掉。许多年过去了，我还能记得剪辣椒梗那窸窸窣窣的声音，细碎而密集，仿佛有一群老鼠在黑暗中就餐和交谈。

　　从远处望过去，长水机场的候机大楼外形像一架正在起飞的巨型飞机，向上高扬的檐角象征着正在昂起的机头，还有往两侧不断延伸的巨大机翼。你做梦也没有想到有一天我会在这儿乘飞机外出吧？五年前，这个机场的某截跑道下面，有一个四周建有围墙的监狱：松村监狱。你也许忘记了，我在那儿工作的时间，恰好也是五年。

　　再过几个月，我就退休了，你比我大二十岁还是二十五岁？时间就像是被稀释过的硫酸，这世间的一切包括记忆都被它腐蚀了。我之所以不远千里地过来找你，是相信在人生的暮年，你会愿意把三十年前的真相告诉我，来日无多，应该没有什么事情再让你畏惧。

飞机开始倒退着滑行，原本躲在阴影中的机身置身于午后四点的阳光下。即使没有云层的阻隔，此时的阳光与我乘坐出租车赶往机场时相比，也明显衰弱了。不是光线的明亮度发生了变化，而是隐藏在光线中的某种心气已经渐渐丧失，你不知道，我觉得这光线中有什么值得我珍惜的东西悄悄流失了。

你是在二十年前离开的云南，还是更早？树上的黄叶，是不是只有落到地上才会感到踏实？我猜想你不会再来云南了，如果你割舍不下，当初你就不会离开。我突然想起一个人来，坂桥镇上开旅店的秦娥，她的样子在我的大脑里浮现了一下，又沉到了记忆深处，就像是有一盏灯亮了一下，又熄灭了。

飞机滑行了一段之后，又停了下来。开阔的地带突然变得安静，只是偶尔有飞机起飞或降落的声音传来，像远方密集而沉闷的雷声，有时又觉得像是夹杂着暴雨的大风扫荡而来，它们突然、短促，像睡眠中的咆哮。你不知道，当我将额头抵在舷窗的玻璃上望出去，我看不到松村监狱的一点儿影子，它就像是一个巨大的坟墓，被时间的厚土掩埋。舷窗的外面，是往两头延伸出去的跑道，以及跑道之间稀疏的草皮。我们工作过的那座监狱就像是从来没有存在过一样，一座现代化的机场，把松村监狱毁尸灭迹了。这让我有小小的难过。

眼前的一切倒还真实。我坐的地方在头等舱后面两排靠窗的位置，离机翼不远，裸露在阳光下的机翼反射着白光。你要是坐在我现在这个位置，也能发现舷窗的外面，光滑的机翼是由规格不一的铝板组成的，上面纤尘不染，只有一排排用于固定铝板的螺钉和用于指示的黑色箭头。当然，还有一个巨大的黑色英文字母 B 和 587 三个连在一起的阿拉伯数字。

我平时外出的机会并不是很多，这次我乘坐的飞机在跑道上等的时间长了一点儿，以至于什么时候起飞也成了一个谜。机舱里面的人昏昏欲睡，仿佛这架飞机能不能起飞与他们都没有关系。我心中有努力压抑的焦虑，担心赶到三千公里外的长春之后，搭不上去农安的长途班车。不过不要紧，我可以第二天再赶过去，我都已经等了三十年时间了，再多等一天也无妨。

你不会忘记朱志强吧？老方走掉以后的这十来年，我一有机会就寻找他的线索。我询问过松村监狱的管教，也向在那所监狱待过的狱犯打听过他的消息。但对于一个三十多年前在那个地方接受改造的狱犯，没有人知道他详细的信息，许多人甚至都忘记松村监狱曾经有过那么一个狱犯。不过我觉得你不会忘记，方向东也不会忘记，因为我也没有忘记。

作为一名狱警，我当年在见到刑犯朱志强的那一瞬间，就知道他不是个善茬儿。人一生的秘密，其实都写在脸上。在松村监狱的时候，我看过朱志强的刑事犯罪档案，知道他是因强奸罪来这儿服刑的。原本，朱志强是个卡车司机，但他把一个搭车的姑娘给强暴了，而且在事后控制了姑娘的人身自由，挟持着她一路走南闯北。直到姑娘怀孕，不得不进医院进行人流手术，朱志强的罪行才被发现。在法庭上，朱志强坚称姑娘是他的未婚妻，是为了逃婚与他私奔的。他说，如果姑娘不是他的未婚妻，他早就找个偏僻的山野，把姑娘杀掉了，没有人会知道。但是法院最终还是没有采信朱志强的陈述，那个没有出庭的姑娘承认她答应过做朱志强的妻子，她对询问的警官说："如果不答应他，他就会在路上把我杀掉！"

看守所里，嫌疑犯们最看不起的就是强奸犯。他们害怕杀人犯，羡慕经济犯。通常涉嫌强奸的人进到看守所，都会被暴打一顿，然后被安排睡在靠近马桶的铺位上，狱头拉完屎后，会把屁股高高翘起，让他给揩屁股，如果不懂事，往往会被狱头再打一顿。

朱志强的个头并不高，只有一米七左右，但长得结实，像公路边那些被锯掉一半的粗壮的行道树，生命力非常旺盛，从他脸上的胡楂和密布的青春痘就可以看得出来。打斗是少不了的，但谁都没有想到，形单影只的朱志强最后会占上风，打翻了监舍里所有人，顺理成章地成了新的狱头。当然也有代价，朱志强右脸的下端留下了一条长约十厘米的疤痕。我不知道当初是谁替他缝合的伤口，那可不是一次成功的缝合。粗糙的手术，让他脸上的伤口愈合之后留下了明显的针脚，所以朱志强的脸上，像是爬着一条泛红的蜈蚣，尤其是在他激动的时候。

在松村监狱做狱警的那几年，每隔一段时间，我都会做犯人越狱的梦。梦中，有时是我带着人追捕那些四散逃走的刑犯，但是有的时候颠倒了过来，狱犯暴动，我在梦中被那些野蛮的狱犯追捕。作为一名狱警，那是特别伤害自尊的逃亡，即使是在梦中，我也会被羞愧弄得满头大汗。现在我可以告诉你了，我不但做过被狱犯追捕的梦，还做过被你和老方追捕的梦，梦中的你们是狱犯的卧底，我想逃出被大雾笼罩的松村，逃得精疲力竭，也没能逃脱那团浓雾的包围。

我之所以对朱志强印象深刻，不只是因为他死之后，是我与方向东把他的尸体抬到防空洞里，而是在我所做过的那些被狱犯追捕的梦境中，几乎每一次都能梦见朱志强清晰而强悍的脸。我甚至都怀疑他脸上的那只红色的蜈蚣已经爬进了我的大脑，就藏在我后脑的某个地方。

松村监狱占地应该有两百多亩吧，你一定还能记得，里面有一个巨大的土堆，上面修有监狱的瞭望哨。如果仔细观察，还会发现土堆的下面，有一道不起眼的铁门，后来才知道里面是一个刚动工就停建的防空洞。你去松村监狱的时间比我早得多，知不知道修那防空洞是什么时候？当初也没想着问一下。我现在还记得，锈迹斑斑的铁门上，有几个细小的孔。我刚来松村参加工作时，曾经去过那儿，把眼睛凑在铁门上面往里看过，但铁门后面一团漆黑，什么也看不清楚。后来，老方告诉我说，原本那个地方要修防空工事，可只修了一截不到二十米长的隧道，就废弃了。你也许不知道，我从分到松村监狱工作开始，就把方向东叫老方，其实我们俩的年龄一般大。

朱志强出事的那天，老方慌慌张张地跑来，让我赶快到板桥镇上去找你。那天一大早，松村监狱里的狱犯被拉到城里清理下水道去了，这是一桩苦活儿，但是狱犯们都愿意干。他们已经太长时间没有见到过女人了，更别说漂亮的女人。去城里干活，的确是给他们的眼睛打牙祭，每个狱犯，都会珍惜在城里干活那短暂的时光，眼睛里长出两把小镰刀，亡命地收割一切美色。我还知道，每当狱犯集体被拉到外面干活以后，你都会从松村监狱里消失，偷偷溜到板桥镇去找秦娥。当时你是松村监狱的狱医，无论是狱警还是狱犯，我们都叫你席医生。其实我知道你的真名叫席如林，吉林农安人，老革命，一九四九年跟随宋任穷的部队从那边一路打过来的。但后来你为何来到松村监狱做狱医，没有像你的一些战友那样飞黄腾达，我们都觉得这是一个谜。

我还记得那是一个星期六的上午。头一天的下午，我已经向单位请了假，准备回离松村监狱二百公里外的老家看望生病的父亲。正当我准备出门的时候，老方突然推开了我的房门说，朱志强昏倒了，口吐白沫。我才知道，那天上午，当所有的狱犯进城掏下水道时，朱志强因为身体的原因留了下来。你一定以为狱犯都进城去了，没有人去医务室找你看病，就去了板桥镇。那天上午，我与老方赶到监舍的时候，朱志强已经神志昏迷。老方让我把躺在床上的朱志强背起来，你不知道一个丧失知觉的人有多重。那个强奸犯在我背上一直往下滑，我不得不弯下腰来，弓着身子踱躞着把他背到医务室。路上我还想那么重的一个人，压在那个姑娘身上她怎么能吃得消？

到了医务室，才知道你不在里面。老方诡异地望着我笑了笑，要我赶到板桥镇，把你给找回来，我就知道你是会秦娥去了。老方只早我几个月参加工作，可是一遇到事情就像是我的领导那样支使我，但我向来都不与他较真。我骑上了监狱里的自行车，打开监狱的铁门，沿着一条铺着煤灰石的土路，朝着几公里开外的板桥镇一路狂奔。

那时已是深秋，松村监狱附近田地里的粮食都已收割，有苞谷秸扎成的大垛三五成群地搁置在闲地里。大地突然变得空旷，让我有些不习惯,就在我骑着自行车往镇里赶的时候,突然觉得眼前的那一幕好像在哪儿见过,是以往的一段经历,还是梦中曾经的景象,一时间也理不清头绪。

这种似曾相识的感受发生过也不是一次两次了。有时候,过去的事情一旦过去,你真还不知道它的真假,往往是梦境和现实混为一谈。我之所以这么说,是想再重复一次,我的确看到朱志强死了,不是幻觉,更不是臆想。

你知道,从松村监狱去镇上的土路并不平坦,几公里的路坑坑洼洼,如果下了一点儿小雨,就会变得非常湿滑。我那时的车技其实已经非常不错,但我不知道为什么摔了一跤,虽然没什么大碍,可在我跌下去的时候,左小腿被煤渣划了一个口子,鲜血缓慢地从里面渗透出来。我当时顾不得去扶跌倒的自行车了,而是跑到路边的地埂上,扯了一把野蒿叶子,搓揉碎之后,敷在了伤口上。我至今还清楚地记得,野蒿绿色的叶汁和红色的血液交汇在一起后,颜色慢慢变深……你是医生,知道野蒿的确是止血良药。

你应该记得,我是用自行车驮着你赶回松村监狱的。我一路拼命地蹬,并没有耽搁太长时间,可是等我们赶到松村监狱,还是晚了一步。那一天的气候不错,松村难得的天高云淡,监狱里安静得要命,弥漫着一种令人心悸的不祥气息。我与你赶到监狱医务室以后,看见朱志强躺在屋子靠窗的那张条凳上。他的脸色灰白,是死人的那种僵硬的白,平时他一激动脸上那条会发红的蜈蚣好像也跟着一起不行了。我记得你当时伸过手去,扒开朱志强的眼皮,凑近看了看,然后摇着头告诉我们说:"朱志强的瞳孔都放大了!"我是那次才知道,瞳孔一旦放大,就意味着生命的体征消失了。这个在梦中追赶过我的强奸犯终于死掉了,我其实内心悄悄松了一口气。可是我不明白的是,朱志强又不是你的亲人,他的死你为何那样难过?有十多分钟,你坐在平时接诊的那把椅子上,没有说一句话。你还记得不,当初你接诊的桌子上,一年四季都放着一只玻璃罐头瓶,里面插着的是兰草。

人死了不能复生。在狱犯朱志强的家人到来之前，尸体得找个地方存放，说不准还要做尸检，查一查死因。松村监狱是个小监狱，不会设置单独的太平间，更何况在朱志强之前，还没有狱犯在改造的时候死掉。老方不知道从什么地方找来一副铝皮担架，我们三个人费了好大劲儿，才把朱志强的尸体搬到担架上。是你提出的建议，说把朱志强的尸体放在那个被废弃的人防工事里，那里阴凉，气温低一些，尸体不容易腐烂。

　　都说虎死如土，人死如虎。朱志强原本凶悍的脸在他死后变得无比狰狞，他的眼睛半睁半闭，而且他的瞳仁上，像是蒙上了一层薄薄的塑料膜。他嘴里焦黄的牙有几颗像是变大了，从两片厚厚的发白的嘴唇中间就能看到。等我和老方把担架抬起来的时候，你在朱志强的尸体上盖上了一块白布，遮盖了他那张平时仿佛爬着一条蜈蚣的脸。

　　如果不是值班，没有狱警愿意住在松村监狱，冷清、压抑、沉闷，大门一关就与世隔绝。监狱的四周，建有高高的围墙，而围墙上还拉上了通电的铁丝网。那天上午，我和老方抬着朱志强的尸体离开了医务室，往防空洞那个方向走去，老方走在前面，他的个头要比我稍矮一些。我记得很清楚，清楚得就像这一切就发生在昨天，当时我走在老方的后面，我还发现盖在朱志强尸体上的那块白布，原来是一件白大褂，上面有一个平常用于插听诊器的口袋。我那个时候的视力很好，所以我还能看到白大褂上面那个口袋的线头已经松了。

　　从医务室到人防工事有一百多米的距离，路不够平坦，不知是什么时候，朱志强的一只手臂从白大褂里面滑了出来，垂在担架的右侧，随着我与老方行走的节奏有规律地晃动，看上去有点儿滑稽。望着朱志强那只还没来得及僵硬的手，我不知道为什么会幻想眼前这只晃动着的手，当年是怎样强行剥光那个姑娘的衣服的？你还记得不，当时你从我的身后赶了上来，把朱志强的手，塞回到担架上，用你的那件白大褂盖住。

　　是你打开人防工事的那道生锈的铁门，一个黑洞露了出来，我把头凑在门洞那里，闻见了一股潮湿的霉味。我看见，有一些绿色的苔藓覆盖在入口处的墙壁上，上面蠕动着一只小小的蜗牛，正伸直两条柔软的触须，在空气中试探。我还看见触须的上端，各自有一个圆圆的小球。

抬着朱志强的尸体进防空洞的时候，老方不干了，他要我走在前面。走在前面就走在前面！我蹲下来，双手抓牢单架的抬杆，费劲地钻进了人防工事。大约走了五六米，老方在我身后叫道："可以啦！"他把单架的一头放在地上，我始料不及，身子失去重心，手里的单架滑落，向后一屁股结结实实坐在了朱志强的脑袋上。我是那个时候才知道老方实际上是一个胆小鬼。把朱志强放在防空洞里以后，从洞里出来，我得跨过朱志强的尸体。当时我是背对着人防工事的门倒退着出来的，我主要是担心如果反过身去，躺在担架上的那个强奸犯会爬起来，用石头砸在我的后脑上。

把朱志强的尸体放进防空洞以后，我回到宿舍带上换洗衣服，在监狱的热水房里好好洗了一次澡，然后就离开监狱，回家看生病的父亲去了。在家休假的那几天，我还短暂地想过躺在防空洞里的朱志强，我总是担心会有老鼠爬到朱志强的尸身上，把他的耳朵或者鼻子给咬掉。

刘国军、赵大海、殷刚、查先富……下午六点，松村监狱总会响起点号的声音。这是每天的例行公事，站在台上的干警手里拿着一本花名册，目光如炬，从上而下巡视着下面上百个罪犯。每叫一个名字，台下站着的犯人中，对应的人就会出列，然后在干警尾音还没完全消失之前，又迅速复位。当然，偶尔也会有那种大大咧咧的罪犯，动作故意放慢半拍，以为自己还是过去的老大，那就等着明天被派最苦、最累的活儿。

监狱就是一炉文火，再硬的牛皮下锅，一样给你炖得稀烂。

你也许会好奇我当初点名的顺序都记得如此清楚。好记性不如烂笔头。那天下午发生的事情，我后来在日记里作了详细记录。白纸黑字，我吃过记忆遭到篡改之后的苦头。

我也承认我在松村监狱的时候收拾过朱志强,看到他犯罪的卷宗时我就决定要修理他了。监狱外面,有一个占地百余亩的水塘,水不深,却密布杂草,我在休息的时候,总是喜欢坐在水塘边钓鱼。有的时候,鱼钩会钩在杂草上,上下左右都拖不出来,我就会把朱志强叫来,让他脱得赤条条地下水去,帮我把鱼钩解脱出来。长途汽车驾驶是个体力活,从朱志强那黝黑和结实的身体就可以看得出来。有的时候,看着朱志强弯腰在水中摸索鱼钩,我还会走神,会不由自主地想起眼前这个罪犯当年强暴那位姑娘的情景,我总是会在一个人的臆想中体会那种隐秘的快乐。

事实上,我发现朱志强下水去摸鱼钩好像很快乐,他会愉快地哼起一首曲子,或许是他想以这种方式讨好一个狱警,表明他非常乐意为我效劳。每一次,我听见朱志强哼的都是一个调,歌词含混不清,但我知道是淫邪的歌词。

"朱志强,唱清楚一点儿!"

"怕把管教教坏了!"

"管教是你教得坏的吗?"我表情严肃地说。

朱志强说:"这是云南山区姑娘的搭车调,交通不便,姑娘在村口,发现有一辆汽车抛锚,司机修得满头大汗,刚把车修好,姑娘的歌声传了过来。"

"老司机,带带我,小妹十八啰,老司机带带我,小妹十八啰!"

老司机心情不好,就回唱:"管你十八不十八,我的轮胎打滑啦!"

小妹继续唱:"老司机,带带我,小妹十八啰!老司机,带带我,小妹十八啰!我的小奶给你摸,你的汽车给我坐。老司机,你说说,哪个划得着?"

老司机于是东望望,西瞅瞅,小声对姑娘说:"你不说,我不说,两个都划得着。上车!"

朱志强的这首歌每次都能把我唱得心花怒放,他往往会在唱完歌之后,抱屈地说:"管教,你说我冤不冤嘛!"

不过要是到了秋天,下水去摸鱼钩就不再是件愉快的事情了。秋水凉入骨,朱志强脱光衣服下水之前,他下体的作案工具还挺自负，把鱼钩摸上来，也就十多分钟时间，他的下半身变得像个女人，凶器萎缩成一颗蚕豆，就像是被阉割过一样。死前的那一天，他帮我摸上鱼钩后，无法再继续歌唱，他浑身抖个不停，两排牙齿不断叩击，像是身体里装着一架失控的小马达。我当时还在想是不是水塘里藏着伤寒病毒？望着他的身体消失在监狱里，我内心对他的憎恶第一次变得轻了。

　　不过，后来让我意外的不是朱志强还活着，而是所有人都不相信他曾经死过。看望完父亲我回村松监狱的时候，狱犯们正在监狱外面挖水渠。秋收之后，土地需要平整，作为一家有着几千亩农地的劳改农场，每一天都会有很多事情。回到监狱的当天下午，我就又干活了，被领导安排了顶岗。松村监狱离板桥镇有几公里，但离城却有三十多公里，不时会有干警请假到城里，轮休的干警就会临时顶上。所以，那天下午，在外干活的狱犯收工以后，又像往常那样站在台上点名：刘国军、赵大海、殷刚、查先富……朱志强，当我按顺序叫出朱志强的名字时，立即就想到这个犯人早在一周前就死掉了。但是我怎么也没想到，罪犯队列中会有一个人响亮地回答了一声："在！"

　　听到有人回答，我相当愤怒。我已经是有五年工龄的老狱警了，不知道是谁有这么大的胆子敢挑衅我。早几年，松村监狱发生过这样的事情，有罪犯潜逃后，他的同伙在每天下午例行点名时，代替他回答，以至于罪犯逃亡几天后才被发现。听到有人代替朱志强回答，我不得不暂停点名，用严厉的目光巡视着下面的狱犯。百余个狱犯，清一色的光头，穿着相同颜色的劳动布工装，秋日的夕阳照在他们身上，有一些晃眼。我当时就想把那个顶替朱志强的狱犯从人群中找出来，给他点儿颜色看看。那个不知深浅的家伙也许不知道，只需要我的一个眼神，台下那些荷尔蒙分泌过旺的狱犯中，就会有几个如狼似虎地跳出来，给他一顿胖揍。

　　朱志强！我再次威严地叫了一声，目光坚定地盯住了狱犯中那位出列的人，但我做梦也没有想到，那个出列回答的人，正是朱志强自己。巨大的错愕，让我的身体有一些僵硬，手中用于点名的花名册也掉到了地上。你不知道，在我弯腰下去捡花名册的时候，我一直在纳闷，朱志强不是死了吗？怎么又活了过来？

那一天下午，草率地点完名之后，我把朱志强留了下来。

飞机经过短暂的犹疑之后，突然加速，带着呼啸狂奔到跑道端头。舷窗外面，跑道边长着低矮杂草的空地、用于测量风向的黄颜色旗子以及几辆引导车一晃而逝。突然，机头扬起，窗外的大地瞬间变得倾斜，借助飞机的升高，我看到了滇池盆地周边广阔的大地。

那件事情发生之后不久我就离开松村监狱了，你看，一晃三十年就过去了。时间有时具体得像一个逐渐推远的镜头，从中望出去，往昔在松村监狱经历的一切，如同机身下那些变得模糊的城镇和村庄，你看见了它们的全貌，却也因此付出了看得清晰的代价。

如果老方还活着，我也许不会来找你，毕竟从云南到吉林不是件简单的事情。老方走掉十年了，他患的是肺癌，发现的时候癌细胞就已经全身转移。临走的那半个月，每天都要打两针吗啡，说是彻骨的疼痛，我是事后听他的遗孀讲的。我在老方的遗孀那儿打听过当年你在松村监狱的事情，但他的遗孀一无所知。你知道，在松村监狱的时候，老方还没有结婚，至少我在松村的时候他还没有老婆。听说我离开那所监狱不久，老方也离开了，此后我就再也没有见过他。

我是在老方病逝半年之后才得到消息的。要是早知道他患了癌症，我就去医院看望他了，时日无多，我相信他会把当年的那件事情向我解释清楚。一个肺癌晚期的人，还有什么秘密可守呢？

还是回到那个遥远的下午吧，把狱犯遣散以后，我把朱志强留了下来。

"究竟是怎么回事？"我问他。

他没有说话，而是转过头去东张西望，好像是有所顾虑。

我上前一步靠近他，我们的脸与脸只隔着几十厘米，我都能看清楚他嘴角上的那几颗粉刺，有两颗已经开始化脓，粉刺尖有让人恶心的白点。我当然还看到了他左脸下爬着的那只蜈蚣，它又活过来了，身体泛红，仿佛还在扭动着身子。

"上个星期,"我目不转睛地望着朱志强,我都感觉到自己的目光像两枚图钉那样,按进了他的脑门,"你是不是假死过?"

"假死?"朱志强一脸无辜地望着我,"没有啊!"

"那我与方管教抬到防空洞里的那具尸体是谁的?"

"不知道,反正不是我的,"朱志强把头转向防空洞那个方向说,"也没听说有谁死啊!"

"那你上个星期病没病过?"

"也没病过!"

"那是谁把你背到医务室的?"

"我没生病,去医务室干吗?"朱志强皱着眉头望着我,像看一个怪物似的。

那个下午,把朱志强打发走以后,我有些恍惚,总觉得有什么地方不对劲儿。很快,狱犯们都集中到食堂吃饭去了,监狱里空旷下来。我独自又来到了防空洞那儿,铁门像往常一样锁着,从上面几个锈蚀了的孔洞望进去,防空洞里一片漆黑,什么也看不清楚。你也许不知道,我原本想当的是侦破案件的刑警,而不是来看守犯人的狱警。我在防空洞的铁门那里蹲了下来,仔细查看地上的痕迹。即使是过了一个星期,我依然能在那水泥地上,看到有杂乱的足迹。还有铁门被人打开之后,门轴下面有转动时掉下来的铁锈。

现场的勘查坚定了我的判断,一个星期前,我一定与老方抬着朱志强的尸体来过这儿,哪怕他现在活蹦乱跳也改变不了这个事实。我当时还没有想到老方也会否定朱志强死亡这件事儿,当然,更没有想到你也会否定。离开防空洞的时候,我已经怒不可遏,像一只愤怒的气球,我认为是朱志强在戏弄我,他一定是不满我一次又一次让他下水去摸鱼钩。我那时至少想了五六种修理他的办法,我要让这个强奸犯在松村监狱生不如死。

从防空洞那里回来,我就在监狱里四处寻找老方,直到很晚了,他才回来,说是去了城里约会。是的,那段时间老方情欲勃发,到处托人给他介绍女朋友,有时一个星期会相两次亲,简直是迫不及待。

"老方，上个星期朱志强究竟是怎么回事？"

"朱志强？那个强奸犯？"老方一脸的困惑，"他怎么啦？"

"他不是发急病死了嘛，"我说，"你还让我去镇上把席医生叫回来！"

"有这事？"方向东摇了摇头说，"你说的我怎么没有一点儿印象呢？"

我伸手抓住了老方的衣服，一动不动望着他的眼睛，只要他一躲闪，我就会当胸给他一拳。

"你说朱志强生病了，我们两人去的监室，还是我把他背到医务室去的，你也忘了？"

"没有印象！"方向东说。

"席医生回来以后，翻了翻朱志强的眼皮，说他瞳孔已经放大，后来是我们两人用担架把他抬了，放在防空洞里，你也没有印象了？"

"怎么可能？"老方用两只手抓住我的手臂，用力地晃动我说，"你怎么啦？是不是病了？"

老方根本不承认与我一起处理过朱志强的尸体，相反，他觉得我是发高烧说胡话，还把手摸在我的额头上，对我说："你也没发高烧啊！"

从老方的宿舍出来，我坐在监狱花台上，天已经黑了下来，有晚风吹拂，我悄悄地用手掐了一下自己的大腿，疼，清晰的疼。我还借着微弱的星光，拉起裤脚，还能看到左腿上结疤的伤口。那个时候我就想，席医生，只有你能够证明一个星期前发生的那件事了。

说实在的，我很失望。席医生，我没有想到你也与他们一样，否定朱志强死而复生的事。三十年前的那个下午，你否定我在镇上悦来旅店找到你。其实，我们都知道你与悦来旅店的老板娘秦娥关系暧昧。你身怀绝技，有着祖传的接骨术，也许是你在替秦娥接她被马车撞断的右腿时,你们之间产生了感情。每个星期,你都会在周末去板桥镇替她换药,这个习惯你在她伤好之后坚持了下来。后来,每当有狱犯被拉到外面干活,要晚上才会回来,你也会抽空去板桥镇。我记得很清楚,那天我从板桥镇上用自行车驮着你回来时,我曾告诉过你腿上被煤渣划了一个口子的事。上坡的时候我们还停下车来,你蹲在地上替我仔细查看过伤口。那一年你五十多一点儿吧,头发已经花白,我俯看着你的头顶,仿佛看见那儿隐隐约约藏着一个冬天。

  此后回到松村监狱所经历的一切,我是那样的印象清晰,清晰得就像是在显影液里越来越明朗的照片,而你却对从镇上赶来救治朱志强,以及后来我们三个人把他的尸体送到防空洞里的事情一无所知。我想只有一种可能,就是外星人在我回家探望父亲的时候,悄悄来到松村监狱,他不但让朱志强重生,而且把你们三个人记忆中的某个部分删除了。就像很多年以后电脑普及,把一张图片或者一段文字删掉一样,这对你们的生活没有产生任何影响,而我却因此陷入了对自己深深的怀疑中。

  你也许不知道,当年我之所以要辞去警职,离开松村监狱,就在于我无法说服自己相信朱志强死而复生的事情只是我个人的幻觉。除了你与方向东之外,我还询问过其他狱警,以及与朱志强熟悉的那些狱犯,但他们都不知道朱志强死了之后尸体被送到防空洞的事情。不过有人能够证明出事的那天,朱志强的确没有跟着其他狱犯到城里掏下水道,他留在了松村监狱。但他们对朱志强留下来之后发生了什么却一无所知。那一段时间我一直努力寻找能证明朱志强死过的证据,可没有人愿意帮我证明。这让我非常痛苦与孤独,感觉受到了孤立与抛弃。我明明知道事情的真相,却无法言明,唯一的办法只能离开,否则我怀疑自己很快就会疯掉。尽管当初你们都认为正是这个原因,我才离开松村监狱的。

  离开松村监狱以后,有那么一二十年,我几乎忘记朱志强的事了。你知道,一个人没有了公职,但还得生存,我在走出松村监狱的那一瞬间就清楚这一点。所以这三十年来,我贩卖过茶叶,帮朋友经营过液化石油站，应聘到餐馆做厨师，到缅甸盗运过木材。刚刚离职的那些年，我在昆明城居无定所，有一段时间，差不多每隔一年我就得搬一次家。感谢那段颠沛流离的生活，使我热爱房屋就像那些饥饿的人渴望食物一样，我此后的营生就是不停地买房，倒房，并从中挣到了足以保障我余生的钱。等我不再为生计奔波以后，当年朱志强死而复生的那件事，又被我再次想起，它像根插进我大脑的刺一样，不时地提醒我注意它的存在。但我还是想不明白三十年前的那件事情，尽管我比你小二十多岁，可我知道我终究有一天，也会像老方一样死去，我不想死不瞑目。这也是我在方向东死了以后，四处找你的原因。

老方死后，我曾经去松村监狱找过朱志强，并在那里查到过他服刑的记录。但没有人知道他出狱后的去向，他就像一滴水那样消失在大海之中，甚至没有留下一丝传闻。仅隔了二十多年，当我重返松村监狱的时候，已经没有一个人认识我了，我当然也不认识他们。那个上午，我望着监狱里一张张陌生的面孔，突然怀疑自己当年，是不是真在这个监狱，做了五年的狱警？

而这个世界，除了我以外，也许不会有人关心三十年前，朱志强死而复生的事情。

飞机在辽阔的云层上飞行，机身下面，是铺陈到远天的洁白雪原。冻土之下的世界，看不见一丝生命的痕迹。可是当我长久地把脸贴在舷窗上向下凝望，我发现下面的云层其实有着深浅浓淡的阴影。视觉上，它们并不平坦，而是有着微妙的起伏，仿佛那雪原的下面，有被覆盖的丘陵、田畴与高山，也有被冻住的大树、杳无人烟的村庄和曾经喧哗的小河……长途的飞行里，我不止一次悄悄拉起我的左裤管，轻轻抚摸三十年来一直覆盖在我左小腿肚上的那道疤痕，就像抚摸我最为珍惜的宝贝一样。

（原载《人民文学》2015 年第 7 期）

梅花三弄

刘庆邦

我正在一间相对封闭的小屋里写东西，手机响了。我的手机铃声是雄鸡打鸣的声音，高亢嘹亮，有着不错的穿透力。雄鸡打鸣一般是在早晨，可我手机里的雄鸡把时空完全打乱了，随时随地都会鸣叫起来。我不知道雄鸡哪一刻会叫，它的叫声对我来说总是有一些突然，几乎带有突然袭击的意思，让人被动。我不关机，在写东西时也开着机。妻子要求我把手机保持在畅通状态，方便她随时可以找到我，给我下指示，让我买面、买鸡蛋，或者是买西红柿、黄瓜、西蓝花等。我热爱家庭生活，乐于接受她的指示。我拿起手机一看，不是妻子打来的，而是一个陌生的号码。有心不接，又怕是快递员打给我的，就摁下标有绿色听筒的接听键听了一下。当打电话的人确认我就是他要找的人，马上叫我老师，自称他是我的粉丝，铁杆的。他说他特别喜欢我的小说，只要看见杂志上登载有我的小说，就立即掏钱买来读。

这样的电话我一听就够了，想把电话挂掉。说来有些矛盾。我们写东西，是给读者看的，读者看了，我们希望有好的反馈。可是，一旦反馈真的来了，我们接受起来往往缺乏耐心，甚至会产生躲避的念头。这和叶公好龙不是一个性质，叶公也许真的好龙，而写作者和读者的关系要复杂得多，也微妙得多。还有粉丝的说法，也让我觉得别扭。你说自己是读者，前面顶多再加上"忠实"二字，完全可以说明问题。粉丝是什么？粉丝是用红薯或土豆的淀粉做成的细丝状的食品，跟读者根本不搭界。把读者说成是一种廉价的食品，是对读者的贬低，也是对汉字的不尊重。出于礼貌，我没有把电话挂掉，只说谢谢，谢谢。我口气冷淡，不愿多说一句话。我可不敢招惹打电话的人，不愿和陌生人瞎聊，倘稍不注意，一句话说不好，对方有可能跟我说个没完没了。说不定还会提到我的某篇小说，复述小说中的细节，以证明他确实读过我的小说。类似的电话我以前也接过一些，我从来不愿意在电话里多说我的小说，仿佛每篇小说里都包含有一段隐秘的感情，提起小说只能让我感到羞怯。又好比每篇小说都是我的孩子，自己的孩子自己最了解，无须别人评头论足。

打电话的人倒是没有再拿我的小说说事儿，但他提出了一个要求，要见见我。

见我？没有这个必要吧。我又不是演员，不是明星，见我干什么呢？我说对不起，我正在写东西。我没有撒谎，这天是星期日，我一早骑车从家里出来，确实正在一家杂志社的编辑部里写东西。我写的是一个短篇小说，小说写到中段，正是需要奋力向前开拓的时候。

我知道您的时间很宝贵，我不会占用您过多的时间，给我十分钟可以吗？

不可以，坚决不可以。我知道，时间这东西最难掌握，他说是十分钟，到时候恐怕一个钟头都打不住。我的时间其实就是我生命的组成部分，我干吗把一部分生命随便给别人呢？我说：还是不见为好，见了我你会失望的。

我写过一篇走窑的汉子复仇的小说，一些读者看了小说，把我想象成一个高大威猛的汉子。及至有机会见到我，发现我的身材及相貌与他们的想象有很大差距。每当有人说出他的想象时，我只能说，很抱歉，让您失望了！

我很崇拜您，一直把您当成我的偶像，我不会失望的。如果您觉得十分钟太长，那就五分钟吧，三分钟吧？

麻烦，我遇上难缠的人了。蚂蟥吸不住鹭鸶的腿，你要缠我，我拒绝缠，你奈我何？我说好了，就这样吧。我把电话挂断了。

我拿起钢笔，刚要接续刚才被打断的思路，"雄鸡"又叫起来。这一轮的叫声似乎比刚才还大，比传说中的半夜鸡叫还厉害。我估计，电话还是那个人打来的，他雄赳赳的，正在扮演"雄鸡"的角色。我一瞅，没错儿，还是那个电话号码。在我们老家，把雄鸡叫公鸡，公鸡的啼叫有催人起床的功能。在手机里，该功能可以忽略不计，"雄鸡"有叫的权利，我也有"不起床"、不理睬的权利。"雄鸡"的叫声设有一定限度，它叫一会儿就不叫了。我想，打电话的人应该知趣，他再次打来电话，我不接，他就不会再打了，再打就没意思了。不料他真够执拗的，"雄鸡"竟然再而三地叫起来。公鸡打鸣一般要叫够三遍，看来"雄鸡"不叫够三遍也不罢休。我相信，"雄鸡"的叫声不是电子合成的声音，应该是真正的公鸡的录音。被采集的公鸡当是一只脸上长着青春痘的青年鸡，不然的话，它的叫声不会这般元气沛然，直冲霄汉。我仿佛看见，那头打电话的人无异于一只"雄鸡"，正挺着腰身，梗着脖子，瞪着斗鸡一样的眼睛，在不屈不挠地冲我大鸣大叫。我怎么办？我的办法是把手机关掉。这样一来，等于我一把掐住了"雄鸡"的脖子，并把"雄鸡"的脖子掐断了。我看你叫，我看你还叫不叫，我就不信治不了你！

这样做犹不解烦，停了一会儿，我把手机打开，把陌生人的电话号码存在电话簿里，给陌生人起了一个名字，"讨厌"。以后，凡是"讨厌"打来的电话，我一看是"讨厌"，就不再接听。

我之所以在杂志社的编辑部里写东西，是因为我是这家杂志的主编。我这个主编是挂名的，不看稿子，不编稿子，不管什么具体事。我对杂志社的社长说，我是借贵方一块宝地，在这里种点儿自己的东西。我本来可以在家里写东西，可家里有床，看见床我就想睡觉。我在一家报社上了二十多年班，上班已经成了习惯。虽说现在脱离了报社，不用再上班，但我每天做的还和正常上班一样，早早就挎上书包出门，到杂志社的编辑部去种自留地。我这样做，是意志自治，甚至带有强制性，为的是让自己克服懒惰，持续劳动。

这天又是星期天，编辑部的工作人员都在家里休息，只有我一个人在那里写东西。楼上静悄悄的，阳光从窗口照进来，外部世界的条件很不错。有了这样良好的外部条件，我才比较顺畅地走进了自己的内心世界。我正在自己的内心世界自由自在地散步，电话响了起来。这次不是手机里的"雄鸡"在叫，而是放在桌子一角的座机在响。这部座机是老款式，没有来电显示，我不知道电话是谁打来的。自从我用"讨厌"为那个打电话的人命名，将近一星期过去了，他没有再打我的手机。我以为"讨厌"已经隐去，消失，不会再和我联系。我还以为，他只知道我手机的号码，不知道我桌上座机的号码，所以我没有任何犹豫，就接了电话。真讨厌，电话正是"讨厌"打来的，他说：老师不欢迎我，我打老师的手机老师关机，我只好打老师的座机，请老师能够理解一个铁杆儿粉丝的心情。

今天是星期天，我在编辑部里写东西，你到底有什么事儿？

我想给您讲讲我和女朋友的事，给您提供点儿素材，您要是写成小说，一定会很精彩。

免了，我自己的素材还没写完，不需要别人为我提供素材。有人知道我喜欢摆弄点儿小说，多少年来，已有若干人主动找到我，要给我讲他或她的经历。每遇到这种情况，我从不敢贸然答应。不但不敢答应，心里还稍稍有些抵触。我写东西，干的是私活儿，凭什么让人家给我提供材料呢？我借人家的米可以还，借人家的钱可以还，倘若借用了人家的材料，我拿什么归还人家呢？我当过多年记者，当记者的规矩我懂，你采访了人家，随后就得给人家说点儿好话。而作者不同于记者，写小说不同于写新闻，小说中的人名是虚构的，小说中的人物也经过了改头换面，是张三的鼻子、李四的眼睛。人家给你讲了其经历，在小说里不但看不到什么好话，说不定连个影子都找不到。即使把影子找到了，却与人家的期望大相径庭，这该如何面对人家呢？更让我心存疑虑的是，主动提出给我讲经历的热心人，都强调他们的经历如何复杂、如何新奇。在他们眼里，好像只有复杂和新奇的东西才适合写成小说。他们哪里知道，我的小说是简单的，我不需要过于复杂的东西。我写的是一些日常生活，不喜欢新奇的故事。

"讨厌"说，他已经来了，就在编辑部的门口外边站着。

我所在的屋子，屋门上方装有一块玻璃，我没有往玻璃上糊纸，玻璃是透明的。走在楼道里的人，若是个头高一些，踮起脚尖一看，就能看到我屋子里的一切。我觉出一个人影在玻璃外面晃了一下，不用说，是"讨厌"提前对我进行了侦察，已经看到我在屋里坐着。完了，看来我是躲不开了，继续写东西也不可能了，只好放下电话，把门打开。站在门外的是一个年轻人，个头至少在一米八以上。年轻人穿了一身牛仔装，显得有些瘦。年轻人的眉眼倒不怎么刁钻，低眉耷眼的，显得有些老实。我的口气是拒人的，开口就问：你怎么知道我的电话？

我捡到了一张您的名片，就知道了。

你是谁？

我叫胡晓君。

你是干什么的？

我在北京打工。

打什么工？

搞装修。

今天为什么没上班？

公司暂时没揽到业务，没活儿可干，就没上班。

你没活儿可干，就来干扰我，是不是？你知不知道，没经我同意，你就找上门来堵在我的门口，这样很不好，很不礼貌。

对不起，老师！我实在太想见您了，看见您，我特别激动。

我屋里有沙发，我用电热水器烧的也有开水，但我没让他到屋里去。他要是在我屋里坐下来，恐怕一时半会儿打发不走。对这样的不速之客，我没有必要客气。我说：你既然来了，咱们到楼下待一会儿吧？我回身穿上外套，拿上钥匙包和手机，带上屋门，向楼下走去。我的手劲失了节制，带门有些重。我不管胡晓君愿不愿意下楼，连回头看他一眼都不看，只管到楼下去了。

楼门口两侧植有绿篱，绿篱前面是街边的人行道。绿篱缩进去的地方，布置的有一些用合成的棕色木条搭成的座位。有人走累了，或无所事事，可以在座位上坐一会儿。我指了一个座位，让胡晓君坐下。季节到了初秋，个别杨树叶子已开始下落。有一片杨树叶子落在座位上，像一只招风耳一样支棱着。叶子还是绿的，一点儿都不发黄。

胡晓君把杨树叶子扒拉在地上，坐下了。他坐在座位一头，留出比较宽的地方给我坐。

我见座位上灰土斑斑，似乎还有痰迹，没有坐。我不愿和他平起平坐。他手里拿着一本选刊类的文学杂志，两只手把杂志卷来卷去，卷成圆筒，放开；再卷成圆筒，再放开。看得出来，他的心情是翻卷的，有些紧张。这本杂志我看过，上面选载有我新发表的一篇小说。胡晓君手持这本杂志来见我，可能准备拿我的小说当说话的引子，以证明他的确看过我的小说。只是他一紧张，就把说话的引子忘记了。我装作对杂志毫不关心的样子，更不会提起其中的那篇小说。我看不惯一个人把杂志卷来卷去，通过这样的细节，我判断出他对读物不够爱惜。一个对读物不爱惜的人，很难说得上爱读。

胡晓君说，他有一个女朋友，他跟女朋友谈了两年多，到了谈婚论嫁的程度。今年过了春节，女朋友不跟他好了，他百般追求，女朋友都不再理他。他说他的一颗心都在女朋友身上，打工所挣的钱也差不多都花在了谈恋爱上。女朋友的背离，对他打击很大，让他非常伤心，看天天昏，看地地暗，他都不想活了。说着，他长叹了一口气，眼圈儿有些发红。

我说好了，我知道了，你不要再说了。这样的事情满大街都是，一点儿也不新鲜。

可是我很难接受。我是第一次谈恋爱，董小雨是我的第一个女朋友。

难接受也得接受。这就是现实，现实总是严酷的。

你说的是现实主义吗？

什么主义不主义，现实就是现实。

一个穿网眼黑丝袜的长腿女郎，牵着一条狼一样的爱斯基摩犬，从我们面前走过。高傲的女郎不看我们，两只眼睛不一样的大型犬也仿佛对我们不屑一顾，很快就走了过去。一个老爷子从我们面前匆匆走过，在后面紧追不舍的是一个老太太，老太太边走边骂：你这个不要脸的老东西，这么老了你还"打野鸡"。你给我站住，看我不把你的嘴巴子抽歪！老爷子回过头说：你不要瞎说，我不跟你一般见识。

胡晓君对我笑笑。我没有笑。

他还是想跟我讲他的故事，希望我把故事写成小说。

我说我再重复一遍，我不想听你讲故事，也不可能把你的故事写成小说。想写你自己可以写嘛，自己对自己的生活最熟悉。

你觉得我可以写吗？

我觉得没用，你自己觉得可以就可以。你以前写过东西吗？

上学的时候写过。我要是写了，您能给我发表吗？

这个我可不敢保证。

您不是主编吗？

我当主编是挂名的，不看稿子。不过你要是把稿子写出来，我可以让编辑帮你看一看。如果达到能用的水平，他们会用的。

这时有一个穿黑色西服的青年人冲我们走过来，向我们发放推销海景房的广告。我摆摆手,拒绝接受。他把广告发给胡晓君,说先生,看看吧。胡晓君见我是拒绝的态度,他也没接广告。直到这时,他好像才记起自己手里拿着的杂志,说杂志上登有我的小说,他专门给我买了一本。

我哪能要他的杂志,我说:杂志社已经给我寄了,你自己留着吧。我手上正干一件急活儿,不能陪你聊了。在我干活儿的时候,你最好不要再给我打电话。你要学会尊重别人,不要把自己的意愿强加给别人。说罢,我丢下胡晓君,转身上楼去了。

时间过去了一个多月,天气越来越凉。杨树叶子已经变黄,不管有风无风,都会有杨树叶子落下来。杂志社楼下的这条街道两旁除了栽有杨树,更多的是银杏树。银杏树的叶子已经黄透,黄成了明黄。我知道,银杏树在等待一场必然要到来的冷空气,冷空气一旦袭来,明黄的银杏树叶子会很快落满一地。胡晓君没有再给我打电话,手机、座机都没打,我几乎把这个人忘掉了。说过要写东西的人不在少数,但说说就拉倒了,不一定真的动手写。写东西不是吃巧克力豆,也不是喝可口可乐,不是那么容易的。可是,我并没有把标有"讨厌"的电话号码从我手机里删除,反正我手机里电话簿的空间很大,多一个号码,少一个号码,无所谓。

在一个冷空气骤袭的星期天,胡晓君又到编辑部找我来了。他没有再打电话,而是直接到编辑部敲我的门。我没想到是胡晓君,问:哪位?

是我,小胡。

我已经在屋门上方的玻璃上糊了报纸,胡晓君不可能再透过玻璃看到我。他可能摸准了我的作息规律,或者是躲到一个隐蔽的地方,看我上楼来了,就到门口堵我。其实这天我并没有写东西,正躺在沙发上睡觉。昨天晚上和一帮作家朋友喝酒喝多了,早上起来仍头昏脑涨,脑筋很难开动。打扰我睡觉和打扰我写作一样,都让我不悦。我极不情愿地从沙发上起来,给胡晓君开门。

老师,我已经把小说写完了。

这么快?

快吗?

够快的。

我让人家写东西,有时说的并不是真心话,只不过显示一下自己在写作方面的话语权而已。上次我说让胡晓君自己把自己的故事写下来,目的是尽快结束和他的谈话,把他打发走。说句心里话,我不相信胡晓君会写什么东西。一个人动嘴是一回事儿,动笔又是一回事儿,动嘴谁都会,会动笔写文章的只有少数人。胡晓君说他上学的时候写过东西,那些东西不能算东西,顶多算是学写字。再说,一个忙于跑来跑去打工的人,哪有时间静下心来写东西?出乎我意料的是,我的话把胡晓君给惹了,他真的给我送稿子来了。这次我仍没有让他进屋,还是带他到楼下去了。他穿的还是一身牛仔装,鞋上和裤腿上溅了许多白灰的斑点,这表明他已经找到了活儿,说不定是从装修现场过来的。我随手从屋里拿了两张废报纸,垫在人行道旁边的座位上,从胡晓君手里接过稿子,坐在座位上当场看起来。作者到杂志社送稿子,一般来说,编辑都不会马上看。编辑让作者把稿子留下,并留下联系方式,过一段时间,编辑看了稿子,再跟作者联系。我也可以让胡晓君把稿子留下,然后稿子转交给有关编辑。那样的话,胡晓君放不下悬念,还会来找我。我的想法是,当场否定他的稿子,让他死了这份写稿子的心,不要再来找我。没有经过写作训练的人,不会写出什么像样的稿子,这事没有例外。为了不让他看出我的真实想法,我看得还算仔细。他使用的横格稿纸显然是从笔记本上扯下来的,纸面上留有圆珠笔划过的乱七八糟的印痕。他的字写得很生硬,好像写每一个字都很吃力。其中还有不少错别字,不是少了胳膊,就是少了腿。比如"寒冷"二字,他把寒多写了一点,把冷少写了一点。再比如忌妒,他写成了鸡肚。鸡肚和忌妒好像也沾点儿边,鸡的肚量是很小。我看着稿子,瞥见胡晓君在看我。他通过观察我的表情,试图判断他写的稿子是否成功。他心里肯定是打鼓的,他心里的鼓打得恐怕比鸡叨米还快。我不动声色,让他无"米"可叨。一阵秋风吹来,银杏树的叶子纷纷下落。有一片叶子落在我腿上,胡晓君赶快替我捡掉。

稿子看完后，我对胡晓君说：你写的这个故事还是有价值的，是值得写的。

胡晓君的眼里露出了欣喜。

但是，我知道胡晓君很担心我说但是，但是，我必须跟他说但是，我的但是是预设的。我说：但是，你写得线条太粗了，几乎看不到什么细节。我实话实说，你不要介意。目前来说，你写的这篇东西还构不成小说，离发表还有相当的距离。我把稿子还给了他。

胡晓君很不情愿地接过稿子，顿时黯然失色。他说：老师能帮我改改吗？

这不可能。我能帮你看看稿子，提提意见，就不错了。我建议你也不要急着改，把稿子放下，好好看点儿书，把事情琢磨透了，再改也不迟。

老师，我在模仿您的小说，您没看出来吗？

我不爱听这个，我的小说难道这么糟糕吗？我说：我的小说不好，你不要模仿我的小说。另外我还建议，你好好给人家搞装修，先解决自己的生计问题。这时我手机里"雄鸡"叫起来。为了尽快摆脱胡晓君，这次不管是熟悉的号码，还是陌生的号码，我都要接听。我一边接电话，一边对胡晓君摆摆手，上楼去了。

北京很大，但我认识的人却很少，满大街都是陌生的面孔。我老家的村子很小，只有几百口人。我在老家时，我们村子里的人我全都认识。这表明，地方越大，认识的人就越少；地方越小，认识的人就越多。和某个人在某次聚会上吃过一餐饭，喝过一次酒，之后很可能再也见不到他，一辈子都没有再见的机会。这使我想到我们常常挂在嘴上的"再见"这个词，作为一个礼貌性用词，人们说到它时，只当是打了一个招呼，很少在意它的含义和情感色彩。其实说了"再见"之后，有的人能再见面，有的人再也见不到面。

胡晓君就是这样，我对他摆摆手，表达了再见的意思，就再也没有见到他。一年过去了，两年过去了，三年过去了，四年过去了，楼下路边银杏树的叶子落了又生，生了又落，胡晓君再也没有来找我。我丢过一次手机，手机里标有"讨厌"的电话号码一并丢失。我换了新的手机，新手机的铃声不再是雄鸡打鸣，而是换成了一支歌曲：夏天夏天悄悄过去留下小秘密。也许我的话真的打消了胡晓君写作的念头，从那以后，他再也没有写什么小说。也许那个从外地来北京的高个子年轻人将永远从我的视野里消失。

每天每天，我还是照样到杂志社的那间小屋里写东西。花上十天半个月，写一篇短东西，投出去，大约能换回一顿酒钱。有一天，我突然对写作感到有些厌倦，觉得写一篇，又写一篇，都是实而又实的东西，老是摆脱不了现实的纠缠，有啥意思呢！现实里，该有的，都有了，不该有的，也发生了，我们只是把它换个地方，以文字的形式，搬到小说里。这样的东西，有什么新鲜的呢？还能玩出什么花样呢？算了，不写了，睡觉去。睡了一觉醒来，心里又空得慌，还有些许懊悔。睡觉，以后有的是机会，到了那一天，你不想也得睡，而且会永远地睡下去。趁着有生，脑子还转得动，手里还是抓挠点儿什么为好。我们能抓住什么呢？空气抓不住，风抓不住，云彩抓不住，月光也抓不住，我们能抓住的，只能是一些实的东西。好比我们生于现实的土地，长于现实的土地，一出生就被地球的万有引力牢牢地吸在地球上，只能在球体上进行有限的活动。我们可以不甘心，可以叹气，但我们不可自拔，不能提着自己的头发把自己提到空中。这是全人类的命，当然也是每个写作者的宿命。没办法，我们只能在现实的泥淖里继续挣扎。

某一日，我翻检以前的笔记，看到胡晓君来访的事我略略记有几笔。回忆起来，胡晓君给我看的那几页稿子，我还是留有一些印象的。把印象加以整理，加以想象，加以扩展，说不定真的能变成一篇有头有尾的故事性的东西，并能换回一顿酒钱。写作者难称厚道的地方也许就在这里。当了你的面，他从不会对你说，我要写你。但转过身去，他很有可能悄悄把你写进他的小说里。当你在他的小说里看到你的影子，向他求证时，他的头摇得像拨浪鼓一样，会矢口否认。

虚弄

　　胡晓君和董小雨是在一家洗浴中心认识的。这家洗浴中心的规模不是很大，但里面的服务项目不算少，称得上应有尽有。洗浴的项目有淋浴、池浴、盆浴、桑拿浴、蒸汽浴、火石浴；保健项目有中国式、泰国式、韩国式、荷兰式等。另外，还有拔罐、刮痧、足疗、掏耳和美容美发。洗浴中心是私家开办的，那里的员工都是从外地进京打工族中招聘而来。胡晓君是男宾部洗浴室里的服务生，有男宾拿着手牌进来了，他须热情招呼欢迎光临，帮人家打开更衣箱，并送上浴巾。这个工作没什么技术含量，只要态度好，腿脚勤快，有眼力见儿，就可以应付。董小雨是在休息室里为宾客捏脚，搞所谓的足疗。休息室面积挺大，放有若干排可坐可躺的软沙发。男女宾客洗澡洗累了，都可以躺在沙发上休息，同时可以看电视、喝茶、在手机上玩游戏。每进来一位客人，董小雨都会走上前去，叫着先生或阿姨，问人家要不要做一个足疗。人家若同意做，董小雨就会在沙发前面坐下来，搬过人家的脚，取出做足疗所需的一应物品，开始在脚底板上做起文章来。相比胡晓君在洗浴室里当服务生，董小雨上岗前受过培训，算是一个技术工人。她每做一篇"文章"，顾客都会付给洗浴中心六十块钱"稿费"。这笔"稿费"董小雨不可能全得，洗浴中心给她按两成提成，只给她十二块钱就完了。董小雨不嫌少，钱是一块一块攒起来的，只要她做的"文章"多，"稿费"就会越攒越多。不说太多，如果她一天能做上十篇"文章"，得到的提成就超过了一百块。因此，董小雨做"文章"的积极性颇高，看见一个人，就想把人家的脚底板翻过来。

　　两个人各干各的活儿，见面的机会不是很多。就算他们碰了面，从彼此所穿的工作服上认出对方也是洗浴中心的员工，并不一定多说话。在男员工看来，在洗浴中心打工的女员工总是有一些神秘，她们每个人都像是在和老板单线联系，只接受老板一个人的指令，老板让她们灭谁，她们就灭谁。作为一个男员工，你既不是老板，又不是进洗浴中心消费的服务对象，人家干吗搭理你呢？女员工看男员工也是如此，虽然在同一个洗浴中心工作，她们视男员工像是陌路人。不仅如此，女员工发现，男员工看她们的目光总是有些异样，像是要窥破什么秘密，这使她们不得不有所警惕。加之老板不愿跟招聘来的打工者签合同，致使来洗浴中心的打工者流动性很强，今天他来了，明天他走了，谁都难得真正认识谁。

　　是一个偶然的机会，促使胡晓君打定主意，要认识一下董小雨。如果有可能，他要把董小雨这个目标锁定，把董小雨发展成他的女朋友。这天下午，胡晓君去烘干房取回一抱热乎乎的浴巾，路过自助餐厅的门口时，隔着门缝，他听见有人在餐厅说话。乍一听，胡晓君几乎产生了错觉，以为他回到了老家，在听老家的人说话。但他很快反应过来，意识到自己身在北京，老家也没有人来找他。他听出来了，正说着话的是一个女孩子，女孩子大概正在打电话。那么，用他老家的口音打电话的女孩子是谁呢？他得去弄个究竟。他放下浴巾，装作到餐厅里找一样东西，推门到餐厅里去了。他一进餐厅就看见，正打电话的是董小雨。洗浴中心备有自助餐，餐费包括在门票里，到了就餐时间，客人换上浴服，可以到餐厅就餐。此时就餐时间已过，人去厅空，灯光调暗，只有董小雨一个人躲在里面对着手机说话。见有人进去，董小雨赶紧转过身去，并以手遮嘴，把说话的声音压低。胡晓君的目的达到了，在餐厅转了一圈，就退了出去。

　　回到浴室，胡晓君看见一个中年男人扶着一位老人往汤池走，赶紧走上前去，扶住老人的另一只胳膊，说慢点儿、慢点儿。中年人夸他服务态度不错，对他说了谢谢。胡晓君和中年人一块儿把老人扶进汤池后，胡晓君又主动问中年人：你们要不要躺在按摩椅上按摩一下，挺舒服的。当中年人说了可以，胡晓君就把两张按摩椅的开关打开了，分布在按摩椅上的多个小孔立即咕嘟咕嘟冒出水来，在水面催出一朵朵小花。胡晓君作出判断，董小雨是他的一个老乡，这个老乡的家跟他家住得不会太远，不是一个乡，也是一个县。胡晓君理解董小雨，他们一来到北京，就想融入北京，不想让北京人知道他们是外地人。他们所做的第一件事，就是调整自己的舌头，把家乡的口音调整成北京人的口音。可一个人从小形成的口音好像已经在自己的舌头上扎根，调整起来并不那么容易。舌头这个东西看上去是柔软的、灵活的，有时却很生硬、很固执，稍不留神，隐藏在舌头里的家乡口音就会冒出来。特别是在接听家里亲人打来电话的时候，不知不觉间，口音就会跟着亲人走。当他们的耳朵听到自己说的是家乡话，意识到自己的口音与身处的语言环境不符，想扭转一下，又不大敢。他们要是扭转成北京话，亲人会说他们在撇京腔，还有可能听不懂他们撇的是什么。所以在跟亲人通电话时，他们不可避免地会带出家乡口音。北京这么大，来北京打工的人数以百万计，能碰到一个在同一块土地上长大的老乡难而又难。而胡晓君不但碰上了董小雨，他们还是同一个洗浴中心的同事，这怎么说呢，只能说这是老天爷的安排，认识董小雨对他来说是天赐良机。倘若他不主动接近董小雨，简直就是违背天意。

董小雨，咱俩是老乡。这天午后，胡晓君观察到董小雨在餐厅里吃自助餐，随便取了一点儿食品，坐在董小雨对面，开始跟董小雨搭讪。洗浴中心对员工的承诺是管吃管住。管吃，是指顾客可以吃自助餐，员工也可以吃。不同的是，顾客与员工用餐不在一个时间段，顾客先用，员工后用。就拿午餐来说，顾客是十二点开始用餐，而员工必须等到下午一点之后方可用餐。如果哪个员工违反规定，胆敢与被称为上帝的顾客抢食，那是没有好果子吃的。

董小雨看了一眼胡晓君，遂低下眉，没有搭理胡晓君。董小雨餐盘里取的食品是生西红柿片和生黄瓜片，她用筷子夹了一片生黄瓜放进嘴里。

胡晓君报了自己所在的县，问董小雨家是不是也在那个县。

董小雨仍拒绝搭理胡晓君，没有说明她跟胡晓君是不是一个县，她心里说的是：要你管呢！她在做足疗时，总会有一些男顾客爱说话，盯着她年轻的脸、年轻的胸，问她的老家在哪里。在哪里呢？有一回，她没有说实话，而是编了一个地方。问话的顾客当场指出：你这个丫头不诚实！把她弄了个大红脸，很是不好意思。北京好比一个大海，游进大海里的都是鱼，干吗非要问她是从哪里来的鱼呢？

小曲好唱口难开，女孩子开口总是难，胡晓君不着急。胡晓君说：董小雨，你吃得太少了，还想吃点儿什么，我去给你拿。说着，就要起身给董小雨拿吃的。

不用你管，想吃什么我自己会拿。

董小雨，你总算跟我说话了，我好感动好感动。这里没什么好吃的，哪天你给我一个机会，我请你到外边去吃。你喜欢吃什么？

我什么都不喜欢吃。

那可不行，咱们出门在外，得把身体放在第一位。要想身体好，就得注意饮食，注意营养均衡。既然咱俩是老乡，一拃没有四指近，今后有用得着我的地方，你只管找我，我有责任为你服务，也有责任保护你。谁敢让你受委屈，我绝对不答应！这样吧，要是不嫌弃的话，你把我手机号码记一下。胡晓君说罢，两眼看着董小雨放在餐桌上的手机。董小雨的手机是带盖子的那种。

董小雨像是犹豫了一下，还是拿起手机，把手机的盖子翻开了。胡晓君一组一组地说着号码，董小雨记了下来。

我的名字叫胡晓君，你就叫我小胡吧。有些人给别人的电话号码是假的，我给你的号码绝对是真的，不信你拨一下试试？

顺着胡晓君的指引，董小雨把电话号码拨了一下，胡晓君装在口袋里的手机果然响了起来。胡晓君的手机铃声是一支旋律相当欢快的曲子。董小雨哪里知道，胡晓君给予她电话号码的目的，是想得到她的电话号码。

胡晓君说：看看，没错儿吧！

董小雨这才想到，她一拨胡晓君的电话号码不要紧，自己的号码就跑到了胡晓君的手机上。她说：没事儿你不要打我的电话，更不要把我的电话号码告诉别人。

别人的说法让胡晓君心里一动，很是受用。别人是别人，他就不是别人，是自己人，看来董小雨已经认了他这个老乡。他说：你放心，日久见人心，时间长了，你就知道我了。

时代到了数字化时代，人也被数字取代，人人都有代码。每个人的代码主要有两个，一个是身份证的号码，另一个是所使用的手机的号码。身份证的号码一报户口就确定下来，一辈子都不会改变。在互联网上输入你的代码，无论你走到哪里，都能网得到你。手机的号码也差不多，要不是为了隐蔽，一般来说，人们不会改变自己的号码。手机用坏了可以再换一个，但手机号码还是原来的号码。胡晓君把董小雨的手机号码存入自己的手机，仿佛同时存进了董小雨这个人，这让他一下子变得充实起来，好像连手机本身也大大增值。按董小雨的意见，胡晓君没有轻易给董小雨打电话，只给董小雨发了些短信。下雨了，他给董小雨发了一条短信：终于下雨了，我最喜欢下雨。董小雨没有给他回信。接着，他又给董小雨发了一条短信，说要请董小雨到附近的一家餐馆吃烤鸭，并强调，烤鸭可是北京的名吃。这次董小雨回了信，信的内容只有两个字：不吃。胡晓君想，也许董小雨不爱吃烤鸭，爱吃洋餐。过了两天，他再给董小雨发短信，要请董小雨到外面吃意大利比萨。董小雨的回信还是两个字：不吃。那么董小雨到底爱吃什么呢？是不是最爱吃的还是家乡饭呢？他打听到一家小饭店卖有家乡的糊涂面，就请董小雨下班之后跟他一块儿去吃糊涂面。他在短信里说：近不近，故乡人，请董小雨给老乡一个面子吧！这次董小雨的回信倒没说不吃，说的是不去。这个董小雨，三请三不，是不吃他这一套啊，是不想和他交往啊，这可怎么办呢？想来想去，他只好给董小雨打了一个电话。打第一遍，董小雨不接；打第二遍，董小雨还是不接；直到打第三遍，董小雨才接了。董小雨一开口，口气就有些不耐烦，说我正忙着，你老打电话干什么？我不是跟你说过，不让你老给我打电话嘛，好了，就这样吧。"啪"的一下子，把手机盖子扣上了。胡晓君看看自己的手机，手机的显示屏是黑的，拿在手里像一块生铁。他真想对着手机说：你忙什么，不就是在给人家捏脚嘛！人脚又不是猪脚，猪脚能吃，人脚上都是脚气，又不能吃，你有什么可牛的！

无论如何，胡晓君不会放弃对董小雨的追求。老板召集洗浴中心的全体员工点名和训话时,胡晓君看见过在洗浴中心打工的所有女工,他也巧妙地打听过那些女工的情况。别的女工来自四面八方,都不是他的老乡。只有董小雨是他的老乡,而且是近老乡。董小雨长得也不错,不高不低,不胖不瘦,一看就是一个适合谈对象的家常人。董小雨虽然来到城里干活儿,但她并没有赶城里人的时髦,不描眉,不画眼,没有染成红头发、黄头发,连高跟鞋都不穿。董小雨一上班,就穿一身棉布工作服,一天到晚都是那身工作服。不管从哪方面来看,董小雨都不失朴实,都是一个好好过日子的人。要是能把董小雨搞到手,对他的一生来说将是一个巨大的胜利。村里年轻人外出打工,好几个年轻人都带回了外地的老婆。那些女人不是好吃懒做,就是脾气暴躁,胡晓君一个都看不上。爹对他说:你不要看不上人家,你小子要是有本事,也给我们带回一个儿媳妇,我和你娘就不用操心给你找对象了。爹的话他记住了,他争取找一个对象带回家。

胡晓君去餐馆买了一份烤鸭,分装在两个塑料餐盒里,带回洗浴中心。一个餐盒里装的是薄片鸭肉和甜面酱,另一个餐盒里装的是荷叶饼和葱条。这天吃晚饭时,他一见董小雨去餐厅吃饭,就赶紧把烤鸭拿了过去,小声对董小雨说:这是我给你买的烤鸭,你尝尝味道如何。

董小雨一见烤鸭,就皱起了眉头,说:我说过不吃,谁让你买的!谁买的谁自己吃。

我吃过了,这是专门给你买的一份。你说话小点儿声,别让别人听见。你把鸭肉和葱条卷在荷叶饼里吃,就当吃的是自助餐,吃的时候也最好别让别人看见。好了,今天我不陪你了,你慢慢吃吧。

走到门外,胡晓君透过门缝看见,董小雨揭起一张荷叶饼,正把蘸了甜面酱的鸭肉和葱条卷在里面吃。很好很好,烤熟的鸭子外酥里嫩,是很好吃的,你就好好吃吧。

停了一会儿,胡晓君又到餐厅门外隔着门缝看了董小雨一眼,见董小雨没把烤鸭吃完,收拾起来带走了。洗浴中心规定,自助餐厅里的食品只能在餐厅里吃，不能带到外面去。因他送给董小雨的烤鸭是从外面带进来的，不在洗浴中心的规定范围，吃不完应该可以带走。董小雨吃了他送给自己的烤鸭，这让胡晓君觉得，他和董小雨的关系又前进了一步。他对自己说，饭要一口一口吃，水要一口一口喝，他和董小雨的关系要一步一步走，慢慢来，不要着急。在老家时，他见过老母鸡孵蛋。老母鸡就那么俯着身子，围着翅膀，日日夜夜卧在一窝鸡蛋上，把自己身体里的热量，一点儿一点儿持续不断地传达到鸡蛋内部，使鸡蛋发生变化，孵出小鸡。胡晓君相信，董小雨不是一块石头，也是一个鸡蛋，他要向有耐心的母鸡学习，不断给董小雨以足够的温暖，把鸡蛋里面的小鸡孵出来。就算董小雨是一块石头，他也有恒心、有能力，先把石头暖成鸡蛋，再把鸡蛋孵出小鸡。

说洗浴中心管住，是指洗浴中心同时开有三层楼的旅馆。客人住在旅馆里，为客人服务的员工不必到外面租房，也可以住在旅馆里。只不过，员工住得拥挤一些，六个人住一个房间，是上下铺。在房间里，年轻的男员工心痒、手痒，喜欢拿女员工说事儿，对女员工评头论足，给每一个女员工打分。一天晚上，有人说到董小雨，说那丫头长得太死性，一点儿都不可爱。还有人说，董小雨名义上是给人捏脚，背地里不知给人家捏什么。这些话胡晓君不爱听，他说：你们不要议论董小雨，她是我的老乡。人家说：老乡不香，老乡算什么，要是女朋友还差不多。胡晓君没有否认董小雨是他的女朋友。

又过了一段时间，胡晓君从外面给董小雨买回一张比萨饼，事情就没有那么顺利。这天午后，当胡晓君把比萨饼放在董小雨面前的餐桌上时，被邻桌一个眼尖的小女孩儿看见了。一位白头发的老太太，带着一个小女孩儿，吃饭吃得比较慢，别的顾客差不多都走了，已经到了员工吃饭的时间，她们还没有离开餐厅。小女孩儿看见了比萨，嚷嚷着要吃比萨。老太太说：哪有比萨，这儿没有比萨。小女孩儿一指董小雨面前的比萨，说有，有。老太太也看见比萨了，对小女孩儿说：明天奶奶去比萨店给你买。小女孩儿不干，嚷嚷得更厉害：不，不，我现在就要吃！这时，胡晓君若把比萨分给小女孩儿一点儿，也许小女孩儿就不闹了。大概胡晓君心里只装着董小雨一个人，急于让董小雨吃比萨，完全忽略了小女孩儿的感受和要求。他不但没有分给小女孩儿比萨，还把身子坐过来，与董小雨坐并排，试图挡住小女孩儿的视线。这下把老太太给惹了，老太太不干了，老太太大声质问胡晓君和董小雨：你们是不是这儿的员工？

胡晓君和董小雨被北京老太太陡起的气焰吓住了，他们不敢面对老太太，没有回答老太太的问话。

谁让你们在这儿吃比萨的？有你们吃的比萨，就应该有顾客吃的比萨。不让顾客吃，你们自己吃，这是哪家的道理！把你们的老板找来，我要问问他！

眼看别的员工围过来看热闹，董小雨像是急于摆脱干系，丢下胡晓君，自己站起来走了。

胡晓君没有走，他硬着头皮，仍坐在那里坚持。他自己从未吃过比萨，只是听人说比萨好吃，才给董小雨买了一份。此时放在桌上的比萨已经凉了，但他觉得比萨变成了烫手的红薯，不知该怎样处理。

不知哪个嘴快的把老板找来了，老板进了餐厅，直奔胡晓君问：怎么回事？谁让你在餐厅吃比萨的？回答！

我没吃。董小雨没吃过比萨，这是我给她买的。

你为什么要给董小雨买比萨？你们是什么关系？

我们是老乡，她是我的女朋友。

别的员工交换了一下眼神儿。

老板说：董小雨是不是你女朋友，另当别论，我只问你，本中心不许员工带食品在餐厅里吃，这个规定你知不知道？

不知道。

那好，今天我让你知道一下，食品没收，罚款三百元人民币。

对胡晓君的处罚还没有完，第二天上班前，老板让浴室主管通知胡晓君，洗浴中心决定终止对他的聘用，上午九点之前，他必须走人。

胡晓君吃惊不小，说他很热爱洗浴中心的工作，正干得好好的，为什么要开除他呢？

浴室主管向他转达老板的话：你的行为已经构成对女员工的骚扰，在洗浴中心造成了不良影响，所以要开除你。

董小雨呢？把我们两个一块儿开除吗？

这个我不知道。

我去找董小雨问一问。

你不要问了，老板找董小雨谈过了，董小雨说她根本就不认识你。浴室主管撇着嘴，用讥讽的口气说：还说董小雨是你的女朋友，我看你是剃头挑子一头热。

胡晓君的情绪低沉下来。他想把自己的情绪再酝酿一下，湿一湿自己的眼圈。这样想着，他的眼圈真的有些泛潮。他对主管说，他收拾一下自己的东西，一会儿就走。说这些话时，胡晓君是在自己住的宿舍里，他已经换好了上班的工作服。他的打算是，等主管一离开，他就去董小雨的宿舍或休息室找董小雨，跟董小雨说几句话。

主管似乎看破了他的想法，要他马上把工作服脱下来。也是洗浴中心的规定，只要脱下工作服，换上自己的衣服，就不许在工作场所走动。

胡晓君没有马上脱工作服，看看主管能把他怎样。什么主管不主管，不也是一个吃打工饭的外地佬嘛，有什么了不起的。

主管到门外打了一个电话，把洗浴中心的保安叫来了。保安是一个练过立起手掌切砖的家伙，切起人的脖子来相当厉害。保安说话的声调倒是不高，他对胡晓君说：走吧，哥们儿，最好别让我动手，我一动手，谁脸上都不好看。

胡晓君只好脱下工作服，换上自己的衣服，把零碎东西都收进拉杆箱里，拉起箱子走了。走到大门口，胡晓君似有些恋恋不舍，转过身来与董小雨大声告别：董小雨，我走了！

没有任何回应。两个穿黑色工作服的女服务员在柜台里面坐着，她们连动都没动。

胡晓君又喊了一声：董小雨，我爱你！

一直跟在他身后的保安举起了巴掌，命他赶快滚蛋！

来到大门外边，胡晓君没有马上离开，而是站在那里给董小雨打电话。他估计，洗浴中心只开除他一个，不会开除董小雨。因为董小雨会捏脚，可以为洗浴中心赚钱。电话打过去，很快有了回应，回应是一个女人的声音，但不是董小雨的声音，回应说：你拨打的电话已关机！

冬天来了。一个初雪的傍晚，有一个年轻人，手持一朵玫瑰花，跪在洗浴中心门外的地上，雪片落在年轻人的头发上，落在年轻人的肩头，落在年轻人的后背，几乎把年轻人变成了一个雪人。年轻人双手举着的玫瑰花似开未开，花上面也落了一层雪。落雪有声人无声，年轻人就那么不声不响地跪着，似乎要跪他个感天动地，地老天荒。这个年轻人不是别人，正是胡晓君。

有前来洗浴的顾客看见了胡晓君，有些好奇，问胡晓君跪在雪地里干什么？

胡晓君说，他来给他的女朋友献花。

你的女朋友在哪里？

在洗浴中心。

你怎么不进去找她呢？

他们不让我进。

你可以打个电话把你的女朋友约出来嘛。

她不接我的电话。

噢，所以你就在这里玩苦肉计，对不对？顾客说罢，摇摇头，进去洗浴了。

保安发现了跪在雪地里的胡晓君，他推开玻璃门，并撩开棉布帘子，对胡晓君骂道：你怎么又来了，你真是一个癞皮，我看你比癞皮狗还劣！之前，胡晓君已来过几次，他几次前来，都被前台的服务员和保安及时发现，被保安赶了出去。有一次，他以顾客的身份，要自己花钱洗澡。保安通过打电话向老板请示，老板还是拒绝他进入洗浴中心。

胡晓君不说话，他把玫瑰举得更高些，想让玫瑰替他说话。他认为自己跪的是街边的雪地，并没有进入洗浴中心，狗保安不应该干涉他。他希望前台的服务员能看见他，并转告给洗浴中心的所有员工，让所有员工都知道他今天的非凡举动，其中包括董小雨。一颗红心向着董小雨，他不相信董小雨一点儿都不感动。

保安用脚点住胡晓君的肩头，只是一蹬，就把他蹬得仰面朝天，倒在马路边上。

这时有一辆黑色的轿车开过来，下雪路滑，司机紧急刹车，发出一声尖叫。只差那么一点点，车的左前轮就碾到了胡晓君的头。司机从车窗里探出头来骂人：干吗呢？干吗呢？找死呢！

胡晓君没有爬起来，躺在雪地里哭起来。要是被车撞死，他就再也见不到董小雨了。他哭得声音越来越大，引得不少路人驻足围观。一些洗浴中心的员工闻声也出来看热闹，一个男人在街头大哭总是很少见。胡晓君虽然涕泪横流，玫瑰花仍在他手里紧紧攥着。

有同事告诉董小雨，说她的男朋友给她献花来了。

董小雨否认她有男朋友，说，谁再这样说她就跟谁急。

老板出来了，一见老板板着脸，员工们赶紧把头缩进洗浴中心。老板对围观的路人说：大家散了吧，这人是个神经病，没什么好看的。他臆想一个女孩子是他的女朋友，其实根本没那回事。

见胡晓君还在哭，围观的人还不走，老板就打电话报了警，说有人在洗浴中心门口无理取闹，影响了他的生意。

不一会儿，警察就开着警车过来，把胡晓君带到附近的派出所询问情况去了。

不知是实弄还是虚弄

十几年过去了。某个春天的下午，我在看一档名为"忏悔录"的法制电视节目时，听节目主持人提到了胡晓君的名字。主持人介绍说，胡晓君为北京一户居民搞完了装修，回头翻窗到这户人家行窃时，碰巧被这家回家取东西的女主人撞见了，当女主人指着鼻子斥责胡晓君时，胡晓君怕罪行暴露，就扑上去把女主人掐死了。胡晓君以故意杀人罪，被判处死刑。

我不大爱看电视，除了看球赛和动物世界时偶尔激动一下，看别的节目我常常是有一搭无一搭。听到胡晓君这个名字时，我并没往心里去，没有把胡晓君这个名字和那个曾经让我帮他看稿子的青年打工者联系起来。我已经把那个胡姓青年的名字淡忘了。当胡晓君的形象出现在电视上时，我的注意力才不由自主地集中了一下，这个囚徒我看着怎么有些面熟呢？尽管胡晓君穿着囚服，戴着手铐，面貌已不是当年的面貌，我还是想起来了，这个胡晓君，不是和胡晓君重名的胡晓君，正是那个到办公室里找过我的高个子年轻人。主持人说他犯罪时在搞装修，他从事的工作也与我对他留下的印象相重合。没错儿，就是他，就是那个曾经被我在手机里命名为"讨厌"的胡晓君。我难免心生感慨，看来人的命运真是莫测啊！说是条条大路通北京，到了北京，摆在人们面前的不一定都是大路。

面对电视镜头，胡晓君表示了忏悔和痛恨。他后悔不该去行窃，更不该剥夺他人的生命。他不恨别人，只痛恨他自己。要是有来生，下一辈子他一定要好好做人。

按照人道主义精神，在死刑犯伏法之前，狱政人员都会问一下犯人，最后还有什么要求。如果要求并不过分，监狱方面会尽量满足。胡晓君提出的要求是，临死前他要见一见他热恋过的女朋友，当面问一下女朋友，他那么苦苦追求，女朋友为什么看不上他？

狱政人员找到了胡晓君所说的女朋友。让我感到疑惑的是，她的名字不叫董小雨，叫冻小雪。冻小雪已结婚生子，成了人妻人母。冻小雪似乎记起了有胡晓君这么个人，但她不愿意去监狱见胡晓君，担心跟自己的丈夫无法交代。

人之将死，其言也善，将死的人总是占着一份死理。狱政人员只好找到冻小雪的丈夫，让其丈夫帮助做做冻小雪的工作，看能不能见胡晓君一面。冻小雪的丈夫倒很开通，也能够理解胡晓君的心情，说人家都是快死的人了，去看看人家有什么不可以。

至于二人见面后，胡晓君向冻小雪问了一些什么话，冻小雪又是怎么回答的，这个就不再想象了。

　　也许，冻小雪是董小雨的化名，也许不是。如果冻小雪的名字是真名真姓，这个胡晓君就不一定是那个胡晓君。我宁可相信，胡晓君还惦记着写东西，并有可能看到这篇不太像小说的小说。

（原载《十月》2015年第4期）

扇背镇传奇

陈再见

一

一个地方有一个地方的特产，扇背镇的特产，就是豉油。但这已经是十年前的事了，十年后，扇背镇的特产不再是豉油，而是冰毒。当然了，扇背镇人一般不叫冰毒，它有另一个形象的名字，叫冰糖。至于吃冰毒，也有另一个形象的说法，叫溜冰。扇背镇四季如春，连霜都不多见，何况是冰——溜冰却极其泛滥。

有一点很奇怪，制冰的人却不溜冰，他们洁身自爱，像是很干净的人，时刻表现出对这一物品的憎恨和厌恶之情，比如单秋水。底下的马仔都管单秋水叫水哥。水哥这个名字挺顺口的，也好听，单秋水喜欢得不行，偶有外地人来谈生意，开口闭口都是"单老板"（能读准读音的不多，大部分都叫成"dān 老板"），单秋水听着厌烦，于是扬言出去："从今天起，谁要是再叫我单老板，生意就免谈了。"话一传出去，来合作的人刚踏进扇背镇，便有人在耳边交代："叫水哥，千万别叫单老板。"这事儿扇背镇几乎妇孺皆知，成为一时佳话。

说起来，单秋水也就三十岁，论年龄，还是个年轻人，但没人会这么看，谁都认为一个人的发迹，是有命数在支撑的。因为谁也想不到，十多年前街上人都可以欺负打骂的一个小毛孩儿，如今竟成为全镇最大的毒枭，甭管黑白，见了都得敬畏三分。单秋水倒是不计前嫌，那些以前打骂过他的人，现在统统被招揽在身边，成了他的马仔。单秋水具体有多少马仔，谁也不知道，但只要是年轻人，没出门，在街上混，也没个正当工作的，那肯定就是吃单秋水饭的。

这些年，单秋水野心不小，几乎想把扇背镇打造成为一个独立王国，风雨不侵，他恨不得当起这一国之主，让每家每户都有肉吃、有酒喝，把"豉油镇"的别号去掉，换成"富豪镇"，单秋水在镇里开了一家最大的酒店，就叫大富豪。事实上，单秋水的理想正在一步步实现，以前平房拥立的扇东街、扇西街，如今已经楼房林立，焕然一新；以往只有 T 字形的两条街，这几年来，逐步扩建，开发区、商品楼小区、贸易市场、商场，甚至公园、游乐场所……就像一个迅速发胖的瘦子，喝凉水都胖，挡都挡不住，一个月不见，都能感觉出不同来。

单秋水经常在黄昏时候站上他家楼顶，俯视整个正呈现蓬勃生气的小镇，他会微微一笑，他想：如果父亲和母亲还在的话，肯定会为他而感到自豪的。他其实最想证明的，恰恰就是他在父母心目中恶劣的失望甚至是绝望的印象。可惜他们再也看不到了，这成了单秋水最大的遗憾。

二

　　单秋水的父亲母亲穷了一辈子，单秋水也弄不清楚他们单家究竟穷了多少代，到了单秋水这里，终于有了扬眉吐气的机会。单秋水想起小时候，父亲还在东宫码头搬鱼，被人吆三喝四的，一箩筐一箩筐的鱼把父亲的背压得跟一只煮熟的虾没什么区别。每天晚上父亲回家，总会带点儿杂碎鱼，让母亲煮熟，再浇上豉油，一家人吃得筷子直打架，味道那个鲜美，单秋水一辈子也忘不了。后来单秋水有了钱，想吃什么有什么，可他经常怀念的还是杂碎鱼拌豉油的味道，他会吩咐马仔，特意去码头买杂碎鱼，再去穆老板那儿沽三两豉油，请来大富豪的大厨，照母亲生前那样简单地蒸煮，却怎么也吃不出孩提时代那种味道了。身边人笑话他，你那是饿着了，吃什么都是美味。他还是固执地认为，是厨师的手艺没母亲的好，弄得几个大厨都无言以对。单秋水坚持自己做，一次次地尝试。后来单秋水又遇到个棘手的问题——镇上的豉油店都关得差不多了。大家都不太吃豉油了，即使吃，到商场里随便买一瓶就是，味道虽然和手工做的有天壤之别，但富起来的扇背镇人谁还会在意一瓶豉油的味道呢？只有单秋水在意，他甚至宁愿花很高的价钱，购下穆老板的豉油店，还给穆老板每月发高薪，就一个目的，让穆老板继续做他的豉油，就做给单秋水一个人吃。穆老板本是一个孤寡人，以前靠卖豉油过日子，眼看就要维持不下去了，他又不像其他人那样有新门路，单秋水如此做法，虽然令人费解，却是穆老板求之不得的。穆老板说："你哥，还有你，小时候老是来我这里沽豉油，不多不少，就三两。现在我这个豉油店就为你一个人开着，每天三两豉油，我亲自给你送上门去。"单秋水没同意，他让穆老板还像以前那样，在店里待着，他有时叫马仔去沽，有时还亲自去沽，像小时候那样，几乎横穿整个扇背镇，来到穆老板的豉油店前，趴在那个凿在墙壁上的四方形橱窗的石板上，把豉油瓶递给穆老板；有时遇到穆老板没开窗，他还得敲一敲橱窗上一块块竖立起来的上面有淘气小孩儿写满了骂人的粉笔字的门板，或者嚷上一句："穆老板，开窗啊，沽豉油啦。"他的记忆便能一下子就回到了过去，恍如眼前。

三

　　父亲去世时，单秋水才十五岁。十五岁的单秋水其实应该懂事了，但他却一点儿都不懂，甚至对于父亲的死，他也感觉茫然，不知道那将意味着什么。或者说，意味的仅仅是他们一家可能再也吃不上杂碎鱼拌豉油了，与这件事比起来，父亲的死反而不是一件太值得伤感的事情，至少单秋水当时是这么想的。父亲被确诊为癌症后，他们一家第一时间就达成共识：放弃治疗。父亲在床上没挨多久，他一生那么失败，临死前却是那么怕死，求着母亲救一命。母亲咬着牙说："你就安心去吧，救我们一命。"这话当时单秋水没听出什么，现在一想，心就痛。单秋水甚至还期望父亲能早点儿咽气，他一天天瘦下去，跟一截干柴似的，躺在床上咿咿呀呀叫，怪叫人害怕的。单秋水都没敢靠近一步，直到父亲入棺，母亲怎么叫，他也不愿过去见父亲最后一面。

　　单秋水后来有意要忘却那段记忆，他也给自己找了一个借口，便是父亲的懦弱和无理，导致父亲的形象在他心目中并不伟大。他甚至还能想起一些父亲懦弱和无理的细节来。比如，父亲每天在东宫码头赚那么几十块钱，任人吆喝侮辱，回到家里却只会欺负亲人，尤其是单秋水，几乎成了父亲的出气筒，或者活沙包。尽管如此，父亲还觉得自己和天一样伟大，每天拎回来的那么点儿杂碎鱼便成了他颐指气使的资本。他一回到家，立马表现出了老爷的架势，把鱼往天井的摇井柄上一挂，便靠着排骨椅跷起了腿。母亲把鱼杀好洗好煮好浇上豉油，然后和海马酒、碗筷一起端到父亲跟前——他甚至懒得起身放一下桌子——单秋水得过去帮忙放下桌子，那时单秋水也急于献殷勤，好多吃一点儿鱼。但通常只能等到父亲吃饱喝足了，剩下几尾不起眼的小鱼、几个鱼头和被剔得不剩下一点儿肉末的鱼排骨——尽管如此,他们兄弟俩还是抢得不可开交。对了,单秋水还有一个哥哥,叫单青海。单秋水一直不愿意提及他的这个哥哥,和父亲的懦弱和无理相比,他恨哥哥的绝情。

四

父亲死后,哥哥单青海便接替了父亲去码头搬鱼,单秋水也名正言顺地辍学了——这事可把单秋水乐坏了,当时他把这等好事儿也归功于父亲的死。父亲的死能给单秋水带来这么多好处,这使他怎么也伤心不起来,一个伤心不起来的人见到别人伤心,也会持怀疑态度。比如,头七还有往后的忌日,单秋水见到母亲跪在父亲的灵牌前哭得鼻涕眼泪一大把时,就在想,母亲怎么能演得这么像呢?一直到两年后,母亲死了,十七岁的单秋水才知道什么叫伤心,什么叫天塌下来了。母亲死得很安详,几乎没病没痛,晚上躺下去,第二天日头都出来了,母亲还没醒。母亲一般是赶在日头之前起床的,那天的反常让单秋水也感觉奇怪,主要也是他肚子饿了,要吃早餐。于是他去叫母亲起床,没应,再摇,还是没动静,掀开被子一看,母亲的脸已经绿了,大张着嘴,整排牙齿都龅了出来……

在单秋水看来,母亲的死跟哥哥有直接关系,或者说,母亲就是被哥哥害死的。哥哥在毫无征兆、招呼都不打一声的情况下,离家出走了。起初母亲以为哥哥是去湖村的表哥家小住,很快就会回来的,他以前工作累了心情不好,也经常那样。哥哥实际上是一个既懒惰又天真,整天想着一些不切实际的事情的人。这是单秋水对哥哥的一贯印象。单秋水当时就认定,哥哥跑了,他不想负担起这个破败的家庭,他实在不想跟父亲一样,在东宫码头搬一辈子的鱼。他是一个和父亲不一样的人,或者说,他比父亲更为无情无义。几天后,母亲还不见单青海回家,就跑了一趟乡下,得知单青海一步都没去过亲戚家。母亲心里一惊,怕儿子是不是死了,像几年前镇里一个漂亮的小女孩儿,还是单秋水的同学,就被人奸杀了，死了还被扔在破瓦窑里，警察找了好久才找到。母亲回家说了自己的担忧，单秋水还是一口咬定，哥哥跑了。再说哥哥是个大男人，谁会奸杀他啊？到了那时候，母亲其实更愿意单秋水说的是真的。一直到后来，母亲才发现单青海竟然还带走了自己的衣物，也就是说，他的出走，是有预谋的，这便坐实了单秋水的猜测。母亲越想越气，越气越想，最后吃不下睡不着，她情愿单青海是死掉了，也不愿意相信他能这么绝情。

五

前后两年时间，单秋水一家四口人死了三口，只剩一口——单秋水当哥哥单青海也是死了的，至少生死未卜。十年过去了，单秋水也没有一丁点儿哥哥的消息，他也不想得到哥哥任何一点儿消息。一个人，就那样一瞬间，在扇背镇上白白蒸发了，和死了有什么区别呢？

单秋水来不及多想，甚至都来不及悲伤，他得养活自己。似乎就是在一夜之间，单秋水长大成人了。至少在人们看来，这个以前整天在街上晃荡经常和一伙比他还小的孩子打闹嬉戏的人，一下子就从街上消失了，如他的哥哥单青海。当然，单秋水没有单青海消失得那么彻底，他偶尔还回扇背镇，不定时间。回来了，也是一身脏，进了他平日紧锁的家门，一关，也不再出来一步。单秋水那些年，都不愿意街上的人看见他，不管他们的眼神是怜悯同情还是幸灾乐祸，单秋水都不敢去迎接，他觉得如果自己不够强大，是连接受别人可怜的资格都没有的。而他只能勉强养活自己，还无法强大，他甚至都丧失了在人群里出现的勇气。

即使单秋水不说，街上人也都知道，单秋水在乡下的糖厂打工。这事说起来有点儿丢人，扇背镇就是再小，也沦落不到要去乡下打工的地步。单秋水也想去码头搬鱼，但他太小了，码头的人不要，他自己也不想重走父亲和哥哥的路子——他觉得那是条死路子，他要和他们不一样。之所以选择去糖厂，一是真的无路可走，只有糖厂需要小工，在野地上晒甘蔗渣，活不重；二也是想避开镇上的熟人，糖厂的乡下人，一个都不认识单秋水，他不说，他们也都不知道他家所遭遇的灾难。

当然了，单秋水对糖厂是熟悉的，还在读书时，老师就时而会带他们到糖厂参观，他自己也会邀几个同学，结伴往糖厂跑。有时偷点儿甘蔗吃，运气好还可以要到一团大软糖，一路吃回扇背镇。那时候，单秋水看着那些乡下少年在空旷的野地上晒甘蔗渣，白花花的一大片，有些时候甚至一眼望不到边，像是这个四季如春的地方下了一场大雪一般。而那些工人抓着竹靶子向着阳光扬起甘蔗渣的姿势，看着倒像是在雪地里玩儿，那些被扬起的细末落在他们的头上和脏兮兮的衣服上，也像是雪花……单秋水看着几乎入迷，他那时多想也到"雪地"里玩儿一把。他甚至羡慕起那些乡下少年。只是他怎么也想不到，转眼间，他也成了他们。成了他们之后，单秋水一直担心他们会认出他来，"你不就是以前来参观过糖厂的镇里人么？"还好他们没认出他来，只是问他："你是哪个村的？"他随便说了一个，比较偏远的，他们当中没有那个村的人，自然也就没识破他的谎言。很快，他成了他们的朋友。而他也知道，以前羡慕的工作真正做起来竟然是这么苦这么累，有时一天下来，胳膊都动不了。再次望着那白茫茫一大片时，竟怕得鸡皮疙瘩都起来了。

六

幸好，单秋水没有在糖厂做多久，大概半年的时间吧，单秋水自己也忘了。后来回忆起来，单秋水觉得在糖厂的那半年里，最开心的事就是晚上收工后，每人被允许去糖框里抓一团反砂的软糖，然后一伙人排着队蹲在高高的甘蔗堆脚下，喝着开水配软糖，那个好吃，一点儿都不亚于杂碎鱼拌豉油。单秋水还能想起当时的感受，冬天的晚上，野地里冷风飕飕，有甘蔗堆的阻挡，倒让他们暖和不少。彼此哈出来的气，都有气雾，把他们眼前弄得缭绕一片。单秋水记得那时的月亮很远很小，也像是怕冷的样子，没看见星星,兴许是被糖厂的灯光遮蔽了。糖厂的大烟囱时刻在冒着燃烧甘蔗渣的浓烟,一股混着糖香和烟灰的奇怪味道,几乎占据了单秋水当时所有的记忆。那味道太奇怪了,单秋水一想起糖厂的生活,首先想起的就是那股味道。

几年后,糖厂相继在扇背镇四处的乡下消失了,它们或者搬到海那边去了,听说那儿的甘蔗又大又长又多汁又便宜,去海那边收购甘蔗后还得用船运回来,干脆就把糖厂搬了过去。当然,也有一些糖厂老板转行做起了更赚钱的生意。十年后,扇背镇已经找不到一家还开工的糖厂了,它们都成了废墟,遗留在野地里。简单的土砖房已经塌了,制糖的窑灶还在,甚至那些汽油桶连接成的大烟囱也剩下一截,锈迹斑斑。灶上还留着几个乌黑的大鼎,到处长满了臭熏仔草,开着好几种颜色的花……偶尔有小孩儿来玩儿,他们在原先放绞机的地方,找到了一块机油汽油混合的地皮,放一把火,可以烧上半天。要是冬天,还能取暖。

七

离开糖厂后,单秋水先是帮一个叫老阎的老板看场子,那时单秋水看起来已经是条壮汉。场子在扇背镇东郊,荔枝园里,大竹棚。说实话,起初,单秋水并不知道他看的场子就是一个制冰窝点,他进不到竹棚里去,只能在外面守着。老阎这人十分精明和谨慎,扇背镇人都知道他是个老滑头。老阎其实并不是扇背镇人,由于经常在扇背镇走动、居住,日子一久,人们也都认识,并都承认他是自己人。老阎也开过糖厂,后来不干了,出去闯荡了一段时间,结交了一群朋友,回来后,便开始着手制冰,带回了技术,也带回了销路。如果扇背镇的制冰致富史要追溯其根源,老阎绝对是一个绕不过去的人物,即使是单秋水,也得承认这一事实。

单秋水逐步取得老阎的信任,用的时间倒不多,这点出乎很多人的意料,因为那时扇背镇人都知道老阎在做着什么见不得人的活儿,赚的钱不少,多少人想靠近,或者只是好奇想知道那是怎么一回事儿，老阎都是三缄其口，包括那些经常一起喝酒的熟悉朋友，开照相馆的郝金龙，开发廊的蓉姐……都是镇里一个手要数进去的人物，也都不知道老阎具体在做什么。那时人们眼看老阎一天变一个样，买车砌房包小姐，大吃大喝，前后也就一年的时间。比起他开糖厂那几年，钱没赚到不说，还整天把人弄得黑乎乎的像个下水道工人，一年不到的老阎焕然一新，成了老板样儿。但人们还是不知道他在做什么，只知道他在镇东郊的荔枝园里弄了个简易的竹棚，怎么看怎么不像是赚钱的场所，车子进进出出倒是经常，老阎为了方便车子进出，特意赔了大款，从荔枝园里砍出一条路来。扇背镇人之所以知道老阎干的活儿见不得人，原因便是他只在晚上忙碌，白天没事干，就带着几个亲信到镇里吃喝，开着他新买的本田在扇东街上，把喇叭摁得震天响。人们开始对老阎颇有微词，倒不是因为他做了见不得人的事儿，而是他的自私，把赚钱的门路当秘密一样守着，这不是拿他们不当自己人吗？所以，老阎的车子刚买不久，就被人故意刮了好几道划痕，为这事，老阎在扇东街上气得像头疯牛。一直到单秋水的加入，老阎的事情才逐步公开化，并有大水决堤之势，迅速蔓延开来。所以，如今的扇背镇人，一想起"致富思源"这样的话来，首先想到的是单秋水，而不是那个早已经离开扇背镇的老阎了。老阎几乎被人们遗忘了。当然，单秋水不会忘，他是一个感恩和记恨一样坚定的人。

八

照外人说，单秋水不费多长时间便获得了老阎的信任，然后同样不费多长时间就代替了老阎，把老阎排挤在外。这是外人说的，也是猜测，单秋水却不这么认为。他心里清楚，那只是一个优胜劣汰、弱肉强食的过程。只是单秋水也不多说，任由外人们去猜测，越玄乎越好，越神秘越好。单秋水最让人称道的一点，倒也不是他通过什么样的手段夺下了老阎的产业，而是他的公开，不搞"让一部分人先富起来"那一套，相信"大家好才是真的好"。有人戏言，如果让单秋水担任扇背镇镇长，全民投票，估计没有一人会投反对票的。

话又说回来，单秋水当不了镇长，也不可能当镇长，但单秋水同时也没把镇长放在眼里，单秋水这些年来往镇长家里搬了多少钱，大概只有单秋水知镇长知，剩下就是天知地知了。当年，老阎给单秋水留下的其实只是一个空壳子。要说单秋水聪明，还真的是，就凭着亲眼见过那么几回，他便熟记了制冰的流程。没人没技术，单秋水不愁，他自己会，没钱，才是问题。那会儿制冰的成本极高，麻黄碱得从一颗颗的感冒药里提取，一小桶的冰，成本最少得十多万元钱，当然，往外一卖，则是翻几倍的价钱。钱当然好赚。如果制作过程中稍有闪失，也会使所有成本都打了水漂，这些倒还不是单秋水最担心的。最后单秋水想到的办法其实也挺简单，就是发动扇背镇人起来合作，说好听点儿是入股，说不好听，就是合谋，当然，诱惑的条件便是：有钱大家赚。从那时候起，扇背镇人才知道老阎和单秋水做的是什么生意，也有避而远之的，更多的则是悄悄和单秋水联系，出钱出力。结果半年不到，与单秋水合作的人，不是买了车就是盖了楼，这时便再也不用单秋水鼓吹，人们自动会把钱提到单秋水眼前。单秋水那会儿倒不是那么需要钱了，他的产业进入了良性运转。要说单秋水大公无私，在这时便体现了出来，他主动献出技术，让有条件的人家独立门户。如此一来，没两年，扇背镇直接参与制冰的便占了两三成，而那些没法独立门户的人家，也都放下原先的活，给人打工，别的不说，单单帮剥开感冒药的外壳抖出里面的药粉，一个工一天可以赚到三五百。

单秋水回头看看一番繁华模样的扇背镇，当初凭的却是一己之力，不觉有些自豪。当然，单秋水的目的还远不止如此，他心中早有一幅大蓝图，他要干的事情还很多，开酒楼、办实业、盖商品楼，他要像个企业家那样，把自己武装得正正当当的。上可以和镇长吃同一瓯鲍鱼，下也可以和兄弟们喝同一锅糖水，甚至到那时他完全可以混个一官半职，至少弄个人大代表、政协委员之类的来当当，像个人物。到那时，恐怕谁也不会说单秋水是靠制冰起家的，甚至都忘了有那档子事了。

聪明的单秋水有时站在楼上俯瞰全镇,他想:或许,到了该收手的时候了。

九

谁也想不到,包括单秋水,十年后,老阎会突然找上门来。

老阎还是那样,甚至可以说是一点儿没变。老阎回到扇背镇,面对十年不见已经发生了天翻地覆的变化的扇背镇,感慨万千,连路都不知道怎么走了。和老阎一起的,还有另一个中年男子,留着长发,戴着西部电影里常见的牛仔帽,几乎看不见脸,似乎也刻意不让人看到脸,看样子和老阎一样,也是一个外乡人。扇背镇人自从染上了毒,对外来人便表现得十分警惕,如此陌生的两个人走在扇东街上,瞬间成了焦点。

老阎向街上人打听单秋水的住处时,没有一个人愿意回答,他们不说话,只是拿眼冷冷看着老阎。街上混的都是年轻人,几乎也都是单秋水的马仔。马仔们遇到有外人打听老大的住处,那样子,便像是有人在路上问你父亲的名字一样,让人提防。关键是,年轻人都不认识老阎,或者早忘了。终于有人认出了老阎来,在街对面喊:"你是老阎吧?"那人曾经可能还是老阎的朋友,多年不见,一见就认出来了。有人认出来了,老阎便显得自在起来,而街上人也不再拿他们俩当外星人看了。

很快,老阎和他的同伴便被人带到了单秋水大宅楼下。

单秋水还没结婚,偌大的楼房,就住着他一个人,几个随身的马仔正在院子里斗地主,因为一张牌吵了起来,见外面有人来,才歇下来。"找水哥的。"带的人朝院子里说了一句话,就撇下老阎他们走了。有人过来开门,问:"跟水哥联系没有?"

"我们是老朋友了。"老阎说。

"你呢?"剃着板寸头的年轻人问,语气很硬,他应该就是那个出错牌的人。

"他是我朋友,放心,都是自己人。"老阎说。

"还不给阎哥开门。"单秋水不知道什么时候已经站在门口。他看样子心情不错,满脸春光,似乎早就知道老阎的到来。这点让老阎一时反应不过来,所以跟着单秋水一路上楼时,老阎显得沉默,满腹心事的样子。倒是单秋水大大咧咧,热情周到,把老阎当贵宾一般接待。当然,彼此心里都藏着事儿。一番叙旧,单秋水才注意到老阎身边的中年男子。说是中年,其实年纪不大,只是人显得老。他在这期间一言不发,甚至埋着头,却不是怕生,他只是不想说话。单秋水的感觉很直接,老阎带来的是个怪人。他的怪不单是他阴沉着不说话,还在他露出来的肉体几乎都是毁容的,被火烧过,或者被水烫过,肉体如被搅动的软糖,变色、凸凹、结痂……单秋水没好意思看他的脸,他的脸也被长发和帽子遮得差不多了,但毫无疑问,那张脸也是惨不忍睹的。单秋水刻意不去看那人的脸,只是出于礼貌,问了老阎一句:"你朋友叫什么啊?"

"哦,你叫他青乖鱼就行了。"老阎也是不当回事儿的样子。

青乖鱼是东宫码头随处可见的一种杂碎鱼,鱼丑价贱,或许老阎就那么随口一叫,给带来的人起了一个还算贴切的名儿。单秋水倒因为"青乖鱼"这个名字对来人有了好印象。

十

老阎和青乖鱼就这样在扇背镇住了下来。他们也没麻烦单秋水,自己到扇东街上租了间大房子,就那么大敞开着门住了起来。谁也摸不清楚他们是来干什么的,要说是寻门路赚钱,也没见过这么懒的,每天不干任何事,就待在房间里,一个看电视,一个在地板上做俯卧撑,电视看累了,改做俯卧撑,俯卧撑做累了,便坐起来看电视……每天如是。

那会儿刚好是盛夏,扇背镇热得跟在火炉上蒸似的,他俩大汗淋漓,一个只穿着大裤衩,一个却裹得跟大冬天一样严实……门没关,窗也没关,就那么敞开着给街上人看。街上人看惯了,也没啥好看的。也有人好奇,尤其是小孩儿,都趴在门边,看青乖鱼那张像是被车轮子碾过的脸，几乎可以用血肉模糊来形容。有时被青乖鱼发现了，孩子们便像见到鬼一样，哇哇地叫着跑了，要在扇东街上跑出半条街，心才静下来。谁也难以想象，老阎竟然可以和一个这么恐怖的人同住一间屋子，竟然还一点儿都不害怕。也是因为青乖鱼，老阎之前那些老熟人，都没兴趣往他屋里去，再说，他们也感觉老阎怪怪的，究竟回来干什么呢？

"他们整天就看电视，做俯卧撑？"

"是的，水哥，一整天都是。"

单秋水安排人在街上盯住老阎和青乖鱼，他们一天干什么，都得向单秋水汇报。足足有一个月，老阎和青乖鱼没有离开过房间一百米开外的地方，偶尔离开房间，也是为了吃饭。他们几乎餐餐吃牛肉粿条，感觉像是在享用美味。一个月后，青乖鱼独自出来了，像是在街上找着什么。盯梢的人马上告知单秋水，单秋水嘱咐要跟好，随时汇报，千万别出差错。单秋水的马仔跟了半条街，才知道青乖鱼是在找理发店。"水哥，他进了蓉姐的发廊，看样子是想剪头发。"单秋水知道自己可能多虑了，人家或许只是喜欢扇背镇，想在这里好好住下来而已。

蓉姐的发廊以前叫青丝坊发廊，如今改了，成了青丝坊休闲会所。虽然也洗头理发，但只是幌子，更吸引人的服务是按摩、洗脚和叫小姐。扇背镇富起来以后，两样生意最好做，一是餐饮，剩下就是蓉姐的休闲业了。

青乖鱼似乎被会所的排场吓住了，他站在门口，久久不敢踏进去。里面的女孩儿知道来的人竟然是老阎带来的那个人不人鬼不鬼的青乖鱼时，倒先被吓住了。但出于职业道德，她们又不能把顾客赶走，还是齐声说道："欢迎光临！"青乖鱼似乎又被这"欢迎光临"吓了一跳，但他还是走了进去，只是把帽子拉得更低，几乎把头埋进了脖子里，看样子像是个害羞的第一次走进这种场所的小青年。

实际上，青乖鱼只想洗个头，自留了长发后，通常一个月，他才找人洗一次。渐渐地，他也把一个月洗一次的头当作自己鼓足勇气面对世人的机会，只有在洗头时，他才敢摘下帽子，把整张惨不忍睹的面容面对镜子，以至于任何身后的人都可以通过镜子看到他的脸——而他，偶尔也想睁开眼睛，试一试，会不会被镜中人吓到？然而，每次，他都不敢。

十一

青乖鱼坐在位子上，等着迟迟不敢接近的女孩儿。感觉女孩儿们经过了一番无声的推搡，终于有个女孩儿被推到了青乖鱼身后，隔了会儿，才问："先生，洗头啊？"

青乖鱼点点头，他像个哑巴，至今还没在扇背镇说过一句话。扇背镇人后来真以为他是哑巴，不管是真的还是装的，人们至少没听见他公开说过话。这个不说话的面目模糊的人一时之间成了扇背镇人的话题，也给扇背镇蒙上了一层阴郁气氛，人们倒也不是真怕，但只要青乖鱼一出现，能不开的玩笑就不开，能不说的话也不说了。起先小孩儿们还会无所顾忌，在他面前做做鬼脸什么的，后来也不敢了，倒不是青乖鱼会拿他们怎么样，而是他透过一层皮肉望出来的眼神渐渐让人不寒而栗。

给青乖鱼洗头的女孩儿显然不是熟手，好几次都把白白的泡沫滑到了青乖鱼的脸上。青乖鱼一动不动，一团泡沫挂在他那张脸上，显得那么突兀。女孩儿只好颤颤巍巍地，拿毛巾把泡沫擦去，看那样子，像是在青乖鱼的脸上抓走一条蛇，怕被咬到似的。

洗好头，青乖鱼便沿着扇东街一路走到底，到了东宫码头。东宫码头已没有昔日的闹热，几排渔船漂浮在海上，摇摇晃晃，船上飘着的小红旗也褪了色，有几个上了年纪的男人正往岸上搬鱼，显然很吃力，几个妇孺围在一起，挑拣着杂碎鱼。大鱼小鱼活蹦乱跳，倒像是一群调皮的孩子。码头的衰落并非一时之间，十年来，慢慢冷清，直至成了今天这个样子。当然还有继续以打鱼为生的人家，更多的却只是一个幌子，渔船其实早已经成了运毒的工具，扇背镇的"冰糖"远销东南亚，这一条路子正是单秋水用十年的时间走出来的。如今的码头,总是在半夜才热闹起来,却不关鱼的事,他们把冰毒藏在鱼肚子里,那么一船一船地带离扇背镇,其情景,就像当年一船一船运离扇背镇的黄糖。

　　青乖鱼站在码头边上,身体前倾,倚在用石块砌成的护栏上,面向大海,看着眼前的海湾。风景实在不好,海水灰暗、腥臭,漂浮着各种破衫烂衣、带血的卫生巾、用过的避孕套和"溜冰"工具。说起来,这还是一片有历史的海域,据说南宋末代皇帝赵昺兵败如山倒,避难扇背镇,身后是步步紧逼的元兵,无奈之下,丞相陆秀夫背起皇帝跳海身亡,就在面前这片海上。赵昺皇帝随身携带的玉玺还深葬于此,至今没被发现,如果说扇背镇是个出大人物的地方,扇背镇人都觉得与沉在海里的玉玺有关系……

十二

　　"水哥,青乖鱼还在码头,他已经在这儿站了一下午了。"跟踪的马仔向单秋水汇报。

　　"继续盯。"单秋水嘱咐马仔。

　　也就是说,从那一天开始,青乖鱼便在屋里待不住了,他每天天一亮就出门,沿着扇东街走一个来回,又沿着扇西街走一个来回,还有开发区,镇郊各处,小店小寮,甚至是长寿店(棺材铺)、疍民区,只要是走路可以到的地方,青乖鱼一定要去走走、看看。谁也不知道他为什么要这么做。起初还以为青乖鱼要去什么地方办什么事,后来才知道,他纯粹是没事找事,无聊,就想到处走走、看看,遇到人也不说话,不打招呼,就当整个扇背镇都是陌生人。如此反反复复,天天如是,坚持了一个月。一个月下来,对扇背镇人倒没什么影响,无非是酒余饭后多了一些可以说说的话题,被单秋水安排跟踪的人却不干了,他跟单秋水诉苦:"水哥,天天这样跟下去,有意思吗?"单秋水也纳闷,他其实已经释然,觉得无所谓了,老阎带来的这个叫青乖鱼的怪人,兴许就是一神经病,只要他不做什么,就让他在扇背镇上晃悠吧——事实证明他也做不来什么事。

让单秋水释然的最主要原因，其实是老阎终于跟单秋水开口了，摊明重回扇背镇的目的了。老阎这次给单秋水带回了一项新技术，和技术一起自然还带回了一个新市场，只要单秋水肯跟老阎合作，保管一个月能赚以前一年的钱。单秋水听它却心有疑虑，问老阎怎么一开始不说，在扇背镇无所事事混了一个多月才说。老阎笑着说："我那不是在试探你的耐心吗？""你怕我杀了你们？""那倒不会，我了解你的为人，要不十年前，你也不会放我一条生路。"……不管怎样，财路就摆在眼前，哪有不往上走的道理。别以为制冰一本万利，大把的钱轻松赚。事实上，单秋水十年下来投入进去的精力，常人并不知情，且不说凡事都得暗着来，不能留下任何证据让人秋后算账，单技术的改进和市场的开拓，就已经足够单秋水操劳的了。当年老阎给单秋水丢下的摊子，看似好肉，实际里面都掺着骨头，单秋水心里也犯怵，拿感冒药提取原料，终究不是个好办法。再说，他学到的那么一点儿技术，其实也只能应对"生货"，真正做成"熟货"，还需要更复杂的过程——当然，这些问题单秋水后来都通过一次次的实验解决了。刚开始，单秋水看似风光，实际情况并没那么好，有时一桶货出来，没达到客户的要求，是次品，价格便要大打折扣。除去成本、工钱，赚的也并非像外面传说的那么多，甚至有时遇到意外，比如有什么风吹草动，或者锅炉爆炸，炸伤了工人。单秋水做的虽是犯法的事，对待工人却不亏心，有个什么意外，都会补上足够的赔偿，毕竟跟着他的，其实都是在卖命。真正能赚上钱，其实也是单秋水努力的结果，他最终放弃了感冒药提取的办法，而是直接从一种叫麻黄草的中草药里提取麻黄碱。感冒药不好大量收购，麻黄草就便宜多了，直接从新疆一卡车一卡车往扇背镇运输，多的时候，运送麻黄草的卡车能把进出扇背镇的要道堵出三四公里路来，看那情形，和当年盛办糖厂时一样，运送甘蔗的卡车也是络绎不绝，卷起一路尘土。后来单秋水出资把进出扇背镇的路铺成水泥路，直接就铺到了乡下去，因为这事，他还受到镇政府的表彰，并被授予扇背镇杰出青年杰出贡献奖。

不过，多年下来，钱是赚了不少，新的问题也出来了。制冰垃圾对环境的污染，一年比一年加剧，碾碎熬制过后的麻黄草渣倒得到处都是，有人还往海里倒，甚至一路倒到了扇背镇派出所门口，天一热，发出阵阵恶臭。镇长好几次找单秋水谈话，能不能想想办法？这样下去终究不是办法啊，就算上面不来查，我们扇背镇人也会自己被自己毒死啊，水哥你说是不是？镇长说得在理，单秋水不得不听，但能有什么办法呢？派出所在门口贴上告示：禁止乱倒制毒垃圾！还是没用，除非统统收手，改邪归正。单秋水可以做到，其他人呢？这也是单秋水始料未及的，俗话说：请神容易送神难，如今，想要让眼红的扇背镇人收手，除非把他们都杀了。

正当此时，老阎却给单秋水带来了新技术。老阎的技术让单秋水如获救星。老阎总能在单秋水最需要的时候出现。单秋水不得不相信，一个人的生命里真的是有贵人扶持左右的。

十三

老阎的新技术让制冰成了极其简单的事情，比制冰糖还简单，通过一种叫溴基丙酮的化学品，直接化学合成冰毒。有了老阎的参与，整个制冰链条也变得越来越隐秘，不需要大动干戈，大卡车也不用再往扇背镇里开了，为了让扇背镇焕然一新，单秋水不惜花巨资清理了一遍扇背镇的垃圾，不知道的人还以为单秋水从此改邪归正，摇身一变成了正当生意人了。事实上也是，单秋水整天忙着酒楼和房地产生意，他又在城郊购置了一块地，据说要办厂，至于是什么厂，没人知道，工地开工剪彩，镇里的所有领导悉数到场，完了单秋水请客，到大富豪吃喝，然后一起光顾蓉姐的会所。单秋水可是蓉姐的大客户，没有单秋水，蓉姐的青丝坊哪能这么红火。

至于"冰糖"那一块生意，单秋水已经放手让老阎管了。老阎还带回了新市场，"冰糖"直销日本韩国，有多少要多少。为了安全起见，老阎只让半成品上船，万一海上遇事，像水一样往海里一倒，没有任何证据。半成品其实就是水状冰毒，到了目的地，只要加入一种药剂，便能立马结晶成成品。老阎有这样的办法，单秋水很是佩服，生意放手让他去做，也就放心了。

扇背镇人谁也想不到，十年后重返的老阎，不费多少力气和时间，便成了单秋水手下最叱咤风云的人物，似乎十年时间只是颠倒了一下角色，老阎就像十年前的单秋水。

老阎成了扇背镇的人物，老阎身边的青乖鱼自然也地位飙升，只是他还是无所事事，每天到处走走、看看。老阎却像伺候亲人一样照顾青乖鱼，这让人很是疑惑，一时之间，有人还以为青乖鱼是老阎的儿子。老阎四五十岁的人了，还没结婚，也没子女，如果真有这么大的一个儿子，那早在以前儿子干什么去了？这不合常理。那么，青乖鱼是老阎什么人呢？人们胡乱猜测，也问过老阎，可老阎就是不说。老阎只是说："有我老阎一口饭，就有他一口饭。"看来，老阎对青乖鱼的感情极深，不是父子，也胜似父子。

不管怎么样，扇背镇人再有人遇到青乖鱼，总得恭敬地打声招呼，有时请他到家里喝个茶，抽根烟，更不会有人因为青乖鱼那张脸而笑话或者害怕。青乖鱼再去青丝坊洗头时，那个女孩儿总能第一时间过来，把手按在青乖鱼的肩膀上，嗲嗲地把青乖鱼叫作哥。青乖鱼知道女孩儿叫侯秀郁，不是扇背镇本地人，说着一口好听的普通话。

青乖鱼问侯秀郁："你老家哪里？"

侯秀郁说："四川绵阳。"

青乖鱼又问："来这里多久了？"

侯秀郁说："五年了。"

兴许是大家都来自外地，经过几次交谈，便都把对方当作朋友。只要青乖鱼到青丝坊，上来服务的总是侯秀郁，就算有时她在帮别人洗头，青乖鱼也会等她，而其他女孩儿也不敢贸然上前，她们乐意把他留给侯秀郁，似乎她为大伙儿承担了一项艰巨的任务。她们嘻嘻闹闹，看样子工作和生活都很开心，有时还能和扇背镇的顾客说上几句扇背方言，其忸怩的语调让周围的人都哈哈大笑，然后上前捏下屁股，搂着肩膀就上楼去了。这是一帮外省来的烟花女子。在她们当中，侯秀郁却显得有些不一样。当然，这只是青乖鱼一厢情愿的印象，他害怕有一天，侯秀郁的不一样会在他眼前消失，然后成为和她们一样的人。

十四

早些年，扇背镇还难得见一个外地人，这里像个堡垒，外地人轻易进不来，就是进来了，也待不下去。扇背镇人会让你待不下去。常用的办法就是不拿你当自己人，暂住可以，日子久了，就会像一滴油对永远融不进一片水而感觉绝望。那时扇背镇人把邻县的老阎都当外人看待，何况是外省来的。如果有，那就只有一种可能——被骗来的。被骗的，一般也都是女的，男的骗来做什么？

那时扇背镇还是个以做豉油著称的海边小镇，就有人去圳下城拐骗打工的外地女孩儿，骗回扇背镇卖给一些残疾痴傻的男人当老婆，那些女孩儿有四川的、湖南的、贵州的……她们受尽凌辱，有些因为逃离被人打死了，也有一些后来被解救了，更多的却是在扇背镇上留了下来，生儿育女，时机一到，还和娘家那边联系上了，有了来往。侯秀郁便是她的一个姑姑介绍来的，姑姑当年就是被骗来的，说扇背镇有台资大工厂，急招人，结果却成了一个瘸子的老婆。辛苦多年，如今瘸子趁着制冰风潮，插上了手，也富了起来，便想着和四川的岳父岳母联系。第一次去探亲，就给她家十万块，把她家人吓了一跳，以为女儿失踪这么多年凶多吉少了，想不到却飞黄腾达，跟上了一个有钱人，腿瘸点儿又有什么关系呢？

回扇背镇时，姑姑顺便就把侄女侯秀郁带了过来。当时侯秀郁只是回家过年，她在圳下城还有工作，在一个厂里当质检员，一个月有两千多元钱。姑姑说：“我带你去扇背镇吧，那可不比圳下城差，是小香港，一个月赚三四千不是问题。”果然，侯秀郁到了扇背镇，第二天就进了青丝坊，老板蓉姐二话不说，就开了五千元的工资，足足把侯秀郁吓傻了。侯秀郁后来才知道，整个青丝坊的女孩儿，都是外地人，包括蓉姐——蓉姐当年也是被骗到扇背镇的，如今却成了镇上的大姐大，谁也不拿她当外人看。侯秀郁的工作只是帮客人洗头洗脚按摩之类，有跟人睡觉的，一月能赚好几万元。侯秀郁虽然不想干那事，但看人家拿那么多的工资，心里还是挺羡慕的。

除了青丝坊的女孩儿，这些年扇背镇还涌进了不少生意人，做各种生意的都有，有摆摊卖个指甲钳之类零碎物的，也有参与制冰贩冰的大鱼。扇背镇人对他们也不再见外，似乎有了钱，人也变得宽容起来。但是这种宽容也是有条件的，即所有外来者，无论是小杂鱼，还是大鱼母，得让人觉得不是扇背镇的威胁，或者有威胁的倾向，否则同样无法在扇背镇立足，甚至还能丢掉性命，也别想政府会主持公道。十年前，有人泼了金龙照相馆一橱窗的豉油，派出所就可以出来抓人，如今，别说镇里到处是制冰窝点，就算光天化日扇东街上躺着一个死人，估计也不见派出所的人来看一下。有人甚至认为，有事找政府不如找水哥——也就是说，单秋水才是扇背镇的"土皇帝"。

十五

关于单秋水，重返扇背镇之前老阎早有耳闻。离开扇背镇这十年里，老阎的行迹遍满全国，无论走到哪儿，他都不忘打听来自扇背镇的消息。扇背镇从一个贫穷落后的海边小镇到外人皆知的小香港，单秋水从一个在糖厂扬甘蔗渣的孤儿、曾经老阎的手下到叱咤风云的南溪县头号毒枭……这个过程，老阎虽然没亲眼见证，却也能想象得到。

其实老阎这十年来，差不多有一半的时间是在牢里度过的。关于这点他闭口不说，他不说，扇背镇人就都不知道。老阎离开扇背镇不久，因为盗窃罪被判了五年牢狱。老阎坐着火车到处晃荡，很快就把钱财挥霍一空，第一次盗窃就被抓了个正着。那时老阎的心情坏到了极点，自暴自弃，他清楚自己的生意是怎么一点点被单秋水吞噬的。事情起源于一场大醉，也怪老阎对单秋水过于信任，亲如兄弟，没有任何提防。过后不久，老阎渐渐发现事情有点儿蹊跷，外头的客户竟然一个个都消失了，他们不可能改邪归正，唯一的可能便是找着了另外的卖家，那卖家出的价肯定要比老阁低得多，否则他们也不会翻脸不认人。也难怪，干这行谁不向钱看呢？起初，老阁还只是在外人身上找问题，丝毫没怀疑单秋水，待有一天发现单秋水私吞货物，并有暗自另起炉灶之意时，老阁才恍然醒悟。原来趁着老阁大醉，单秋水早把老阁手机里的客户号码都抄了去。老阁就是再糊涂，也知道客户的联系方式必须保密。后悔已经晚了，那时老阁已经没有力量可以和单秋水抗衡，大势已去，他将计就计，俨然一个大度的老板，作退隐江湖之态，把生意转手便让给了单秋水。或许，一直到十年后老阁的重返，单秋水还不知道当初的阴谋已经被老阁识破。老阁不说，又有谁知道呢？至于老阁还想干什么，就更不会说了。

　　五年前，老阁出狱后，仍然没安分过，他本就不是个安分的人。他或许也尝试过改变，找个小城，开个商铺，做点儿小生意，再找个女人，安家立业。然而老阁咽不下心中这口恶气，就连五年牢狱所受之罪，老阁也把它算在了单秋水的头上，如果不是单秋水，如今在扇背镇坐镇一方的，一定就是他老阁了，而不是什么狗屁水哥。老阁要报复，拿回属于自己的一切。问题是老阁一无所有，凭什么跟单秋水抗衡？别说斗争，估计连身子都近不了，就算近了，蝼蚁撼大树，没什么可想象的余地。老阁得想个法子，为了这个法子，老阁重入江湖，东奔西闯，用了五年时间，他成了制冰行业里的行家，熟知不少团伙，甚至境外的毒枭，也都和老阁有了来往。可以这么说，这个行业，老阁走在了世界前端，掌握着最先进的技术和最广阔的市场，想以此来接近单秋水，便是水到渠成的事情了。至于青乖鱼，说起来是老阁的手下，也是救命恩人，一次锅炉爆炸，老阁和十几个手下都被困在出租屋里，是青乖鱼把老阁推出了窗户，掉在一块遮阳帆布上，又跌落在巷子里。那次事故烧死了老阁十几个手下，青乖鱼命大，没死，只是把一身好肉都毁了。老阁感激青乖鱼救命之恩，从此便一直把青乖鱼带在身边，待如亲人。

十六

老阎住进单秋水的大宅时,青乖鱼自然也跟着住了进去。摇身一变,老阎和青乖鱼都成了单秋水手下的红人,老阎的红让人信服,青乖鱼则多少让人摸不着头脑儿,这小子到底是真傻还是假傻。但无论怎么样,青乖鱼在扇背镇晃荡,再也不用被人跟踪了,人们也不再叫他青乖鱼,而改口叫鱼哥,听起来似乎和水哥蛮亲密。

住进单秋水的大宅后,青乖鱼才知道,单秋水跟其他有钱人还真不一样,他挺有情趣的,竟然在自家楼下开辟了一畦花园,种植各种花卉草木,也种菜,还养了几只猫狗。单秋水每天早晨和傍晚都会下楼到花园里走一走,或者坐在边上的藤椅上抽烟、看书(单秋水读书时考试从来没及格过,有钱了却喜欢上看书,甚至还在大宅里设了几十平方米的书房,藏书上千册)。有时看着一朵花或一片叶子能发半天的呆。马仔们都知道这个时候是不能去打扰水哥的,否则后果会很严重。有一次,一个园丁要给花草浇水,不小心打扰了单秋水静思,被当即炒掉不说,还让人揍了一顿。单秋水冷冷地说:"我才刚把她的脸想出个大概来,差一点儿就能想起来了,就差那么一点儿,就差那么一点儿。"说着亲自给了园丁脸上一脚。

听说,单秋水读书时暗恋过一个女同学,那个女同学长得非常漂亮,有一头水草一样柔顺的长发,她的成绩也好,还是他们班的班长。只可惜,那位女同学后来被一个傻子奸杀了,而那傻子不久也被枪毙了,枪毙那天,单秋水跑去看了,就在糖厂附近。那天看着傻子应声倒下的身子,单秋水突然产生一种快感,一阵颤抖,尿出了一裤头黏糊糊的东西——他竟然把自己想象成那个奸污女同学时的傻子。很长一段时间里他都无法从此邪恶的想象中挣脱出来——单秋水后来才知道,那是他第一次遗精。本来遗精很正常,只是奇怪,怎么会在那样的场合遗精,这让他印象深刻,一辈子也忘不了那致命的快感。以至于后来单秋水在青丝坊和多少漂亮的女孩儿做爱，其快感都远远比不上年少时观临刑场的那一次……

单秋水一直未娶，甚至都不谈女朋友，似乎就与他少年的记忆有关。

然而，整个扇背镇都知道的事情，青乖鱼却什么都不知道。无知者无罪，表现出来就是无所顾忌，因为无论单秋水是在沉思还是看书，青乖鱼都敢闯进花园，把打扰当成习以为常。说起来也怪，单秋水对别人严苛，对青乖鱼，却显得十分友善。他不但没有怪罪青乖鱼，反倒热情招呼，看样子挺欢迎青乖鱼的打扰。两人似乎有着天生的默契，即使坐着，不说话，彼此也不会显尴尬，像是已经熟悉到可以用沉默来代替言语的朋友。事实上，他们连朋友都算不上，只能说是朋友的朋友，仅此而已。

单秋水对青乖鱼的好印象从名字开始，逐渐转向对人的好感，甚至每次面对青乖鱼，单秋水都有一种一诉衷肠的冲动，把这么多年来心中的委屈和恐惧说出来，虽然明知道眼前坐着的是一个根本帮不了他什么，甚至连一句安慰的话都说不出来的人。单秋水把对女同学的暗恋，对父母的情感，以及如今站在一艘无法回头的不知会驶向哪个深渊的船上的焦虑和恐惧……当然，他说得最多的是对十年前离家出走的绝情的哥哥的恨怨。如果不是哥哥的出走，他所经历的或许是另一种人生，他至少有哥哥的关心和保护，就像小时候每次被同学欺负，哥哥总能替他报仇一样。可是，他就这么一个哥哥，却做出了比父母的离世还要绝情的抛弃……说到动情处，单秋水会忍不住哽咽，含着满眼泪水，看着面无表情的青乖鱼。

而每次说完，单秋水都犹如酒醒，突然又意识到：我怎么跟他说这些呢？

十七

青乖鱼的生活几乎一成不变，很有规律，除了吃饭睡觉，剩下的时间大多在镇子里瞎混。因为逐渐在扇背镇上吃开了，他在街上也变得活跃起来，和单秋水的马仔称兄道弟，跟青丝坊的姐妹也一个个都成了熟人。有人开玩笑，让侯秀郁做青乖鱼的女朋友吧——这当然只能是开玩笑，侯秀郁怎么可能看上青乖鱼呢？但侯秀郁确实是青乖鱼在扇背镇真正算朋友的人。青乖鱼会给侯秀郁带吃的，都是一些镇上小吃，如炸鱼丸、海鲜粥、粿条汤、角酥仔等，一次带一样，看样子，青乖鱼对扇背镇的熟知程度让本地人都感觉惊讶。别说侯秀郁来扇背镇已经几年了，除了在熟悉的街上不至于迷路外，其他都一无所知，甚至都很少上街，每天除了到青丝坊上班，就是窝在宿舍看电视。所以，侯秀郁突然面对青乖鱼变魔法似的给她带这么多好吃的，感觉倒像是第一次踏进这么一个海边小镇，风味陌生而美好。说实话，这还真是一个挺有味道的小镇。

有一次，青乖鱼给侯秀郁带了咸饼糖葱，这可是扇背镇才有的独特小吃，小小一张煎过猪油的咸饼，包起一块脆脆的糖葱——所谓糖葱，便是糖里有葱一样大小的孔，看起来像是几截葱段——吃起来，咸甜咸甜的，很好吃。侯秀郁还是第一次吃，似乎也没在街上见到过。青乖鱼说："平时见不着，过年了才有。"还真是，侯秀郁当天晚上跟着青乖鱼到扇东街上走一趟，便见到了好几个做咸饼糖葱的摊档。青乖鱼一路走一路介绍，哪家比较正宗，哪家用的不是猪油，味道会大打折扣……青乖鱼说得头头是道，像个导游。侯秀郁拿敬仰的眼神看他，问："你看起来像个地道的扇背镇人。"

青乖鱼岔开话题："对了，快过年了，你回家吗？"

"不回，家里修房子，回去也是乱糟糟的，把钱打回去就好了。"侯秀郁摇摇头，看着天色渐渐暗下来，街上慢慢亮起灯火。

隔了一会儿，青乖鱼又问："你会一直待在这里吗？我说的不是青丝坊，是这里。"他指了指扇东街街面。侯秀郁明白他的意思，"不会，我还是喜欢大一点儿的城市。我以前在圳下城打工，工资是少了点儿，但每天都喜欢出来逛街，圳下城的街那才叫街。"

"我也在圳下城待过。"

"是吗？你是哪里人啊？我的意思是，你老家是哪儿？"

"我不知道，我忘了，大火过后，我把一切都忘了，就像电视剧里经常演的那样，我患上了失忆症。你信吗？"

"啊？真的啊？"侯秀郁做出惊讶的样子，似乎终于在现实生活里找到了一丝影视的痕迹，并为此兴奋不已，"那真是太好了。"

"太好了？你说我失忆是好事？"

"哦，不好意思，我不是那个意思，我是说，如果和电视剧一样，你以前一定有很多感人的故事。而且，如果还跟连续剧一样的话，你有一天会重新记起来的，比如在街上摔一跤。电视剧都是这么演的，是吧？"

侯秀郁说完，还挺严肃的样子，看着青乖鱼。青乖鱼点点头，似乎很感激侯秀郁的安慰。这个单纯的小姑娘，竟一点儿都察觉不出青乖鱼骗了她，只是在逗她玩而已。

十八

青乖鱼很清楚，作为一个潜入扇背镇的内鬼，和一个不清楚来头的洗头妹说得太多，是很危险的。青乖鱼的任务很简单，也很艰巨，就是把扇背镇以单秋水为首的制冰头目的住宅和窝点位置摸清楚，然后告知南溪县公安局刑警大队周大队长。这其实就是一桩交易，周队长与青乖鱼之间的交易是，只要青乖鱼能完成任务，将功抵过，周队长就能放青乖鱼一马，青乖鱼就可以重新做人，做一个"失忆"的陌生人。

青乖鱼是个背负罪名的人，在跟着老阁之前，他已经在县里犯过两宗罪。十年前，青乖鱼连捅一个年轻仔十八刀，以为出了人命，便随船逃亡圳下城，流浪数年不敢回南溪县。两年前，青乖鱼突然回到南溪县，又绑架了县长的宝贝孙子，周队长亲自负责案件，很快就将青乖鱼捉拿归案。不审不知道，一审吓一跳，原来青乖鱼就是周队长追捕多年的逃犯。至于前后两个案子，更是因果联系。青乖鱼扬言被绑孩子的母亲是他当年的女朋友，是县长的儿子横刀夺爱，还强奸了她，这也就不难解释八年前青乖鱼为什么要杀县长的儿子，下手还那么狠，只可惜没杀死，那小子命大，十八刀都没要到他的命。青乖鱼逃亡多年，不敢回家一步，以为八年过去了，没人会记得了，便想着回南溪县看一看当年的女友，也看一看家人。青乖鱼也是回来后才知道，当年的仇人竟然是县长的儿子，更让他受不了的是，县长儿子还娶了他的女朋友，并有了小孩儿。青乖鱼一时气不过，才想到绑架他们的孩子。至于为了什么，他也不清楚，或许只是为了出口恶气……案子离奇，却也算有理有据，周队长一度以为青乖鱼精神上有问题，进一步侦查，事情还真如青乖鱼所说的那样。当年青乖鱼和县城一个女孩儿谈恋爱，在海边约会，却遭遇县长儿子一伙人，县长儿子当着青乖鱼的面就把女孩儿给强奸了。事后县长儿子被人捅倒在大街上，案子轰动一时，但是为了息事宁人，县长没怎么追究逃犯，不久儿子又迎娶一个怀孕的女孩儿上门，那场婚礼办得挺大，周队长至今还有印象。当时人们都费解，县长儿子怎么莫名其妙娶一个普通女孩儿，女孩儿的父母是穷苦人，巴不得攀上县长家的高枝，自然高兴……如果不是青乖鱼重回南溪县，周队长大概永远也不知道，县长儿子还曾是个强奸犯。也就是说，周队长如果要治青乖鱼的罪，得先治县长儿子的罪——然而这几乎是不可能的事。青乖鱼逃亡八年，本想回来看一看女朋友，却看到女朋友成了强奸犯的老婆，如此残酷的一幕，别说是青乖鱼，就是周队长，设身处地想，也会控制不了自己干蠢事的吧。周队长反倒是挺同情青乖鱼的遭遇，于是想给青乖鱼一个将功抵过的机会，让他接近活跃在南溪一带的老阁，跟着老阁，再潜入扇背镇，除掉毒枭单秋水，也等于为本县除掉了大患。事成之后，周队长自有办法，放青乖鱼一条生路。

周队长的计划很大，也长远，前后费了两年。

然而，仿佛一切都在周队长的操控之中，青乖鱼先是成了老阁的手下，因为一起火灾，青乖鱼又成了老阁的救命恩人，彻底得到了老阁的信任。两年后，老阁带着青乖鱼投靠单秋水，实际是要篡夺"江山"……青乖鱼终于成功地混进了扇背镇的核心圈子，并逐渐摸清了内部底细。一张大网即将收拢，成功与否全靠青乖鱼反戈一击。

然而，就在这紧要关头，青乖鱼却犹豫了，他迟迟没把详尽情报告知周队长。周队长也不知道青乖鱼到底要搞什么鬼，在电话里，周队长一再强调："全球头号通缉要犯、墨西哥的大毒枭古斯曼日前也在太平洋岸度假胜地马萨兰落网了。单秋水同样逃不出我的手掌心。我们千万不能功亏一篑，事成之后，你不但可以赦免前罪，政府还会给予表彰。"

青乖鱼逃亡多年，他太需要自由和一个无罪之躯了，眼下是他唯一的机会。

十九

老阎运货的渔船在海上遇到了麻烦，为销毁证据，上千斤的液体冰毒都倒进了海里，直接损失上千万元。事已至此，单秋水也不便说什么，更不能怪罪老阎，发生这种事老阎肯定也不想。

旁敲侧击，单秋水还是会找青乖鱼了解一下情况。老阎平时不理青乖鱼，一到出海发货，他必定要把青乖鱼带上。渔船驶出公海，和韩日的渔船接上头，那边拿钱，这边卸货，事情也不像想象中的那么复杂和危险。所以，那批货是真倒进了海里，还是别的怎么一回事儿，青乖鱼肯定是除了老阎之外最清楚不过的人。按照协议，青乖鱼不用向周队长提供毒贩的犯罪证据，这事太危险，他也做不来，周队长似乎另有办法，说不定他安插在扇背镇里的人就不止青乖鱼一人——这是青乖鱼管不着的，也没必要管，他只需要完成自己的任务。也就是说，青乖鱼是真想把知道的都告诉单秋水——其实那批货并没有被倒进海里，自然也没有遭遇麻烦，交易进行得很顺利，老阎只是设局吞了单秋水的货款。这对老阎来说，还只是个开始，他最后要做的，是掏空单秋水，然后取而代之。

单秋水找青乖鱼谈时，青乖鱼却什么也没说，几次差点儿脱口而出，几次都忍住了。青乖鱼身为老阎的马仔，如果迅速向单秋水倒戈，青乖鱼担心单秋水会起疑心。这对青乖鱼和周队长都是不利的。青乖鱼选择了沉默。这样的沉默又让他心里十分难受。青乖鱼清楚老阎重返扇背镇的目的，老阎早就和青乖鱼说过，"我要拿回属于我的一切。"而老阎和单秋水之间的恩怨，青乖鱼也有所耳闻。青乖鱼在老阎面前也习惯沉默，他要隐藏，还不仅仅是隐藏身为内鬼的身份，关于自己的来历，他同样只字不提。他们二人看似兄弟，实则像陌生人那样生分。这一点聪明的单秋水早看出来了，这也是他要从青乖鱼身上找破绽的原因。

有一天清晨，单秋水邀青乖鱼来到东宫码头，两人站在岸边，海面上并排的渔船，它们抱团制造出一种美好的气势，每艘船上都飘着红旗，在风中啪啪作响。码头边上是一座不高的山，扇背镇人一直叫它大胆山，相传当年南宋皇帝一脚踏上码头，其他高山瞬间夷为平地，唯有矮矮的它没任何变化，所以后人叫它大胆山。大胆山一面临海，接海处有一块大石，貌似鹦鹉。此刻，鹦鹉石上正栖息着一群海鸟，恰好就停在鹦鹉的头顶上。两人一大会儿不说话，就看着眼前的景象，像是想把海鸟脚下的"鹦鹉"看活了。

单秋水终于说："以前，每天清晨，这里都很热闹，我父亲和我哥都曾在这里搬过鱼。我家那时已经是全镇最穷的人家了。"

青乖鱼一愣，看了单秋水一眼，迅速又把眼睛挪开了。

"我猜我哥就是从这里坐船离开扇背镇的……你说呢?"

青乖鱼摇摇头，表示他在这件事情上不便发表任何意见。

"你知道吗? 有时候我多想像我哥那样，也跳上一条船，离开这个鬼地方，我不想再继续干下去了，我甚至有预感，一张大网已经在我的头顶上罩下来了。"

青乖鱼又看了单秋水一眼。青乖鱼知道，其实单秋水面临着的是两张弥天大网。

二十

呦呦——呦嗨呦——

码头传来声响，是几个搬鱼的老头儿冒着寒气在喊。渔船靠岸了，他们把鱼搬上岸，一个铁筐有一百多斤，几乎能把他们压到地上去。大鱼好鱼都被送上了面包车，杂碎鱼倒在地上，竟有活蹦乱跳的，几个开摩托车的乡下鱼贩在跟船主讨价还价。

"有事干了，我们去买点儿杂碎鱼，今天我下厨给你做个好菜。"

青乖鱼只好跟着单秋水走了过去，蹲着的人见单秋水过来了，无不愕然起立，看来单秋水很少在如此脏乱的码头出现。唯有几个乡下鱼贩，似乎不认识单秋水，继续要把价钱压低点儿。"滚啦！你们回去吧，不做你们的生意。"船主突然生气，朝那几个鱼贩发火，回头冲着单秋水笑，"水哥，怎么亲自过来了？要多少？今天的杂碎鱼还都活的呢。"单秋水看着一边嘀咕的鱼贩，一边笑着说："我全要了，给我留两斤，剩下的全给他们。"单秋水拿手指了指鱼贩。在场的人都有些反应不过来。单秋水加一句，"我没说清楚吗？"鱼主这才"哦"了一声，又冲着鱼贩说："你们今天可是踩到狗屎运啦，水哥为你们埋单。"

买了鱼，单秋水拎着，走出码头，进了扇西街。青乖鱼继续跟着，他低着头，对扇西街的每一块石头都很熟悉。青乖鱼听着单秋水走在街上的脚步声，一蹦一跳的，敲着地面的声音，竟然还是那个老样子。

他们到了穆老板的豉油店。穆老板的豉油店还是旧模样，只是门面有些冷清，墙上的窗板子拆下一半，另一半还卡在墙缝里，似乎已经很久没拆下来过了，都差点儿跟墙面长在一块儿了。单秋水敲了敲竖着的木板，喊穆老板："还没起床啊？"穆老板探出头，见是单秋水，回头给了单秋水一瓶豉油，"秋水，昨晚刚做的豉油。"整个扇背镇估计也只有穆老板才敢直接叫单秋水的名字了。

"这位是？"穆老板向单秋水问青乖鱼。

"一个朋友，大家都叫他青乖鱼。"

"青乖鱼，有毒，吃起来味道可真不错，我最喜欢吃了，尤其是鲜的，刚从码头搬上来的，还会跳。"穆老板朝青乖鱼笑了笑，又把头收了回去。

一路上，单秋水都在向青乖鱼讲穆老板的豉油，如何讲究，如何正宗，如何美味，宁愿吃穆老板的豉油三两，也不吃商场的豉油一斤。当然,单秋水免不了又谈起十几年前他们兄弟俩穿越整个扇背镇到穆老板店里沽豉油的情景,还有他们一家人围着吃杂碎鱼拌豉油时的津津有味。单秋水想请青乖鱼吃的正是简简单单的普普通通的他小时候最喜欢吃现在却很难吃到的豉油拌杂碎鱼——外人很难想象,单秋水会拿这样的菜色请朋友。

单秋水在高档的明亮的抽风机煤气炉微波炉一应俱全的厨房里忙活了近一个小时,直至满头大汗,才把一瓯拌了豉油的蒸杂碎鱼端到了青乖鱼眼前。单秋水努力回想十年前母亲在简陋的灶台前做杂碎鱼拌豉油的情景和步骤,那情景自然历历在目。难得的一次,单秋水在自己做的杂碎鱼拌豉油里,尝到了当年母亲的味道——或者,这种味道只是他想象出来的。但就在那一刻,他体会到了,像是一种回忆突然打在点子上,让一个人浑身发抖。单秋水抬头一看,发现青乖鱼的眼里闪着泪光,他突然感觉这双眼睛十分熟悉。

二十一

青乖鱼跟单秋水坦白了他所知道的一切。当然,青乖鱼坦白的不是他身为潜入者的事,这事他暂且还没有足够的勇气说出来。青乖鱼告诫单秋水要提防老阎,老阎要的绝不仅仅是单秋水的钱和货,还有地位和声望,简单来说,老阎希望单秋水重新回到十年前的一文不值,像个马仔那样被他收拾得服服帖帖。这就是老阎重回扇背镇最大的愿望,如今他已经朝这个方向一步步迈进了,单秋水再不还手,晚一步恐怕就会输得很彻底。在如此关键的时刻,有青乖鱼的提醒,单秋水应该感激不尽。然而单秋水却显得无动于衷,他微笑着,像是早就知道了青乖鱼所告知的一切。这让青乖鱼一下子蒙住了,不知单秋水葫芦里卖的是什么药。

"你能帮我一个忙吗?"单秋水看着青乖鱼的眼睛,"我就是要让老阎成为扇背镇的单秋水。对了,就应该这样,这里的一切本来就是他的,都是属于他的,别人一分一毫都别想得到。我们得做一件事，让他一夜之间，迅速成功……好不好？"

青乖鱼更摸不清楚单秋水到底是什么意思了，难道他真的想把自己的一切拱手让给老阎吗？虽然青乖鱼是警方的卧底，但他也不愿意老阎成为赢家，哪怕只是短暂的。他突然觉得，如果在有生之年要帮人做一件事，这个人就只能是单秋水。

"我应该怎么帮你？"青乖鱼问。

"事到如今，我也不想瞒你了，我之所以让老阎接手生意，并不是我多么信任他。从他一踏进扇背镇的那一天开始，我就猜出他回来的目的了，我是什么人啊，只要老阎一翘屁股，我就知道他要拉什么屎了。他故意在扇背镇无所事事待了一个月，我知道他那是在试探我的耐心，看我能否容忍他的存在。说实话，我故意找人盯了你们一个月，我本可以找人把你们毒打一顿再赶出扇背镇的，甚至把你们都杀了，尸首就扔到大海上，谁也不会知道你们已经消失，更不会知道是谁让你们消失的。但我没有，我有一个更长远的计划，我留下老阎，说白了，就是要他做我的替死鬼，替我洗清犯罪之身。正当我要找个借口接近他时，他倒先找到了我，并说出他的计划。简直是天在助我，原来他也在用一个月的时间试探我的耐性。那就将计就计吧，我顺从了他，并做出很需要他的样子。说实在话，如今老阎已经把大半个身子钻进我设好的圈套里了，就差最后一步，让他彻底代替我，而我便可以以清白之身脱离扇背镇，至于最后一步，我有点儿等不及了，我急需你的帮助。你懂我的意思吗？"

青乖鱼摇摇头。

单秋水继续说："我要故意给他制造一个机会。"

二十二

青丝坊晚上热闹，白天却冷清，这时候姑娘们不是梳妆打扮，就是围在一起斗地主，或者打一种叫"红点"的纸牌，这是扇背镇人传统的玩儿法，这些外来的小姑娘也是刚学会的，因为简单，靠的多是运气，不需要费心思考，于是玩儿起来可以随意停止，不影响工作，又能打发无聊。

青乖鱼来青丝坊找侯秀郁时，侯秀郁就正和几个同事在打"红点"，由于运气好，赢了一点儿钱，所以听到青乖鱼叫，侯秀郁有些不耐烦，但她又不敢表现出来，水哥的人她可得罪不起。她心里实在不想和青乖鱼继续纠缠下去，她怕青乖鱼误会，出于职业习惯，她对谁都难免释放出一点儿暧昧的信息，聪明的人都不会当真，逢场作戏而已，然而青乖鱼跟别人不一样，这人虽然和单秋水老阁他们混在一起，看起来却跟他们不是一路人。这人认死理，有时还傻乎乎的，像个孩子。

青乖鱼叫侯秀郁出去一下，有话要说。

姑娘们便笑了起来，开玩笑说："去啊，你男朋友叫你了。"

侯秀郁生气了："谁是我男朋友，你们可别乱说。"

侯秀郁坐着不动，任青乖鱼在门口叫。

"去吧，不开玩笑了。"

姑娘们都严肃起来，侯秀郁这才起身出去。见侯秀郁出去了，她们都嘿嘿地笑了。

侯秀郁见青乖鱼站在门口，穿着一件带帽子的黑色棉袄，帽子戴在头上，有点儿湿，外面似乎下了点儿雨，使之看起来像是电影里那种在黑夜的巷子里出现的杀手……近几天来天气很冷，冷空气把整个扇背镇吹得瑟瑟发抖。街上有人在贴新年春联，离过年也就几天的时间了。侯秀郁却丝毫没有过年的心情，主要原因是没有一个过年氛围的家。她有些后悔没有回家过年，但这样的想法一闪而过，很快她就想到，回家过年其实也是两三天的快乐。从第四天开始，她准和母亲吵起来了，她们母女俩在家里就是死对头，即使一年不见，也客气不了几天。年年如此，她在圳下城打工时就是这样。

侯秀郁问："什么事呢？鱼哥。"

"你晚上请个假吧，我们去码头放烟花……"

青乖鱼知道，每到年末，晚上的东宫码头总有不少人放烟花，算是扇背镇一景。青乖鱼找这样的借口，侯秀郁不会怀疑。青乖鱼甚至还不知道晚上的青丝坊将会发生什么，但无论如何，他都不希望侯秀郁受到任何伤害。他喜欢侯秀郁吗？其实也谈不上，他只是希望侯秀郁以后还能回家过年，尽管回去四天就要和母亲吵架，但她母亲不会因此而不希望她回家的。

他们约好晚上见。不见不散。

侯秀郁没好意思把与青乖鱼的约会告诉姐妹们，到了晚上，她随便找了个借口，便来到了东宫码头。确实如青乖鱼所言，码头很热闹，东边沿海一条海滨大道，到处是年轻情侣，结伴散步，放烟花，烟花在夜空中绽放，如流星般坠入海中……夜晚的码头如此美丽，侯秀郁还是第一次见，她后悔没早一点儿发现这个地方的美。当然，这个地方的美似乎也只能在晚上体现出来，夜幕掩盖了那些白天难以掩盖的丑陋。侯秀郁被眼前的景象逗得开心起来，对于约会，她本来不是特别情愿，如今却希望青乖鱼能早点儿出现，在人群中冲她挥手、微笑……可是，一直到扇东街上火光冲天，侯秀郁还是没有等到青乖鱼。

二十三

青丝坊的大火烧得蹊跷。但很快，对于大火本身，扇背镇人没了讨论的兴趣，倒是对单秋水和老阎之间争斗的猜测，一时间弥漫全镇。那把火的背后是谁在操纵，矛头当然直指老阎。因为大火过后，有一个人消失了，那人便是单秋水。

大火当晚，单秋水宴请老阎和青乖鱼等到大富豪喝酒，酒后又去了青丝坊。单秋水大醉，躺在房间里早已不省人事。那一幕，让老阎想起了十几年前，那时自己也是大醉，一醉醒来，却还不知道已经活在了别人的阴谋里。如今，风水轮流转，躺在眼前的换成了单秋水，但如今的单秋水可不是当年的老阎，不是抄几个电话号码就能把他怎么样的，得来点儿狠的，老阎当时便感觉机会来了。机会是来了，老阎还是有点儿犹豫，这时青乖鱼似乎看出了老阎的意思，小声道："让我来吧。"老阎这才当机立断，给了青乖鱼一个肯定的眼色。

至于为什么突然起火了，老阎也闹不清楚，究竟是谁放的火，还是那场火来得就很凑巧。总之，火势很快，也很大，迅速就包围了整个青丝坊，一片混乱，幸好老阎逃了出来。那晚的大火具体烧死了谁，后来从尸首上已经认不出来了，人们只知道，大火过后，单秋水便在扇背镇消失了。十有八九已经被烧死，一同被烧死的还有青丝坊的老板蓉姐和她手下几名姑娘。至于老阎，自然是最大的得益者，既除掉了单秋水，又让这个事实借了一场大火掩盖过去，简直是如有天助。没多久，老阎便顺势取代单秋水，主持所有事务，成了扇背镇毋庸置疑的老大。剧情的转换只在一夜之间，比电影还要扑朔迷离，老阎还恍若梦中。他又怎么知道，另一张大网已经向他盖了下来。

而这时，周队长也终于收到了青乖鱼的详尽情报。

大年初一凌晨三点，周队长决定收网，出警上百，围剿扇背镇，按照青乖鱼提供的情报，有规划地实施抓捕，制冰头目一个个落网。最后一处围捕的，自然是单秋水的大宅，虽然单秋水已经死于非命，不能亲手将他铐住，这多少让周队长有些失落，但宅子里住着老阎，也算是一条大鱼。周队长吩咐，不到万不得已，不能开枪，但也不能掉以轻心。据青乖鱼的情报，大宅里至少有枪支五把。抓捕行动其实算顺利，马仔们都被吓住了，不敢有任何反抗，老阎尽管情绪激动，但也不敢怎么样，正当周队长大喊："都给我蹲下！手放头上！老实点儿！"枪声就响了，那声枪响来得没有任何预兆，甚至无来由，也不知道是谁开的枪，又打中了谁。但是，枪声过后，更多的枪声便相继响了起来，于是整个大宅便噼里啪啦响了一大阵，像是里面有人在放烟花，黑夜里火光四射。

扇背镇人第二天才知道，单秋水的大宅里发生火拼，伤亡惨重，死者有老阎，有老阎的十几个马仔，还有南溪县刑警大队周大队长和数名警员……案情重大，警方再次围剿扇背镇，青乖鱼等几百名毒贩统统落网，整个扇背镇几乎被扫荡一空。

据说，抓捕青乖鱼时，青乖鱼一路大叫："我是警方的人，我是潜入者，我是卧底，我是周队长的线人……"人们都以为青乖鱼被吓傻了，拿一个死人当靠山。但是，事后扇背镇人想想，鉴于种种迹象，青乖鱼可能还真是卧底，包括警方几乎把毒贩一抓一个准，没内应是办不到的事情——然而，既是卧底，又为何也被逮捕了呢？闹不明白，瞎猜测，谁也看不清楚这场戏背后的剧情。倒是扇西街开豉油店的穆老板这时候突然站出来说话了。照他说的，青乖鱼不仅是警方的卧底，他还是扇背镇人，就是十年前离家出走的单青海，单秋水的亲哥哥……穆老板讲得神采飞扬，像真的似的，吸引了一大群小孩儿跟在他屁股后。

穆老板说啊，单秋水其实并没被那场大火烧死，更不可能被青乖鱼趁醉弄死，单秋水跑了，从海上跑了……说起来，还是青乖鱼救了单秋水。那天晚上，青乖鱼先让单秋水从后门跑掉，然后放火烧了青丝坊，以分散老阎的注意力。青乖鱼甚至都安排好了单秋水的逃跑路线，先到扇西街，躲进穆老板的豉油店，豉油店里有直接通往大胆山鹦鹉石下的地道，那儿早就准备好了一艘快艇……孩子们一听到这里，纷纷怀疑穆老板是在吹牛，他的豉油店里怎么可能有地道呢？又不是电影，更不是地道战。穆老板年老寂寞，又做不了豉油，想当英雄想疯了呗！有人甚至传言，单秋水其实没逃掉，他也落网了，围剿行动之前，早有海警在扇背镇十多里外的海域上严阵以待，除非单秋水能一直循着地道出海，否则插翅也难逃。也有人说，单秋水是自首的，也不知道为什么。

穆老板当然不信传言，他继续跟孩子们说："不瞒你们，我的地道已经挖了一年多了，从青乖鱼到扇背镇那天起就开始了。青乖鱼深谋远虑，早就把后来的事情想好了。青乖鱼第一次经过豉油店时，我便从他的眼神里看出一个人的影子——单青海，你们不认识吧？他像你们这么小的时候天天来我店里沽豉油。青乖鱼向我坦白了身份，并秘密与我商议他的计划。青乖鱼嘱咐我保密，一直到单秋水逃离扇背镇，我都没把青乖鱼是他哥的事实告诉他……我本来应该告诉他的。他们兄弟俩再也见不上面了。"

穆老板黯然神伤，摇了摇头。

孩子们还是不信，扬言要到穆老板的豉油店里看个究竟，看看是不是真的有地道。

穆老板笑着说："算啦，信不信，由你们，就当我讲了个故事。哈哈。"

"切！"孩子们齐声高喊，哄然大笑。

（原载《啄木鸟》2015 年第 2 期）